U0482042

博士论文
出版项目

扎伊采夫的新现实主义小说研究

A Study on B. Zaitsev's Neorealistic Novels

张玉伟　著

中国社会科学出版社

图书在版编目(CIP)数据

扎伊采夫的新现实主义小说研究 / 张玉伟著. —北京：中国社会科学出版社，2023.4
ISBN 978-7-5227-1209-3

Ⅰ.①扎… Ⅱ.①张… Ⅲ.①扎伊采夫—新现实主义—小说研究 Ⅳ.①I512.074

中国国家版本馆 CIP 数据核字(2023)第 022180 号

出 版 人 赵剑英
责任编辑 慈明亮
责任校对 王 龙
责任印制 戴 宽

出 版 中国社会科学出版社
社 址 北京鼓楼西大街甲 158 号
邮 编 100720
网 址 http：//www.csspw.cn
发 行 部 010-84083685
门 市 部 010-84029450
经 销 新华书店及其他书店

印 刷 北京君升印刷有限公司
装 订 廊坊市广阳区广增装订厂
版 次 2023 年 4 月第 1 版
印 次 2023 年 4 月第 1 次印刷

开 本 710×1000 1/16
印 张 21
插 页 2
字 数 295 千字
定 价 118.00 元

凡购买中国社会科学出版社图书，如有质量问题请与本社营销中心联系调换
电话：010-84083683

出版说明

为进一步加大对哲学社会科学领域青年人才扶持力度，促进优秀青年学者更快更好成长，国家社科基金2019年起设立博士论文出版项目，重点资助学术基础扎实、具有创新意识和发展潜力的青年学者。每年评选一次。2021年经组织申报、专家评审、社会公示，评选出第三批博士论文项目。按照“统一标识、统一封面、统一版式、统一标准”的总体要求，现予出版，以飨读者。

全国哲学社会科学工作办公室

2022年

不待扬鞭自奋蹄

张玉伟博士关于鲍·康·扎伊采夫的论著即将付梓，嘱我作序。我只好根据我的零星印象略谈一二以塞责。玉伟是我的博士生，其论述扎伊采夫的博士学位论文，荣获2020年度北京师范大学优秀博士学位论文之选，我作为导师，与有荣焉。在我的弟子中，玉伟属于讷于言而敏于行那种，话不多，而言必行，行必果。她身体貌似单薄，但意志品质绝佳。一旦选择扎伊采夫，便矢志不渝，笃行不辍。逢山开路，遇水架桥。留学俄罗斯期间，她几乎摒弃交游，手不释卷。几乎通读扎伊采夫的所有著作。在俄方导师的指导下，积极参加相关学术讨论会并发言。一回国，便交来了博士学位论文的初稿。可以说，在我的所有弟子中，玉伟是最让我省心的一个。

玉伟研究的俄罗斯作家扎伊采夫（1881—1972），人称“白银时代最后一只天鹅”，其创作横跨俄罗斯文学的“白银时代”和“20世纪侨民文学”两个时期。作家出生地奥廖尔，位于俄罗斯的腹地，包括奥廖尔在内的俄罗斯这片核心地域，钟灵毓秀，英才辈出，俄罗斯许多文化精英、文学巨擘都出自这片沃土。生当其间的扎伊采夫，17岁时开始走上创作之路。幸运的是，他在最初走上这条道路时，就先后得到契诃夫、科罗连科、安德烈耶夫、伊万·布宁等人的帮助和赏识。早在1922年，作家就曾出版过多达7卷的个人文集。1921年，扎伊采夫凭借其创作实绩而被遴选为全俄作协主席。1923年举家出国。此后50多年，一直在国外从事与俄罗斯文化事业有关的工作。91岁时客死于法国巴黎侨居地。1947年作家被选为法兰西俄罗斯作家协会主席，他在这个职位上工作到生命的最后一刻。

扎伊采夫终其一生，用母语出版了30多部著作，800多篇文章。其著作大致可分为以下各类。一是以旅游见闻为基础的特写随笔和系列游记（《意大利》《作家日记》等）。二是以当代生活为题材的小说（《遥远的地方》《蓝星》《金色的花纹》《帕西的房子》等）。三是自传体长篇小说和自传体回忆录（《格列布游记》《关于自己》）。四是由于和宗教界人士的接触而创作的使徒行传类作品（《圣谢尔吉·拉多涅日斯基》）。五是日记（《岁月》）。

要理解扎伊采夫的创作，就必须回到白银时代的“现场”。此期的俄罗斯文化经历了悲剧性的冲突。国家被彻底撕裂，知识分子阵营严重分化，大部分流亡国外。无论留在国内和流亡国外的，等待知识分子的都是悲剧命运：留在国内的失去了自由，而流亡国外的虽拥抱了“自由”，却失去了创作所赖以维系的根基和土壤——祖国和母语。他们的创作环境都十分窘迫艰难。世纪之初的文坛可以界定为“五光十色，百花争艳”：主流现实主义类型多样，同时又与现代主义的各个流派争奇斗艳，壁垒分明。此期文学的主人公几乎清一色的是非英雄。主人公是作家理想的化身，作家的全部注意力集中在一些人类灵魂阴暗的、下意识的一面。但并非白银时代所有代表人物都感染了当时无处不在的颓废派气息。而扎伊采夫就属于这一类少数人之一。他的创作表现了数百年来俄罗斯的精神价值和对古典文化的寻求和探索。

扎伊采夫的创作秉承了俄罗斯经典文学的优良传统而注重精神探索。他在艺术创造的内容和形式方面都进行了可贵的探索。其特点之一就在于对于文学哲理性的追求，而这种哲理性就表现为在道德问题的基础上阐明生活的意义。扎伊采夫的主要作品可以给予如下概括：表现作为宇宙的一部分的人的灵魂及其在宇宙中的反映。无论遭遇多么巨大的灾难，人的灵魂始终都在逆境中追求光明，热爱光明。

如果我记忆无误的话，张玉伟的这篇博士学位论文，是中国学界关于俄罗斯作家扎伊采夫的第一部专著。第一并不等于唯一，相信随着研究的深入，会有更多的学界翘楚关注俄罗斯侨民作家中的这位佼佼者的。从这个意义上说，玉伟此书不是终结，而是某种研究的真正的开端。同时，我们也希望玉伟自己，也能继续努力，百尺竿头，更进一步。

张　冰

2022 年 8 月 30 日于珠海京师家园

摘　要

扎伊采夫是俄罗斯侨民文学第一浪潮的代表作家，也是一位深谙俄罗斯经典文学传统、精确把握文学命脉的作家，还是20世纪初俄罗斯新现实主义的典型代表，在白银时代的文坛上享有独特地位。本书围绕扎伊采夫创作于不同时期的小说，分析其艺术特色和主题意蕴，考察这些小说里具有印象主义、表现主义、象征主义特色的成分，以及精神现实主义的特征，揭示作为作家独特文体特征的新现实主义概念，论证扎伊采夫小说的多样性命题。

全书由绪论、正文和结语三部分组成。绪论部分旨在梳理国内外的扎伊采夫研究现状，阐明本书的选题由来、研究内容、研究方法和意义。正文部分包含五章，从不同角度探讨扎伊采夫的新现实主义小说诗学。

第一章立足扎伊采夫早期创作的中短篇小说，结合巴赫金的道德伦理学说，探寻作家对平凡生活的态度，对内在精神生活的看法，揭示扎伊采夫的幸福观，考察作家的神性生活理念，由此提炼出扎伊采夫超越物质而追求精神的独特现实观。

第二章梳理俄罗斯文学中印象主义思潮的流变，探讨扎伊采夫早期印象主义小说中人与物的同一问题，考察人与自然、个人与群体的关系，进而归纳出扎伊采夫早期小说的印象主义特色和泛神论思想。

第三章对比分析安德列耶夫的《红笑》与扎伊采夫的《黑风》和《明天!》，探究其中的主观化艺术认知模式，分析这些作品中抽象化形象的构建过程，探讨这些抽象形象背后的存在意义，由此总结出扎伊采夫运用表现主义手法传达出的不同于安德列耶夫的独特世界观。

第四章探讨扎伊采夫小说的象征意象。首先，探究中篇小说《蓝星》的宇宙思想，考察其中女性形象的象征意义，确立扎伊采夫的神圣女性观。其次，分析长篇小说《金色的花纹》中颜色的象征意义和女主人公的生活路径，揭示作家的苦难思想和忏悔意识。最后，通过阐释长篇小说《帕西的房子》的主题思想，探寻俄罗斯形象及其神性的体现，进而得出扎伊采夫通过艺术创作的独特生活图景。

第五章阐释俄罗斯文艺学和批评界对扎伊采夫的自传体四部曲《格列布游记》的主导研究立场，考察“精神现实主义”的概念提出及其内涵。围绕四部曲主人公的生活路径探讨作家对精神现实的关注，考证屠格涅夫的中篇小说《初恋》对四部曲主人公的影响，对比两位作家的爱情观，确立扎伊采夫对爱情的崇高追求。进而追溯主人公格列布走向信仰和真理的荆棘路，展示其在大地上的“精神之旅”，由此论证扎伊采夫的精神现实主义诗学。

综上，扎伊采夫立足于现实生活，注重描摹人物的内在精神世界，与此同时运用现代派的艺术手法，表达对神性现实的美学追求。印象主义、表现主义、象征、精神现实主义各自代表了扎伊采夫新现实主义的一面，它们共同铸就了作家的新现实主义小说风貌。

关键词：扎伊采夫　新现实主义　白银时代　印象主义

Abstract

B. Zaitsev is one of representative writers of the first wave of Russian emigrant literature, a writer who profoundly knows the Russian classical literary tradition and the development of literature, as well as a typical writer of Russian neorealism in the early 20th century. B. Zaitsev occupies a unique position in the literary arena of the Silver Age. This book analyzes the artistic characteristics and thematic implications of Zaitsev's novels, created in different times, and examines the impressionistic, expressionistic, symbolic elements and the characteristics of spiritual realism in these novels, and then reveals the neorealism concept as one of the writer's unique stylistic features, which thus demonstrates the diversity of Zaitsev's novels.

This book consists of introduction, body parts and conclusion. The introductory part gives a review of the research on Zaitsev's works at home and abroad, explains the origin of topics, contents, methods and significance of the study. The body parts contain five chapters, which explore the neorealism poetics of Zaitsev's novels from different aspects.

Chapter One based on Zaitsev's early novels, according to M. Bakhtin's moral ethics, explores the writer's attitude to ordinary life, his view of the inner spiritual life and happiness, examines Zaitsev's concept of divinity life, and then illustrates his unique view of reality transcending the material and pursuing the spiritual satisfies.

Chapter Two offers a review of the evolution of impressionism in Russian literature, focuses on the identity between man and creature in Zaitsev's impressionistic novels created in the early time, the relationship between man and nature, individual and group, which therefore concludes the impressionism characteristics of Zaitsev's early novels and their pantheism thought.

Chapter Three comparatively analyzes L. Andreev's *Red laugh* and Zaitsev's *Black wind* and *Tomorrow!*, investigates the subjective cognitive model of art in these novels, the abstract image construction and existence meaning behind these abstract images. It is concluded that Zaitsev, using expressionistic methods, expresses a unique world view different from Andreev's.

Chapter Four explores the symbolic images of Zaitsev's novels. Firstly, it is investigated the cosmic thought and symbolic meaning of the female images in novel *Blue Star*, and pointed out Zaitsev's divine female view. Secondly, it is analyzed the color's symbolic meaning and the heroine's life path in the novel *Golden Pattern*, and then revealed the writer's suffering thought and confession consciousness. Finally, with expounding the theme of the novel *House in Passy* it is discussed the Russia image and portraying of its divinity, and drawn a unique picture of life created by Zaitsev through art.

Chapter Five clarifies the main research positions about Zaitsev's autobiographical tetralogy *Gleb's Travels* in Russian literature and criticism, and examines the conception of spiritual realism. This chapter also explores Zaitsev's attention to the spiritual reality revolving around the life paths of the tetralogy's protagonist Gleb, the influence of I. Turgenev's *First love* on Gleb, and comparatively analyzes love views of the two writers, which thus confirms Zaitsev's pursuit to noble love. And then it is traced Gleb's thorny road leading to faith and truth, showed his spiritual journey on the earth and demonstrated Zaitsev's neorealism poetics.

Summing up the above, we can conclude that Zaitsev, based on real life, pays attention to describing the inner spiritual world of the characters, and conveys his aesthetic pursuit to divine reality using modernist artistic methods. Impressionism, expressionism, symbols and spiritual realism, each one of which represents Zaitsev's neorealism, in a whole form the writer's style and features of neorealism novel.

Key Words: B. Zaitsev; Neorealism; The Silver Age; Impressionism

目　录

Contents

绪　论

新现实主义（неореализм）是盛行于19世纪末20世纪初俄罗斯文学的一种文艺现象。较之19世纪的经典现实主义，新现实主义无论在艺术手法还是在主题思想上都具有现代主义气质；而相对于盘踞文坛的各种现代派文艺，新现实主义又表现出延续现实主义传统的一面。可以说，新现实主义是介于现实主义和现代主义之间的一种文艺走向。具体至本书，新现实主义者是指那些不能归入现代派，但接近现实主义或立足现实主义而去开拓文艺疆域的作家。

在创作方法上，新现实主义作家不再一味塑造典型环境中的典型人物，而是转向人物的内在世界，尤其关注精神和道德层面，与此同时借鉴诸多现代派的艺术形式，如印象主义手法、表现主义方式、象征意象等，以此追求非物质生活层面的真实、精神世界的真实。这种看待生活的真实态度体现了新现实主义相对于现代派的现实主义传统性。在主题思想上，19世纪的现实主义作家较多关注具体的社会历史现实，追求文学的人民性和典型性，强调环境对人性的扭曲和对性格的摧残，呼吁时代的新人变革腐朽的社会风习。新现实主义作家则立足物质现实探寻形而上的真实、存在的真理。因此，其笔下的人物不再具有鲜明的典型性，但主人公的内在心理和精神世界成为作家关注的焦点。结合时代的宗教哲学背景和作家的宗教思想理念，这些作品经常具有深厚的哲理色彩，最直接的表现就是从全人类的角度、从永恒的角度探索解决眼下社会问题的出路。

主题的扩展促使新现实主义文学寻找新的文艺表现手法，同时代的象征主义、阿克梅派、未来主义等现代主义诸流派成为新现实主义最直接的参考对象。这意味着新现实主义在艺术表现上的多样性和复杂性，诸如布宁、什梅廖夫、阿·托尔斯泰、安德列耶夫、库普林、列米佐夫等在一定程度上都可归入新现实主义作家群。扎伊采夫也属于这一阵营，而且还是其中的典型代表。扎伊采夫丰富的小说创作不仅展示出鲜明的印象主义色彩，还具有一定的表现主义倾向，同时扎伊采夫又深受象征派思潮的熏陶和浸染。随着创作思想的凝练，扎伊采夫越来越向现实主义靠拢，但对现实提出了更高的要求——精神现实，即充满神性的现实……凡此种种都吸引我们走近这位作家，探讨其独特的艺术世界。

鲍里斯·康斯坦丁诺维奇·扎伊采夫（Борис Константинович Зайцев，1881—1972）是俄罗斯白银时代侨民文学第一浪潮的代表作家，也是一位深谙俄罗斯经典文学传统、精确把握文学命脉的作家，还是20世纪初俄罗斯新现实主义的典型作家。自1901年发表第一篇小说《在路上》以来，扎伊采夫一直坚持创作到生命的最后时期。在长达将近四分之三个世纪的创作活动中，扎伊采夫走过了一条从艺术探索到思想成熟的精神发展之路，为后世留下了丰富的文学遗产。无论是小说随笔，还是人物传记，甚或是作家的回忆录随笔都构成了俄侨文学不可多得的宝藏，为透视俄罗斯域外侨民生活及文化、反思本土文艺走向、追忆俄罗斯文学经典提供了珍贵的艺术材料。

侨民文化在俄罗斯历史上由来已久。第一位侨民可追溯到16世纪伊凡雷帝时代的安德列·库尔勃斯基大公①，此后不断有知识分子离开祖国侨（旅）居他乡，如作家布宁、诗人茨维塔耶娃、哲学家别尔嘉耶夫、思想家舍斯托夫等。20世纪的侨民现象蔚为壮观，其

① 张冰：《俄罗斯文化解读》，济南出版社2006年版，第159页。

中的作家、诗人、思想家、哲学家等知识精英构成了白银时代俄罗斯文化不可分割的一部分。历时来看，20 世纪俄罗斯侨民文学共出现过三次浪潮。它们的时间节点大致划分如下：1917 年十月革命前后，第二次世界大战及战后，“解冻”之后政局又紧张的年代（六七十年代）。这些作家在侨居地坚持用俄语创作，无形中承担起向世界传播俄罗斯文学思想和文化传统的使者的角色，同时他们的作品也注重吸收域外文学特色和文化先锋思想，拓展了本国文学的发展道路。

在三次浪潮中，无论从侨居规模，还是从创作成就上来看，第一次浪潮无疑都是最值得关注的。这一浪潮的作家大多知识素养极高，有的在侨居之前就已在文坛享有名望，在侨居之后达到了创作的顶峰，被称为“年长的一代”，扎伊采夫就属于这一代；有的在侨居之后开始走向文学创作，在域外文化氛围里取得了辉煌成就，他们被称为“年轻的一代”，如纳博科夫①。在这些作家笔下，远离故国家园的羁旅、被迫流亡他乡的苦楚、对祖国逝去的美好年代的深刻眷恋是他们创作的共同主题，追寻上帝、追求真理、皈依宗教、渴望灵魂的归宿是他们在异国他乡的生存困境中得以维系下去的精神支柱，这些都鲜明地体现在侨民作家最具代表性的作品中。

扎伊采夫 1881 年 1 月 29 日出生于俄罗斯中部的奥廖尔。这是一方滋养作家的沃土，从这里走出了屠格涅夫、费特、列斯科夫、布宁、安德列耶夫等文学大师。出于个人疗养身体的需要，1922 年扎伊采夫携家人前往西方，先后在柏林、意大利逗留，最终定居在巴黎（1924 年）。1972 年 1 月 28 日扎伊采夫逝世，安葬于巴黎圣热纳维耶韦-代布瓦公墓，同在这里安息的还有布宁、列米佐夫、苔菲、什梅廖夫、梅列日科夫斯基等许多侨居国外的作家。

关于扎伊采夫在俄罗斯文学史上的地位，阿格诺索夫教授公正地指出：“他的写作风格没有什梅廖夫那样鲜艳的色彩，没有列米佐

① 荣洁：《俄罗斯侨民文学》，《中国俄语教学》2004 年第 1 期。

夫那样的文字游戏，也没有纳博科夫那样的精细雅致。但是，若是缺少了扎伊采夫，缺少了一位无论是作为作家还是作为个人的扎伊采夫，俄罗斯的侨民文学，甚至整个俄罗斯文学，也许都是不完整的。"① 蓝英年先生认为："扎伊采夫作为白银时代的重要代表，在俄国文学史上的地位将会越来越突出。"② 事实证明，扎伊采夫的创作不断吸引国内外学者的关注，尤其在俄境内对扎伊采夫的研究已形成一定规模，因而有必要着重梳理一下国外的扎伊采夫作品出版与研究现状。

一 国外研究现状

扎伊采夫的侨民身份以及苏俄文学复杂的历史背景使作家的作品出版与研究呈现明显的分期：侨居前（1901—1922 年）、侨居后至回归本土（1922—1987 年）和回归本土（1987 年至今）。整体而言，国外对扎伊采夫的研究在作家生前紧跟其作品出版，在作家身后呈现不断发展的态势。

1. 侨居前（1901—1922 年）

扎伊采夫的文学活动起步于莫斯科的"星期三"文学小组。在这里，年轻的作家接触到许多著名的现实主义作家，如契诃夫、柯罗连科、高尔基等。彼得堡的"野蔷薇"出版社于 1906 年、1909 年、1911 年先后推出了扎伊采夫的三部短篇小说集（《静静的黎明》《罗佐夫上校》和《梦境》），这些文集的问世宣告了扎伊采夫作为作家跻身文坛。除再版上述三部小说集以外，1906 年至 1911 年，彼得堡还单独发行了小说《年轻人》（1910）、《阿格拉费娜》（1910）、《克罗尼德神甫》（1911）等。在莫斯科单独出版（含再版）的小说

---

① ［俄］阿格诺索夫：《俄罗斯侨民文学史》，刘文飞、陈方译，人民文学出版社 2004 年版，第 192—193 页。

② 蓝英年：《译者的话》，［俄］奥多耶夫采娃《塞纳河畔》，蓝英年译，文化发展出版社 2016 年版，第Ⅻ页。

有《流亡》（1913、1914）、《遥远的地方》（1915、1916、1919）、《彼得堡的太太》（1917）、《无家可归的人》（1917）、《罪恶》（1917）、《死亡》（1918）、《姐妹》（1918）和《客人》（1918）等。结合彼得堡已有的出版物和在莫斯科独立发行的作品，“莫斯科作家图书出版社”在1916年至1919年，出版了扎伊采夫的7册作品集，它们分别是：第1册《静静的黎明》、第2册《罗佐夫上校》、第3册《梦境》、第4册《拉宁家的庄园及其他短篇小说》、第5册《遥远的地方》、第6册《大地的忧伤》和第7册《同路人》。据凯尔德士所言，“莫斯科作家图书出版社”是白银时代新现实主义作家的一个重要集聚地，在这里出版作品的有布宁、阿·托尔斯泰、什梅廖夫等，组织者是“接近社会民主的”魏列萨耶夫①。可见，扎伊采夫在创作伊始就接近现实主义阵营。

在现实主义与现代主义并行发展的白银时代，扎伊采夫的小说自然被深深打上时代的烙印，世纪初纷繁驳杂的文艺思潮和流派浸染了作家的视野。从这一时期发表的作品来看，扎伊采夫的小说具有鲜明的印象主义色彩、浓厚的主观抒情意味和一定程度的表现主义倾向。在哲理意蕴上，它们彰显出扎伊采夫的泛神论思想、神秘主义和基督教理念。最为重要的是，即便在这些处于探索期的作品中，无论是现代派批评家，还是现实主义文论家，都能找到符合自己审美需求的艺术特征。

象征主义诗人、评论家如勃留索夫、托波尔科夫、吉皮乌斯等注意到年轻作家的独特天赋并寄予厚望。勃留索夫和托波尔科夫一致认为，扎伊采夫的小说在内在气质上是一个整体，由统一的情绪贯穿。在勃留索夫看来，扎伊采夫的小说在类型上“不属于叙述，而是描写”，是“小说体抒情诗”，其活力恰在于“表达的准确，形

---

① Келдыш В. А. Реализм и «неореализм» // Русская литература рубежа веков (1890-е—начало 1920-х годов). Книга 1. М.: ИМЛИ РАН, «Наследие». 2001. С. 276-277.

象的鲜明”[1]。托波尔科夫注意到，在扎伊采夫的小说里，天真、明朗的元素消解了现实生活中的不幸与痛苦，进而称“扎伊采夫的现实主义像是孩子般的童话”[2]。吉皮乌斯对扎伊采夫小说的内在统一性作了进一步分析，指出在扎伊采夫的小说里没有个性、没有个人，只有一连串的“混沌、自然力、大地、生物和人群”，整部作品就是一种“呼吸”，“整个宇宙的呼吸，似乎整个大地的胸膛逐渐升起”[3]。这其实指的是扎伊采夫早期短篇小说的印象主义特征。

托波尔科夫还把扎伊采夫视为20世纪“新的现实主义”的代表，指出在扎伊采夫的小说里有两种现实：一种是由各种事物和现象构成的五彩斑斓的世界，另一种是“隐蔽在它们后面，模糊被感觉到”；且这两种现实在扎伊采夫的艺术世界里相交相融，并置而存[4]。后一种现实体现在扎伊采夫的作品中则是事物生成的过程，形象在具体时间和空间里的延伸，具有鲜明的现代派色彩。在托波尔科夫看来，扎伊采夫的短篇小说集之所以能获得成功，很大一部分原因在于，“鲍·扎伊采夫不管怎样通过自己的作品表达的都是众所周知的社会需求，可能未被意识到的、未确定的、但已真正成为现实的需求”[5]。这种需求首先体现为现实主义在20世纪初的变异与更新。

现实主义评论家如科尔多诺夫斯卡娅、利沃夫-罗加切夫斯基、科甘等着重探讨了扎伊采夫对现实主义传统的更新。科尔多诺夫斯卡娅指出与19世纪的经典作家相比，扎伊采夫更加注重人物的内在

---

① Брюсов В. Я. Борис Зайцев. Рассказы. Издательство «Шиповник». СПб. 1906 // Золотое руно. 1907. № 1. С. 88.

② Топорков А. О новом реализме (Борис Зайцев) // Золотое Руно. 1907. № 10. С. 49.

③ Гиппиус З. И. Тварное. Борис Зайцев. Рассказы. К-во «Шиповник». СП. 1907 // Весы. 1907. № 3. С. 72.

④ Топорков А. О новом реализме (Борис Зайцев) // Золотое Руно. 1907. № 10. С. 48.

⑤ Топорков А. О новом реализме (Борис Зайцев) // Золотое Руно. 1907. № 10. С. 46.

体验。以《阿格拉费娜》《安宁》等被收入第二部短篇小说集（彼得堡1909年版）的作品为例，科尔多诺夫斯卡娅总结道："理论上，扎伊采夫的主人公都是乐观主义者"，他们对生活充满信任，尽管并不总是能够应对生活中的磨难，但如同阿格拉费娜那样，他们遵从内心的声音追求爱情、追求生活，接受随之而来的折磨，这种快乐和痛苦都坦然接受的态度促使他们最终达到与生活本身的和解，这使我们有理由相信"不害怕生活、不逃避生活的人才能理解生活"①。

科尔多诺夫斯卡娅还发现扎伊采夫描写了许多漫游欧洲的不务实际的人，他们不关心物质生活，不考虑如何在新的时代背景下妥善安排自己，这恰是19世纪俄罗斯经典文学形象奥勃洛莫夫和拉夫列茨基的直接后裔②。利沃夫-罗加切夫斯基进一步指出，从扎伊采夫的人物身上反射出屠格涅夫式的软弱无力和契诃夫式的消极无望③。而扎伊采夫笔下那些漫无目的地满世界游逛的人物，在利沃夫-罗加切夫斯基看来，本质上来自贵族之家，属于旧式贵族阶层，在新时代随着贵族庄园文化的消逝，他们自然沦落为无家可归的人，"所有这些无家汉因为自己存在的虚幻性而变成了神秘主义者，变成了传统上的流浪人和不宜培养的人"④。扎伊采夫的早期小说虽然充满现代派的多样色彩，但作家关注的焦点仍是现实社会问题，而且更新了经典文学中的"多余人"形象。

---

① Колтоновская Е. А. Поэт для немногих // Зайцев Б. К. Собрание сочинений. Т. 10(доп.). М.: Русская книга, 2001. С. 192-193. 文章发表在《言语报》1909年第287期上。

② Колтоновская Е. А. Поэт для немногих //Зайцев Б. К. Собрание сочинений. Т. 10(доп.). М.: Русская книга, 2001. С. 193-194.

③ Львов-Рогачевский В. Борис Зайцев // Зайцев Б. К. Собрание сочинений. Т. 10(доп.). М.: Русская книга, 2001. С. 276, 279. 文章出自利沃夫-罗加切夫斯基的专著《最新俄罗斯文学》，1922年版。

④ Львов-Рогачевский В. Борис Зайцев // Зайцев Б. К. Собрание сочинений. Т. 10(доп.). М.: Русская книга, 2001. С. 279-280.

科甘认为，扎伊采夫的小说反映了现实主义在20世纪的特征，即“较少主观判断”，“较少预言”，“更多的是爱和尊重人，尊重人的各种愿望、兴趣和品味”①。于是，我们在中篇小说《阿格拉费娜》里看到了一个任由情爱驱使的苦命女人，在短篇小说《神话》里看到的却是一个沉浸在金色光芒里的慵懒的幸福女人。在整体基调上，科甘称扎伊采夫是“快乐的歌手”②。诚然，在扎伊采夫的早期短篇小说里，大多洋溢的是对生活本身的讴歌，对幸福和快乐的追寻。尽管主人公也遭遇不幸，但正如科甘所言，这些痛苦经历在扎伊采夫笔下“只是幸福的同路人”③，不足以遮蔽由热爱生活所带来的幸福之光。

除了在阐释立场上存在差异以外，扎伊采夫的创作还在不同评论家那里引发不同的情感体验。科尔多诺夫斯卡娅和科甘在扎伊采夫的作品中看到乐观的情愫，而丘科夫斯基和莫罗佐夫却把扎伊采夫的创作基调定为悲观的。丘科夫斯基注意到，扎伊采夫虽是一位年轻作家，但对老年人情有独钟。扎伊采夫塑造了许多老年人形象，他们最喜欢做的就是“悲伤地回忆自己的青春”④。批评家还指出，扎伊采夫即便描写年轻人，也会安排他们过早死去：《阿格拉费娜》中同名主人公的女儿因不堪忍受屈辱而自杀，《安宁》中的小男孩热尼亚因病而夭折⑤。因此，丘科夫斯基认为，扎伊采夫在小说里反复

---

① Коган П. Современники. Зайцев // Зайцев Б. К. Собрание сочинений. Т. 10 (доп.). М.: Русская книга, 2001. С. 186. 文章出自科甘的专著《最新俄罗斯文学史概要》，1910年。

② Коган П. Современники. Зайцев // Зайцев Б. К. Собрание сочинений. Т. 10 (доп.). М.: Русская книга, 2001. С. 182.

③ Коган П. Современники. Зайцев // Зайцев Б. К. Собрание сочинений. Т. 10 (доп.). М.: Русская книга, 2001. С. 183.

④ Чуковский К. И. Поэзия косности // Зайцев Б. К. Собрание сочинений. Т. 10 (доп.). М.: Русская книга, 2001. С. 263. 文章发表在1913年《言语报》上。

⑤ Чуковский К. И. Поэзия косности // Зайцев Б. К. Собрание сочинений. Т. 10 (доп.). М.: Русская книга, 2001. С. 263-264.

强调的是“毁灭——这是世界上最甜蜜的事，被压垮是最崇高的节庆”[1]。

在以“旧式神秘主义者”为主标题的长文里，莫罗佐夫指出从扎伊采夫作品中流露出的悲观情绪“忠实于旧式基督教的忧郁的训诫”[2]。批评家详细解读了扎伊采夫具有神秘主义色彩的作品，认为在《群狼》和《雾霭》中展示的是充满敌意的世界和凶神恶煞的人性，《黑风》则揭露了人群的冷酷无情和动物性。凡此种种，在莫罗佐夫看来，“只有对生活的崇高理解，只有否定作为存在界限的肉体，只有疯狂的爱才能使人摆脱致命的诅咒”[3]。因而，莫罗佐夫把《明天!》结尾处主人公的倾诉和欢呼诠释为“寄希望于上帝和祷告”[4]。由此，莫罗佐夫揭示出扎伊采夫创作中的宗教意蕴及其现实意义。

扎伊采夫独特的表现手法、普遍意义上的价值追求引起了不同流派专家学者的评议。这也暗示我们在解读扎伊采夫的小说时，不能拘泥于某一理论框架，而应从作品所呈现的实际情况出发，对不同的现象采取不同的阐释方式。整体而言，扎伊采夫无论是在描写对象的选取上，还是在创作宗旨的设定上，都时刻参照自己周边的生活，对现实中的各种现象给予深刻的反思与剖析。至于观照生活的立场，本书认为，尽管扎伊采夫描绘了无出路的凄惨境地，但从作品中流露出的不完全是悲观绝望，而是暗地里有一束微弱的光。随着作家思想的成熟，这束暗淡的光还会越发明亮。

---

① Чуковский К. И. Поэзия косности // Зайцев Б. К. Собрание сочинений. Т. 10 (доп.). М.: Русская книга, 2001. С. 265.

② Морозов М. Старосветский мистик (творчество Бориса Зайцева) // Зайцев Б. К. Собрание сочинений. Т. 10 (доп.). М.: Русская книга, 2001. С. 231. 文章出自《文学的衰落：批评文集·第二部》，1909 年。

③ Морозов М. Старосветский мистик (творчество Бориса Зайцева) // Зайцев Б. К. Собрание сочинений. Т. 10 (доп.). М.: Русская книга, 2001. С. 212.

④ Морозов М. Старосветский мистик (творчество Бориса Зайцева) // Зайцев Б. К. Собрание сочинений. Т. 10 (доп.). М.: Русская книга, 2001. С. 233.

2. 侨居后至回归本土（1922—1987 年）

1922 年，扎伊采夫侨居国外以后，其作品很少在俄境内出版，相应的扎伊采夫研究也在俄罗斯本土逐渐销声匿迹。尽管作家一生在生活空间上经历了诸多变动，但从未终止过创作。随着迁居各地，扎伊采夫的作品在国外继续发行与出版，同时也吸引了域外专家学者的关注。从地域上来看，扎伊采夫的作品主要在法国（巴黎）和德国（柏林）出版，这与作家的生活轨迹不无关系。

巴黎是扎伊采夫侨居国外以后的常居地。首先，巴黎的“青年基督协会出版社”出版的作品最多。在这里先后出版了圣徒传《圣谢尔吉·拉多涅日斯基》（1925）、旅行随笔《阿峰》（1928）、作家传记《屠格涅夫的一生》（1932、1949）、自传体四部曲中的第三部《青春》（1950）和作家传记《茹科夫斯基》（1951）。其次，巴黎的“复兴”出版社也为扎伊采夫的作品传播作出了突出贡献。在这里出版的作品有《奇怪的旅行》（1927）、自传体四部曲的第二部《寂静》（1948）和庆祝扎伊采夫文学创作活动 50 周年的作品集《在路上》（1951）。此外，1929 年巴黎的“现代纪事”出版社单独发行了中篇小说《安娜》，1939 年巴黎的“俄罗斯纪事”出版社出版了回忆录文集《莫斯科》。

在定居巴黎之前，扎伊采夫与家人曾一度在柏林逗留。1922 年至 1923 年，柏林的“格尔热兵出版社”推出了扎伊采夫的 7 卷文集①。其中完全收录了彼得堡“野蔷薇”出版社出版的三部短篇小说集，除“莫斯科作家图书出版社”7 册文集的第 5 册《遥远的地方》没有收录以外，其他各册也都收录在集。柏林的“词语”出版社还出版了长篇小说《遥远的地方》（1922）和短篇小说集《圣尼古拉街》（1923）。《帕西的房子》（1935）和自传体四部曲的第一部《黎明》（1937）也是在柏林出版。

较之巴黎和柏林，纽约也出版了扎伊采夫的不少作品。1968 年

① 实际上共出了 6 卷，第 4 卷未出版，详见本书附录二。

纽约的“俄罗斯图书”出版社出版了扎伊采夫生前最后一部小说集《时间之河》。作家嗣后一年（1973 年），纽约的“生命之路”出版社出版了扎伊采夫的《选集》。自传体四部曲的第四部《生命树》（1953）和作家传记《契诃夫》（1954）都在纽约的“契诃夫出版社”出版。这些作品虽没有系统地编排成卷集，但保证了作家侨居时期的创作及时问世。此外，扎伊采夫的作品还在其他国家享有出版话语权。例如，1926 年，布拉格出版长篇小说《金色的花纹》。1936 年，爱沙尼亚共和国塔林出版随笔集《瓦拉姆》。1961 年，为纪念扎伊采夫 80 岁诞辰和文学活动 60 周年，德国慕尼黑“域外作家协会”出版社出版小说集《静静的黎明》。1965 年，华盛顿出版回忆录文集《遥远的一切》。俄境外不同国家和地区对扎伊采夫作品的出版与推广无疑是对其创作生涯的肯定。

正如侨居前作品出版与研究同步发展一样，扎伊采夫在侨居时期也经历了能动创作与被动研究的辩证发展过程。自 1924 年选择定居巴黎直至 1972 年逝世，扎伊采夫从未离开过巴黎的俄罗斯文学社团与组织。在巴黎，除了上述出版社以外，积极倡导和推动扎伊采夫文学创作活动的还有俄文报纸，如《复兴报》①《最新消息报》②《俄罗斯思想报》③ 等。

《复兴报》可以说是反映扎伊采夫文学活动的主要阵地。刊登在此的文章可以分为如下三类：第一，对扎伊采夫生平事迹的庆祝庆典活动，如 1966 年第 174 期报道了俄罗斯侨民协会庆祝扎伊采夫 85 岁生日的盛况④；第二，反映作家日常生活的记录，如 1931 年第 2051 期刊出了记者戈罗杰茨卡娅对扎伊采夫的采访，生动记录了作

---

① «Возрождение»，1925 年至 1940 年在巴黎发行的俄文报纸。

② «Последние новости»，1920 年至 1940 年在巴黎发行的俄文报纸。

③ «Русские мысли»，从 1947 年开始在巴黎发行的俄文报纸。

④ В. В. 85-летие Бориса Константиновича Зайцева // Возраждение. 1966. № 174. С. 141-142.

家的生活场景①；第三，对扎伊采夫作品的评论，包含作品的发表信息。1951 年正值扎伊采夫诞辰 70 周年和文学创作活动 50 周年，《复兴报》第 17 期刊载了大司祭基普里安②的一篇文章，其中把扎伊采夫的创作特色归结为三个方面："被照亮的大自然，创造性的爱，虔诚"③。在谈及扎伊采夫早期创作的哲理思想时，基普里安认为不能将其简单归纳为泛神论，因为在扎伊采夫笔下是"某种下意识的、觉察不到的对世界圣像的感受，对世界明晰的光明源泉的感受"，这种世界观理念最好称为"光明的宇宙主义"，即"在世界里浇注的是感官视野无法企及的、对自然中上帝的感受，对世界灵魂的感受，对造物的非被造的美的感受"④。

至于这一时期的创作手法，基普里安同样发现印象主义特征最为明显，且指出扎伊采夫"是我们第一个，也是唯一一个真正的印象主义者"⑤。随着作家创作手法的娴熟，其作品里人物的肖像和性格越来越丰富。在诸如《蓝星》《格列布游记》这些集中体现扎伊采夫深刻思想的作品里，基普里安认为，这些人物被描写得"如此剔透，尤其具有人性"，而且他们大多过着虔诚的生活，面对人生中的磨难、煎熬乃至死亡，他们内心总保持着平和安稳的心态，"有奥秘，有神秘，但没有惊慌失措的动物般的忧伤。没有反对，这就是他的虔诚在我们文学中的伟大之处"⑥。

1926 年，《最新消息报》第 2087 期刊出了扎伊采夫的回忆录长文《黎明》，还有同时代的诗人巴尔蒙特和作家奥索尔金对其作品的评述。在《黎明》里，扎伊采夫回顾了 1906 年在莫斯科置办文艺杂

① Городецкая Н. Д. В гостях у Б. К. Зайцева (интервью) // Возрождение. 1931. № 2051. С. 4.

② Архимандрит Киприан （1899–1960），俄罗斯域外教会的神职人员。

③ Киприан. Б. К. Зайцев // Возрождение. 1951. № 17. С. 162.

④ Киприан. Б. К. Зайцев // Возрождение. 1951. № 17. С. 160.

⑤ Киприан. Б. К. Зайцев // Возрождение. 1951. № 17. С. 161.

⑥ Киприан. Б. К. Зайцев // Возрождение. 1951. № 17. С. 161.

志《黎明》的整个过程。这本存在只有三个月、发行仅60份的微型杂志具有鲜明的浪漫主义神秘特征[①]。可以说，这一特征贯穿了扎伊采夫的整个创作生涯。巴尔蒙特读过扎伊采夫的《圣尼古拉街》和《圣谢尔吉·拉多涅日斯基》，被作家的“轻响”文笔深深打动，称“扎伊采夫的小说以最多的轻响、远离物质的细微震颤而突出”[②]。这是诗人对扎伊采夫文笔的诗意概括，我们后续还会谈到扎伊采夫研究专家对这一概括的继承与发展。奥索尔金写于扎伊采夫创作活动25周年的文章，更多是一种回忆。文章作者回顾了自己与扎伊采夫在生活中的交叉与际遇，并肯定作家“写作的纯洁性”，“不受偏见与时事热点的限制”[③]。

作家逝世后两年（1974年），《俄罗斯思想报》第2985期刊出了格里巴诺夫斯基的一篇具有综述性质的文章。首先，作者认为，不能用单一的文学流派限定扎伊采夫的创作。在不同的评论家眼里，扎伊采夫既是一位印象主义者，又是一位“坦诚的抒情诗人”，也是一位“接近象征主义者的浪漫主义者”，还是一位独特的现实主义作家[④]。进而，格里巴诺夫斯基指出，扎伊采夫只是在美学层面上接近象征主义诗人，而“扎伊采夫的抒情性较之屠格涅夫的更坦白”，因为在扎伊采夫的长篇小说里，“事件本身变成了抒情诗”[⑤]。其次，在对待社会问题上，格里巴诺夫斯基不无公正地指出，扎伊采夫并没有回避革命给人民带来的苦难，但他坚信这些动乱和事件只是暂时的，最终会被精神的力量战胜，因为“在鲍里斯·扎伊采夫那里

① Зайцев Б. К. «Зори» (из литературных воспоминаний) // Последние новости. 1926. № 2087. С. 2.

② Бальмонт К. Д. Легкозвонный стебель (Борис Зайцев) // Последние новости. 1926. № 2087. С. 3.

③ Осоргин М. А. О Борисе Зайцеве // Последние новости. 1926. № 2087. С. 3.

④ Грибановский П. Борис Зайцев в русской зарубежной критике // Русская мысль. 1974. № 2985. С. 7.

⑤ Грибановский П. Борис Зайцев в русской зарубежной критике // Русская мысль. 1974. № 2985. С. 7.

完全是独特的、有别于所有人的美学，即抒情地、容忍地、从心灵上看待生活，当然是基督教的理解”[①]。最后，格里巴诺夫斯基将扎伊采夫笔下那些流浪者、漂泊者称为“朝圣者”（странники），指出他们对物质生活不大感兴趣，而是“主要忙于解决伦理问题，在后期作品中忙于解决精神问题”，以“追求内在的自由”，追求“等待他们的永恒”[②]。

柏林的《轮舵报》[③] 对扎伊采夫侨居时期作品的研究也具有重要意义。有关扎伊采夫的评述信息主要刊登在该报的文学简评专栏里。1922 年至 1923 年，柏林的“格尔热兵出版社”出版了扎伊采夫的 7 卷文集，卡缅涅茨基针对已出版的前 3 卷作了述评。通过分析扎伊采夫作品中特殊的一类人（无家可归者、流浪者、漂泊者），卡缅涅茨基归纳出扎伊采夫作品里的“主导音符”——“内心祷告的幸福”，认为这些奇怪的漂泊者表面上漠视物质生活，而在内心却承受着“最真实的痛苦”，并通过这种痛苦“抚平了人类罪恶与惩罚、过失与惩治的杯盏”[④]。

同样是在《轮舵报》的文学简评专栏里，艾亨瓦尔德密切关注《现代纪事》登载长篇小说《金色的花纹》的情况，称这是一部“充满革命的痛苦与折磨的作品”[⑤]。艾亨瓦尔德还发现小说里承担叙述者角色的女主人公具有鲜明的自传色彩[⑥]。娜塔莉亚走过了一条先堕落后荡涤的心灵攀升之路，这也是扎伊采夫所追求的，即“他整个人丝毫不肯牺牲对多神教原质的沉醉，同时他的内在发展路线

---

① Грибановский П. Борис Зайцев в русской зарубежной критике // Русская мысль. 1974. № 2985. С. 7.

② Грибановский П. Борис Зайцев в русской зарубежной критике // Русская мысль. 1974. № 2985. С. 7.

③ Руль，1920 年至 1931 年在柏林发行的俄文报纸。

④ Каменецкий Б. Литературные заметки // Руль. 1923. № 658. С. 3.

⑤ Айхенвальд Ю. И. Литературные заметки（Обзор） // Руль. 1925. № 1408. С. 2.

⑥ Айхенвальд Ю. И. Литературные заметки（Обзор） // Руль. 1926. № 1630. С. 2.

又朝向基督教理想的高度发展”[①]。在扎伊采夫创作 25 周年的 1926 年，艾亨瓦尔德对作家持续四分之一个世纪的创作活动进行了总结，称扎伊采夫是“白色的歌手”，认为充斥文本的大量白色事物使小说的物质性减少，“在他的短篇小说里，物质本身具有精神性，同样，精神具有物质性”[②]。这种融合物质与精神的文艺理念是理解扎伊采夫独特现实观的关键。

除了上述报刊资料以外，在域外学者的著书中不乏专辟章节探讨扎伊采夫作品诗学的文献。例如，在《流亡中的俄罗斯文学》（1956）中，作者斯特卢威指出，与侨居前相比，扎伊采夫的创作范围进一步扩大，“在其成熟期的作品中，尤其明显地响起宗教的、基督教的音符，带有一定的东正教色彩”；而与同时代作家如布宁、什梅廖夫、列米佐夫不同的是，“扎伊采夫的宗教性更令人愉快，更使人平心静气，更使人有智慧”，且具有抒情色彩[③]。通过分析《帕西的房子》里塑造人物形象的“风格化手法”和叙述过程中“‘视角’的不间断位移”[④]，斯特卢威发现印象主义的表现方式贯穿小说始终。因而，“如果说他是位现实主义者，那么他的现实主义是印象主义的”[⑤]。可见，印象主义构成了扎伊采夫新现实主义小说的一大特色。

1972 年，美国匹兹堡大学斯拉夫语言文学部出版了文集《侨民中的俄罗斯文学》，以扎伊采夫讲述俄罗斯侨民文学界状况的文章《流亡》开篇。这部文集收录了格里巴诺夫斯基概述扎伊采夫创作的文章，其中不同程度地阐释了作家笔下的死亡、爱情等主题。尤为

---

① Айхенвальд Ю. И. Литературные заметки（Обзор）// Руль. 1926. № 1630. С. 3.

② Айхенвальд Ю. И. Юбилей Бориса Зайцева // Руль. 1926. № 1830. С. 2.

③ Струве Г. П. Русская литература в изгнании. Нью–Йорк：Издательство имени Чехова，1956. С. 103.

④ Струве Г. П. Русская литература в изгнании. Нью–Йорк：Издательство имени Чехова，1956. С. 264-265.

⑤ Струве Г. П. Русская литература в изгнании. Нью–Йорк：Издательство имени Чехова，1956. С. 263.

重要的是，文章作者并不否认扎伊采夫是位现实主义作家，但强调："他首先是位诗人和对一切美好的事物都敏感的艺术家，带有非常敏捷的抒情兴奋。在描写中，他是客观的，但在语调上也可能是主观的，而就情绪来看，他多半是位浪漫主义者：他的现实主义，在我看来，是浪漫主义的。"①

几乎在扎伊采夫的创作遗产回归俄本土的同时，巴黎、纽约出版了文艺评论家杰拉比阿诺的专著《半个世纪以来（1924—1974）俄罗斯巴黎的文学生活》，其中专辟一章讲扎伊采夫②。2014年，此书在圣彼得堡出版。最新版本里插入了8张含有扎伊采夫签赠的图片，且每张图片下面都附有"首次刊出"的字样。文章写于扎伊采夫去世后不久，是对作家创作一生的回顾与总结。杰拉比阿诺称扎伊采夫是"白银时代的最后一位代表"，认为"根的缺席"是其创作的一个主要特征③。评论家进一步指出，扎伊采夫创作于革命年代及侨居时期的小说（如《拉法埃尔》《圣谢尔吉·拉多涅日斯基》等）具有浓厚的宗教意蕴，这些作品"诉说着东正教信仰和俄罗斯精神生活的中心，反映鲍里斯·扎伊采夫对他如此珍重和亲近的东正教的体会"④。显然，杰拉比阿诺的发现又将对扎伊采夫的研究推上了新高度，即已触及扎伊采夫的基督教哲理思想。这一问题在扎伊采夫的创作回归之后，在俄本土得到了全面深化。然而在

---

① Грибановский П. Борис Константинович Зайцев（Обзор творчества）// Русская литература в эмиграции. Сборник статей. Питтсбург：Отдел славянских языков и литератур Питтсбургского университета，1972. С. 133. 文章最后落款日期是1970年11月1日。

② См. Терапиано Ю. К. Литературная жизнь русского Парижа за полвека（1924-1974）. Париж–Нью-Йорк：Альбатрос–Третья волна，1987. С. 284-288.

③ Терапиано Ю. К. Литературная жизнь русского Парижа за полвека（1924-1974）. СПб.：ООО «Издательство "Росток"»，2014. С. 545-546. 文章最后落款日期是1972年。

④ Терапиано Ю. К. Литературная жизнь русского Парижа за полвека（1924-1974）. СПб.：ООО «Издательство "Росток"»，2014. С. 550-551.

这之前，俄罗斯读者还需要时间去重拾对这位被遗忘大半个世纪的作家的记忆，以便进入再认识的阶段。

3. 回归本土（1987 年至今）

20 世纪 80 年代随着俄境内回归文学浪潮的兴起，扎伊采夫的创作陆续与苏俄读者见面，俄本土对其作品的研究也随之兴起。这首先与俄罗斯侨民文学第一浪潮的研究专家米哈伊洛夫的工作密切相关。自 1959 年起，米哈伊洛夫开始与扎伊采夫通信，这种交流模式一直持续到作家去世前不久。

1987 年，莫斯科周报《文学俄罗斯报》第 33 期刊出了米哈伊洛夫关于扎伊采夫的文章，其中穿插他与作家的一些书信片段及其对回忆录《莫斯科》的简短评论。文章作者认为在这些回忆性的文字里还有一个主人公——“古老的莫斯科”①。紧接着在该报同一版面上刊出了扎伊采夫回忆安德列耶夫的文章②。1989 年，莫斯科《词语》杂志第 9 期刊出了米哈伊洛夫又一篇介绍扎伊采夫的文章。作者结合扎伊采夫的生活轨迹与社会历史的变迁，概述了作家创作早期的艺术观、成熟期的文艺思想，并指出在随后的扎伊采夫的“三篇小文”中，“有俄罗斯，遥远的，又很近的，直至最细微的差别都很近，又是难忘的”③。紧接着，在该期杂志上登出扎伊采夫的随笔《关于祖国的话》《奥普塔修道院》和《致年轻人!》④。1990 年，莫斯科杂志《中学文学》第 6 期刊出了米哈伊洛夫关于扎伊采夫的第三篇文章。文章作者对扎伊采夫的研究进一步深化，指出圣徒传的主人公谢尔吉·拉多涅日斯基“对扎伊采夫而言，是俄罗斯不可分割的一部分，正如茹科夫斯基，正如屠格涅夫和契诃夫一样，

① Михайлов О. Н. О Борисе Зайцеве (1881-1972) // Литературная Россия. 1987. № 33. С. 17.

② См. Зайцев Б. К. Леонид Андреев // Литературная Россия. 1987. № 33. С. 16-17.

③ Михайлов О. Н. Знакомцы давние... // Слово. 1989. № 9. С. 57.

④ См. Зайцев Б. К. Слово о родине. Оптина Пустынь. К молодым! // Слово. 1989. № 9. С. 60-63.

他专门为他们作传。所有人都应为这些书里关于祖国、关于俄罗斯的思考而欢呼”①。接下来的自传体四部曲《格列布游记》虽围绕自传主人公的生活经历展开，但“整部作品的真正中心仍是俄罗斯”，因而四部曲被米哈伊洛夫称为“逝去俄罗斯的一座主要的纪念碑”②。这可谓是扎伊采夫在被尘封后首次与本国读者见面。

从俄罗斯国家图书馆的文献资料来看，自 1989 年起，扎伊采夫的作品在俄境内开始单独出版。较之域外，本土出版物最大的特征在于作品出版与评论相结合，即扎伊采夫的每部作品集都尽可能附上现当代文艺学家、批评家的文章。可见，在需要快速而广泛传播扎伊采夫作品的同时，俄罗斯学界也意识到对其创作进行研究的紧迫性。

1989 年，图拉出版了扎伊采夫的作品集《蓝星》，以米哈伊洛夫的文章——《关于鲍里斯·康斯坦丁诺维奇·扎伊采夫》——作序言，又以该作者的另一篇文章——《“静谧的光”（扎伊采夫画像掠影）》——作结语。序言以米哈伊洛夫 1987 年的文章为基础进行扩充，增加了更多关于扎伊采夫生平事迹的文献资料，并援引扎伊采夫的随笔《关于祖国的话》作结，强调其创作属于“祖国精神面貌”的一部分③。作为结语的文章比较长，信息量也扩增。结合 1989 年《词语》杂志上的文章，米哈伊洛夫对扎伊采夫的文学创作道路进行了梳理，对《阿格拉费娜》《格列布游记》、三部作家传记以及译作《地狱》都作了精辟的阐释，还解读了扎伊采夫的意大利情结。最后，米哈伊洛夫强调扎伊采夫的时代意义：在正值精神面貌亟待更新的历史时期，正值恢复与曾被中断的文化、文学艺术的

① Михайлов О. Н. Литература Русского Зарубежья. Борис Константинович Зайцев (1881-1972). Статья третья // Литература в школе. 1990. № 6. С. 49.

② Михайлов О. Н. Литература Русского Зарубежья. Борис Константинович Зайцев (1881-1972). Статья третья // Литература в школе. 1990. № 6. С. 49.

③ Михайлов О. Н. О Борисе Константиновиче Зайцеве // Зайцев Б. К. Голубая звезда: Роман, повесть, рассказы, главы из книги «Москва». Тула: Приок. кн. изд-во, 1989. С. 9.

联系的时期，扎伊采夫是当之无愧的“明日作家，未来的作家”①。

1989—1990年，莫斯科“文学”出版社先后出版了扎伊采夫的作品集《圣尼古拉街》（1989）和《白色的光》（1990）。后者除了没有收录《莫斯科》以外，其余内容同《圣尼古拉街》。这两部作品集都以米哈伊洛夫的文章——《“无意义的是没有的”（关于鲍里斯·康斯坦丁诺维奇·扎伊采夫）》作为序言。文中指出，扎伊采夫早期创作的独特性吸引了出版社的广泛关注，他的作品在不同倾向的出版机构里都得到了出版，并在概括20世纪头十年扎伊采夫的创作之路时，认为这是“从现代主义到现实主义”②。2007年，莫斯科又以《圣尼古拉街》为名出版中短篇小说集，开篇也是米哈伊洛夫如此命名的文章。新作在原来的基础上作了修改与增补，指出20世纪头十年扎伊采夫的创作之路可以概括为“从现代主义到新现实主义”③，从而更细致地界定了作家的创作演变之路。

此外，新作中对《蓝星》和《奇怪的旅行》里主人公形象的分析又回到之前已提及的漂泊者、流浪者的话题上。他们在现实中的游离似乎是“在时间之上的旅行”，但米哈伊洛夫认为主人公的漂泊并非无所作为，“主人公（正如作者本人）的这个特征并不是软弱，而是力量的表征”④。米哈伊洛夫还格外强调扎伊采夫文笔的经典

---

① Михайлов О. Н. «Тихий свет» (Штрихи к портрету Б. К. Зайцева) // Зайцев Б. К. Голубая звезда: Роман, повесть, рассказы, главы из книги «Москва». Тула: Приок. кн. изд-во, 1989. С. 363.

② Михайлов О. Н. «Бессмысленного нет...» (О Борисе Константиновиче Зайцеве) // Зайцев Б. К. Улица святого Николая: Повести и рассказы. М.: Художественная литература, 1989. С. 7.

③ Михайлов О. Н. «Бессмысленного нет...» (О Борисе Константиновиче Зайцеве) // Зайцев Б. К. Улица святого Николая. Повести и рассказы. М.: Издательский дом «Синергия», 2007. С. 10.

④ Михайлов О. Н. «Бессмысленного нет...» (О Борисе Константиновиче Зайцеве) // Зайцев Б. К. Улица святого Николая. Повести и рассказы. М.: Издательский дом «Синергия», 2007. С. 11, 15.

性，认为把扎伊采夫与其三部作家传记的主人公连接在一起的是"柔性，温婉，某种可以说是女性的元素……女性特质也进入到那印象主义里来"①。因而，无论描述何种场景，扎伊采夫的叙述笔调永远是平缓的，充满女性温柔气质的。从这个意义上讲，米哈伊洛夫开启了当代俄罗斯对扎伊采夫小说传统性和抒情性的研究。

1993 年，莫斯科"文学""杰拉"出版社出版了扎伊采夫的 3 卷集。这是扎伊采夫的创作回归本土以后的第一次规模性出版。每卷里还穿插有扎伊采夫不同生活阶段的照片，这为俄境内读者认识扎伊采夫其人其作提供了便利。3 卷集选取沃罗帕耶娃介绍扎伊采夫生平与创作历程的长文作序。文章作者称扎伊采夫是"侨民文学第一浪潮的最后一位"，"就像是俄罗斯文学经典时代的优良传统留给年轻一代的鲜活训诫"②。沃罗帕耶娃肯定并宣扬的是扎伊采夫作为作家的精神与道德力量。

扎伊采夫的创作回归俄本土以后的第二次大规模出版是在 1999 年至 2001 年。这一时期莫斯科的"俄罗斯图书"出版社陆续推出了扎伊采夫的 5 卷全集，后又追加第 6—11 卷，共计 11 卷。前 9 卷由普罗科波夫主编，后 2 卷由杰伊奇和普罗科波夫合编，扎伊采夫的女儿扎伊采娃-索洛古勃也参与了各卷的编辑出版工作。这套全集几乎涵盖了扎伊采夫漫长创作生涯里各类体裁的作品，为每卷作序的不仅有普罗科波夫、柳博穆德罗夫等研究扎伊采夫的专家与学者，还有作家的女儿扎伊采娃-索洛古勃。每卷附录部分不仅收入扎伊采夫本人的评论文章和随笔，还有研究扎伊采夫作品的文献资料。其中有的文章之前已在俄境内发表，有的文献在域外已发表而在俄境内首次登出。11 卷全集为新时期的扎伊采夫研究提供了翔实权威的

---

① Михайлов О. Н. «Бессмысленного нет...» (О Борисе Константиновиче Зайцеве) // Зайцев Б. К. Улица святого Николая. Повести и рассказы. М.: Издательский дом «Синергия», 2007. С. 21.

② Воропаева Е. Жизнь и творчество Бориса Зайцева // Зайцев Б. К. Сочинения: В 3 т. Т. 1. М.: Художественная литература; ТЕРРА, 1993. С. 46.

资料。

在前9卷里，主编普罗科波夫不仅为每卷作注解，还为第1、2、3、6、9卷写作序言，对扎伊采夫作品的艺术特色和精神内涵都作了深入的剖析。在第1卷的序言里，普罗科波夫对扎伊采夫创作于革命前的小说进行归纳分析，总结出以下四个方面的特征：第一，注重“讴歌乐观阳光的元素，追求光明战胜黑暗，生战胜于死”；第二，主人公坦然面对死亡，作家在人的存在和离开（死亡）中传达诗意；第三，人的情感与自然水乳交融，这时自然并不作为背景，而是“遁入自然宇宙空间的人的生活本身”；第四，鲜明的自传性①。在第2卷的序言里，普罗科波夫聚焦扎伊采夫侨居国外时期的生活与文学活动，解析侨居经历在扎伊采夫作品中的反映及其对作家思想产生的影响，并总结道：“仁慈和同情——这两个伟大的词语表达了贯穿他整个创作的世界观实质。”②

关于扎伊采夫作品的抒情性风格，普罗科波夫援引巴尔蒙特对之所作的界定——“轻响的茎秆”③，认为这个术语精妙传达了扎伊采夫小说的艺术特色，并以此为主标题在第3卷的序言里集中探讨扎伊采夫小说的这一美学现象。普罗科波夫认为，扎伊采夫的小说富有音乐性和韵律美，这是具有时代意义的创新：“俄罗斯文学还不知道那样的，因此，文艺学家和批评家实属罕见地一致把扎伊采夫的诗意作品视作为我们白银时代增光添彩的现象。”④ 普罗科波夫还发现，扎伊采夫的抒情性有不少是来自圣经的诗歌传统，而每天翻

---

① Прокопов Т. Ф. Восторги и скорби поэта прозы. Борис Зайцев：вехи судьбы // Зайцев Б. К. Собрание сочинений：В 5 т. Т. 1. М.：Русская книга，1999. С. 19-22.

② Прокопов Т. Ф. «Все написанное мною лишь Россией и дышит. . . ». Борис Зайцев в эмиграции // Зайцев Б. К. Собрание сочинений：В 5 т. Т. 2. М.：Русская книга，1999. С. 24.

③ Бальмонт К. Д. Легкозвонный стебель (Борис Зайцев)// Последние новости. 1926. № 2087. С. 3.

④ Прокопов Т. Ф. Легкозвонный стебель. Лиризм Б. К. Зайцева как эстетический феномен // Зайцев Б. К. Собрание сочинений：В 5 т. Т. 3. М.：Русская книга，1999. С. 7.

阅福音书既激发他的创作灵感，又成为他的“智慧源泉”①。在第6卷的序言里，普罗科波夫援引扎伊采夫对勃洛克和安德列耶夫的回忆录片段，表明扎伊采夫语言的抒情特质在于“剖析，注意给人印象的细节、注意富于表现力的事件，加上水彩画般的风景以制造必要的情绪”——这就是印象主义者扎伊采夫在所有体裁中运用的表达方式②。在第9卷里，针对扎伊采夫的政论文，普罗科波夫又强调其抒情性的基础在于“从主观情感上理解事件”③。可见，普罗科波夫不断挖掘扎伊采夫诗人气质的一面。

在诸如《莫斯科》《遥远的一切》这些回忆性随笔中，作为主人公出现的不仅仅是与扎伊采夫同时代的文学活动家，还有整个白银时代，一个在文学中呼吁寻找新形式的时代。正如普罗科波夫所指出的那样，其中不乏以“异常精湛的形式”压制内容的情况，而面对鱼龙混杂的复杂局面，扎伊采夫保持冷静与沉默，最终他的书凭借真正的精神价值被筛选出来④。普罗科波夫提出并充分证实了扎伊采夫小说的精神内涵，这无疑有助于我们走进这位作家的独特艺术世界。

至此，在米哈伊洛夫、沃罗帕耶娃、普罗科波夫等学者的大力推动下，扎伊采夫的创作在俄国本土迅速得到广泛传播。尤其是在11卷全集出版之后，俄罗斯迎来了扎伊采夫研究的新局面。上述三位学者都强调扎伊采夫作品的精神价值，从而预设了扎伊采夫在当代俄罗斯的文化意义。此外，扎伊采夫小说的抒情性历来备受学界

---

① Прокопов Т. Ф. Легкозвонный стебель. Лиризм Б. К. Зайцева как эстетический феномен // Зайцев Б. К. Собрание сочинений: В 5 т. Т. 3. М.: Русская книга, 1999. С. 10.

② Прокопов Т. Ф. Память всеотзывного сердца. Мемуарная проза Бориса Зайцева // Зайцев Б. К. Собрание сочинений: В 5 т. Т. 6(доп.). М.: Русская книга, 1999. С. 5.

③ Прокопов Т. Ф. Публицистика Бориса Зайцева //Зайцев Б. К. Собрание сочинений: Т. 9(доп.). М.: Русская книга, 2000. С. 3.

④ Прокопов Т. Ф. Память всеотзывного сердца. Мемуарная проза Бориса Зайцева // Зайцев Б. К. Собрание сочинений: В 5 т. Т. 6(доп.). М.: Русская книга, 1999. С. 6-7.

关注，米哈伊洛夫和普罗科波夫也注意到作家的这一特性，并将其与印象主义联系起来。

除了出版扎伊采夫全集和刊发相关评论文章以外，俄罗斯还经常举办有关扎伊采夫的学术研讨会，更是在卡卢加（Калуга）和奥廖尔（Орёл）掀起地方性研究热潮。卡卢加这座位于莫斯科西南不远的城市与扎伊采夫的早年生活密切相关。自 1881 年起直到 1898 年中学毕业，扎伊采夫从未离开过这片土地。卡卢加不仅培养了扎伊采夫对绘画、星系、文学的爱好和对宗教问题的兴趣，还在作家身后推动了当代俄罗斯的扎伊采夫研究。这首先体现为 1996—2010 年在卡卢加举办的六次扎伊采夫国际阅读会和国际学术实践研讨会，每次会后出版论文集①。总体来讲，这六次国际性会议将俄罗斯的扎伊采夫研究推上了高潮。与会学者的文章不仅涉及扎伊采夫各类体裁（小说、戏剧、政论文、文艺传记、随笔、日记书信等）的作品，

---

① 第一次是在 1996 年 9 月 19—20 日，论文集于 1998 年出版，См. Проблемы изучения жизни и творчества Б. К. Зайцева：Сборник статей / Первые Международные Зайцевские чтения. Калуга：Издательство «Гриф»，1998. 第二次是在 1998 年 12 月 17—19 日，论文集于 2000 年出版，См. Проблемы изучения жизни и творчества Б. К. Зайцева：Сборник статей / Вторые Международные Зайцевские чтения. Калуга：Издательство «Гриф»，2000. Вып. Ⅱ. 第三次是在 2001 年 4 月 19—22 日，论文集于当年出版，См. Проблемы изучения жизни и творчества Б. К. Зайцева：Сборник статей / Третьи Международные Зайцевские чтения. Вып. 3. Калуга：Издательство «Гриф»，2001. 第四次是在 2003 年 10 月 15—17 日，论文集于当年出版，См. Творчество Б. К. Зайцева в контексте русской и мировой литературы XX века：Сборник статей / Четвертые Международные научные Зайцевские чтения. Вып. 4. Калуга：Институт повышения квалификации работников образования，2003. 第五次是在 2005 年 11 月 24—26 日，论文集于当年出版，См.Калужские писатели на рубеже Золотого и Серебряного веков. Сборник статей：Пятые Международные юбилейные научные чтения. Вып. 5. Калуга：Институт повышения квалификации работников образования，2005. 第六次是在 2010 年 11 月 2—4 日，论文集于 2011 年出版，См. Жизнь и творчество Бориса Зайцева：материалы Шестой Международной научно－практической конференции，посвященной жизни и творчеству Б. К. Зайцева. Вып. 6. Калуга：Калужский государственный институт модернизации образования，2011.

还将扎伊采夫置于国内外的文学框架下进行比较与对比。其中关注较多的是扎伊采夫创作的抒情性、宗教性、卡卢加地域性、神话因子、意大利主题等，由此确立扎伊采夫在19世纪末20世纪初俄罗斯文学的独特地位。

米哈伊洛娃教授曾参与扎伊采夫11全卷集第10—11卷（书信集）的编排与注释工作，还参加了第三次、第四次和第五次的卡卢加扎伊采夫国际阅读会。就第三次的会议情况，米哈伊洛娃教授撰文作了介绍，指出与会者的报告主要围绕两个方面展开——"作家的艺术发现和他精神传记的阶段与'成分'"，并肯定扎伊采夫学的广泛存在[①]。在第五次阅读会的论文集里，米哈伊洛娃教授针对当下的扎伊采夫研究现状提出富有建设性的推进思路。她认可当今学界对扎伊采夫创作中宗教主题、宗教思想的普遍关注，但又认为"不能走老路"，"应当更加积极地寻找新方法、新视角来考察他的创作"[②]。在米哈伊洛娃看来，"扎伊采夫的作品融合了历史存在、民族存在和宗教存在，如果不关注其作品中形象体系的微妙转变，就不能领会作家构建世界的民族模式的特征"，进而提出运用历史主义思维分析扎伊采夫的回忆性文本、政论文以及作家本人的思想观点[③]。另外，米哈伊洛娃教授还从作家的个性心理方面——"与人友好的惊人能力，温存的、忠诚的、可靠忠实的朋

---

① Михайлова М. В. Б. К. Зайцев — русский классик XX века（научная конференция в Калуге）// Вестник Московского университета. Сер. 9. Филология. 2001. № 5. С. 157，159.

② Михайлова М. В. Современное состояние изучения творчества Б. К. Зайцева // Калужские писатели на рубеже Золотого и Серебряного веков. Сборник статей：Пятые Международные юбилейные научные чтения. Вып. 5. Калуга：Институт повышения квалификации работников образования，2005. С. 6.

③ Михайлова М. В. Современное состояние изучения творчества Б. К. Зайцева // Калужские писатели на рубеже Золотого и Серебряного веков. Сборник статей：Пятые Международные юбилейные научные чтения. Вып. 5. Калуга：Институт повышения квалификации работников образования，2005. С. 3-4.

友”、珍视女性友谊、幽默风趣地对待亲人①——分析了扎伊采夫的相关作品，为我们从不同角度探讨扎伊采夫的艺术世界提供了范例。

奥廖尔在扎伊采夫研究中也起到了重要作用。从生平上来讲，扎伊采夫在奥廖尔待的时间并不长。据记载，1881 年 1 月 29 日扎伊采夫在奥廖尔出生，一岁光景便跟家人去了卡卢加州一个叫作乌斯特的村庄；1888 年，扎伊采夫跟随母亲来奥廖尔取文件，几天后又返回乌斯特，之后再没有回过奥廖尔②。但奥廖尔作为出生地，其文学氛围滋养了作家的一生。扎伊采夫的文学领路人安德列耶夫是奥廖尔人，与作家保持密切联系的布宁也出生于奥廖尔，扎伊采夫的崇拜对象屠格涅夫更是这座城市的灵魂。据扎伊采夫后来在信中所讲，“在奥廖尔还住着我的另一位叔叔尼古拉，就在‘贵族’街上。在那里我第一次听到屠格涅夫的名字：年长的人们说，经过这条街，对面就是卡里金家，那里住着《贵族之家》的丽莎”③。

奥廖尔联合国立屠格涅夫文学博物馆（以下简称“奥廖尔文学博物馆”）建成于 1918 年。这里不仅收藏有记录屠格涅夫生平与创作的珍贵档案材料，还陈列着布宁、安德列耶夫、列斯科夫、费特等出身于奥廖尔的著名作家的文献资料。1991 年，在其中一个分支（奥廖尔作家群博物馆）里开设扎伊采夫的展室④。同年，奥廖尔文学博物馆举办扎伊采夫在俄本土的第一次作品展。鉴于俄罗斯读者

---

① Михайлова М. В. Современное состояние изучения творчества Б. К. Зайцева // Калужские писатели на рубеже Золотого и Серебряного веков. Сборник статей：Пятые Международные юбилейные научные чтения. Вып. 5. Калуга：Институт повышения квалификации работников образования，2005. С. 4-6.

② Зайцев Е. Н. Русский писатель земли Калужской. Калуга：издательство «Фридгельм»，2004. С. 34，37.

③ Афонину Л. Н. 5 декабря 1964. Париж // Зайцев Б. К. Собрание сочинений. Т. 11（доп.）. М.：Русская книга，2001. С. 225.

④ Пузанкова Е. Н. Предисловие // Наследие Б. К. Зайцева：проблематика，поэтика，творческие связи. Материалы Всероссийской научной конференции，посвященной 125-летию со дня рождения Б. К. Зайцева. 18-20 мая 2006 г. Орёл：ПФ «Картуш»，2006. С. 5.

对扎伊采夫的名字还比较陌生，这次展览的主要任务是认识扎伊采夫，朗诵作家的一些作品节选，为中学生制定主题游览课程等①。

奥廖尔文学博物馆对扎伊采夫生平资料的收集与展览推动了当地及整个俄罗斯的扎伊采夫研究。1998 年，奥廖尔国立屠格涅夫大学（以下简称“奥廖尔大学”）20—21 世纪俄罗斯文学及域外文学史教研室在奥廖尔文学博物馆、奥廖尔州国家档案馆的支持下，出版了研究扎伊采夫生平与创作的论文集，围绕“扎伊采夫创作及世界观问题”“扎伊采夫与世界文学传统”和“档案资料与信息”这三个板块展开②。文章作者虽大多来自奥廖尔，但也有来自莫斯科、圣彼得堡、下诺夫哥罗德、沃洛格达等俄罗斯其他省城，还有乌克兰、意大利的学者参与，从而保证论文集的广泛规模。接下来的 2001 年至 2021 年，分别在扎伊采夫诞辰 120 周年、125 周年、130 周年、135 周年和 140 周年之际，奥廖尔大学先后举办了五次扎伊采夫国际或全俄学术研讨会，这些活动还得到奥廖尔文学博物馆的支持，并在会后出版论文集③。

---

① Дмитрюхина Л. В.，Терехова Г. О. Читаем Зайцева вместе：музейный формы изучения творчества писателя // Жизнь и творчество Бориса Зайцева：материалы Шестой Международной научно-практической конференции，посвященной жизни и творчеству Б. К. Зайцева. Вып. 6. Калуга：Калужский государственный институт модернизации образования，2011. С. 117.

② См. В поисках гармонии（О творчестве Б. К. Зайцева）：межвузовский сборник научных трудов. Орёл：Орловский государственный университет. 1998.

③ 第一次是在 2001 年，为纪念扎伊采夫诞辰 120 周年，论文集 См. Юбилейная международная конференция по гуманитарным наукам，посвященная 70-летию Орловского государственного университета：Материалы. Выпуск Ⅱ：Л. Н. Андреев и Б. К. Зайцев. Орёл：Орловский государственный университет，2001. 第二次是在 2006 年，为纪念扎伊采夫诞辰 125 周年，论文集 См. Наследие Б. К. Зайцева：проблематика，поэтика，творческие связи. Материалы Всероссийской научной конференции，посвященной 125-летию со дня рождения Б. К. Зайцева. 18-20 мая 2006 года. Орёл：ПФ «Картуш»，2006. 第三次是在 2011 年，为纪念扎伊采夫诞辰 130 周年，论文集（转下页）

从大会主题与参会学者的报告来看，奥廖尔会议上的研究问题和关注焦点与卡卢加的相接近。扎伊采夫创作的哲理思想与艺术特色、与同时代作家（安德列耶夫、布宁等）的创作关联、与世界文化的联系等是历届研讨会的热点话题。由于地域原因，奥廖尔的研讨会注重挖掘扎伊采夫作为奥廖尔作家群一分子的独特文学价值与文化意义，没有过于强调其创作中的卡卢加因子。因而我们看到，2001 年的论文集不仅用于纪念扎伊采夫诞辰 120 周年，还纪念安德列耶夫诞辰 130 周年；书中收录的既有研究扎伊采夫的文章，还有研究安德列耶夫的文章①。同样，2021 年的论文集是为纪念布宁诞辰 150 周年和扎伊采夫诞辰 140 周年②。

值得注意的是，奥廖尔的论文集中还出现运用新现实主义方法研究扎伊采夫小说的文章——《扎伊采夫同名短篇小说中的卡桑德拉原型：新现实主义方法的可能性》③，这种思路在扎伊采夫研究中并不陌生。例如，在 2000 年的卡卢加会议论文集里，就有学者在新现实主义小说的语境下考查扎伊采夫的自传体四部曲《格列布游

（接上页）См. Творчество Б. К. Зайцева и мировая культура. Сборник статей：Материалы Международной научной конференции，посвященной 130-летию со дня рождения писателя. 27-29 апреля 2011 года. Орёл，2011. 第四次是在 2016 年，为纪念扎伊采夫诞辰 135 周年，论文集 См. Творчество Б. К. Зайцева и мировая культура. Сборник статей. Материалы Всероссийской научной конференции，посвященной 135-летию со дня рождения писателя. 20-22 апреля 2016 года. Орёл，2016. 第五次是在 2021 年，为纪念扎伊采夫诞辰 140 周年，论文集 См. Орловский текст российской словесности. Вып. 13. Орёл：Издательство «Картуш»，2021.

① См. Юбилейная международная конференция по гуманитарным наукам，посвященная 70-летию Орловского государственного университета：Материалы. Выпуск Ⅱ：Л. Н. Андреев и Б. К. Зайцев. Орёл：Орловский государственный университет，2001.

② См. Орловский текст российской словесности. Вып. 13. Орёл：Издательство «Картуш»，2021.

③ См. Минкин К. С.，Никитина И. Н. Архетип Кассандры в одноименном рассказе Б. К. Зайцева：неореалистические возможности метода // Орловский текст российской словесности. Вып. 13. Орёл：Издательство «Картуш»，2021. С. 123-128.

记》，从作品结构和艺术思维层面剖析作家对现实主义创作方法的更新，对精神现实的关注①。较之于之前的研究，2021 年的文章借助时下对“新现实主义”的最新界定，对扎伊采夫的创作特色作了更为明确的阐释，即“不同艺术方法的美学原则的混合”②。而具体在短篇小说《卡桑德拉》里，新现实主义方法“使扎伊采夫在一个形象里有机融合了原型的和现实的元素，使形象的比较和对比都有可能”③。平行比较与纵向对比是俄罗斯的扎伊采夫研究中较常用的方法。之所以出现这样一种趋势，原因在于作家创作本身的多样性：既有同时代的现代派特征，又继承了 19 世纪的现实主义传统。这种兼而有之的综合特色正是 19—20 世纪之交俄罗斯新现实主义的概念核心。因而，从新现实主义的视角探讨扎伊采夫的创作，将为我们走近作家的艺术世界提供新的思路与方法。

二 国内研究现状

我国对扎伊采夫的研究起步于 20 世纪 90 年代，这与扎伊采夫在俄罗斯本土的回归大体同步。1992 年，《苏联文学联刊》刊载了学者冯玉律论述《俄国侨民文学的第一浪潮》的文章，指出扎伊采夫凭小说《蓝星》④ 跻身文坛，作家“一度曾接受过现代派和泛神

---

① См. Бараева Л. Н. Тетралогия Б. Зайцева «Путешествие Глеба» в контексте «неореалистической прозы» // Проблемы изучения жизни и творчества Б. К. Зайцева: Сборник статей / Вторые Международные Зайцевские чтения. Калуга: Издательство «Гриф», 2000. Вып. Ⅱ. С. 104-109.

② Минкин К. С., Никитина И. Н. Архетип Кассандры в одноименном рассказе Б. К. Зайцева: неореалистические возможности метода // Орловский текст российской словесности. Вып. 13. Орёл: Издательство «Картуш», 2021. С. 125.

③ Минкин К. С., Никитина И. Н. Архетип Кассандры в одноименном рассказе Б. К. Зайцева: неореалистические возможности метода // Орловский текст российской словесности. Вып. 13. Орёл: Издательство «Картуш», 2021. С. 127.

④ 关于扎伊采夫的中篇小说«Голубая звезда»国内有不同的译法，如《蓝色的星星》《淡蓝的星》《蓝星》等，本书统一译作《蓝星》。

论的影响，但后来又走向了现实主义”[①]。1995 年，学者汪介之在专著中概括性介绍了扎伊采夫的生平与各个时期的创作，梳理了从《短篇小说第一集》（1906）到生前最后一部文集《遥远的一切》（又译作《悠远的回忆》，1965）里作家创作特色和主题思想的演变[②]。1998 年，在李明滨教授主编的《俄罗斯二十世纪非主潮文学》中，扎伊采夫被视为结合现实主义与现代主义的代表作家，指出安德列耶夫、扎伊采夫、列米佐夫等作家“从现实主义起步，在创作过程中有意识地吸收一些新的表现手段，试图找到一条介于二者之间的道路”[③]，这也就是我们要探究的新现实主义现象。

20 世纪 90 年代，我国还有一些学者对扎伊采夫的创作进行简明扼要的列举与译介，如学者余一中强调扎伊采夫笔下“爱国恋乡”的主题（《轻松的粮袋》）和以经典作家为题材的传记小说（《屠格涅夫的一生》《茹科夫斯基》《契诃夫》）[④]。译介有学者张冰翻译的短篇小说《死神》[⑤]（又译作《死亡》[⑥]），陈静翻译的《轻松的粮袋》和《归宿旺代》[⑦]。这些为数不多的译作为我国读者接触扎伊采夫的作品提供了契机。除了小说译介以外，《世界文学》1998 年第 5 期刊出了扎伊采夫的回忆录文章《维亚切斯拉夫·伊万诺夫》，由汪介之教授翻译，周启超教授作序，从中我们了解到象征主义理论家伊万诺夫对扎伊采夫的短篇小说《克罗尼德神甫》和中篇小说

---

① 冯玉律：《俄国侨民文学的第一浪潮》，《苏联文学联刊》1992 年第 5 期。

② 详见汪介之《现代俄罗斯文学史纲》，南京出版社 1995 年版，第 309—320 页。

③ 李明滨主编：《俄罗斯二十世纪非主潮文学》，北岳文艺出版社 1998 年版，第 37 页。

④ 余一中：《20 世纪人类文化的特殊景观——俄罗斯侨民文学简介》，《译林》1997 年第 3 期。

⑤ ［俄］扎伊采夫：《死神》，张冰译，《俄罗斯文艺》1998 年第 1 期。

⑥ ［俄］扎伊采夫：《死亡》，张冰译，周启超主编《俄罗斯“白银时代”精品库：小说卷》，中国文联出版公司 1998 年版，第 298—308 页。

⑦ ［俄］扎伊采夫：《俄国鲍·扎伊采夫短篇二则》，陈静译，《当代外国文学》1998 年第 3 期。

《阿格拉费娜》的点评[①]。

进入21世纪，我国学界对扎伊采夫作品的研究更进一步。有不少专家学者探讨了有关作家生平和文艺流派归属的问题，同时21世纪的研究视角不仅涉及作品的主题思想，还转向创作体裁和艺术手法。其中，对故国家园的思念、对祖国命运的担忧、对民族未来的深切关怀以及深思缜密的宗教哲理观贯穿扎伊采夫创作实践的始终，具体又不同程度地体现在早期的短篇小说、探索期的圣徒传和成熟期的回忆录、随笔、传记小说等体裁中，反映在艺术手法上则是从早期抒情色彩浓厚的印象主义、表现主义等逐渐过渡到成熟期以现实主义为主、现代主义为辅的复合创作方法。

2001年，学者赵秋长在《俄国侨民文学概览》一文中讲到侨民文学第一浪潮时，将扎伊采夫与布宁、什梅廖夫、阿尔达诺夫一起列为坚持现实主义倾向的作家[②]。周启超教授在专著《白银时代俄罗斯文学研究》中，通过对白银时代作家集群现象的研究使我们对扎伊采夫的文学归属（现实主义阵营）有了更清晰的认识："'星期三'是世纪之交现实主义文学流脉迎战现代主义文学流脉的第一个基地"[③]，而早在1902年扎伊采夫便成为这个小组的成员。诚然，"星期三"文学社对扎伊采夫的创作生涯和文学之路产生了深远影响。在这个集体里，扎伊采夫深受安德列耶夫的推崇与提携，一步步稳固自己在文坛的地位。

2004年，人民文学出版社出版了由刘文飞教授主持翻译的俄罗斯当代学者阿格诺索夫撰写的《俄罗斯侨民文学史》，其中专辟章节详细介绍了扎伊采夫的生平和各个时期的创作，肯定扎伊采夫侨居时期的两个被公认的创作主题——"关于过去的"和"关于当代生

---

① 详见［俄］扎伊采夫《维亚切斯拉夫·伊万诺夫》，汪介之译，《世界文学》1998年第5期。

② 赵秋长：《俄国侨民文学概览》，《俄语学习》2001年第6期。

③ 周启超：《白银时代俄罗斯文学研究》，北京大学出版社2003年版，第70页。

活的”，强调扎伊采夫作品中的基督教博爱精神以及对俄罗斯民族性格的深层次体现①。该书作者较多关注的是作家在反映人物内在精神和崇高追求上的诗学特征，突出融入作品人物身上的关于天意、偶然的基督教哲理思考，这与我国学者的研究视野有很大不同。

同样是在2004年，有两篇文章对于我们认识扎伊采夫的文学地位具有指导意义。在《俄罗斯侨民文学》一文中，荣洁教授肯定了侨民文学第一浪潮中年长一代的创作建树，认为他们的“自传体回忆录——被诗化、神话化的往事、童年、少年生活的回忆录”充满了对祖国美好过往的怀念，并列举扎伊采夫的《格列布游记》② 和《圣谢尔吉·拉多涅日斯基》；同时还指出，“对生、死、上帝的思考”几乎是包括扎伊采夫在内的“所有俄侨作家、诗人创作的永恒主题”③。汪介之教授在文章《20世纪俄罗斯侨民文学的文化观照》中指出，“长期在异邦土地上生活的特殊环境，使得大部分侨民作家都抱有对俄罗斯的深深怀念之情，因此，在对往昔生活的深情回忆中抒发去国之苦、离别之恨、思乡之愁，成为侨民文学‘第一浪潮’的一个重要主题”，并列举扎伊采夫的自传体四部曲《格列布游记》；同时为强调侨民作家“向现实主义传统的复归，对19世纪经典作家的偏爱，对古典美学观念和情趣的重新认同”，又列举扎伊采夫的传记小说《屠格涅夫的一生》④。由此可见，扎伊采夫在侨民文学第一浪潮中占据显要的地位。

在《阐释与思辨：俄罗斯文学研究的世纪回眸》一书中，作者

---

① ［俄］阿格诺索夫：《俄罗斯侨民文学史》，刘文飞、陈方译，人民文学出版社2004年版，第175页。

② 关于扎伊采夫的自传体四部曲«Путешествие Глеба»，国内有不同的译法：《格列勃的旅程》《格烈勃的旅程》《格列勃的游历》《格列勃游记》等，本书统一译作《格列布游记》。

③ 荣洁：《俄罗斯侨民文学》，《中国俄语教学》2004年第1期。

④ 汪介之：《20世纪俄罗斯侨民文学的文化观照》，《南京师范大学文学院学报》2004年第1期。

杨雷指出，俄罗斯侨民文学具有鲜明的宗教性，扎伊采夫的《圣谢尔吉·拉多涅日斯基》和《安娜》表达了作家本人虔诚的基督教信仰①。杜国英与李文戈两位学者的合作文章《20世纪俄罗斯侨民文学的回顾与反思》认为，扎伊采夫的自传体四部曲《格列布游记》反映了侨民作家对祖国的深深怀念，与此同类的还有以著名作家生平履历为题材的传记小说，如扎伊采夫的《屠格涅夫的一生》艺术性体现了侨民作家对俄罗斯文化和文学传统的尊重②。

刘琨教授在专著《东正教精神与俄罗斯文学》中着重分析了扎伊采夫的圣徒传《圣谢尔吉·拉多涅日斯基》，认为正是对东正教精神的深入理解和艺术性表现，"并渗透着'神圣俄罗斯'的主题"，确立了扎伊采夫在俄罗斯文学史上的威望③。该学者还指出，与东正教思想息息相关的还有渴望心灵超脱、追求宁静永恒的"'安宁'观"，这种思想鲜明地体现在扎伊采夫的旅行随笔《阿峰》和《瓦拉姆》中，"对祖国长久的思念使扎伊采夫在对俄罗斯式宁静生活的神圣意义细细品味中找到安慰和快乐"④。可以说，这部专著从宗教文化的视角深刻阐释了扎伊采夫创作思想中的东正教精神。

在《俄罗斯文学的神性传统：20世纪俄罗斯文学与基督教》一书中，作者深入探讨了扎伊采夫的作品所体现的基督教思想。该书指出"俄罗斯主题"和"宗教主题"是扎伊采夫侨居时期一以贯之的创作主题，其中长篇小说《金色的花纹》通过描绘革命时期俄苏社会的历史变迁，表达了作家对革命的宗教看法，即"革命是对俄

---

① 杨雷编著：《阐释与思辨：俄罗斯文学研究的世纪回眸》，黑龙江人民出版社2008年版，第121页。

② 杜国英，李文戈：《20世纪俄罗斯侨民文学的回顾与反思》，《哈尔滨工业大学学报》（社会科学版）2008年第3期。

③ 刘琨：《东正教精神与俄罗斯文学》，人民文学出版社2009年版，第63页。

④ 刘琨：《东正教精神与俄罗斯文学》，人民文学出版社2009年版，第211页。

罗斯的惩罚，人们应该接受惩罚，忏悔罪过”[1]。另外，该书作者还深刻阐释了自传体四部曲《格列布游记》的主人公所体现的“谦恭驯顺的基督徒美德”和“忏悔”的主题思想[2]，从而为我们进一步洞悉作家的宗教艺术世界奠定了坚实的基础。紧接着王帅在博士学位论文《天路的历程　精神的归宿：论俄罗斯侨民作家 И. 什梅廖夫、Б. 扎伊采夫创作中的朝圣主题》中，通过分析《圣谢尔吉·拉多涅日斯基》的同名主人公和《瓦拉姆》中修士们的苦修之路，探讨了扎伊采夫侨居国外时期作品的朝圣主题[3]，为我们考察作家的宗教文学属性提供了新视野。

汪介之教授于 2013 年出版的专著《俄罗斯现代文学史》在先前（1995 年）研究成果的基础上，详细列举了回忆录文集《莫斯科》和《遥远的一切》对历史文化名人的收录情况。新版中突出了扎伊采夫作为侨民作家的俄罗斯情结，体现为扎伊采夫从瓦拉姆游历回来之后写的《关于祖国的几句话》，表达了作家想要重回祖国的强烈愿望，对祖国光荣历史和传统文化的赞美与眷恋[4]。2015 年，汪介之教授在专著《远逝的光华：白银时代的俄罗斯文学与文化》中讲述白银时代文学在小说领域的成就，又列举扎伊采夫侨居国外前创作的小说（主要是短篇小说集），并对其思想主题和艺术特色加以肯定与赞扬，指出继布宁之后，扎伊采夫“成为已逝的白银时代与域外文学‘第一浪潮’的主要代表人物”[5]。

---

① 任光宣等：《俄罗斯文学的神性传统：20 世纪俄罗斯文学与基督教》，北京大学出版社 2010 年版，第 219—220 页。

② 任光宣等：《俄罗斯文学的神性传统：20 世纪俄罗斯文学与基督教》，北京大学出版社 2010 年版，第 227 页。

③ 王帅：《天路的历程　精神的归宿：论俄罗斯侨民作家 И. 什梅廖夫、Б. 扎伊采夫创作中的朝圣主题》，博士学位论文，北京大学，2011 年。

④ 汪介之：《俄罗斯现代文学史》，中国社会科学出版社 2013 年版，第 320—330 页。

⑤ 汪介之：《远逝的光华：白银时代的俄罗斯文学与文化》，福建教育出版社 2015 年版，第 227 页。

另外，汪教授在《20 世纪俄罗斯域外文学中的自传性作品》一文中，将《格列布游记》作为自传体小说来介绍，将《莫斯科》《遥远的一切》以及后来被收入《我的同时代人》《岁月》的回忆性随笔归入自传性散文[①]，基于创作主题的体裁划分使我们更加深入理解扎伊采夫对俄罗斯社会思想和历史文化演变的深思、对人的命运的关怀。

余一中教授同样注意到传记小说在扎伊采夫创作中的重要地位。在 2013 年出版的《余一中集：汉、俄》中，有专门一章概述该体裁在苏联作家和侨民作家笔下的反映情况。作者把侨民传记按照传主的不同分为两类：政治领袖和文学家，其中把扎伊采夫的《屠格涅夫的一生》作为后一类的代表列举出来；同时还把苏联作家与侨民作家的文学家传记作了对比，强调侨民传记是对苏联传记文学从主题思想上的补充，指出扎伊采夫的《茹科夫斯基》注重传主作品的艺术形式分析，以此不同于苏联传记作家对社会政治、经济文化因素的渲染[②]。无论以何种体裁进行创作，扎伊采夫都始终坚持艺术对形式优美、感情真实、思想深刻的永恒追求。

在流派归属上扎伊采夫属于现实主义阵营，这在学界已达成共识。而且学者发现，扎伊采夫的现实主义较之传统意义上的现实主义更为复杂，其中吸纳了许多现代性成分，“融合了相当多的印象主义和象征主义的特点”，体现为 19 世纪末 20 世纪初的“新现实主义”，即“吸收了现代主义潮流某些特点的现实主义”[③]。在俄罗斯科学院高尔基世界文学研究所的集体著作中，“新现实主义”被看作现实主义内部一个更接近现代主义的分支，指出“作为一个整体的现实主义文学运动——既包括新现实主义又包括传统的现实主义文

---

① 汪介之：《20 世纪俄罗斯域外文学中的自传性作品》，《现代传记研究》2016 年第 1 期。

② 余一中：《余一中集：汉、俄》，黑龙江大学出版社 2013 年版，第 112—125 页。

③ ［俄］科尔米洛夫·谢·伊主编：《二十世纪俄罗斯文学史：20—90 年代主要作家》，赵丹、段丽君、胡学星译，南京大学出版社 2017 年版，第 18 页。

学现象——其标志乃是广泛而深刻地表现俄罗斯的现实生活，不断提升文学对周围活跃生活的关注程度”①，而新现实主义正是从新的视角提出如何审视现实的问题。扎伊采夫凭借其综合性的创作手法被归入新现实主义之列，但书中更倾向于谈论其艺术风格的“中间派”特征：扎伊采夫虔诚地奉契诃夫和索洛维约夫为自己的导师，“力求规避各文学派别之间的争斗，走一条中间道路，亦即尽量地向现实主义靠拢，却也不疏离其他派别”②。虽然扎伊采夫在创作中越来越关注外部社会生活，但“在这方面表现得更朦胧些，因为他在骨子里仍是个具有理想主义风格的抒情作家”③。这种抒情性又与扎伊采夫一以贯之的印象主义手法密切相关。

张冰教授在谈及白银时代的未来主义时，指出其中一个来源便是西方艺术中的印象主义，“早期未来派所形成的团体，是印象派的”，“白银时代在文坛上始终坚持继承屠格涅夫传统并独立坚持印象派创作之路的是扎伊采夫”④。张建华教授通过分析其短篇小说《大学生别涅季克托夫》⑤ 和中篇小说《蓝星》，指出扎伊采夫的新现实主义“表现出明显的印象主义倾向”：“其叙事不遵从人物性格和事件发展的逻辑，而重在表现创作者的主体的瞬间印象和情感，以形而上的哲学、宗教顿悟为归宿。”⑥ 另外，王树福教授在考察19—20 世纪之交的新现实主义时，列举了该思潮下的一种风格类

① 《俄罗斯白银时代文学史（1890 年代—1920 年代初）》第 I 卷，谷羽、王亚民编译，敦煌文艺出版社 2006 年版，第 194 页。

② 《俄罗斯白银时代文学史（1890 年代—1920 年代初）》第 I 卷，谷羽、王亚民编译，敦煌文艺出版社 2006 年版，第 226、229 页。

③ 《俄罗斯白银时代文学史（1890 年代—1920 年代初）》第 I 卷，谷羽、王亚民编译，敦煌文艺出版社 2006 年版，第 227 页。

④ 张冰：《白银时代俄国文学思潮与流派》，人民文学出版社 2006 年版，第 228 页。

⑤ 扎伊采夫的短篇小说«Студент Бенедиктов»又译作《大学生贝内迪克托夫》，本书统一译作《大学生别涅季克托夫》。

⑥ 张建华、王宗琥主编：《20 世纪俄罗斯文学：思潮与流派（理论篇）》，外语教学与研究出版社 2012 年版，第 24 页。

别——“以Б. 扎伊采夫、А. 库普林和М. 阿尔志跋绥夫为代表的印象式自然主义形态”[①]，换言之就是我们一直强调的印象主义特色。王宗琥教授在专著《叛逆的激情：20世纪前30年俄罗斯小说中的表现主义倾向》中论证20世纪初期俄罗斯小说的表现主义倾向时，列举了扎伊采夫的短篇小说《群狼》和《明天!》，指出：“扎伊采夫通过异常主观的拟人化手法，赋予外界事物恐怖紧张的形象，从而反映出他自己的悲剧性世界感受。”[②] 从表现主义的视角审视扎伊采夫的早期作品，这在我国学界尚属少见，同时也为我们后续深入研究扎伊采夫的其他小说提供了思路。

自20世纪90年代以来，我国学界对扎伊采夫的创作给予越来越多的关注。如果说早期主要是把扎伊采夫作为侨民作家群体的一员来译介与概述其生平的话，那么近几年来，学界关注的焦点越来越集中到作为一位独立作家的扎伊采夫在文艺创作中的成就与贡献上，并逐渐形成从文艺学、宗教哲学、历史文化视角深入分析其作品的趋势，进而揭示作家的文艺个性。从现有先行资料来看，我国学者对扎伊采夫作品的宗教思想、传记体裁等做了一些分析，但与俄罗斯本土研究相比，国内仍需要对扎伊采夫的小说进行全面介绍和诗学价值论证，尤其是扎伊采夫小说的新现实主义特色问题至今尚未得到充分研究，这构成了本书的核心命题。

三　问题的提出：新现实主义

文学中的现实主义传统源远流长，艺术与现实的关系可以追溯到亚里士多德的“模仿说”。在俄国，19世纪30年代现实主义最终战胜浪漫主义而盘踞文坛。社会解放运动的蓬勃发展和人民大

---

① 王树福：《当代俄罗斯新现实主义的兴起》，《外国文学研究》2018年第3期。

② 王宗琥：《叛逆的激情：20世纪前30年俄罗斯小说中的表现主义倾向》，外语教学与研究出版社2011年版，第86页。Зайцев又译作扎依采夫，本书统一译作扎伊采夫。

众的文艺诉求催生了俄国的批判现实主义文学。它主张揭露社会阴暗面，刻画腐朽没落的贵族典型，呼吁新人的到来。在这种社会环境里逐渐发展壮大起来的现实主义文学对生活、对现实具有客观清醒的认识，而这种认识又与人民的思想解放运动密切相关。刘宁先生指出，现实主义是“文艺的基本创作方法之一，侧重如实地反映现实生活，客观性较强。它提倡客观地、冷静地观察现实生活，按照生活的本来样式精确细腻地加以描写，力求真实地再现典型环境中的典型人物”[①]。在革命民主主义批评家别林斯基、车尔尼雪夫斯基和杜勃罗留波夫的理论推动下，19 世纪俄国现实主义文学得到了稳固与发展。

19 世纪末 20 世纪初，伴随自然科学对世界本原认识的最新进展，人文艺术领域也经历了一场世界观变革，加之俄苏政权的历史交接、社会政局的风云演变，催生了多种艺术流派和文艺思潮的并存现象，促使俄罗斯文学与文化迎来了蓬勃发展时期。在白银时代的文坛上，除了象征主义、阿克梅派和未来主义这些众所周知的现代派以外，还有继续发展、渐趋分化的现实主义。其中有一支具有鲜明的现代派色彩，被称为新现实主义。它集中出现于“1900 年代下半期至 1910 年代”，不同于“新的现实主义”（новый реализм），后者“涵盖 20 世纪文学的整个现实主义体系，涉及时代几乎所有领衔作家的创作，这些作家定位于现实主义的创作原则”[②]。简言之，“新现实主义”属于“新的现实主义”的范畴。米哈伊洛娃教授指出，“‘被更新的’现实主义的口号是确立生活”，“新现实主义艺术家不追求*修正*生活，而是向读者揭示生活的‘*自我价值*’。他热爱生活，强调所有存在物的意义、生活印象之流的力量和威力，并想

---

① 刘宁：《俄苏文学 · 文艺学与美学》，北京师范大学出版社 2007 年版，第 488 页。

② Михайлова М. В. Неореализм：стилевые искания // История русской литературы Серебряного века（1890-е —начало 1920-х годов）：В 3 ч. Ч. 1. Реализм. М.：Издательство Юрайт，2017. С. 43.

以这份爱感染所有人。”① 从中可以看出，新现实主义比较符合19世纪俄国文学批评家杜勃罗留波夫对现实主义的理解，即“指作家对生活所持的现实态度（所谓‘生活的现实主义’）”②。

杜勃罗留波夫在《黑暗王国的一线光明》中指出，文学家同哲学家一样，都是从“现实生活的原则出发”，文学的主要意义是“解释生活现象”，文学还应当“真实”，“艺术作品可能是某一种思想的表现，这并不是因为作者在创作的时候热衷于这个思想，而是因为现实事实引起了它的作者的惊异，这种思想就是从这些现实事实中自然而然地流露出来的”③。回顾新现实主义得以产生的社会和思想背景，便可以发现，新现实主义者是从现实生活出发，通过作品反映世纪之交人们的焦虑与颓废情绪，表达白银时代被复兴的宗教意识，以及本土文化受到西欧现代派浪潮的冲击。因而，新现实主义者确立生活的口号以及对生活的热爱，实质上是在追求认识生活，进而才能按照车尔尼雪夫斯基对艺术与生活的关系的阐释，“再现生活”，“解释生活”，并“对生活现象作判断”④。这是新现实主义对传统现实主义最直接的继承。

由于所处的时代背景，新现实主义与传统现实主义在对“现实”的理解上产生了思想分野。米哈伊洛娃教授列举了19—20世纪之交充斥俄苏文坛的科学和哲学思想：“柏格森的直觉主义，宇宙论，整个的生活哲学。这种哲学可以追溯到尼采，使主观和客观元素相接近，反对将存在分为精神与物质的领域。还有心理学的发现（帕甫

---

① Михайлова М. В. Неореализм：стилевые искания // История русской литературы Серебряного века（1890-е —начало 1920-х годов）：В 3 ч. Ч. 1. Реализм. М.：Издательство Юрайт，2017. С. 45，47. 本书引文中斜体都系原文作者所加，以下不再说明。

② 刘宁：《俄苏文学·文艺学与美学》，北京师范大学出版社2007年版，第490页。

③ ［俄］杜勃罗留波夫：《文学论文选》，辛未艾译，上海译文出版社1984年版，第346、348—349页。

④ ［俄］车尔尼雪夫斯基：《文学论文选》，辛未艾译，上海译文出版社1998年版，第149页。

洛夫、弗洛伊德），物理实验里的物质‘消失’……”[①] 因而，新现实主义关注的焦点不仅是日常生活，还有可见现实之外的本质存在，即“透过日常生活反映存在”，具体而言，就是“将存在的世界观与社会具体的世界观综合起来，且前者高于后者”[②]。这“前者”也就是现代派文艺中（尤其是象征主义）所倾心追求的形而上的现实、存在意义上的真实。米哈伊洛娃认为，“新现实主义的‘日常生活背景’不同于以往现实主义文学中的日常生活细节，它与‘存在’，也就是说与形而上的问题紧密相连”[③]。处于新现实主义核心的是“全体普遍假定性、相互依赖和相互确定的思想，不企图把‘存在’从‘日常生活细节’中区分出来，而是展示它们对统一整体的共同参与”[④]。所以，日常生活与存在问题的综合成为新现实主义文学的一个主题特征。这也是我们进一步理解扎伊采夫笔下那些不切实际的人、“漂泊者”和“朝圣者”的关键。

当今学术界就“新现实主义”的概念尚未达成统一定论。正如凯尔德士所言：“‘新现实主义’的问题不能局限在一定的流派框架里。‘新现实主义’倾向既产生于其他思潮内部，也出现在那些代表‘中间的’、边界的文学体系的作家创作中。”[⑤] 因而，持不同批评立

---

① Михайлова М. В. Неореализм：стилевые искания // История русской литературы Серебряного века（1890-е —начало 1920-х годов）：В 3 ч. Ч. 1. Реализм. М.：Издательство Юрайт，2017. С. 47.

② Келдыш В. А. Реализм и «неореализм» // Русская литература рубежа веков（1890-е — начало 1920-х годов）. Книга 1. М.：ИМЛИ РАН，«Наследие». 2001. С. 269.

③ Михайлова М. В. Неореализм：стилевые искания // История русской литературы Серебряного века（1890-е —начало 1920-х годов）：В 3 ч. Ч. 1. Реализм. М.：Издательство Юрайт，2017. С. 43.

④ Михайлова М. В. Неореализм：стилевые искания // История русской литературы Серебряного века（1890-е —начало 1920-х годов）：В 3 ч. Ч. 1. Реализм. М.：Издательство Юрайт，2017. С. 45.

⑤ Келдыш В. А. Реализм и «неореализм» // Русская литература рубежа веков（1890-е — начало 1920-х годов）. Книга 1. М.：ИМЛИ РАН，«Наследие». 2001. С. 305.

场的、来自不同阵营的学者都能对新现实主义作出合理的解说。而且各种解说都强调新现实主义的综合特性，以至于综合成为新现实主义不可或缺的标签。关于综合的概念可以追溯到扎米亚京。围绕文学的“辩证发展之路”，扎米亚京指出，象征主义是现实主义的对立面，新现实主义弥合了现实主义与象征主义的对立，汲取二者所取得的成就，继续向前发展①。在《论综合主义》（1922）里，扎米亚京把新现实主义与综合主义等同起来，共指同时代的艺术②。在这篇文章里，扎米亚京肯定未来派为刻画充满幻想的现实而作出的努力，但批评他们为整合片段而打破了世界固有的完整性。扎米亚京认为，真正的综合主义并非偶然的拼接，“或近或远——但由这些碎片射出的光线必定汇聚在一个点上，由碎片总能构成整体”③，由此论证了新现实主义的主题完整性。

综观当代俄罗斯文学界，对新现实主义的研究可以归结为三种立场。第一种是现实主义立场，这在学术界占据大多数。该立场的研究者认为，新现实主义是现实主义内部的一个分支。按照凯尔德士的定义，“‘新现实主义’作为现实主义思潮内部的一个特殊流派，较之于其他流派，更加接近现代主义的运动进程，并从自然主义的强势风尚下解放出来，自然主义风尚曾美化了以往年代广泛的现实主义运动”④。第二种是现代主义立场，即将新现实主义视为现代主义的一部分。按照达维多娃的说法，新现实主义是“1910—1930年代后象征主义文学的现代主义文体流派”⑤。不过有学者认

① Замятин Е. И. Собрание сочинений: В 5 т. Т. 5. М.: Республика, Дмитрий Сечин, 2011. С. 302.

② Замятин Е. И. Собрание сочинений: В 5 т. Т. 3. М.: Русская книга, 2004.С.165-166.

③ Замятин Е. И. Собрание сочинений: В 5 т. Т. 3. М.: Русская книга, 2004.С.169.

④ Келдыш В. А. Реализм и «неореализм» // Русская литература рубежа веков (1890-е — начало 1920-х годов). Книга 1. М.: ИМЛИ РАН, «Наследие». 2001. С. 262.

⑤ Давыдова Т. Т. Русский неореализм: идеология, поэтика, творческая эволюция.М.: Флинта: Наука, 2005. С. 28.

为，这种立场有失公允："如果在达维多娃分析的流派里，现代主义特征占主导，那为什么它被称作新现实主义，而不是其他——哪怕是用扎米亚京的术语'综合主义'也好"①。言外之意，按照达维多娃的分析，既然新现实主义与现代主义如此同根同源，索性应当叫作"新现代主义"。无论怎样称名，现代主义特征在新现实主义中都是一个显性存在。第三种是折中立场，主张把新现实主义从现实主义和现代主义中剥离出去，作为一个独特的思潮来审视。例如，图兹科夫、图兹科娃称新现实主义是"借由浪漫主义和现代主义的诗学成分得以丰富的现实主义"，并认为"应当把新现实主义看作一种与现实主义和现代主义相平行的文学思潮，而不是流派"②。这种立场占据少数，且已受到批驳。

本书秉持新现实主义脱胎于现实主义的立场，认可该立场下的诸如此类的说法："这一时期形象体系的广泛开阔性使有可能谈论现实主义独特的综合性，现实主义创造性地吸取了非现实主义流派的许多洞见和成就，首先是象征主义的，还有其他艺术类别的，这使得可以将其命名为**新现实主义**。"③ 除了前文所归纳的日常生活与存在问题的主题综合以外，新现实主义还在风格上表现出综合的特色。正如凯尔德士所指出的那样，"'描写'与'表达'的和解成为新的现实主义中'存在—生活'综合的一种特殊的文体类似物。"④ 由此可以进一步理解扎伊采夫小说的抒情特色。

---

① Строкина С. П. Творчество А. И. Куприна и проблема неореализма // Вопросы русской литературы. 2012. № 22. С. 133.

② Тузков С. А.，Тузкова И. В. Неореализм：Жанрово－стилевые поиски в русской литературе конца XIX－начала XX века：учебн. пособие. М.：Флинта：Наука，2009. С. 4.

③ Черников А. П. Творческие искания Б. Зайцева // Жизнь и творчество Бориса Зайцева：материалы Шестой Междуна родной научно－практической конференции，посвященной жизни и творчеству Б. К. Зайцева. Вып. 6. Калуга：Калужский государственный институт модернизации образования，2011. С. 5. 粗体系原文作者所加。

④ Келдыш В. А. Реализм и «неореализм» // Русская литература рубежа веков（1890-е — начало 1920-х годов）. Книга 1. М.：ИМЛИ РАН，«Наследие». 2001. С. 317.

新现实主义作家既不完全属于现实主义阵营，也不能被彻底归入现代主义派别。他们的作品深深打上包罗万象、复合多元的时代烙印，吸收了同时代现代派的诸多艺术表现手法，深受现代派抽象思辨模式的影响，但新现实主义作家的出发点和落脚点仍是现实生活。研究立场的不同导致被认可的新现实主义代表作家也不尽相同，但在诸多不同的声音中，扎伊采夫的名字被频繁提及。而且实际上，扎伊采夫的艺术追求和创作理念都体现出新现实主义的综合性。扎伊采夫曾在致友人的信中谈到自己创作倾向上的复杂性："总之现在，在垂暮之年，我也很难*准确*回答这一问题：我属于哪一文学流派。我就是我。年轻的时候独自一人，现在还是那样。"① 在附给文格罗夫的生平履历中，扎伊采夫对自己的创作之路作了如下总结："文学发展路径大致是这样的：从自然主义小说开始；出版的时候迷恋所谓的'印象主义'，后来出现抒情和浪漫的成分。最近一段时间感到对现实主义的向往越来越明显。"②

在俄境内有一批以扎伊采夫的创作作为选题的副博士学位论文，这些研究主要围绕扎伊采夫的小说诗学、传记体裁、宗教道德主题等方面展开。其中，科诺列娃和卡尔甘尼科娃的副博士论文通过分析扎伊采夫大型叙事作品的体裁多样性，论证了新现实主义在体裁方面的综合特征③。费多谢耶娃的副博士论文以扎伊采夫侨居前的中短篇小说为研究对象，围绕爱情与个性、与寻找

---

① Вороновой О. П. （1962?）. Париж // Зайцев Б. К. Собрание сочинений. Т. 11（доп.）. М.：Русская книга，2001. С. 203.

② Венгерову С. А. 11 （24） мая 1912. Москва // Зайцев Б. К. Собрание сочинений. Т.10（доп.）. М.：Русская книга，2001. С. 90.

③ См. （a） Конорева В. Н. Жанр романа в творческом наследии Б. К. Зайцева. Автореферат диссертации на соискание ученой степени кандидата филологических наук. Владивосток：Дальневосточный государственный университет，2001. （b） Калганникова И. Ю. Жанровый синтез в биографической и автобиографической прозе Б. К. Зайцева. Автореферат диссертации на соискание ученой степени кандидата филологических наук. М.：Московский городской педагогический университет，2011.

"绝对"道路的关系，诠释了扎伊采夫独特的爱情哲理，即尘世之爱是人走向崇高的基点，从而把抽象的思辨问题与现实生活联系在一起①，这也印证了扎伊采夫小说的现实根基。波尔塔夫斯卡娅的副博士论文采用历史主义的描述方法，考察了扎伊采夫的创作意识在不同时期的形成过程及其艺术表达形式，探讨了作家的艺术世界如何走出泛神论的混沌和走向基督教的明晰②。这对于我们把握扎伊采夫不同时期的创作思想具有借鉴意义，同时也证明了扎伊采夫小说的多样性特征。

无论从作家主观方面，还是从研究者的客观方面来讲，探讨扎伊采夫小说的复合多元现象都是可行的。从以上对新现实主义概念的认识以及前期国内外学者对扎伊采夫小说的研究来看，扎伊采夫的新现实主义应当包含融合生活与存在的独特现实观和印象主义特色。

印象主义是国内外学术界在扎伊采夫的创作中关注最多的艺术手法。乌辛科认为，扎伊采夫的早期作品表现出"一些'边界'现象"，泛神论"可以解释扎伊采夫不同天赋的统一"，而"这种独特的'泛神论印象主义'将他创作之路的开始与十月革命前的创作终结联系在一起"③。以《群狼》和《雾霭》为例，乌辛科发现："扎伊采夫笔下的事物与实物细节并没有消失，也没有失去自己的具体性。但它们似乎沉浸在变幻不定的颜色空气的移动（'流动'）中。……玩弄光不具有独立意义，而是为创建特定的心理情绪服务。

---

① См. Федосеева Ю. А. Философия любви в прозе Б. К. Зайцева и Н. П. Смирнова. Автореферат диссертации на соискание ученой степени кандидата филологических наук. Иваново：Ивановский государственный университет，2012.

② См. Полтавская Е. А. Эволюция художественного сознания в творчестве Б. К. Зайцева. Автореферат диссертации на соискание ученой степени кандидата филологических наук. М.：Российский университет дружбы народов，2019.

③ Усенко Л. В. Импрессионизм в русской прозе начала XX века. Ростов-на-Дону：Издательство Ростовского университета，1988. С. 161-162，186.

无论是在《群狼》里，还是在《雾霭》里，冬天的风景都令人担忧、悲伤和忧郁，似乎从风景里反映出来的是生与死的永恒对立。”① 结合扎伊采夫十月革命前的整个创作历程，乌辛科进一步指出，尽管印象主义成分有所削弱，但“无论在文集《大地的忧伤》里，还是在《蓝星》里，我们都可以在风景中寻找印象主义绘画的特征，在传达人的感受和主人公心理的复杂模糊的运动中寻找印象主义绘画的特征”②。

扎哈罗娃在专著《白银时代俄罗斯小说中的印象主义》中继续探究扎伊采夫的印象主义诗学。同乌辛科一样，扎哈罗娃也集中分析作家创作于十月革命前的小说。她强调，较之于布宁的印象主义，“扎伊采夫的印象主义充满节日的欢庆，把生活看作最高价值与奖赏，把人看作世界构造的一部分，与整个自然界等同”③。该书作者探讨了扎伊采夫早期小说的多样性主题：如太阳、光、人与自然的关系、死亡等，还挖掘出扎伊采夫的作家个性——“体悟，即表达对世界的积极态度，同时克服冲突的状态。”④

值得注意的是，乌辛科和扎哈罗娃在分析扎伊采夫的印象主义特色时，从不同层面点出了作家的现实主义底色，即对人的生活描写，对社会问题的关切。两位学者还分别谈及扎伊采夫对屠格涅夫和契诃夫传统的继承与发展，平行对比了布宁与扎伊采夫的印象主义手法。可见，印象主义是扎伊采夫在现实主义创作中的探索与实验。印象主义式的思维与创作方法无疑丰富了现实主义的艺术表达，

---

① Усенко Л. В. Импрессионизм в русской прозе начала XX века. Ростов-на-Дону: Издательство Ростовского университета, 1988. С. 168.

② Усенко Л. В. Импрессионизм в русской прозе начала XX века. Ростов-на-Дону: Издательство Ростовского университета, 1988. С. 185.

③ Захарова В. Т. Импрессионизм в русской прозе Серебряного века. Н. Новгород: НГПУ, 2012. С. 134.

④ Захарова В. Т. Импрессионизм в русской прозе Серебряного века. Н. Новгород: НГПУ, 2012. С. 141.

更新了传统现实主义的人物形象体系和文体面貌。后来随着作家越来越向现实主义靠拢、向宗教道德与哲学领域不断深入，当代俄罗斯文学界不乏将扎伊采夫的新现实主义界定为“精神现实主义”（духовный реализм）。1996年，在扎伊采夫的故乡卡卢加举办了第一届扎伊采夫国际阅读会，切尔尼科夫教授在闭幕词中说道：“今天显然，像扎伊采夫和什梅廖夫这些作家的现实主义，是一种特殊的现实主义，确切而言，可以称之为‘精神现实主义’。正是扎伊采夫和什梅廖夫实现了陀思妥耶夫斯基创作精神艺术作品的愿望。”① 进而，柳博穆德罗夫使用“精神现实主义”来表征扎伊采夫的创作特色——*“艺术性把握精神现实，也就是世界构造的精神层面和人之存在的精神领域的现实。”*②之后，柳博穆德罗夫通过分析扎伊采夫笔下的圣谢尔吉·拉多涅日斯基和《帕西的房子》里的主人公，通过描述作家对阿峰山与瓦拉姆修道院神性传统的崇敬与捍卫③、对其中圣徒修士的拥戴与爱护，揭示了精神现实主义的概念内涵。

米哈伊洛娃教授援引柳博穆德罗夫对扎伊采夫艺术世界特色的界定——精神现实主义，指出“在扎伊采夫的创作里，现实主义传统向更富有灵性的方向发展，面对上帝世界的美兼有明显狂喜的躯体‘变细了’”，从而展示出“人快乐地接近崇高领域的可能性”，这种可能性便孕育在20世纪初的新现实主义里，因而，扎伊采夫被

---

① Цит. по：Любомудров А. М. Первые Международные Зайцевские чтения // Проблемы изучения жизни и творчества Б. К. Зайцева：Сборник статей / Первые Международные Зайцевские чтения. Калуга：Издательство «Гриф»，1998. С. 5.

② Любомудров А. М. Духовный реализм в литературе русского зарубежья：Б. К. Зайцев，И. С. Шмелёв. СПб.：«Дмитрий Буланин»，2003. С. 38.

③ 2011年，圣彼得堡“罗斯托克出版社”出版了扎伊采夫的随笔、书信和日记文集《雅典与阿峰》，柳博穆德罗夫在序言中详细讲述了扎伊采夫游历阿峰圣山的经过以及对其传统的捍卫与辩护，См. Любомудров А. М. Святая Гора Афон в судьбе и творческом наследии Бориса Зайцева // Зайцев Б. К. Афины и Афон. Очерки，письма，афонский дневник. Санкт-Петербург：ООО «Издательство“Росток”»，2011. С. 5-38.

称为是白银时代新现实主义“最鲜明的代表”①。在 2017 年的教科书里，米哈伊洛娃教授深入探讨了新现实主义的产生背景、概念内涵及其代表作家作品，并通过分析扎伊采夫的早期小说，指明：“无用人令人陶醉的、不累赘的存在就是在新现实主义中得以迷人地显现出来。新现实主义以微妙的、稍微可察觉的线条勾勒人的轮廓……标注他们的影子。在这方面‘帮助’它的是印象主义——带有一连串感受、印象、言犹未尽、传达事物味觉触觉特征的隐喻。”② 在米哈伊洛娃看来，新现实主义属于一种文体探索，抒情的、印象主义式的艺术手法有助于表达物质与精神相结合的内容。

阿比舍娃在攻读博士学位期间（导师是米哈伊洛娃教授）著有《1900—1910 年代俄罗斯文学中的新现实主义》，专门探讨扎伊采夫创作的新现实主义艺术思维与特色。该书作者从论述 19—20 世纪之交的艺术综合特色切入，指明扎伊采夫的创作方法“吸取了不同艺术流派（印象主义、象征主义、表现主义）的成就，这些流派丰富了新现实主义”，体现在作品中则是“没有复杂的、发展的故事，没有 19 世纪的现实主义在描写性格时大篇幅的坚实”③。阿比舍娃还强调，扎伊采夫首先吸取的是印象主义和表现主义的艺术成就④。以扎伊采夫创作于 1900—1910 年代的短篇小说为例，阿比舍娃论证了其

① Михайлова М. В. Борис Константинович Зайцев // История литературы русского зарубежья（1920-е —начало 1990-х гг.）：Учебник для вузов. М.：Академический Проект；Альма Матер，2011. С. 188.

② Михайлова М. В. Б. К. Зайцев // История русской литературы Серебряного века（1890-е —начало 1920-х годов）：В 3 ч. Ч. 1. Реализм. М.：Издательство Юрайт，2017. С. 219-220.

③ Абишева У. К. Неореализм в русской литературе 1900-10-х годов. М.：Издательство Московского университета，2005. С. 128.

④ Абишева У. К. Неореализм в русской литературе 1900-10-х годов. М.：Издательство Московского университета，2005. С. 73.

中的“印象主义世界观特征”及“紧张的抒情势能”①。

除了详细阐述印象主义特征以外，阿比舍娃还在扎伊采夫的早期短篇小说（如《群狼》《雾霭》《面包、人们和大地》《黑风》《明天!》等）中探寻“表现主义倾向”，并指出，尽管在这些作品中体现出表现主义的诗学特征（“死亡、孤独、恐惧、生活机械的主题”，“修辞图画被提高的感染力，艺术形象的鲜明、怪诞”），但它们并不属于严格意义上的表现主义，因为其中“没有对世界深层次的不接受，这种不接受催生了欧洲和俄罗斯的表现主义作品”②。阿比舍娃认可表现主义代表作家安德列耶夫对扎伊采夫早期创作的影响，但也通过对比分析扎伊采夫的中篇小说《阿格拉费娜》与安德列耶夫的剧本《人的一生》，揭示两位作家的不同：“塑造女主人公形象的方式表现出新现实主义的关键艺术手法，其最重要的方法是综合象征的抽象、形象的符号性和形象的现实主义充实性。这便是阿格拉费娜的形象与安德列耶夫的人的原则性区别，安德列耶夫的人完全是在现代主义美学下塑造出来的。”③ 随之，在尼采学说的共同框架下，阿比舍娃又对比分析扎伊采夫的短篇小说《大学生别涅季克托夫》与安德列耶夫的《谢尔盖·彼得罗维奇的故事》，论证两位作家的世界观差异：“作家们哲学立场的不同在于，他们每一位都独自感受并反映人孤独的戏剧性、人疏远于世界的问题，并以不同的方式将其体现在自己的作品里。……安德列耶夫的人物接受尼采的理念，完全被死亡的思想掌控。在尼采那里，人的升华与抛弃基督教道德和伦理并行。……扎伊采夫以人与世界生机勃勃的统一对抗安德列耶夫的立场。他的主人公通过自杀的考验变得朝气蓬

---

① Абишева У. К. Неореализм в русской литературе 1900-10-х годов. М.: Издательство Московского университета, 2005. С. 75.

② Абишева У. К. Неореализм в русской литературе 1900-10-х годов. М.: Издательство Московского университета, 2005. С. 84.

③ Абишева У. К. Неореализм в русской литературе 1900-10-х годов. М.: Издательство Московского университета, 2005. С. 97.

勃，获得与世界的统一。”①

在阿比舍娃的书中，对扎伊采夫新现实主义的象征主义特色的阐述是与印象主义、表现主义交叉进行的。例如，在对比《阿格拉费娜》与《人的一生》时，阿比舍娃指出：“扎伊采夫作为新现实主义流派的艺术家，在反映现实时使用象征——符号，带有它们固有的双面性。在他的中篇小说里，阿格拉费娜和她的一生也是象征，或许其意义不比安德列耶夫的人少。”② 以长篇小说《遥远的地方》为例，阿比舍娃聚焦作家在塑造人物形象时对个人内心世界的关注，揭示该小说的文体特征——“抒情音调，情感色彩，基本上以‘从属的’形式出现的叙事成分”③。并指出，这些新特质出现的前提是“现代主义（象征主义）长篇小说特征与现实主义倾向的独特综合。象征主义的艺术手法（暗示、象征化）是拓宽现实主义边界的方式。这些特征确定了追求更新诗学的新现实主义小说的共同发展方向”④。

诚然，在触及新现实主义的综合特性时，不得不承认其与象征主义的密切渊源。扎米亚京曾写道：“象征主义者在文学发展中作了自己的事，*新现实主义者*在20世纪的第二个十年取代他们。新现实主义者既继承了以往现实主义者的特征，还吸取了象征主义者的特色。”⑤ 而且扎伊采夫在创作伊始就得到勃留索夫、吉皮乌斯等象征

---

① Абишева У. К. Неореализм в русской литературе 1900-10-х годов. М.: Издательство Московского университета, 2005. С. 109.

② Абишева У. К. Неореализм в русской литературе 1900-10-х годов. М.: Издательство Московского университета, 2005. С. 96. 原文中非句首的词首字母大写，在本书中作加粗处理，下同。

③ Абишева У. К. Неореализм в русской литературе 1900-10-х годов. М.: Издательство Московского университета, 2005. С. 114.

④ Абишева У. К. Неореализм в русской литературе 1900-10-х годов. М.: Издательство Московского университета, 2005. С. 118.

⑤ Замятин Е. И. Собрание сочинений: В 5 т. Т. 5. М.: Республика, Дмитрий Сечин, 2011. С. 302.

派诗人的关注，加之作家本人又深受象征派的精神领袖索洛维约夫的影响，所以应当考察扎伊采夫小说中的象征意象，以丰富其新现实主义小说的概念外延。

扎哈罗娃和科梅什科娃在探讨俄罗斯侨民文学第一浪潮的新现实主义类型时，同样援引柳博穆德罗夫对精神现实主义的界定，以此探究扎伊采夫小说的诗学特色。以长篇小说《金色的花纹》为例，两位学者从核心主题（“女主人公命运的金色花纹”）切入，分析围绕这一主题展开的其他母题（歌唱艺术、宗教信仰）和形象（道路、太阳），揭示它们在编织小说的叙事纹理、组织小说的情节等方面的作用，从而解读扎伊采夫的精神现实及其表达手法（象征联想、印象主义心理描写等）①。正如两位作者在书中所指出的那样，不同体裁和题材的作品，对这一现实观的艺术表达方法不尽相同。这“取决于每种情况下的确定任务。然而，很难说在何种情况下，他的精神现实主义小说的艺术综合更多维”②。因此，有必要在更广泛的小说范围内，考察扎伊采夫的精神现实的艺术体现。

为尽可能立体地展示扎伊采夫小说的新现实主义特色，本书从作家独特的现实观入手，分析扎伊采夫笔下那些追求精神生活、追求心灵安宁的独特人物形象，确立作家由生活到存在的复合现实观。进而从印象主义、表现主义、象征主义和精神现实主义的艺术手法层面挖掘扎伊采夫具有现代派色彩的新现实主义诗学。从国内外的研究现状来看，有必要从新现实主义的视角探讨扎伊采夫各个时期的小说创作，而不是仅仅聚焦作家的某一创作时期。此外，象征意象和表现主义成分作为新现实主义综合性的独特体现，也是目前有

---

① Захарова В. Т.，Комышкова Т. П. Неореализм в русской прозе XX века：типология художественного сознания в аспекте исторической поэтики. Н. Новгород：Мининский университет. 2014. С. 47-57.

② Захарова В. Т.，Комышкова Т. П. Неореализм в русской прозе XX века：типология художественного сознания в аспекте исторической поэтики. Н. Новгород：Мининский университет. 2014. С. 47.

待深入研究的问题。

四　研究内容、方法及意义

本书立足1999—2001年莫斯科“俄罗斯图书”出版社陆续推出的扎伊采夫11卷全集，从中选取作家创作中具有代表性的小说——早期中短篇小说（如《群狼》《雾霭》《面包、人们和大地》《克罗尼德神甫》《年轻人》等）、革命时期的中篇小说《蓝星》、创作成熟期的长篇小说《金色的花纹》《帕西的房子》以及自传体四部曲《格列布游记》——作为研究对象，结合扎伊采夫的作家传记、回忆录随笔和政论文，考察这些作品的主题思想和艺术形式等问题，探讨扎伊采夫独特的现实观，力图揭示扎伊采夫艺术世界中丰富多样的文艺现象，即融印象主义、表现主义、象征主义和精神现实主义特色为一体的新现实主义诗学。

鉴于研究对象的时间跨度较大，本书拟定历时性遵循扎伊采夫的创作轨迹，围绕新现实主义艺术特色的呈现问题，梳理作家各个阶段的创作手法，拟解决如下关键问题：扎伊采夫思想的推进与演化过程，扎伊采夫的独特现实观，其早期短篇小说的印象主义特色、表现主义倾向的世界观问题、象征主义思维下暗含的深刻哲理以及精神现实主义概念下作家的创作心理和对生活的崇高追求等问题。

本书在研究方法上秉持历史与逻辑相统一、理论与实践相结合的原则，运用俄罗斯本土的文艺学理论（巴赫金的时空体理论、行为哲学等）、索洛维约夫的宗教哲学批评、象征主义文学批评以及现当代俄罗斯的扎伊采夫研究专家（乌辛科、米哈伊洛夫、普罗科波夫、米哈伊洛娃、扎哈罗娃、阿比舍娃、柳博穆德罗夫等）的著书立说，兼而吸纳我国俄苏文学研究专家的洞见（程正民教授的俄国作家创作心理学、张冰教授对白银时代文学思潮与流派的解读等等），通过文本细读、术语考证、对比分析、影响研究等多种方法考察扎伊采夫不同时期的小说，进而揭示作家丰富多彩的新现实主义艺术世界。

侨民文学是俄罗斯白银时代的一道独特风景，对其研究将有助于我们完整地考察 20 世纪俄苏文学，进而更全面地认识俄苏文化及其当代走向。作为侨民文学第一浪潮的代表作家，扎伊采夫在 20 世纪的俄苏文学史上享有独特地位，其小说具有不容忽视的文艺美学价值和精神文化价值。在俄本土，学界早已对扎伊采夫的生平与创作进行了介绍式的研究，近年来主要集中分析作家个别作品的诗学特色，洞悉其艺术思想及宗教哲理，考察作家与俄罗斯经典文学的关联，挖掘扎伊采夫的神性理念对现当代艺术审美与价值追求的意义，而我国对扎伊采夫的研究尚处于起步阶段。有鉴于此，本书力求通过扎伊采夫的个案分析，丰富我国对白银时代新现实主义文学及其代表作家作品的认识与研究。

第一章　扎伊采夫小说的现实观[①]

白银时代象征主义诗人兼评论家沃洛申曾指出，现实包含许多潜在可能的因素，因此需要梦想和幻想，以反映“古怪的、空前的、幻想的”现实，这只有在艺术中才存在[②]。对现实的这种理解以及对艺术的这般期待在陀思妥耶夫斯基那里可以找到印证。1868—1869 年，陀思妥耶夫斯基在信中阐明自己对艺术现实的独特认识：“我对现实（在艺术中的现实）有着我自己的特殊观点，那被大多数人称为近乎离奇的和罕见的东西，对我说来有时却正是现实的东西的本质。”[③] 相应地，现实主义者的任务，在陀思妥耶夫斯基看来，应是讲述“俄罗斯人在近十年来在精神发展上所体验到的东西”[④]。扎伊采夫也曾表示，“真正的现实主义者……应当讲的正是

---

① 本章内容根据笔者和米哈伊洛娃教授合作发表的文章增删、修订而成，具体信息如下：Философия счастья в ранней прозе Б. К. Зайцева // Ученые записки Орловского государственного университета. 2018. № 2. С. 197-201。

② Волошин М. Магия творчества：о реализме русской литературы // Весы. 1904. № 11. С. 5.

③ 《陀思妥耶夫斯基文集 · 书信集》（下），郑文樾、朱逸森译，人民文学出版社 2018 年版，第 569 页。

④ 《陀思妥耶夫斯基文集 · 书信集》（上），郑文樾、朱逸森译，人民文学出版社 2018 年版，第 546 页。

现象的灵魂"①。如此理解的现实主义近乎陀思妥耶夫斯基的"高级现实主义"，即"并不满足于自然主义式地、准确地再现当下现实中所发生的生活的事实，而更强调人的精神世界的现实"，且"精神现实比事实上的物质现实要更真实、更接近真理"②。凯尔德士指出，新现实主义的主题特质——"体悟"：它"体现了内在的积极性，内在对环境的抵抗。人要么受到周边生活的折磨，要么外在地与生活共存。足够紧张的心灵生活使人免于屈从物质的力量，使人高于它。这种生活被引向最高价值，被引向那些在道德与美学的道路上使精神崇高的价值、能摆脱个人异化的价值"③。换言之，新现实主义对现实的关注不再局限于具体的社会历史现实、物质现实，而是转向人的内在生活，思考人这个群体在宇宙空间的存在问题，追求具有普遍意义的真实。扎伊采夫的早期小说同样秉持这样的现实观，本章将从平凡生活、内在体悟、心灵安宁和精神皈依四个方面考察这种现实观的艺术体现。

第一节　平凡生活即现实

扎伊采夫自 1901 年发表作品以来就备受国内外学界关注。侨居之前，同时代的作家、文艺评论家如高尔基、勃洛克、勃留索夫、吉皮乌斯等对扎伊采夫早期短篇小说的艺术特色、印象主义美学和作家世界观问题作了分析，普遍认为这些处于探索期的小说缺乏鲜明的个性和连贯的情节，虽然有宇宙思想，但正如吉皮乌斯所言，

---

① Чулкову Г. И. 4（17）мая 1906. Москва // Зайцев Б. К. Собрание сочинений. Т. 10（доп.）. М.：Русская книга，2001. С. 26.

② 罗妍：《陀思妥耶夫斯基的"高级现实主义"——艺术批评中的圣像美学》，《广东外语外贸大学学报》2020 年第 6 期。

③ Келдыш В. А. Реализм и «неореализм» // Русская литература рубежа веков（1890-е — начало 1920-х годов）. Книга 1. М.：ИМЛИ РАН，«Наследие». 2001. С. 283.

“没有个性的宇宙神秘主义——不是人的开始，而是他的终结”①，可见20世纪初文学界对个性的重视。诚然，在创作伊始，扎伊采夫主要渲染宇宙混沌和原质力量，但随着作家创作方法的娴熟，无个性的渲染笔法逐渐让位于对人的思想和意识的刻画。在扎伊采夫笔下，个性的开端起始于人物对生活、对存在本身的意识与思考。于是我们看到在扎伊采夫的作品中出现了具体的人、思考着的人，这些人物无形中承载了作家对生活、对存在问题的思考。

从现实主义立场出发，扎伊采夫对平凡生活充满讴歌与颂扬，并在小说里描摹平凡人最平凡的生活状态。我们能够感受到主人公因此而收获的幸福享受，因为他们过的是一种接近于托尔斯泰式的体悟般的生活，即“在生活的每一时刻，都对身边的万事万物用自己的独特体悟去理解”②。换言之，他们不受外在社会条件的制约，全身心投入生活本身的流动里。在诸如《梦境》（«Сны»，1909）和《香榭丽舍大街》（«Елисейские поля»，1914）这样的小说里，主人公都是最普通最平凡的人，他们的生活也没有任何出奇的地方，可这正是现实生活最本真的展现。

一 《梦境》里的平凡

按照巴赫金的“应分”概念：“从我在存在中所占据的唯一位置出发，面向整个的现实，就产生了我的唯一的应分。”③ 可以说扎伊采夫笔下的人物都是在生活中占据“唯一位置”的人，他们的行

① Гиппиус З. И. Тварное. Борис Зайцев. Рассказы. К-во «Шиповник». СП. 1907 // Весы. 1907. № 3. С. 73.

② 李正荣：《托尔斯泰的体悟与托尔斯泰的小说》，北京师范大学出版社2000年版，第53页。

③ ［苏］《巴赫金全集》第1卷，晓河、贾泽林、张杰等译，河北教育出版社2009年版，第42页。

为“恰恰是受我的唯一而不可重复的位置所制约”①，以此他们与他人（非我）获得联系，与世界获得联系，进而“承认和确证”自己在“存在中在场”②。

《梦境》里的主人公尼康德尔每天做同样的事：开门、打扫楼梯……他与裁缝巴维尔·扎哈雷奇交好，后者教导他如何生活：“该散散心，心灵需要自由”，“说不准我们谁更幸福，谁不幸福。今天命运朝你笑，可能明天就把你打入不好不坏的境地”③。小说里的人物已经认识到，生活并不按照人的意愿进行，而人的心灵需要宽敞和自由。至于繁杂琐碎的家务事也是可以容忍的，因为这并不会触及生活的本源。于是，当尼康德尔得知妻子背叛了他，他也默默无闻地爱上了玛丽埃特太太，巴维尔·扎哈雷奇却说服朋友原谅妻子并接受她。如此一来，他们的生活又回到了正常轨道。虽然主人公并没有意识到自己多么幸福，他们只是安稳地过日子，但在扎伊采夫看来，这才是幸福的保障，因为如同在小说《母亲与卡佳》（«Мать и Катя»，1914）里展现的那样：“直至对于作者本人来说，真正的生活是内心的兴奋，是不贪即刻之欢的‘平静’生活。”④ 主人公的生活最终归于平静、流向平凡，这表明了扎伊采夫对现实最朴素的追求。

二　《香榭丽舍大街》上的平凡

短篇小说《香榭丽舍大街》讲述的也是普普通通的生活，但已不是普通的人。主人公是一个作家，他的履历与屠格涅夫《初恋》

---

① ［苏］《巴赫金全集》第1卷，晓河、贾泽林、张杰等译，河北教育出版社2009年版，第46—47页。

② ［苏］《巴赫金全集》第1卷，晓河、贾泽林、张杰等译，河北教育出版社2009年版，第41页。着重号系原文作者所加，下同。

③ Зайцев Б. К. Собрание сочинений：В 5 т. Т. 1. М.：Русская книга，1999. С. 178.

④ 《俄罗斯白银时代文学史（1890年代—1920年代初）》第I卷，谷羽、王亚民编译，敦煌文艺出版社2006年版，第227页。

的主人公有几分相像。小时候恋上家庭女教师，而这个女教师竟是父亲的情人；青年时创作事业不顺，被心上人遗弃；在四十岁的时候，爱上了年轻的讲习班学员，但又遭背叛。随着年岁的增长，他逐渐衰老，越来越感到时光如白驹过隙。当死亡到来时，他飞向了“一生都向往的影子王国”，而这个王国“现如今向他敞开了大门”①。虽然主人公的一生平淡无奇，但他是载着快乐离开这个世界的，因为他履行了自己的“应分”：“唯一之我在任何时候都不能不参与到实际的、只可能是唯一性的生活之中，我应当有自己的应分之事；无论面对什么事，不管它是怎样的和在何种条件下，我都应从自己唯一的位置出发来完成行为，即使只是内心的行为。”② 看似平淡无奇的一生，却无形中印证了现实最平凡最普通的一面。并且这种田园生活只是在表面上看似远离社会的惊涛骇浪，事实上却在存在的意义上获得了立足的根基。现实的生活是复杂多样的，而每一种体现又都是与人的“应分”相对应的。可见，扎伊采夫所理解的现实是超越物质的、抽象的生命本然体现。

另外，在对现实的态度上，扎伊采夫也是充满乐观的。一方面这与作家抛开物质现实的关注立场不无关系；另一方面还暗示了扎伊采夫对生活的哲学洞见，即把个人的喜怒哀乐与宇宙万物的一屏一息联系在一起。上述两篇小说的主人公都默默地度过一生，尤其是《香榭丽舍大街》的主人公最后欣然离世，这使批评家科甘称扎伊采夫是“快乐的歌手”③。按照科甘的阐释，这种乐观的心绪来源于对快乐的爱，对众生万物的爱，扎伊采夫“如此热爱这种快乐，他如此清晰地感受到它，以至于生活的悲剧性元素破坏不了它那明

---

① Зайцев Б. К. Собрание сочинений: В 5 т. Т. 1. М.: Русская книга, 1999. С. 265.

② ［苏］《巴赫金全集》第 1 卷，晓河、贾泽林、张杰等译，河北教育出版社 2009 年版，第 42 页。

③ Коган П. Современники. Зайцев // Зайцев Б. К. Собрание сочинений. Т. 10 (доп.). М.: Русская книга, 2001. С. 182.

亮的流淌”①。可以说，扎伊采夫对生活，即便是最平凡普通的生活也充满了美好希冀。

这些短篇小说的人物生活在最朴素的现实里并以此感到快乐，并没有刻意追求幸福，可他们的心态表明幸福本身已深入他们内里，赋予他们的存在以乐观明朗和崇高的意义。而这种崇高具有基督教色彩，按照沃罗帕耶娃的解释，“在扎伊采夫革命前的创作里，基督教表现为心灵的普遍宗教倾向，一种特定的世界观”，作家笔下那些积极坦然面对生活的人“对存在的欢喜以及为此对造物主的感激”也是基督教精神的一种体现②。在我们看来，这种体现更多是在人物的内在生活里。

第二节　内在生活即真实

普罗科波夫指出：“扎伊采夫的主人公似乎也生活着，在大地的平凡条件下活动着，与此同时他们每个人又有自己的小天地，与具体的生活和日常琐碎隔绝——似乎是出现于自我沉思中的第二个深刻层面。”③ 这种“自我沉思”使主人公能够自我剖析，明确自己的意愿，进而确立自己的存在，正如巴赫金对人的行为哲学所阐释的那样：“发自自我的生活并不意味着为自我而生活，却是意味着使自己成为一个负责的参与者，确证自己实际上必然地在存在中的在

① Коган П. Современники. Зайцев // Зайцев Б. К. Собрание сочинений. Т. 10 (доп.). М.: Русская книга, 2001. С. 183.

② Воропаева Е. Жизнь и творчество Бориса Зайцева // Зайцев Б. К. Сочинения: В 3 т. Т. 1. М.: Художественная литература; ТЕРРА, 1993. С. 33.

③ Прокопов Т. Ф. Восторги и скорби поэта прозы. Борис Зайцев: вехи судьбы // Зайцев Б. К. Собрание сочинений: В 5 т. Т. 1. М.: Русская книга, 1999. С. 20.

场。"[①] 扎伊采夫所描绘的人物其内在生活虽具有强烈的主观色彩和隐蔽性特征，但在作家的艺术世界里，内在生活也是一种真实存在，是现实的另一个维度。这具体体现为个人远离可视的物质生活，沉浸在自己的精神世界里。

一 心灵的真实

《邻居》(«Соседи»，1903) 中的女主人公梅丽就生活在自己的心灵世界里。扎伊采夫是在"我、他人和为他人之我"——这些"行为构成中的基本而具体的诸要素"[②] ——的相互关系中展示梅丽的存在的。进而我们可以勾勒出以下几组"对话"关系：梅丽的自我认识、梅丽眼中的同事和同事眼中的梅丽、梅丽对邻居德国老人的看法和德国老人对梅丽的态度。由于"我与他人之间在具体的建构上有着至关重要的相互对照"，通过对比梅丽与周围人对生活的不同看法，从而建构了"行为的现实世界"[③]，即梅丽的真实存在。

梅丽在自己所任职的办公室里不招同事喜欢，大家都认为她高傲孤僻、不合群。梅丽也不喜欢自己的同事，经常一个人独自哼唱着在海边漫步："她总是心不在焉，漫无目的，就像一只白色的海鸥，任由风在海面上来回吹。她沿着同一个地方向前向后徘徊，要么突然远远地跑到海边，好像那里有什么是她需要的，她听波浪沙沙响，听它们歌唱。她自己也唱。"[④] 梅丽游离于周围的人和事之外，曾是军官的父亲死后，她孤身一人，无亲无故。每天都想躲在自己的房间里，从隔壁传来只有她才能听到的声音。墙那边住着的

---

① ［苏］《巴赫金全集》第1卷，晓河、贾泽林、张杰等译，河北教育出版社2009年版，第49页。

② ［苏］《巴赫金全集》第1卷，晓河、贾泽林、张杰等译，河北教育出版社2009年版，第54页。

③ ［苏］《巴赫金全集》第1卷，晓河、贾泽林、张杰等译，河北教育出版社2009年版，第74页。

④ Зайцев Б. К. Собрание сочинений：Т. 8(доп.). М.：Русская книга，2000. С. 14.

邻居是一位德国老人捷尔涅尔，也像她一样孤僻独居。虽然语言不通，但在这世上唯有这位老人能理解梅丽，理解她的内心，并且他还帮助梅丽认清自己，认识自己的存在。但捷尔涅尔也免不了终老离世的宿命，随之梅丽中断了与外界的所有联系。

梅丽之所以被这位老人吸引是因为捷尔涅尔在她身上发现了独特之处，他非常珍视梅丽的心灵。于是梅丽成为老人眼里的“一个具体的价值中心”，“是作为被珍爱地肯定了的具体现实”①。德国老人如此坦言：“这里是一座粗俗的城市。这里的人滥吃东西，狂吃肉禽，他们的心灵被动物的肉浸渗。他们没有心灵。您看，来回走的都是什么人……他们不停地打嗝，因为吃的东西太油腻；您看，他们多么自我满足……他们的衣服多么昂贵，又是多么多余。瞧，马车驶来，瞧，高高架在大轮子上的单套马车，真奇怪。后边自动机车开来，里面坐的人快乐又高傲；他们假装轻漫地交谈……您看，他们脸上漫出多少幸福……他们快活，是因为来回奔波的人群中，谁都没有他们那样的汽车……啊，小姐，这里，在这贫乏寒冷的房子里……在这灰尘和破旧中……这里住着您，孤独又端庄。您就端庄忧伤吧，因为您不是食肉人中的一员。”② 由此可以看出梅丽的价值观迥然不同于周围的人，这种差异证明“承认我的唯一参与性，承认我的在场”，即梅丽的内在追求获得了现实的意义，因为这种承认“将为现实提供一种保证”，因而梅丽应当“实现自己的唯一性”，“这是在一切方面都无可替代的存在唯一性”③。由此，梅丽远离物质的内在追求获得了存在的合理性和必要性。

梅丽的存在意义也得到了印证：她并不追求物质上的满足，而是追求更高的东西。扎伊采夫把这种追求具化为音乐。梅丽与捷尔

---

① ［苏］《巴赫金全集》第 1 卷，晓河、贾泽林、张杰等译，河北教育出版社 2009 年版，第 62、64 页。

② Зайцев Б. К. Собрание сочинений：Т. 8(доп.). М.：Русская книга，2000. С. 17.

③ ［苏］《巴赫金全集》第 1 卷，晓河、贾泽林、张杰等译，河北教育出版社 2009 年版，第 57 页。

涅尔老人正是通过音乐相识，并借助音乐彼此感受到心灵的快乐："梅丽唱——他沉默，但随后似乎他也被驱使，从墙那边向她诉说自己的故事，于是他开始演奏，而梅丽知道这是他在给她演奏，也就是给自己演奏。他结束后，梅丽给他唱，也就是又给自己唱。"① 共同的音乐空间把两个素不相识的不同年代的人联系在一起，给予他们幸福感。他们远离具体的物质生活，对他们而言，重要的是相互理解、相互捕捉另一个人的内在音律。因此，他们看起来像幽灵幻影，失去了血肉（他们也不食人间血肉）。也因为此，他们的生活没有着落，不能长久生存于世。捷尔涅尔老人死后，梅丽像个影子一样逐渐消逝了："随后，很晚的时候，空中升起了月亮；它迎着苍白的云彩快速奔跑，往地上撒下少有的黄光。受冷的梅丽面色苍白，一直在这月光中走，哪也不想回。从远处分不清这是人在走，还是影子在浮动。"② 在光与影的映衬下，扎伊采夫烘托出一片和谐的心灵图景。这种和谐理应出现在人间，因为梅丽的"唯一的参与性"是"能动而负责的行为"③，但从实际情况来看，作者的这一理想还未能深入现实生活。

这篇小说在扎伊采夫的早期创作中占据重要地位，因为它展示了作家艺术思维的转变：从揭示人的无意识存在转向描写会思索的人。扎伊采夫在这之前的小说（如《群狼》《大地》等）都具有浓厚的泛神论色彩：田野、土地等其他自然力将一切生物吞没，人未能从周边世界里分离出来；在宇宙混沌的权势下，人失去了自己的意识，无声息地与自然世界相融合。而《邻居》中的氛围稍微明亮一些，最重要的是出现了能区分物质与精神的有思维的人，即捷尔涅尔老人。他从诸多食肉个体中辨认出了梅丽，帮助她意识到自己

① Зайцев Б. К. Собрание сочинений：Т. 8(доп.). М.：Русская книга，2000. С. 15.

② Зайцев Б. К. Собрание сочинений：Т. 8(доп.). М.：Русская книга，2000. С. 19.

③ ［苏］《巴赫金全集》第 1 卷，晓河、贾泽林、张杰等译，河北教育出版社 2009 年版，第 57 页。

心灵世界的可贵之处。梅丽所追求的并非具体可见的生活和物质幸福，而是心灵上的宁静。这通过与音乐的交流、与月光的融合得以实现，进而梅丽的心灵真实得到印证。

二　心理的真实

循着上述描写路线，可以看到扎伊采夫对人物心理的关注。切尔尼科夫认为，同前辈茹科夫斯基一样，扎伊采夫注重的也是“抒情主人公的道德经历”，即心理分析紧密结合伦理分析[①]。短篇小说《静静的黎明》（«Тихие зори»，1904）沿袭了这种艺术手法。小说以第一人称展开，叙述主人公深居简出，生病的朋友阿列克赛的到来，以及与之共同相处的日子使他感到非常快乐。

在扎伊采夫笔下，阿列克赛是一个独立的人。他虽然身体有病，但精神世界异常丰富、异常深沉。阿列克赛安静稳重，一直等待“寂静……普通的、温柔的声音，那样的天空”[②]。他完全不害怕死亡，甚至知道这一时刻什么时候到来：“在那样一个空洞的夜里，我将死去。”[③] 这是扎伊采夫所刻画的第一批意识到自己存在的人物。阿列克赛知道自己生命短暂，随后将“无所畏惧地、平静地”离去，“谦逊地、睿智地意识到一切活物自然的、预先确定的、不可避免的结束。”[④] 阿列克赛勾起了主人公对童年生活的回忆，尤其是在他去世后，主人公经常回忆过去，但并没有因此消融在过去的世界里，而是看到“一条河，珍珠般的，微微泛出银白，不知从哪儿来，要

---

① Черников А. П. Творческие искания Б. Зайцева // Жизнь и творчество Бориса Зайцева：материалы Шестой Международной научно-практической конференции, посвященной жизни и творчеству Б. К. Зайцева. Вып. 6. Калуга：Калужский государственный институт модернизации образования，2011. С. 4.

② Зайцев Б. К. Собрание сочинений：В 5 т. Т. 1. М.：Русская книга，1999. С. 38.

③ Зайцев Б. К. Собрание сочинений：В 5 т. Т. 1. М.：Русская книга，1999. С. 40.

④ Прокопов Т. Ф. Восторги и скорби поэта прозы. Борис Зайцев：вехи судьбы // Зайцев Б. К. Собрание сочинений：В 5 т. Т. 1. М.：Русская книга，1999. С. 20.

流向哪儿去，它编织着自己的水流”[①]。从这里可以看到扎伊采夫独特的印象主义手法：富有韵律的叙述、弱化的情节、优美的抒情意蕴……在体裁上，则属于“速写式小说、素描，其中被刻画的现象和事件之间的逻辑联系有时被联想联系所替代”[②]。于是，小说里映现出回忆的画面，外在现实生活退居次要位置，主人公记忆中的一个个瞬间展现出曾经的现实生活图景，呈现经过主人公记忆过滤后的现实。

与此同时，主人公感到象征生活的这条河“使心被伟大的世界所充斥。心说不出话来，四下舒展开，向爱开放；过去、现在和未来在心里交织；萌生关于遥远过去的温柔的快乐”[③]。抒情主人公对生活本身、对过去和现在的剖析展示了他的心灵洞见，即“把失去斗志的平凡普通之人抬高到日常平庸之上的是紧张的内在生活，这种生活通向崇高的价值”，因而这种剖析之后的顿悟被切尔尼科夫称为“精神洞见”（духовное видение）[④]。在这个意义上，扎伊采夫通过叙述主人公的心理剖析达到了托尔斯泰式的“体悟”，即“以‘心灵智慧’去深邃体验世界的精神能力”[⑤]。由此表征扎伊采夫对真实生活的洞见：心灵“通过苦难领悟存在的永恒和无限，完全接受宇宙的规则。根据这些规则，死亡在生命的普遍循环中是必需的、

---

① Зайцев Б. К. Собрание сочинений：В 5 т. Т. 1. М.：Русская книга，1999. С. 44.

② Черников А.П.Творческие искания Б.Зайцева //Жизнь и творчество Бориса Зайцева：материалы Шестой Международной научно-практической конференции，посвященной жизни и творчеству Б.К.Зайцева.Вып.6.Калуга：Калужский государственный институт модернизации образования，2011. С. 6.

③ Зайцев Б. К. Собрание сочинений：В 5 т. Т. 1. М.：Русская книга，1999. С. 44.

④ Черников А.П.Творческие искания Б.Зайцева //Жизнь и творчество Бориса Зайцева：материалы Шестой Международной научно-практической конференции，посвященной жизни и творчеству Б.К.Зайцева.Вып.6.Калуга：Калужский государственный институт модернизации образования，2011. С. 4.

⑤ 李正荣：《托尔斯泰的体悟与托尔斯泰的小说》，北京师范大学出版社 2000 年版，第 21 页。

合理的，并且正是死亡确定了这一循环"①。进而，扎伊采夫描绘个体的心理波动和内在心灵轨迹，通过人物的记忆与当下现实的交织提出存在的永恒问题。

《邻居》和《静静的黎明》这两篇小说表明在扎伊采夫充满印象主义色彩的画布上也出现个体面貌，但作家关注的焦点不是人物的外在特征，而是他们内在精神生活的流动。通过展示这些个体的心灵轨迹，我们看到主人公如何确立自己的存在，如何参与确立生活，如何尝试寻找心灵上的平衡。从主题思想上来看，扎伊采夫由泛神论世界观转向关注人的心灵世界。米哈伊洛娃认为，"1904—1905 年，扎伊采夫的泛神论特征发生了变化：昏暗、寒冷让位给清晰、阳光和在世界里流淌的幸福"②，而这种幸福首先体现为人物内在的安宁状态。

第三节　内在安宁即幸福

在探究扎伊采夫对现实的看法时，有必要考察一下作家的幸福观，因为通过这一概念可以从道德伦理、宗教思想等方面更好地阐释扎伊采夫对现实的哲理思考。从所描述的人物命运和生活事件来看，扎伊采夫的幸福观是异常复杂的，其中既有快乐的因素，也有忧伤的成分。并且在作家看来，只有这两种截然相反的要素同时存在才构成幸福的前提。"噢，幸福，幸福啊！……人类为你付出多大

① Черников А. П. Творческие искания Б. Зайцева // Жизнь и творчество Бориса Зайцева：материалы Шестой Международной научно-практической конференции，посвященной жизни и творчеству Б. К. Зайцева. Вып. 6. Калуга：Калужский государственный институт модернизации образования，2011. С. 8.

② Михайлова М. В. Б. К. Зайцев // История русской литературы Серебряного века（1890-е —начало 1920-х годов）：В 3 ч.Ч.1.Реализм.М.：Издательство Юрайт，2017. С. 212.

的代价！"[①] ——短篇小说《演员的幸福》（«Актерское счастье»，1913）中的主人公波佩洛—科泽尔斯基如此呼吁道。尽管他在生活中不断遭受失败：童年丧母、演员生涯不顺、爱情没有着落……但最终波佩洛—科泽尔斯基感到自己是幸福的，因为"温存的、明快的幻象展现在他面前"[②]。可以说，扎伊采夫的主人公得出了关于生活、关于幸福的"荒唐"结论。这从本节即将要分析的作品中可以得到印证。

一 幸福的维度

根据社会心理学家阿尔盖伊尔的定义，幸福是指"满足于生活，拥有正面情绪，没有负面情绪"[③]。因此，要获得幸福首先应当感受到对生活的满足，但这种满足取决于个人的价值追求。鉴于个人生活定位的不同，对幸福的理解也各不相同。波兰哲学家塔塔尔凯维奇划分出以下几种幸福："具体的与抽象的""客观的与主观的""瞬间的与长久状态的""现实的与理想的""满足所有需求的与仅满足物质需求的""立足于平常普通的满足与立足于'更深层次'的满足""自己找上门来的与需要努力付出的""处于安宁和无忧无虑中的"[④]。可见，幸福是一个多维度的概念，不仅触及社会学和心理学领域，还隶属伦理和哲学范畴。因而，从学理的层面厘清幸福是异常复杂的。

在基督教哲学里，"与幸福紧密相关的与其说是美德、理智，甚至失去和痛苦、渴求上帝（这在古代人们就知道），不如说是爱与信仰"[⑤]。至于信仰，在俄罗斯文学里不可避免地要谈到托尔斯泰。托翁的信仰正是建立在对基督学说的虔诚信奉与躬身实践上，并与人

① Зайцев Б. К. Собрание сочинений：В 5 т. Т. 1. М.：Русская книга，1999. С. 325.

② Зайцев Б. К. Собрание сочинений：В 5 т. Т. 1. М.：Русская книга，1999. С. 332.

③ Аргайл М. Психология счастья. СПб.：Питер，2003. С. 33.

④ Татаркевич В. О счастье и совершенстве человека. М.：Прогресс，1981. С. 50-55.

⑤ Татаркевич В. О счастье и совершенстве человека. М.：Прогресс，1981. С. 66.

获得幸福紧密相连。按照托尔斯泰的理解，世界上存在五个幸福的条件：“人与自然的联系”“劳动”“家庭”“与世界上各种各样的人自由且友爱的交流”“健康和无疾而终”①。但与此同时，托尔斯泰指出这些条件不会使人达到真正的幸福，因为一旦缺失了以上某个条件，人就开始感到痛苦：“人们根据世界学说按照自己的方式获得的幸福越多，他们就越失去幸福的其他条件。”② 进而真正的幸福应当是生活在普遍的福利中，过“真正的或永恒的生活”，与“个人的和凡人的生活”相对，而只有那些履行基督学说的人才能获得这种生活③。于是，“在大地上建立上帝之国”的愿望就可以实现，届时可以达到“人间和平”，这是“人们在大地上可以获得的最高福利”④。

托尔斯泰描绘的幸福图景是享有普遍福利的、人与人之间和谐相处的永恒生活，当然不无说教色彩。扎伊采夫同样在基督教的光辉下创造自己的幸福哲学，但从侨居前创作的中短篇小说来看，作家还处于宗教信仰的摸索阶段。在一篇名为《死亡》（«Смерть»，1910）的小说里，通过主人公临死前写给儿子的信，扎伊采夫给出了幸福、痛苦和爱情之间的平衡：“人最伟大的幸福，正如最伟大的痛苦，就是爱。”⑤ 可见，爱在扎伊采夫的理解中如同幸福一样是复杂而又深奥的，而透过这些概念得以确立的是人的内在现实生活与安宁状态。

---

① Толстой Л. Н. Исповедь；В чем моя вера?；Что такое искусство?：Статьи. М.：Книжный Клуб Книговек，2015. С. 189-192.

② Толстой Л. Н. Исповедь；В чем моя вера?；Что такое искусство?：Статьи. М.：Книжный Клуб Книговек，2015. С. 190.

③ Толстой Л. Н. Исповедь；В чем моя вера?；Что такое искусство?：Статьи. М.：Книжный Клуб Книговек，2015. С. 167.

④ Толстой Л. Н. Исповедь；В чем моя вера?；Что такое искусство?：Статьи. М.：Книжный Клуб Книговек，2015. С. 139.

⑤ Зайцев Б. К. Собрание сочинений：В 5 т. Т. 1. М.：Русская книга，1999. С. 196.

二 《安宁》的幸福

短篇小说《安宁》(«Спокойствие», 1909) 揭示了最广泛意义上的爱。一方面，这是肉体情欲之爱（费多尔与图曼诺娃、康斯坦丁·安德列伊奇与娜塔莎）；另一方面，这是亲情之爱（雅什对儿子的爱，玛丽安娜·尼古拉耶夫娜对女儿的爱）。可无论是什么样的爱，都给主人公带来了痛苦：费多尔死于决斗（与图曼诺娃的丈夫），康斯坦丁和娜塔莎认为自己的爱情在这世上无从实现，雅什遭受了儿子夭折的痛苦，玛丽安娜·尼古拉耶夫娜并不奢求自己的女儿在此世过得幸福。尽管现实生活中这些发自内心的爱都显得不可企及，可主人公仍然时刻准备为爱作出牺牲，因为"从自身、从自己的唯一位置出发去生活，完全不意味着生活只囿于自身；唯有从自己所处的唯一位置上出发，也才能够作出牺牲——我以责任为重可以发展成以献身为重"①。明知不可实现，却仍要负重而上，足见扎伊采夫笔下的这些人物对生的强大渴望。

小说中这些生活背景各不相同却同样受苦的人恭顺地接受命运，接受上天的安排，而且他们的情爱经历带有模糊的基督教神秘色彩。费多尔临死前坦承，为了心爱的人付出生命是幸福的。朋友死后，康斯坦丁决定旅游。他选择去意大利，这也是作家一直都倾心的地方。在拉文纳，置身于古老的风习中，康斯坦丁意识到爱是不可战胜的，爱是永恒的："爱的永恒精神——你是胜利者"②。因为儿子早逝雅什险些自杀，但他还是克服了这种念头。玛丽安娜·尼古拉耶夫娜执着地与丈夫争夺女儿的抚养权，尽管为此要遭受无尽的痛苦与折磨。

在经历了诸多不幸之后，是什么力量支撑这些人物继续活下去

---

① ［苏］《巴赫金全集》第1卷，晓河、贾泽林、张杰等译，河北教育出版社2009年版，第48页。

② Зайцев Б. К. Собрание сочинений: В 5 т. Т. 1. М.: Русская книга, 1999. С. 147.

呢？是“爱——祝福”①，扎伊采夫直接在小说中给出了答案。满载爱的祝福，他们“走向无边的、光明的、悲哀的世界；遁入默默无闻、贫穷和孤独的生活。知道自己的时日，同时带着笑容接受这个时刻，这是隐藏在内心深处的一支蜡烛”②。忍受着不幸，主人公逐渐走向心灵的宁静，正是在这样的谦恭和顺从中寻找自己的幸福。而没有这些不幸遭遇和痛苦经历是构不成幸福的，因为在扎伊采夫的艺术世界里，“忧伤的东西——只是幸福的同路人，而意义和目的在这后者”③，科甘如此评论。换言之，唯有体验了忧伤和痛苦，幸福才会到来。可实际上的生活并非总定格在幸福到来的那一刻，而是体现为悲喜交加的过程。这也印证了伊万诺夫—拉祖姆尼克所倡导的新现实主义的生活哲学，也“是当时文学极为重要的成就”，即“通过悲剧来确认人间明快的生活”④。

立足现实生活，扎伊采夫刻画了意识清晰的人物。他们思考生死与爱情，物质生活退居次要位置，精神世界的丰富与安宁成为他们关注的焦点。正如作家在《关于自己》中所写的那样：“代替早期的泛神论开始出现宗教母题——远不够明晰（《神话》《流放》）——可仍在基督教的精神里。”⑤ 这种思想倾向在扎伊采夫后来创作的小说中越来越清晰，下面即将要分析的《阿格拉费娜》便展示了这个过程。

---

① Зайцев Б. К. Собрание сочинений：В 5 т. Т. 1. М.：Русская книга，1999. С. 166.

② Зайцев Б. К. Собрание сочинений：В 5 т. Т. 1. М.：Русская книга，1999. С. 166.

③ Коган П. Современники. Зайцев // Зайцев Б. К. Собрание сочинений. Т. 10（доп.）. М.：Русская книга，2001. С. 183.

④ 《俄罗斯白银时代文学史（1890 年代—1920 年代初）》第 I 卷，谷羽、王亚民编译，敦煌文艺出版社 2006 年版，第 204 页。

⑤ Зайцев Б. К. Собрание сочинений：В 5 т. Т. 4. М.：Русская книга，1999. С. 589.

第四节 精神皈依即永生

从创作历程上看，爱的主题在扎伊采夫的艺术思维中经历了从泛神论向基督教思想的演变。在泛神论意识下，人完全消融在自然世界里，人的感受、激情都流入无边的宇宙空间里，这使个人的感情获得了普遍的、包罗万象的特征。换言之，爱情在扎伊采夫的小说里“并不作为具体的感受，而是生活本身的隐喻性表达”①。当人逐渐将自己从世界中区分出来，逐渐寻找自己在宇宙结构中的地位时，他的情爱感受就上升到更稳固的层面上。主人公的爱情追求已不再局限于肉体感受和造物的施与，而是引向崇高的精神之爱。尽管“爱并不总是明显地表现出来，它或许是被隐藏的、神秘的、不被意识到的，但却笼罩着主人公，似乎将他揽入摇篮里，因为这是真正的上帝之爱，这种爱流向我们、他的小孩”②。在扎伊采夫对现实的独特观照下，爱情也被抬到崇高地位，这与作家的宗教思想紧密相连。

一 尘世里的爱情

中篇小说《阿格拉费娜》（«Аграфена»，1907）充分体现了扎伊采夫对世俗爱情和宗教之爱的阐释。正如俄罗斯学者所言：“抛却

---

① Михеичева Е. А. Философский рассказ в раннем творчестве Б. К. Зайцева // Наследие Б. К. Зайцева：проблематика，поэтика，творческие связи. Материалы Всероссийской научной конференции，посвященной 125-летию со дня рождения Б. К. Зайцева. 18-20 мая 2006 г. Орёл：ПФ «Картуш»，2006. С. 24.

② Михайлова М. В. Б. К. Зайцев // История русской литературы Серебряного века（1890-е —начало 1920-х годов）：В 3 ч. Ч. 1. Реализм. М.：Издательство Юрайт，2017. С. 219.

红尘凡事，专事‘超然’修炼，这就是扎伊采夫描写的爱情要务。”① 小说的主要情节围绕女主人公的几段爱情故事展开，讲述了一位平凡女人不平凡的一生。这些故事揭示了阿格拉费娜逐渐获得基督教信仰的过程，有学者称之为是“一条心灵成长和精神成长的路”②。在塑造这一形象时，扎伊采夫聚焦女主人公的内在感受。正如阿比舍娃所言，小说中“被置于前景的是原质的、肉体的东西”③，因而阿格拉费娜像是亟待灌浆的苹果花，她时刻期待着爱情。

小说里共描写了女主人公的三段恋情，每段都以阿格拉费娜的不幸被弃而告终。第一段是在阿格拉费娜 17 岁的时候，正值花开时节的她品尝了青春爱情的苦涩与甜蜜，但很快庄园少爷（大学生）弃她而去。百般无助的阿格拉费娜转向空敞的田野，转向自然万物祈祷：“最后一个傍晚，她抱着他的双膝不放开。之后，他游走在傍晚的雾霭里，而她跪下来，对着田地、燕麦地、天空、温顺仁慈的圣母、那晚的庄稼地大声祷告。”④ 通过所列举的这些祈祷对象，可以看出阿格拉费娜此时的信仰具有泛神论色彩。

四年后，阿格拉费娜嫁作他人妇，但很快离了婚。她在一座静谧的小城里打工，住在一位单身太太家里。“阿格拉费娜觉得住在这里，偶尔在厨房里忙碌，拖拉散发出新鲜气息的、令人愉悦的柴火，

---

① 《俄罗斯白银时代文学史（1890 年代—1920 年代初）》第 I 卷，谷羽、王亚民编译，敦煌文艺出版社 2006 年版，第 229 页。

② Ничипоров И. Б. От душевного к духовному：повесть Б. Зайцева «Аграфена» // Духовность как антропологическая универсалия в современном литературоведении：коллективная монография по материалам Всероссийской научно-исследовательской конференции. Киров：Изд-во ВятГГУ，2009. С. 85.

③ Абишева У. К. Неореализм в русской литературе 1900-10-х годов. М.：Издательство Московского университета，2005. С. 96.

④ Зайцев Б. К. Собрание сочинений：В 5 т. Т. 1. М.：Русская книга，1999. С. 95. 本节所引用中篇小说《阿格拉费娜》的例子均出自该版本，以下不再一一作注，只在文中标注页码。

她过的是虔诚恬静的生活。”（第95页）每逢周六，阿格拉费娜都去教堂听赞美歌，是否信仰上帝的问题也越发使她思考：“从细高个德米特里神父的声音里飘来那样一种无止境的东西，以至于她吓得询问自己：信还是不信？忽而想，如果不太信，那就不与丈夫住，不尊重斋戒，——忽而又想，于是就结束了，没有拯救，那地狱和诅咒呢？”（第95页）

在欲望的驱使下，她“整个人都被自己胀满了，被自己血淋淋的爱情胀满了”（第98页）。阿格拉费娜主动接近粗鲁蛮横的马车夫别佳，但很快遭到别佳的背叛。阿格拉费娜恭顺地接受了她与别佳的孩子，把这当作上帝的赏赐：“阿格拉费娜的心房下跳动的是生命。似乎面对上帝，她像个温顺的器皿，盛装他的慰藉和恐惧的贫乏的器皿，有人悄悄用右手把那段无忧无虑的时光永远从她身边赶走了。”（第98页）生完女儿以后，迫于生计，阿格拉费娜把女儿放到乡村母亲那里，独自一人留在城里继续打工，诸如生死信仰的问题越发频繁地困扰她。“当睡不着的时候，思想会更坚决地引向：到底怎样？什么时候？‘那里’会怎样？刚开始无论如何心跳，面对可能不存在，面对将来会是什么样，什么时候没有她，灵魂却说不出话来。以前关于地狱的想法、关于‘突然有上帝’并惩罚罪恶的想法早就消失了；随着时间，那种古怪的恐惧也开始出现——要是被人杀害，突然生病死去，烧死，——以前她因这种恐惧而心灰意冷。如今，随着年岁，死亡迈着平稳庄重的步伐逼近。……现在，阿格拉费娜觉得，她的生活会变成一支平稳简陋的水流，将献给这个女孩；但紧跟存在的第一次转折之后，她还应当认识傍晚前的火焰和忧伤。”（第101页）

这种“火焰和忧伤”仍受情欲的激发，受肉体本能的驱使。阿格拉费娜“以刀割似的甜蜜满足了自己的爱情——那种肉体的、黑暗的、不可理解的爱情”（第105页）。这次的对象是沉默寡言的中学生科斯佳。尽管科斯佳很快找到了自己的同龄女伴，但阿格拉费娜无可名状的情欲表现却给他带来了精神上的苦恼。阿格拉费娜也备受折磨："沉重的波浪在她脑海里敲打；心在滴血。当依靠意志力使内心得到片刻安抚时，她异常强烈地感到不可能有别的方式；她没有希望。"（第 106 页）在万千头绪的混乱中，阿格拉费娜走入教堂，诉诸祷告："在那里，她跪在年迈的多西费依神父面前，讲述自己的忧伤，哭着祈求上帝，请求给予力量。多西费依神父在明亮的神香里给她画十字，缓解她内心的重负。"（第 107 页）

听从多西费依神父的指引，阿格拉费娜决定回农村全心照料自己的女儿。她把这时来自农村的信"看作是上天的声音，秘密地召唤她，派她去往只有他才知晓的路"（第 108 页）。此刻的阿格拉费娜已在信仰问题上有了主见："她在集市上买了块寡妇戴的头巾，披上无领上衣，像个好祈祷的女人，扯了根粗棍，沿着大路侧边的小道，循着丈量家乡荒漠的朝圣者的神圣之路出发了。"（第 108 页）就在回家的路上，阿格拉费娜梦见了手持器皿的修女，由此确立了她的基督教信仰。

阿格拉费娜在农村开始了一个普通劳动妇女的贫苦生活，这种生活得到了作家的肯定，尽管并不富裕，并不光鲜亮丽："她现在过的生活，——没有幸福，也不想幸福，一个奉献自己的女人严酷的劳作，——这是最好的、最真诚的和最明朗的生活，无论根植于生活的黑色源头的忧伤多么深刻。"（第 111 页）然而令人可悲的是，阿格拉费娜的女儿阿纽塔重蹈母亲覆辙：爱上了不爱她的人并遭受背叛。可女儿无法面对自己的不幸，毅然选择了自杀。关于这段悲剧是一个神秘的声音讲给正在打盹的阿格拉费娜的。这时候又出现了手持器皿的修女，阿比舍娃指出："在圣经传统里，杯盏象征命运，它容纳多少生活的水分，就是一个人应当承受的多少考验。"① 女儿死后，阿格拉费娜孑然一身，孤苦无依。她醒悟道："所有的爱和苦难都被理解为同样的水流，一下注入上天无边的爱的

① Абишева У. К. Неореализм в русской литературе 1900-10-х годов. М.: Издательство Московского университета, 2005. С. 97.

海洋里，并作为统一的和永恒的爱的神秘原型赐予她。”（第116页）这也意味着阿格拉费娜获得了真正的爱情，这是永恒之爱，是对上帝的爱，而“上帝的实在给予爱和宽恕一切的内在力量”①，这成为阿格拉费娜在尘世中的最后一个支点。料理完女儿后事的第二天清晨，阿格拉费娜又梦到神秘的黑衣修女，梦到给她端来满满的杯盏。朦胧中阿格拉费娜仿佛啜饮过后，随之而去。

由此可以看到，在阿格拉费娜充满不幸的爱情生活背后，还隐藏着另一种逐渐稳固的生活，这便是对上帝的爱与奉献，确切而言，是一条找寻信仰的神秘路径。换言之，“这种宗教式的‘肉欲’显得是那样顽强，因为它担当着使尘世间的爱情神圣化的使命”②。阿格拉费娜最终饮尽象征尘世苦难的杯盏，表明她在心灵上的皈依，这种皈依反映了作家扎伊采夫对待爱情的宗教哲学立场。可见，爱情主题在扎伊采夫笔下具有浓厚的宗教色彩，基督教思想开始在其创作中占据越来越重要的地位。

二　皈依后爱的理念

科尔多诺夫斯卡娅以扎伊采夫和屠格涅夫为例，对比他们所代表的现实主义的不同倾向，认为扎伊采夫作为“‘年轻的’文学的代表”③，在处理现实问题上明显不同于屠格涅夫所代表的传统现实主义。批评家指出，年轻的作家不再聚焦描写现实生活，他们满怀“最充分的主观性”，追求“另一种更广泛被理解的、纯粹内在的真

---

① Абишева У. К. Неореализм в русской литературе 1900-10-х годов. М.: Издательство Московского университета, 2005. С. 98.

② 《俄罗斯白银时代文学史（1890年代—1920年代初）》第I卷，谷羽、王亚民编译，敦煌文艺出版社2006年版，第228页。

③ Колтоновская Е. А. Поэт для немногих // Зайцев Б. К. Собрание сочинений. Т. 10 (доп.). М.: Русская книга, 2001. С. 189.

实——抒情的和哲理的"①。正是这种抒情的、哲理的内在真实性决定了小说《阿格拉费娜》的叙述特征。阿比舍娃认为，这是"对女主人公的一生存在式'阅读'的范例"，而扎伊采夫对阿格拉费娜生活与命运的解读"与存在的普遍水平相对应"②，由此表明作家对现实生活的形而上意义的思考。而且，从女主人公的经历来看，这一形象具有深刻的象征意蕴，正如我国学者所言，"她在很大程度上是一种寓意的载体，是人类或一个民族生活的浓缩，是无穷的生命链条中一个最普通的环节，是永恒生命的折光"③，进而传达出扎伊采夫的宗教哲学思想。

阿格拉费娜的一生本质上体现了扎伊采夫现阶段对生活意义的宗教哲学探索，展示了作家逐渐走向上帝的道路和远离多神教世界观的过程，但这还不是完全意义上的基督教，因为阿格拉费娜的皈依具有神秘色彩，并不太清晰。她觉得手持器皿的修女带她走向什么地方，"她脑海里涌现出许多思考，而且这些思考都很严肃。她极力说服自己，这是她生命的最后一部分，但无论如何思考上帝、死亡和未来的生活，怎么也想不明白"（第 112 页）。究其根源在于，现阶段扎伊采夫本人也没有在创作思想上明确基督教信仰。然而，阿格拉费娜的故事却体现了扎伊采夫对尘世爱情的独特理解。这种爱情始于肉欲，给人带来无限的哀伤。走出这种困境的出路在于转向上帝，奉献自己无私的爱。科甘对此总结道："爱，这是一种最崇高的福祉。爱的悲剧性元素，爱的不可避免的同路人——痛苦和死

---

① Колтоновская Е. А. Поэт для немногих // Зайцев Б. К. Собрание сочинений. Т. 10（доп.）. М.：Русская книга，2001. С. 189-190.

② Абишева У. К. Неореализм в русской литературе 1900-10-х годов. М.：Издательство Московского университета，2005. С. 98.

③ 李明滨主编：《俄罗斯二十世纪非主潮文学》，北岳文艺出版社 1998 年版，第 40 页。

亡——并不能抹除爱所给予的那份幸福。”①

从小说结尾来看，阿格拉费娜感受到了这份幸福，感受到了宇宙灵魂的爱抚：“她忽然觉得脚下的大地更轻了，越来越轻，上天耀眼的光波朝她直泻下来。于是她跪倒，内在的洞见感悟她的心灵；整个一生瞬间浮现在她面前……她的心灵通过大地之根紧贴在那些熟悉的、曾经珍视的人的心灵上，并像上天的那样向天空升起。从这些人后面浮现出一张新**面孔**，它以同一束光遮蔽所有人，将一切纳入超人的怀抱。”（第116页）至此，阿格拉费娜完成了精神蜕变，怀揣着对上帝的爱遁入永恒的生命空间里。

通过阿格拉费娜一段又一段失败的爱情故事、女儿重复母亲的悲剧并自动放弃生命的不幸遭遇，扎伊采夫对是否信仰上帝及如何看待人生的问题作出了解答。随着生活阅历的丰富，饱受磨难的阿格拉费娜最初所追求的肉体之爱逐渐获得了神性，最终走出了一条皈依上帝之路，恭顺地接受自己的悲剧命运和女儿的不幸离去。由此我们可以看出，爱情在扎伊采夫笔下具有崇高的内涵，唯有把对他人之爱上升到精神层面，才能坦然应对尘世的欺骗、背叛和命运的不可违抗，同时个人的平凡人生路也获得了崇高意义。

本章小结

本章所分析的小说其共同之处在于，主人公都有自己独立的意识，他们对生活本身有明显的索取倾向。从这些人物走过的生活轨迹来看，扎伊采夫对现实具有自己深入而复杂的看法。简言之，扎伊采夫的现实观是超越物质生活的。作家追求的是精神层面、心灵层面等抽象意义上的真实，这种真实的实现得益于他逐渐成熟的宗

① Коган П. Современники. Зайцев // Зайцев Б. К. Собрание сочинений. Т. 10 (доп.). М.: Русская книга, 2001. С. 183.

教思想。

《梦境》和《香榭丽舍大街》这两篇小说描写的都是普通人的平凡生活，表达了主人公对朴素的日常生活乐观积极的态度。他们生活在微不足道的环境里，偶尔会遇到不顺畅，产生细小的矛盾，但平静的生活之流给予他们心灵的安宁。他们以自己的平凡普通的生活印证了现实最朴素的一面，即便是在这一面扎伊采夫也较少关注物质。《邻居》和《静静的黎明》共同反映了主人公对精神生活的陶醉状态，虽也有消融于周围世界的痕迹，但人物总归在思想上是独立的。他们追求内在真实的生活，因而彰显自己的个性，并以特殊的方式证实了自己的存在。进而到了小说《安宁》里，人物面貌和性格更加复杂。通过对不同人物情感经历和生命际遇的描写，展示了作家对生活中幸福概念的思考、对人生价值的思索，这已是道德伦理和宗教思想层面的思考。而真正对这一主题作出深入阐释的是中篇小说《阿格拉费娜》。小说通过描写一个普通女人平凡的一生，尤其是其几段不幸的爱情经历，表现出作家对生活实质和现实本身越来越虔诚的认识。女主人公最终的宿命也证明扎伊采夫把人的感情与对上帝的虔诚信仰连接在一起的倾向。

由此，扎伊采夫通过主人公的丰富经历确立了自己独特的现实观，艺术性诠释了充满悖论的幸福理念。现实生活本身表明纯粹的幸福是不存在的。幸福——这是一种伴随不幸的明亮的快乐。在扎伊采夫看来，人要获得幸福，应当走出纯粹的物质生活和世俗束缚，遁入精神的永恒世界里，同时在思想上要恪守基督教的真理，即信奉上帝的学说，并坦然接受周围发生的一切。在明确了扎伊采夫的现实观以后，我们便可以展开探讨其小说的新现实主义综合特征，而这首先表现为印象主义的抒情特色。

第二章　扎伊采夫小说的印象主义特色[①]

印象主义作为术语源自19世纪下半期法国的一个绘画流派[②]。19世纪60年代，爱德华·马奈、皮埃尔·奥古斯特·雷诺阿等年轻画家试图更新法国写实画的创作手法，追求“观察生活的新鲜和直接，刻画瞬间情境，形式和结构的摇晃和不稳定，不同寻常的视角和视点”[③]。1874年4月15日至5月15日，30位年轻艺术家在法国巴黎举办首次画展[④]，其中克劳德·莫奈创作于1872年的风景画

---

① 本章第二、三、四节的内容根据已发表的两篇文章增删、修订而成，具体信息如下：（a）Феномен бессознательного бытия в ранних рассказах Б. К. Зайцева // Литература в школе. 2018. № 7. С. 16-17. （b）Человек и мир в ранней прозе Б. К. Зайцева // Вестник Удмуртского университета（Серия история и филология）. 2018. № 2. С. 185-188.

② 法国绘画中的印象主义可以追溯到文艺复兴时期的威尼斯画派——“文艺复兴时期，威尼斯派艺术家试图运用光鲜亮丽的色彩和过渡性的色调传达鲜活的现实”，这些创新在西班牙艺术家（埃尔·格雷考、戈雅等）的作品中得到明确表达，之后对法国画家马奈、雷诺阿产生了实质性影响，См. Энциклопедия импрессионизма. М.：Республика，2005. С. 5.

③ Савельева А. Мировое искусство. Направления и течения от импрессионизма до наших дней. Санкт-Петербург：СЗКЭО «Кристал»；Москва：«Оникс»，2006. С. 52.

④ 1874年至1886年，印象主义艺术家共举办了8次画展，每次举办地点、参与人数和持续时间都不相同，См. Энциклопедия импрессионизма. М.：Республика，2005. С. 20-21.

《印象·日出》成为这次展览的焦点。据记载，“在风景画历史上，艺术家[①]首次试图刻画的不是现实的客体，而是来自于它的印象”，法国记者、批评家路易·列卢阿嘲弄地称这样的艺术家是“印象主义者”[②]。然而，“印象主义”这一术语却符合该派画家的创作宗旨：“传达印象，固定生活中稍纵即逝的瞬间”[③]。由此，风景画中出现了模糊不定的线条和直观的印象。同时，画作中的故事性和情节性减弱，“光与影的交替，太阳‘光点’在最寻常物体上古怪的游戏”[④] 成为艺术家关注的焦点。

随着印象主义画派影响力的扩展，尤其是其艺术形式的成熟和思想的完善，印象主义逐渐向文学、音乐、建筑等其他领域渗透。“太阳、光、动颤的反光、水、风、雨”成为印象主义作家和诗人感兴趣的主题[⑤]。例如，法国诺贝尔文学奖得主安德烈·纪德的散文诗集《地粮》（1897）就体现出印象主义色彩，其中“有些句子与那些引起克劳德·莫奈及其朋友们不安的东西相呼应，并见证了对最细微的感受和瞬间印象的兴趣”[⑥]。

扎伊采夫后来在谈到自己的创作历程时指出：“我从印象主义开始。正是那时候首次感到对自己而言是崭新的写作类型：‘无情节的短篇小说—史诗’。我认为，从那时起我成了作家。”[⑦] 诚然，扎伊采夫的早期小说充满了印象主义色彩，但从整体创作情况来看，印

① 指莫奈。

② Петровец Т. Г. （сост. ）Энциклопедия импрессионизма и постимпрессионизма. М.：ОЛМА-ПРЕСС，2000. С. 252-253.

③ Савельева А. Мировое искусство. Направления и течения от импрессионизма до наших дней. Санкт-Петербург：СЗКЭО «Кристал»；Москва：«Оникс»，2006. С. 54.

④ Петровец Т. Г. （сост. ）Энциклопедия импрессионизма и постимпрессионизма. М.：ОЛМА-ПРЕСС，2000. С. 255.

⑤ Энциклопедия импрессионизма. М.：Республика，2005. С. 17.

⑥ Энциклопедия импрессионизма. М.：Республика，2005. С. 17.

⑦ Зайцев Б. К. О себе // Собрание сочинений：В 5 т. Т. 4. М.：Русская книга，1999. С. 587.

象主义式的思维却贯穿了其一生。乌辛科认为在扎伊采夫的第一册短篇小说集（1906 年）里，作家的印象主义表现得最完善[①]，其中共收录了 9 篇小说[②]。结合本章节的分论题，我们从中选取 6 篇（《群狼》《雾霭》《面包、人们和大地》《克罗尼德神甫》《年轻人》和《农村》），外加 2 篇未收录入集的《大地》和《海洋》[③] 为研究对象，从印象主义表现手法到主题内容来梳理扎伊采夫这一时期的艺术追求与哲理思想。在分析之前我们先回溯一下俄罗斯文学中印象主义思潮的演变。

第一节　印象主义与俄罗斯文学

俄罗斯绘画中的印象主义繁荣于 19 世纪 90 年代末至 20 世纪头十年，文学中印象主义的兴起则是在 20 世纪 10 年代。然而，通过对俄罗斯文学中有关自然审美和个性自由的历史梳理，扎哈罗娃发现，俄罗斯文学中的印象主义元素可以追溯到古斯拉夫时期："古斯拉夫人对光和颜色的美化就像在与世界的相互关系中将自然拟人化，以及在古人文艺意识中美的理念所占据的那样一种重大地位，显然这是未来印象主义思维的最初根源。"[④] 围绕个性问题以及与此相关的美学探索问题，扎哈罗娃梳理了从 18 世纪感伤主义到 20 世纪初

---

① Усенко Л. В. Импрессионизм в русской прозе начала XX века. Ростов-на-Дону: Издательство Ростовского университета, 1988. С. 173.

② 它们分别是《群狼》《雾霭》《静静的黎明》《克罗尼德神甫》《面包、人们和大地》《农村》《神话》《黑风》和《明天》。

③ 短篇小说《大地》1902 年首次发表在莫斯科《信使报》上，《海洋》1905 年首次发表在圣彼得堡的《生活问题》上，这两部小说在 11 卷集里都被归入"不同年代的短篇小说"之列，См. Зайцев Б. К. Собрание сочинений: Т. 8 (доп.). М.: Русская книга, 2000. С. 498-499。

④ Захарова В. Т. Импрессионизм в русской прозе Серебряного века. Н. Новгород: НГПУ, 2012. С. 47.

新现实主义的俄罗斯文学美学思想的演变，证实了俄罗斯文学中印象主义元素不同程度的隐现。

一　俄罗斯印象主义文学之流变

以卡拉姆津为代表的感伤主义“首次转向艺术地再现矛盾的感受、细微的心灵状态以及它们复杂的过渡”①，这种由外部世界向内在心理的视点转移在19世纪初的浪漫主义作品中得到了发展。这鲜明地体现为诗人普希金笔下那些“明亮和谐的世界观”“充满灵感的洞察力”和“心灵自由的快乐”②。从这些浪漫主义成分中，印象主义汲取了“作为其剖析世界基础的情感因素，关注主人公的内在世界；创作的个性特征，对自然世界的崇高感受”③。

当对个性现象给予关注之后，就出现了如何关注的问题。对此，现实主义提出的文艺主张为俄罗斯文学的后续发展奠定了坚实的基础：“追求刻画的准确，现实的人类存在的真实，鲜明的现代感。”④ 具体到对个性的描写上，则表现为密切关注人物的心理活动。充斥于莱蒙托夫作品中的那些“冲动”“神经质”、不和谐元素真实再现了人物心理的过渡性瞬间，这种“心理现实主义包含许多成分，后来从中发展起‘印象主义分支’里的世纪末俄国现实主义的艺术体系”⑤。个性问题发展到屠格涅夫那里则是“肯定个体的道

---

① Захарова В. Т. Импрессионизм в русской прозе Серебряного века. Н. Новгород: НГПУ, 2012. С. 48.

② Захарова В. Т. Импрессионизм в русской прозе Серебряного века. Н. Новгород: НГПУ, 2012. С. 49.

③ Захарова В. Т. Импрессионизм в русской прозе Серебряного века. Н. Новгород: НГПУ, 2012. С. 48.

④ Захарова В. Т. Импрессионизм в русской прозе Серебряного века. Н. Новгород: НГПУ, 2012. С. 50.

⑤ Захарова В. Т. Импрессионизм в русской прозе Серебряного века. Н. Новгород: НГПУ, 2012. С. 49-50.

德价值，个人生活的每一瞬间的意义”①。因而，我们在屠格涅夫的小说中经常感受到被狂喜、被爱情所激发的心灵的颤抖以及无法抗拒的魔力和诱惑。而在托尔斯泰那里，对生活的现实主义态度本身就具有印象主义气质。在托翁笔下，“具有特殊意义的是……感受到生活过度充盈，能够消融在命运所赠予的明亮的瞬间里”②。由上述对俄罗斯经典作家笔下的印象主义元素的梳理，可以看到俄罗斯文学自古以来便注重个性的心理（审美）活动、个体的内在体验和生活中稍纵即逝的瞬间，而这些也恰是印象主义文学关注的焦点。

19 世纪末 20 世纪初，俄罗斯文学的现实主义应时代需要进行了更新，出现了新的艺术形式和思想，但其文艺宗旨还是讲求“真”，由描写生活的真实上升到内在体验的真实。然而，无论是何种意义上的真实，终归还是围绕个性问题展开。在这方面最鲜明的代表就是契诃夫。首先，契诃夫异常关注个体的心理波动并巧妙地将其表达出来，注重展现人物对生活的印象主义式的理解。契诃夫的主人公——“他们的世界观确实不明确，他们痛苦地意识到生活中有太多不理解的地方，甚至无法表达自己不理解的本质”③，进而演绎出人的存在悲剧。其次，契诃夫笔下的个体通过与自然融合而挣脱自己的狭小氛围，个体的生命存在上升至普遍宇宙的范围：“个体对自然的理解具有扩展性的倾向——主人公的情绪扩散至‘整个自然’，使这种情绪具有全球性特征。它似乎铺盖了整个世界，而这使具体个人的纯个体体验具有了意义。在契诃夫‘不被注意的’主人公那

① Захарова В. Т. Импрессионизм в русской прозе Серебряного века. Н. Новгород: НГПУ, 2012. С. 51.

② Захарова В. Т. Импрессионизм в русской прозе Серебряного века. Н. Новгород: НГПУ, 2012. С. 52.

③ Захарова В. Т. Импрессионизм в русской прозе Серебряного века. Н. Новгород: НГПУ, 2012. С. 66.

里，涉及宇宙存在问题的体验有时就变成了纯个体的。”① 个体向整体归拢，个体的内在体验膨胀至整个宇宙的层面，这是契诃夫印象主义思维的独特体现。

印象主义在俄罗斯本土并没有达到像 19 世纪浪漫主义和现实主义那样独立流派的地位。正如扎哈罗娃所言，“在俄罗斯，印象主义作为具体的历史的文学流派并不存在”，而是一种“特殊的艺术思维类型”和“显著的文体倾向”②。因而，在同时期现代派的诸多分支中都不同程度地染有印象主义色彩。扎哈罗娃作了如下列举：在别雷的小说《彼得堡》中印象主义具有独特的主观色彩，索洛古勃的印象主义倾向出现在非理性领域（如小说《创造的传奇》和《卑劣的小鬼》），安德列耶夫的“印象主义与作者自我表达的表现主义方式密不可分”③。追根溯源，俄罗斯文学中的印象主义主要来自法国绘画领域。扎哈罗娃认为，这种起源上的非本土性特征导致其“‘个体表现’异常鲜明”④。不同的作家对印象主义的理解不同，从西欧艺术里获得的灵感启发也千差万别。鉴于此，有必要探讨一下俄罗斯印象主义文学的普遍特质。

二　俄罗斯印象主义文学之特质

乌辛科认为：“在俄罗斯，印象主义绘画不仅先于文学中的印象主义，还是它创作史上一个独特的准备阶段。”⑤ 该学者将绘画中的

---

① Захарова В. Т. Импрессионизм в русской прозе Серебряного века. Н. Новгород: НГПУ, 2012. С. 68.

② Захарова В. Т. Импрессионизм в русской прозе Серебряного века. Н. Новгород: НГПУ, 2012. С. 10, 12-13.

③ Захарова В. Т. Импрессионизм в русской прозе Серебряного века. Н. Новгород: НГПУ, 2012. С. 13-14.

④ Захарова В. Т. Импрессионизм в русской прозе Серебряного века. Н. Новгород: НГПУ, 2012. С. 24.

⑤ Усенко Л. В. Импрессионизм в русской прозе начала XX века. Ростов-на-Дону: Издательство Ростовского университета, 1988. С. 23.

印象主义与文学、音乐的交接点归结为："由对自然的敏锐感受转向理解生动的、不间断变化的现实。"① 换言之，直观的视觉印象背后是主体对自然界四季循环往复的感知，进而印象主义由对寻常事物的洞见上升到对世界存在的认知层面。按照马可夫斯基的解释："视觉过程只是部分地属于物理行为，而在很大程度上属于心理行为，也就是说取决于视觉对我们认识自然的适应能力。我们如何*设想*自然，就如何*看见*它。"② 关于视觉与世界观的联系马尔特什金娜进一步概括道："'对世界的看法'从艺术立场逐渐转移到鲜明的世界观立场上。"③ 这种"转移"具体表现为个体面对外部世界的主观感受演化为对存在的深刻思索。正如俄罗斯学者所言："风景背后感受到的是自然，自然背后是世界，世界背后是超世界的。"④ 而印象主义者对光与色彩的偏爱、对瞬间变幻的专注在博格姆斯卡娅看来是"一种微妙的象征语言，这些象征表明对大地自然而然存在的崇拜，表明人与其周边世界的生气勃勃的统一"⑤。源自绘画领域的印象主义文学始于对自然、对环境的主观描写，最终展示的是作者对所描写对象的态度，是对生活本身的独特感知与看法。在这个意义上，作者与其所描写的对象、由这些对象反映出的事实乃至这些对象之间都是一个整体，至少作者在书写感受的那一瞬间，整个宇宙的自然存在是凝结在一起的。

关于世界性统一的思想，泽尔诺夫从印象主义与实证主义的对

---

① Усенко Л. В. Импрессионизм в русской прозе начала XX века. Ростов-на-Дону: Издательство Ростовского университета, 1988. С. 35.

② Маковский С. К. Силуэты русских художников. М.: Республика, 1999. С. 243.

③ Мартышкина Т.Н.Импрессионизм: от художественного видения к мировоззрению // Вестник Томского государственного университета, 2007. № 304. С. 75.

④ Леняшин В. А. «...Из времени в вечность». Импрессионизм без свойств и свойства русского импрессионизма // Русский импрессионизм. СПб.: Palace Editions, 2000. С. 58.

⑤ Богемская К. Импрессионизм: единство человека и окружающего его мира // Энциклопедия импрессионизма. М.: Республика, 2005. С. 268.

立中阐明印象主义的发展合乎时代规律，即："意识到'显而易见'的东西的相对性，这导致必须确立可见与不可见、直观与思辨之间的统一，换言之，就是个体与整体之间的统一。学术思维中的这种革命性转换紧接着导向世界统一的理念。可以说，这种理念在60—70年代正成为时代的密码。"① 随之，我们在印象主义作品中看到诸多不确定因素，它们有机地融为一体，在统一的宇宙空间中共存。泽尔诺夫进一步指出，"印象主义者……恢复了与整体的联系，克服了实证主义的时代局限性。"② 他们尤为关注自然景物的细微变化，赋予世间万物以灵性。可以说，"他们把时代最好的现实主义传统与新时期的宇宙世界观联系在了一起"③。另外，印象主义与科学实证的冲突还启发我们探讨印象主义对现实的态度以及如何处理人与环境的关系问题，从而实现对印象主义文学作品从形式到内容的全面审视。

至此，我们便对印象主义文学初步形成了整体认识。印象主义艺术家格外关注人的直觉反应，刻画波动不定的瞬间。在对自然界瞬息万变的感知中，印象主义作家表达对世界的直观看法，同时不追求传统叙述的完整和连贯，而是试图在统一的宇宙空间中传达个体的主观感受。乌辛科把文学与印象主义风景画的融合归结为两点："第一，拒绝情节行为，取而代之的是传达个人遁入宁静的自我剖析的特殊状态。第二，象征性阐释既是现实的又是虚构的风景。"④ 具体到印象主义文学，通过对比传统的现实主义手法和思维，乌辛科

① Зернов Б. Предисловие // Рейтерсверд О. Импрессионисты перед публикой и критикой. М.: «Искусство», 1974. С. 27.

② Зернов Б. Предисловие // Рейтерсверд О. Импрессионисты перед публикой и критикой. М.: «Искусство», 1974. С. 33.

③ Зернов Б. Предисловие // Рейтерсверд О. Импрессионисты перед публикой и критикой. М.: «Искусство», 1974. С. 34.

④ Усенко Л. В. Импрессионизм в русской прозе начала XX века. Ростов-на-Дону: Издательство Ростовского университета, 1988. С. 35.

指出："在印象主义小说里，抒情势能和主观因素占主导地位：对主人公状态和情绪的暗示，他的心理色调和细微差别；感情丰富地、升华式感受自然、爱情、艺术。"① 于是，我们看到印象主义作家格外关注人的心理波动，强调人的言行举止与整个大自然的联系。在渲染宇宙万物共相统一的氛围中，艺术家还努力做到描写的真实性和现实性，以此赋予人物形象和事物情景以丰富的象征内涵。作品中情节的逻辑联系退居次要位置，被投射置于前景的是心理上处于变动不居的一个个瞬间。

立足俄罗斯艺术的特殊土壤，列·格·安德列耶夫②指出，俄罗斯的印象主义较之西欧的显著区别在于对现实的密切关注："在产生过程中，印象主义逐渐融入俄罗斯艺术之流。俄罗斯艺术在巅峰时期经受了那样坚定和强大的呼应现实的需求，以至于对现实而言称呼已是现实主义，而不是印象主义。"③ 可见，在俄罗斯文学强大的现实主义传统的感召下，在知识分子强烈的责任意识下，俄罗斯的印象主义文学不可避免地要提出并解决现实问题。

在这方面，短篇小说大师契诃夫的作品是具有代表性的，尤其是作家笔下那些非虚构、非形象、非典型的生活细节，与 19 世纪传统现实主义小说的"真实性、形象性、典型性"这些"写实型小说文本的审美呈现形态"④ 形成强烈反差。简言之，19 世纪末 20 世纪初，以契诃夫为代表的印象主义小说主要取材于普通生活和平凡人物，"现实生活中的特殊性虽然消失，但日常生活中的一个个片段则

---

① Усенко Л. В. Импрессионизм в русской прозе начала XX века. Ростов-на-Дону: Издательство Ростовского университета, 1988. С. 23.

② 为便于区分，在本书中，苏俄文艺学家列昂尼德·格里戈里耶维奇·安德列耶夫（Андреев Л. Г., 1922—2001）统一写作列·格·安德列耶夫，白银时代著名作家列昂尼德·尼古拉耶维奇·安德列耶夫（Андреев Л. Н., 1871—1919）统一写作安德列耶夫。

③ Андреев Л. Г. Импрессионизм = Impressionnisme: Видеть. Чувствовать. Выражать. М.: Гелеос, 2005. С. 75.

④ 黎皓智：《俄罗斯小说文体论》，百花洲文艺出版社 2000 年版，第 119 页。

显示出生活本身的流动和变化”[①]。虽然这些流动的瞬间和片段失去了典型性，不再反映重大社会现实问题，但它们却是生活最逼真、最本质的反映，从而引导我们从另一个层面认识现实。

通过比较 19 世纪“描写日常生活的现实主义”，科尔多诺夫斯卡娅指出，在扎伊采夫笔下，事物和人物失去了传统现实主义中情节组织和建构的功能，而“首先是表达自己情绪的手段”[②]。所以，主体的内心世界成为扎伊采夫描写的中心，即作家密切关注“自己的体验、自己的‘我’”，关注在“我”内心如何“折射来自外部世界的印象”[③]。进而，“没有描写生活，没有塑造生活，他却能揭示生活的意义，传达生活的音乐”[④]。可以说，扎伊采夫的印象主义并没有流于表面的视觉印象，而是由表及里深入存在的内核。换言之，扎伊采夫通过印象主义手法和思维方式提出存在意义上的问题，其现实性不在于反映具体的社会问题，不在于刻画从环境中走出来的典型人物，而在于启发读者思考人如何在世界上生存、人如何面对环境的问题。

我国有学者从风景描写、人物刻画和语言运用等方面探讨契诃夫小说的印象主义特色，指出这种手法“对烘托主题、渲染气氛以及揭示人物的心理活动都起到了至关重要的作用”[⑤]，这里尤为要强调的是人物的内在心理活动。卡塔耶夫指出：“契诃夫那里的单个、个别元素——这不仅仅是明显的、区别于其余同类的。它是一个特

---

① 马卫红：《现代主义语境下的契诃夫研究》，中国社会科学出版社 2009 年版，第 201 页。

② Колтоновская Е. А. Поэт для немногих // Зайцев Б. К. Собрание сочинений. Т. 10 (доп.). М.: Русская книга, 2001. С. 189-190.

③ Колтоновская Е. А. Поэт для немногих // Зайцев Б. К. Собрание сочинений. Т. 10 (доп.). М.: Русская книга, 2001. С. 190.

④ Колтоновская Е. А. Поэт для немногих // Зайцев Б. К. Собрание сочинений. Т. 10 (доп.). М.: Русская книга, 2001. С. 190.

⑤ 马卫红：《现代主义语境下的契诃夫研究》，中国社会科学出版社 2009 年版，第 223 页。

殊的‘自我调整的’和‘自我发展的’系统，带有自己的内在世界、自我意识，与周围现实具有独特的联系，带有普遍问题和任务的不可重复的变体，这个系统排斥根据普遍的共性作决定。”① 独特的个体体验膨胀扩散，在与外部世界的融合中赋予自然以灵性，从而使契诃夫笔下的印象主义表现出泛神论色彩，“证明了素有将一切活物拟人化的印象主义世界观，这种拟人化是以前的文学所不知道的”②。进而扎哈罗娃概括出契诃夫印象主义手法的第一个特征——“*印象主义式的平行*”：“不同的拟人形象伴随叙述，似乎存在于自己独立的、不受限于人的‘平行’世界里，但潜在地与具体的心理情境直接相关联。”③ 另一个特征被称为“*印象主义象征主义*”④，源于契诃夫笔下形象的象征意义。扎哈罗娃对此总结道：“借助于艺术家契诃夫思维里的印象主义，其叙述被赋予‘*精神之光*’的效果。”⑤ 并且，印象主义思潮与同时期的象征主义流派具有内在渊源，具体而言，“印象主义的产生早于象征派，后又伴随着象征派成为其一个重要方面”⑥。这也是促使我们在后续的章节里从扎伊采夫的小说中分离出象征主义因素的一个原因。

可以说，在扎伊采夫具有代表性的小说中充满了契诃夫式的“流动和变化”，“表现为小说的心理草图和片段式结构”，但我们更

---

① Катаев В. Б. Проза Чехова：проблемы интерпретации. М.：Изд-во Московского ун-та，1979. С. 138.

② Захарова В. Т. Импрессионизм в русской прозе Серебряного века. Н. Новгород：НГПУ，2012. С. 69.

③ Захарова В. Т. Импрессионизм в русской прозе Серебряного века. Н. Новгород：НГПУ，2012. С. 69.

④ Захарова В. Т. Импрессионизм в русской прозе Серебряного века. Н. Новгород：НГПУ，2012. С. 70.

⑤ Захарова В. Т. Импрессионизм в русской прозе Серебряного века. Н. Новгород：НГПУ，2012. С. 71.

⑥ 张冰：《白银时代俄国文学思潮与流派》，人民文学出版社 2006 年版，第 228 页。

为注重的是扎伊采夫“诗学中个别因素的‘印象主义特征’”①。结合19世纪末20世纪初俄国的印象主义思潮，可以从扎伊采夫的作品中归纳出如下三个方面以描述其印象主义的诗学特征：人与物的同一、人消融于自然和人在群体的隐现。

第二节　人与物的同一

充斥扎伊采夫早期创作文本的是混沌的宇宙空间，人无意识地消融在自然中。这种印象主义式的存在现象不仅体现了扎伊采夫现阶段的艺术追求，还传达出作家的泛神论思想，其主要体现在于“感受到人与自然的完全融合，感受到统一的、有生命的、伸向宇宙的世界，在这个世界里一切都相互关联：人、狼、田地、天空”②。这首先表现为人与狼在自然面前的身份认同。面对造物和神秘的自然，人与狼是平等的。众生在此世的存在都是短暂的，死亡伴随其左右。正如德拉古诺娃所言，“扎伊采夫笔下的生活是一条通向确定不移的死亡的必然之路，这是一场悲剧，这是面对**永恒之夜**、永远的黑暗和永远的寒冷常有的恐惧和绝望”，因而扎伊采夫所理解的世界是“原初混沌的，一切活物必然要遭受无助和孤独”③。在印象主义思维里，扎伊采夫展示的一方面是充满敌意和野蛮恶势力的众生同一的世界；另一方面则是在万物之上有一个神秘世界在遥望，这

---

① 马卫红：《现代主义语境下的契诃夫研究》，中国社会科学出版社2009年版，第200—201页。

② Михеичева Е. А. Философский рассказ в раннем творчестве Б. К. Зайцева // Наследие Б. К. Зайцева：проблематика，поэтика，творческие связи. Материалы Всероссийской научной конференции，посвященной 125-летию со дня рождения Б. К. Зайцева. 18-20 мая 2006 г. Орёл：ПФ «Картуш»，2006. С. 21.

③ Драгунова Ю. А. Б. К. Зайцев：Художественный мир（в помощь учителю）. Орёл：Издательский Дом «Орловская литература и книгоиздательство»（«ОРЛИК»），2005. С. 18.

便构成了扎伊采夫的印象主义泛神论。

《群狼》（«Волки»，1901）和《雾霭》（«Мгла»，1904）这两篇小说都涉及人与狼的关系问题。《群狼》以第三人称讲述了白雪地里狼群中所发生的一切，叙述者站在旁观者的立场上；而在《雾霭》里，叙述者就是主人公本人，他亲自讲述自己打猎的经过和猎到狼以后的沉思。《群狼》里众狼厮杀的场面和《雾霭》里猎人与猎物（狼）搏斗的场景构成了一种呼应，意在言明这两种为生存而展开的奋力挣扎本质上是一样的。米赫伊切娃认为，它们构成了狼与人、人与狼的两部曲，共同展示了人的心灵的两面性：其中“存在有自然力、‘野蛮的狂热’和‘平静冷漠的绝望’，这是人及鲜活世界里其他现象面对**永恒**所体会到的”①。

在小说《群狼》里，通过描写一群狼被强大的自然吞噬的过程，暗示了苍穹之下一切活物的悲剧命运。表面上小说《雾霭》描写的情景是：人如何猎狼，狼为了生存又是如何挣扎逃脱，可最终仍没有逃过猎人的枪口。可实际上，人猎到狼之后，面对永恒之夜，人与肢体僵硬的狼竟同样感到孤独和无助。从这两篇小说可以看出，扎伊采夫笔下的世界“充满了凶恶、敌意、野蛮。人与人之间都是狼：他既不知道怜悯，也不知道宽恕，更不知道可惜。在这凶恶和憎恨的王国面前一切都苍白无力”②，似乎神秘的造物主牢牢把持着大地上的活物。从整体上来讲，处于创作探索期的扎伊采夫其世界观不可避免地受到同时代悲观厌世情绪的感染，但我们更为注重的是其通过印象主义手法表达的宇宙万物统一的思想。

---

① Михеичева Е. А. Философский рассказ в раннем творчестве Б. К. Зайцева // Наследие Б. К. Зайцева：проблематика，поэтика，творческие связи. Материалы Всероссийской научной конференции，посвященной 125-летию со дня рождения Б. К. Зайцева. 18-20 мая 2006 г. Орёл：ПФ «Картуш»，2006. С. 21.

② Гловский М. Мрачный писатель // Известия книжных магазинов т-ва М. О. Вольф по литературе，наукам и библиографии и Вестник литературы，1910. № 5. С. 116.

一　群狼的厮杀

短篇小说《群狼》写于 1901 年。1902 年，扎伊采夫在莫斯科的《星期三》文学小组上首次公开朗读这篇小说，并受到了在场文艺学家的一致认可。据文学小组组织者捷列绍夫回忆，“青年令所有人喜欢，他的短篇小说《群狼》也让人喜欢。从那个晚上开始，他成了‘星期三’的常客”①。很快小说在莫斯科日报《信使报》1902 年 3 月第 61 期上首次刊出。1906 年，彼得堡“野蔷薇”出版社出版了扎伊采夫的第一部短篇小说集，开篇便是《群狼》。这部小说集于 1908 年第二次出版和 1909 年第三次出版。普罗科波夫曾感叹道：“在文学史上，作家的第一本书就带来广泛声誉的例子能找到的并不多。而扎伊采夫的书就是这样——无论对于作家本人，还是对于出版者而言都是意想不到的。”② 同时，批评家还指出：“在所发表的作品中，作者，已成熟的艺术家，不会羞于把这些作品：《群狼》《静静的黎明》《面包、人们和大地》《克罗尼德神甫》《神话》收入自己的文集。在扎伊采夫的早期创作中，这确实是最好的作品。”③ 可见，短篇小说《群狼》在扎伊采夫的创作早期占据不可忽视的地位。

在这部约为三千字的小说里，主要讲述了一群又饿又累还带伤残的狼，在漫天的白雪地里，被求生的欲望激发而互相质疑、厮杀，最终被皑皑白雪吞噬的悲剧故事。雪的白色、荒原的苍茫和血滴的赤红共同点缀了小说的印象主义画面。此外，小说围绕群狼的心理感受展开，体现了印象主义者对刻画主观心理方面的一贯追求。

---

① Телешов Н. Д. Записки писателя：Воспоминания и рассказы о прошлом. М.：Московский рабочий，1980. С. 101.

② Прокопов Т. Ф. Восторги и скорби поэта прозы. Борис Зайцев：вехи судьбы // Зайцев Б. К. Собрание сочинений：в 5 т. Т. 1. М.：Русская книга，1999. С. 15.

③ Прокопов Т. Ф. Восторги и скорби поэта прозы. Борис Зайцев：вехи судьбы // Зайцев Б. К. Собрание сочинений：в 5 т. Т. 1. М.：Русская книга，1999. С. 12.

小说的开篇题词——“那里小树林嘈杂，紫罗兰泛青……”① ——来自海涅的诗《我曾知道祖国……》。在自然景物的描写上，海涅诗歌的俄文译者米·拉·米哈伊洛夫这样理解：“在他的诗歌中，周边整个自然过着某种特殊的、同情人的生活。”② 可以说，扎伊采夫选取的这行诗为整部小说奠定了基调。海涅的原诗意思是“那里”小树林、紫罗兰充满灵性，对人和谐友善，可“那只是一场梦”③。而这里，在《群狼》里，扎伊采夫运用印象主义手法勾勒出的却是一片可怕图景：“黑压压凶恶的天空悬在白雪地上”，一群又饿又累、还要时刻防备猎人枪口的孤独的狼，“像黑色的斑点一样爬过灌木丛，爬过广阔苍白的田地”④。“它们沮丧地拖着步子走向这方天空，而天空不停地逃离它们，整个是那么遥远，那么昏暗。”（第 31 页）面对苍穹，面对无尽的白色雪原和肆意席卷的狂风，这群狼无助地嚎叫。可“它们的这种嚎叫疲惫又虚弱，在田地上空爬动，一俄里或一个半俄里之外渐渐止息，没有足够的力气飞上高天并从那里呵斥寒冷、伤痛和饥饿”（第 31 页）。黑白对比鲜明的色彩和压抑沉重的叙述语调尽显出群狼面对强大自然的万般无奈。

大自然以及自然中的人对这狼群也异常冷漠：“田地里的白雪静静地、冷漠地听着；有时庄稼汉那大车队里的驽马因它们的叫声而哆嗦、打响鼻，庄稼汉骂骂咧咧地甩鞭子。”（第 31 页）“冰冷的薄雪像小蛇一样沿着冰凌冒烟，嘲弄地撒在群狼的嘴上、脸上和肩胛

---

① Зайцев Б. К. Собрание сочинений：в 5 т. Т. 1. М.：Русская книга，1999. С. 31.

② Михайлов М. Л. Генрих Гейне // Песни Гейне в переводе М. Л. Михайлова. Санкт-Петербург：типография Якова трея，1858. С. XIV. 为便于区分，在本书中，扎伊采夫的研究专家 Михайлов О. Н. 统一写作米哈伊洛夫，海涅诗歌的俄文译者 Михайлов М. Л. 统一写作米·拉·米哈伊洛夫。

③ Гейне Г. Песни Гейне в переводе М. Л. Михайлова. Санкт-Петербург：типография Якова трея，1858. С. 17.

④ Зайцев Б. К. Собрание сочинений：в 5 т. Т. 1. М.：Русская книга，1999. С. 31-32. 本节所引用短篇小说《群狼》的例子均出自该版本，以下不再一一作注，只在文中标注页码。

骨里。”（第 32 页）由低吹雪和冷风裹挟而来的是死亡的气息，“一位年轻的女工程师听到了它们的叫声，从家溜达到旅店拐弯的地方，她竟觉得有人给她唱送终的祈祷”（第 31—32 页）。

群狼的世界给人的印象是“可恶的，可恶的”（第 32 页）。而人之所以会产生这样的想法，是因为狼在风雪中的凄苦遭遇时刻映射着人在自然中的类似命运。莫罗佐夫写道，扎伊采夫“暗中格外强调人的感受与狼的感受的同一性；因而狼的心灵之痛变成切身可感受的痛苦”[①]。戈尔林费利德指出，应当在泛神论的思想下理解把人与动物、人与自然对等的事实，这种对等不同于诗人的隐喻。“诗人总是将自然拟人化；这是他们思维的技术手法，很少有更多。他们运用隐喻，但不相信这些隐喻；相信它们的是那种神秘主义世界观，这种世界观只有一种解释方式：灵化。”[②] 因而，我们在小说中感受到冷酷的自然对象征生命的群狼的威胁和吞噬，似乎“大地上的一切存在物都参与到自然中来（不仅仅是拥有精神、心灵、生理的现象）”[③]。在《群狼》里，这种“参与”更多地表现为众生万物在死亡的阴影下被自然裹挟，直至化作一个斑点消逝，无疑这种存在感是悲观的。

在整部小说里，环绕群狼的尽是白雪荒漠和无所不在的自然力（стихия）。它异常冷酷，游走其中的狼群无时无刻不感到孤独。有两只狼主动放弃前行，选择留下来等死。可一看到走在前面的伙伴变成“微微晃动的黑色细线条”（第 34 页），隐约消失在白雪荒原里，它们心中立即萌生了孤独和恐惧：“独自在这天空下，一个人感

---

① Морозов М. Старосветский мистик（творчество Бориса Зайцева）// Зайцев Б. К. Собрание сочинений. Т. 10（доп.）. М.：Русская книга，2001. С. 213.

② Горнфельд А. Лирика космоса // Зайцев Б. К. Собрание сочинений. Т. 10（доп.）. М.：Русская книга，2001. С. 197.

③ Михайлова М. В. Неореализм：стилевые искания // История русской литературы Серебряного века（1890-е — начало 1920-х годов）：В 3 ч. Ч. 1. Реализм. М.：Издательство Юрайт，2017. С. 48.

到恐惧和可怕。飞雪中的天空就在头顶上，在风的吼叫中到处游走。于是，它们两个在一刻钟内迅速赶上了同伴，尽管同伴们满嘴獠牙，饥饿难耐，无比激愤。”（第 34 页）加之求生的强烈渴望，群狼开始怀疑友谊，不再相信自己的同伴，时刻准备互相伤害：“每个孤独的灌木丛都看起来强大又可怕；不知道它会不会突然跳起来，会不会跑走，——群狼凶狠地后退，它们每个只有一个想法：‘快点走开，就让它们都消失，只让我一个离开’。”（第 32 页）

自然却对它们的厮杀和伤痛无动于衷，对待它们的死亡同样熟视无睹。无论是外部冷风的撕扯，还是它们相互致命的伤残，都不能令其动容。小说高潮定格在群狼围攻领头老狼的一幕：“所有狼攒成一团，沿地面晃动着，所有狼掐住颌骨一直咬到牙齿咔嚓响”（第 34 页），可这些短暂的攒动在永恒的自然中只不过是一瞬间。很快，它们的厮杀被风雪掩埋，徒留下忧伤的气息和凶恶的存在感：“从这些被撕破皮的瘦骨嶙峋的躯体里窜出的凶恶和忧伤，像一片令人窒息的云彩，在这块地方上空升起，甚至连风也无法驱赶这忧伤。细小的雪粒飘过来，像个小记号，嘲弄地呼啸一阵，继续前行，吹出了蓬松的雪堆。”（第 34—35 页）这最终使狼群无能为力，只有被动地接受命运，任由风雪吞噬自己。

动物在自然中的消逝映射了人的悲惨命运，但扎伊采夫没有简单地把群狼拟人化，而是运用印象主义手法传达出它们作为生灵，面对造物时充满恐惧和伤痛的心理感受。群狼感到“白色的荒漠确实憎恨它们”，“会杀死它们，荒漠四下里舒展开，无边无际，到处压制它们，把它们埋葬在自己怀里。它们感到绝望”（第 33 页）。这种绝望除来自冷酷的外部世界以外，还来自群狼的内在心理，因为它们感受到无所不在的神秘力量。这股力量化作死亡暗中守候着它们——“到处都是白茫茫……雪。这就是死亡。死亡就是这。”（第 32 页）

小说中多次运用印象主义手法描摹隐匿于光与影之间的模糊的神秘成分：“月亮从云彩后面升上天空，空中有个地方迎着云彩爬动的、黄色昏暗的斑点变混浊；它的反光落到雪地和田地上，在这种液态的、乳白的半昏暗中，有个透明的、虚弱的东西。”“死气沉沉的雪透过苍白的眼神望着它们，某个东西在上面幽暗地闪烁着”，“群狼围着老狼站成一团。无论老狼往哪边转，到处都是锋利的嘴脸，圆圆的，眼冒金光。它感到有什么阴郁的、压抑的东西悬在头顶上，感到如果稍微动一下，这个东西就会散落下来压垮它。”（第33—34页）而当这群狼将带头的老狼撕扯过后，“它们离开这个地方，停住，环顾四周，静静地拖着步子走；它们走得很慢很慢，谁也不知道朝哪里走，为什么走。但一种可怕的、无法走近的东西躺在它们头领残存的躯壳上，止不住地把它们往冰冷黑暗的地方推；黑暗也紧紧裹住它们，雪卷走了它们的脚印”（第35页）。

从最后老狼的惨死场景可以推知，一直笼罩在孤独绝望的狼群头顶上的是死亡。它由茫茫白雪的直观映现最终变成一个神秘的东西而存在，由主体（狼）面对自然的绝望和无助上升到对死亡的悲观认知，群狼最后各自踽踽独行，表现出对存在的无奈与被动接受。关于这一主题，德拉古诺娃总结道：“短篇小说《群狼》专门描写野兽逐渐死去的时刻”，在这个时刻到来的过程中，自始至终一成不变的是自然的冷漠与无情，是“对一切活物而言确定不移的必然性和永恒的重复性”①。无论群狼如何乱窜、如何厮杀，它们的身影和身后留下的脚印都只化作一个斑点，闪现在无边的白雪荒漠中，最终被肆意的风雪卷走：“雪地上从不同地方冒出它们的叫声，而风大作起来，正把整个雪地都驱赶到一边，凶狠地、嘲弄地砍断这叫声，往不同的方向乱刮乱扯。黑暗中什么也看不到，似乎呻吟的是大地本身。”（第35页）至此，透过群狼的命运传达出作家对生命、对存在的悲剧性感受。

---

① Драгунова Ю. А. Б. К. Зайцев：Художественный мир（в помощь учителю）. Орёл：Издательский Дом «Орловская литература и книгоиздательство»（«ОРЛИК»），2005. С. 85.

二　人对狼的追杀

扎伊采夫另一篇同样描写人与狼关系的短篇小说《雾霭》，首次发表于《真理报》1904 年 2 月刊上，之后收录在作家不同年份（1906 年、1916 年、1918 年、1922 年等）出版的短篇小说集里。如果说在《群狼》里描摹的是狼在白雪荒原中求生的可怕图景，那么在《雾霭》里首先展示的则是狼逃脱猎人追捕的紧张一幕。尽管最终猎人猎到了狼，可作家并没有描写主人公欢呼雀跃的胜利感，而是进一步展示在苍穹的笼罩下，主人公对存在的思考：他意识到自己与狼是同一的。他们头顶上是共同的天空，但“我们两个都没有在那里看见什么，也看不到、理解不了什么。我们周围和我们上方是一片无声的可怕的黑夜，朝上朝下甚或朝什么地方看都一样。周围一切都同样不可理解并且敌对我们”①。

主人公出门打猎时是昏暗的黎明，天还没有全亮：“冬日里早晨的这些半昏暗总是渗透着某些严酷和阴郁”（第 20 页）。打猎回来时已是黄昏，又是明暗交接的过渡时期：“黄昏的到来让人想起空闲的干燥棚上方蝙蝠那无声的、古怪的、神秘的飞行……越来越黑；田界上的风吹得褐色叶子沙沙响；空中的云彩丑陋无比地聚作一团又一团，——向下抛出累赘的、石板紫的反光。周围空旷荒芜。”（第 23—24 页）整部小说起始于黎明前的雾霭，终结于阴冷的黑夜。阳台上，“雪在上面微弱地发白，稍远一些，狂吼不止的雾霭像不可穿越的深渊划出黑色的线条，时而掀起旋涡，时而从前面飞过来，令人窒息，狂呼乱叫着把一切从头到脚全都裹挟起来”（第 24 页）。似乎在这期间，猎人对狼的激烈追捕、狼面对猎人枪口的奋力逃脱都消失在亘古不变的永恒的黑夜里。“假如在这无人的黑暗里，我看到

---

① Зайцев Б. К. Собрание сочинений：Т. 8（доп.）. М.：Русская книга，2000. С. 24. 本节所引用短篇小说《雾霭》的例子均出自该版本，以下不再一一作注，只在文中标注页码。

永恒之夜静止的面容，带着像是用石头粗制滥造的庞大的双眼，在其中我读到了平静的、伟大的和冷漠的绝望，那么我也不会感到奇怪。”（第 24 页）主人公最后发出如此感慨。

在冷酷的自然面前，人与狼的关系由最初的敌人转为同伴，进而给人以协同并肩的印象。自然界的伟大奥秘在于“连接个性存在和无个性存在的所有形式”（人与动物，人与风雪和天空），而要洞悉这一奥秘，就要“剖析众生自古以来同一的这种意识。首先，这是一种对生命的感受，感受自己被赋予自然力量的、原质的（风、大地、天空）以及空气中和大地上所有栖居物的生命”①。人猎狼的过程恰好就是对生命、对自然力的感受过程，最终猎人在自然的交替演变中觉悟到人与狼的同一。

此外，猎人奋力追逐自己的“订货”（第 20 页）时一直受到神秘力量的驱使：“黑夜里什么可怕的东西，像我们来这时的那些神秘早晨的半昏暗，充斥了我的心，推着我沿白色的田地向前追赶一只不必要的狼。”（第 22 页）周围是被皑皑白雪紧紧包裹的神秘小树林，头顶上是铅灰色的阴冷天空，猎人感到无能为力：“所有这一切都融化在无边的、灰青色的呻吟里。我们幽灵般的躯体外壳似乎沿着奇怪的、无尽的、自创世以来就有的海洋游走。”（第 20 页）而无论猎人带着猎狗如何沿齐腰的白雪地摸爬追赶，无论马车夫如何奋力驱使老马拉着雪橇奔跑，又无论狼如何缩紧全身挣扎跳脱，周遭的自然都无动于衷：“整个都没有路，我们急得气喘吁吁，沿着白雪地奔驰，神秘的灰色天空下没有一丝声响：我那可怜的枪声像是牧人甩鞭子的噼啪声。结果好像是在雄伟空旷的地方堆出一层松软的白棉花，以便各种怪物的声音不会打扰到这方天空和这片面朝天空

---

① Красюк Т. Д. Рассказ Б. К. Зайцева «Мгла». Поэтика «соответствий» // Наследие Б. К. Зайцева: проблематика, поэтика, творческие связи. Материалы Всероссийской научной конференции, посвященной 125－летию со дня рождения Б. К. Зайцева. 18-20 мая 2006 г. Орёл: ПФ «Картуш», 2006. С. 49.

的土地。”（第 21—22 页）并且，游走在这方天空和这片白雪树丛里，猎人感到意识模糊：“右岸险峻，往下是青色发暗的松林。这一切我都看得昏沉沉，像在梦中：如今我到那一步了吗？”（第 23 页）显然，这里灰暗的自然和险峻的沟壑又把人引向了死亡的边缘。

关于死亡的神秘力量在《群狼》里已有涉及，到了《雾霭》里扎伊采夫继续思索这一问题，但这已是在另一个层次上展开，即人与狼的生命在永恒的自然中不过是一个瞬间，死亡的到来仅在一刻中，已经死去的狼与尚还活着的人最终都消逝在神秘的静止的夜里。无论《群狼》里伤残的狼如何像斑点一样在白雪地里挪动，还是《雾霭》里猎人和狼如何激烈地对抗，它们“都被永远的静止，冰冷绝望的和**永恒之夜**冷漠的静止，白雪、田地和低吹雪的冷漠所持平”①。至此，人与狼达到了同一，自然万物被赋予无上的灵性。

综上，短篇小说《群狼》和《雾霭》都运用印象主义手法描摹了大自然中众生万物的被动处境和走投无路的困境。无论白雪荒原上孤独又伤残的狼群如何被风雪撕扯、如何为求生而挣扎直至消逝在风雪里，还是拼命奔跑的狼如何与猎人奋力搏斗、猎人又是如何紧追不放，自然都无动于衷，死神却时刻守候在它们身旁。在印象主义泛神论思想的观照下，狼在自然中的遭遇象征了人的悲剧命运。在自然面前，人与狼没有什么区别，因为死亡作为一个神秘成分时刻在暗中守候着。最终，众生都不可避免地通过死亡而消逝在自然亘古不变的循环往复里。

第三节　人消融于自然

在廓清了人与动物（狼）的同一关系之后，扎伊采夫开始转向

---

① Драгунова Ю. А. Б. К. Зайцев: Художественный мир (в помощь учителю). Орёл: Издательский Дом «Орловская литература и книгоиздательство» («ОРЛИК»), 2005. С. 85.

人与其周边世界的联系。在这一时期，充斥扎伊采夫艺术观和世界观的仍是印象主义思维和泛神论思想，具体体现为个体面对自然的无助与无能为力，人无法对自己的存在做出任何改变。个体的意识被动地向自然融合，正如戈尔林费利德所言，扎伊采夫“把人和自然融在一起，在人身上突出他的下意识本原，在自然的本原中感受到意识”①。于是，我们看到人与动物、与植物共存，与自然无意识地交织在一起，而统摄在这一切之上的是宇宙的神秘力量，并且这股力量的表现方式又是多种多样的：水的自然力、太阳的能量、大地的威力、海洋的统摄力……面对如此丰富强大的自然力，人只有消融。无论是身体还是情感，都不可避免地消融在自然无尽的流动里。

一　个体的消失

短篇小说《大地》（«Земля»，1902）和《海洋》（«Океан»，1905）充分体现了无意识的人与“有意识”的自然的关系。《大地》里两个莫尔多瓦人无意识地重复着“数十数百个其他莫尔多瓦人的影子，他们成排成对从大地里出来，又无声息地走入大地”②。他们相互之间除了年龄辈分（父亲和儿子）之外，没有任何区别，并且长相也相似——“这是一些奇怪的人：瘦削的，长长的，相互之间完全相像，而且还像第三个”（第 11 页）。他们被嘲笑为“莫尔多瓦人的谷糠”（第 11 页），打谷时飞出来的碎屑和谷皮。这些谷糠“从他们躯体的接缝处飞出来，代替胡子长在脸上，从狭小暗黄的眼睛里探出来”（第 11 页）。正因为如此，很快他们又回到了麦穗里，消融在成熟的黑麦地里，身后没有留下任何痕迹：“他们不停地钻入

---

① Горнфельд А. Лирика космоса // Зайцев Б. К. Собрание сочинений. Т. 10（доп.）. М.：Русская книга，2001. С. 197.

② Зайцев Б. К. Собрание сочинений：Т. 8（доп.）. М.：Русская книга，2000. С. 11. 本节所引用短篇小说《大地》的例子均出自该版本，以下不再一一作注，只在文中标注页码。

麦田、世界、原始纪元、史诗的深处，越来越远；随后，当他们完全消失以后，好像是庄稼把他们给完全吞没了，他们又回到了生出他们的自然和大地里”（第 12 页），由此实现人的躯体与自然界的融合。尽管小说里的人物个体丧失独立性，但明显感觉到个体与自然融合的舒适与惬意——“似乎这些地方的肥力和力量将他们控制，好像他们如今充满了满足与快乐。”（第 12 页）另外，小说的题名“大地”赋予小说的内容以神话色彩，因为“根据关于宇宙出现的最古老的神话，大地是存在的四个最初元素之一。……多神教信徒认为它是永恒的，不可消除的，既能治愈人，也能毁灭人”①。显然，扎伊采夫在这里突出的是大地作为最初元素的永恒吸摄力。

同样具有神话意蕴和多神教色彩的还有短篇小说《海洋》，其中描述的是男女主人公如何消融在海水无边的自然力里。他们带着各自的故事走进并选择葬身于海洋这个“巨大的、躺着的太阳”②。男人把来自心上人的信扔进了海洋，之后自己划船沉入海水里。女人梦到自己被追赶，梦到自己怀里的小女孩儿变成小猫，又被几只大猫撕扯，最后她纵身跃入了“黑黑的、火一般燃烧的海洋”（第 30 页）。但苍穹下一切照旧如初，男人和女人抛弃生命跃入海水的举动并没有对海洋的存在产生任何影响，他们消逝的瞬间只不过在海面掀起了几层涟漪。“小岛依旧，尽管有些人出生，有些人死去。”（第 28 页）如此形成存在的无休止的循环——有人来，就有人走，自然界的原始平衡得以维持，个体生命的开始与结束并不能对此作出任何改变。

---

① Полуэктова И. А. Символика заглавий ранних произведений Б. К. Зайцева // Наследие Б. К. Зайцева：проблематика，поэтика，творческие связи：материалы Всероссийской научной конференции，посвященной 125-летию со дня рождения Б. К. Зайцева. 18-20 мая 2006 г. Орёл：ПФ «Картуш»，2006. С. 39.

② Зайцев Б. К. Собрание сочинений：Т. 8（доп.）. М.：Русская книга，2000. С. 26. 本节所引用短篇小说《海洋》的例子均出自该版本，以下不再一一作注，只在文中标注页码。

男人和女人最终选择走入海洋，既是出于对生活的绝望，还源自海洋本身不可抗拒的自然力，它使他们无意识地屈从。如此一来，海洋“成为了那个看不到的、伟大精神的象征，这种精神永远存在……它像是宇宙的形象，完整意义上的造物的形象，带有造物令人绝望的、不可解的秘密”①。男人将心上人的信扔到海里，之后“隆重的东西掌控了他的心：似乎，他与某人交换了神奇的金戒指。似乎，他永远订婚了”（第 27 页）。结果却是男人沉在海水里。女人初次来到悬崖边上，“愤恨地跺脚踢一块露出来的石头；石头抖了一下，掉下来，飞走了，好像是受下面威严的要求；在石头掉下之后，一块巨石塌下来，擦擦地滚动，就在她脚下。她面色苍白，向后退了一步”（第 28—29 页）。女人纵身跳海的一幕被描写得极富画面感：“她迈着平稳的步伐径直走向悬崖，那里曾有人扔了信。走近的时候，她没有注意很快就会悬空。一条腿开始大胆地迈向高处上空，身子很快向前掉下去。”（第 30 页）如此描述给人感觉她不是痛苦地死去，而是把自己无意识地抛向海洋，在身后留下一道浅浅的弧线。

若按照洛特曼的文化类型学来阐释的话，那么我们看到男人和女人都把自己抛向海洋，其实体现的是俄罗斯文化的一种精神——“‘自我献身’原则”，即“个人为了集体、种族、上帝等名义而无偿地献身”②。在这部小说里，男人和女人献身的对象还不是上帝，而是自然中的海洋。这证明现阶段在作家的创作意识里占据崇高地位的还是自然中的造物，也证实了人的孤独，与之密切相关的是

---

① Дудина Е. Ф. Мотив одиночества как проявление модернистских тенденций в раннем творчестве Б. К. Зайцева // Наследие Б. К. Зайцева：проблематика，поэтика，творческие связи：материалы Всероссийской научной конференции，посвященной 125-летию со дня рождения Б. К. Зайцева. 18-20 мая 2006 г. Орёл：ПФ «Картуш»，2006. С. 55-56.

② 张冰：《巴赫金学派与马克思主义语言哲学研究》，北京师范大学出版社 2017 年版，第 481 页。

"期望死亡这种摆脱忧伤负担的方式"①。随之，"人被海洋的稠密吞噬，这稠密包裹住他和周围的一切，使之浸入由无声得以强调的某种真空里"②。

在扎伊采夫笔下，自然风景对于表达存在的循环往复具有重要的作用。乌辛科写道："布宁笔下的风景——普通俄罗斯人的民族日常和生活方式稳定的、不变的特征。在扎伊采夫那里，风景背后是永恒的生命轮回。"③ 具体而言，在短篇小说《海洋》里，与人同在的还有星星、花朵，它们毫无例外都受海洋的统摄。星星从地平线上升起，"走过自己的常规路径，潜入海洋，从那里它们走出来。星星就这样升起，它们一成不变的婚约也是如此"（第30页）。仙客来长在山岩上，"在祝福之夜"，伴着海风它们"快乐地打盹，散发出芬芳；它们的根扎在以海洋为基并由海洋滋养的湿润大地里；向上它们向苍穹敞开"（第30页）。虽然对这些景物的描写主要集中在小说的结尾处，但它们作为整个自然界的一分子与周边事物有着千丝万缕的联系，尤其是它们对海洋的"臣服"，再次升华了小说的主题，即个体消融于自然，个体存在于自然的无限循环中。

最终，海洋统摄所有存在物："伟大的海洋，深邃的统治者，接受走向它的所有人和物。"（第30页）至此，印象主义艺术手法，即

---

① Дудина Е. Ф. Мотив одиночества как проявление модернистских тенденций в раннем творчестве Б. К. Зайцева // Наследие Б. К. Зайцева: проблематика, поэтика, творческие связи: материалы Всероссийской научной конференции, посвященной 125-летию со дня рождения Б. К. Зайцева. 18-20 мая 2006 г. Орёл: ПФ «Картуш», 2006. С. 54.

② Дудина Е. Ф. Мотив одиночества как проявление модернистских тенденций в раннем творчестве Б. К. Зайцева // Наследие Б. К. Зайцева: проблематика, поэтика, творческие связи: материалы Всероссийской научной конференции, посвященной 125-летию со дня рождения Б. К. Зайцева. 18-20 мая 2006 г. Орёл: ПФ «Картуш», 2006. С. 55.

③ Усенко Л. В. Импрессионизм в русской прозе начала XX века. Ростов-на-Дону: Издательство Ростовского университета, 1988. С. 184.

对自然万物瞬息变幻的描摹被镀上泛神论的神秘色彩。大地上的一切都被赋予灵性，大地与海洋时刻召唤人，将众生万物揽入自己强大的怀抱，在新的时间和空间里又将他们抛向自然，以此实现人在此世的循环往复，而个人无意识地游走在这个循环圈里，最终导致个性的消逝，个人与周围一切实现了最彻底的融合。

二　个体情感的消融

在扎伊采夫的艺术世界里，人在自然界的消融现象不仅表现为人物性格和个性的消失，还体现为人的激情和感受与自然的融合，如在短篇小说《年轻人》（«Молодые»，1907）里将农事劳动与人的情欲结合在一起。按照伊耶祖伊托娃的解释，小说"题献给了秋天的神秘剧"[①]，即男女主人公的情爱故事被当作翻耕土地、播撒种子来描述。尽管他们各自有具体的名字，但并不能改变与共性相融的事实，因为繁衍生息是群体意义的事件。这证实了扎伊采夫创作中的新现实主义因素，因为新现实主义的口号就是"确立生活"[②]。人不是按照自己的意志生活，而是服从于自然界的法则。展开来讲，"一切都应当渗入并反映在所有中：自然，人的心灵，历史时刻，艺术。而这一切构成了整体发展的条件——清爽的雨滴'铺洒大地'，并'愉快地与它相接'"[③]。由此，人的情感脱离个体而上升至所有同类的层面。

小说里描述的故事发生在田里，男女主人公一大早来到老爷的

① Иезуитова Л. А. В мире Бориса Зайцева // Зайцев Б. К. Земная печаль：Из шести книг. Л.：Лениздат，1990. С. 9.

② Михайлова М. В. Неореализм：стилевые искания // История русской литературы Серебряного века（1890-е —начало 1920-х годов）：В 3 ч. Ч. 1. Реализм. М.：Издательство Юрайт，2017. С. 48.

③ Михайлова М. В. Неореализм：стилевые искания // История русской литературы Серебряного века（1890-е —начало 1920-х годов）：В 3 ч. Ч. 1. Реализм. М.：Издательство Юрайт，2017. С. 48.

田里耕地。巴赫金指出，“爱情、诞生、死亡、结婚、劳动、饮食、年岁——这就是田园诗生活的基本事实。”① 具体到小说《年轻人》，其内容涉及爱情和农事劳动这两个“基本事实”，且人物的生活与自然界的生活融合在一起，他们在一趟又一趟犁地耙地的过程中相知相爱。于是，整部小说表现出“人的生活与自然界生活的结合，是它们节奏的统一，是用于自然现象和人生事件的共同语言”②。巴赫金区分出如下四种“纯粹的田园诗：爱情田园诗（基本形式是牧歌）、农事劳动田园诗、手工业田园诗、家庭田园诗。除了这些纯粹的类型以外，还异常普遍地利用混合型，其中有一种因素（爱情田园诗、劳动田园诗或家庭田园诗）占着主导地位”③。从这个意义上讲，《年轻人》可看作由“爱情田园诗”和“农事劳动田园诗”组合而成的“混合型”田园诗。但作家并非毫无目的地描摹诸如此类的祥和场景，而是通过这些基本的生活事实传达出更深刻的意蕴。

推动女主人公格拉什卡走向心上人加夫里拉的是一股来自自然的原质力量、青春的力量：某种“年轻的、强大的”东西；她不安地感受到“男性的、可怖的和快乐的波浪”④。他们俩各自赶马扶犁向前走，他朝路边走，她迎面朝橡树林走。他们步调一致，节奏统一：“当加夫里拉的犁沟转弯时，格拉什卡的马就知道他们也应当转弯”（第76页）。与此相对应的是两人心照不宣，不用过多言语便能猜到对方的心思。而且他们走得越近，格拉什卡在加夫里拉身上感受到的波浪就越明显，反之波浪就退去。正如兹诺维耶娃-安尼拔在

---

① ［苏］《巴赫金全集》第3卷，白春仁、晓河译，河北教育出版社2009年版，第418页。

② ［苏］《巴赫金全集》第3卷，白春仁、晓河译，河北教育出版社2009年版，第419页。

③ ［苏］《巴赫金全集》第3卷，白春仁、晓河译，河北教育出版社2009年版，第417页。

④ Зайцев Б. К. Собрание сочинений：В 5 т. Т. 1. М.：Русская книга，1999. С. 75. 本节所引用短篇小说《年轻人》的例子均出自该版本，以下不再一一作注，只在文中标注页码。

阐释短篇小说《克罗尼德神甫》（«Священник Кронид»，1905）时所说的那样："为了某种几乎彪悍的、土地的、种子的激情，问题的一个磁极所有的摇摆都被超越了。"[①]《年轻人》里的男女主人公来来回回犁地耙地，不停歇地用犁铧翻起土地，掘出"天鹅绒般的地皮"，为的是"种子在地里更轻松更暖和地生长"（第75—76页）。

人的情欲被无形中消融在大地散发出的力量里，而这种消融又"表现于冲淡的、在一定程度上升华了的形式中"[②]，意即印象主义式地描摹和勾勒，小说里对男女主人公的肖像外貌只字未提。进而格拉什卡和加夫里拉这两个具体的人抽象为女人和男人的代表，人这个生物群体的共性再次浮现出来，而且群体的活动在与自然的融合中获得了普遍崇高的意义。正如俄罗斯学者所言："发生在格拉什卡和加夫里拉之间的不仅仅是爱情，更是自然本身的伟大效力，自然许配给了他们永恒的生活，许给他们诞生一个神圣的家庭。"[③]

随着扎伊采夫创作手法和哲理思想的成熟，其作品中的形象也逐渐丰富起来，尤其是对人物的描写。但在这些充满印象主义特色的作品里，作家关注的焦点仍是活物在自然中的消融，正如光与影的攒动、点与线的交融、水滴与河流的汇聚一样。然而不容否认的是，扎伊采夫的视角逐渐变得更具体。作家开始打量观察个别的人，发现有一些思考自己存在的人。对他们而言，重要的不是与自然元素的融合，而是观察评价另一些人、另一些物的存在方式，但总归人物的生活还是流于印象主义式的。人与其说是从自然中走出来，不如说是作为一个群体在扎伊采夫的画布上涌现出来。

---

① Зиновьева-Аннибал Л. Д. Тридцать три урода: Роман, рассказы, эссе, пьесы. М.: Аграф, 1999. С. 432.

② ［苏］《巴赫金全集》第3卷，白春仁、晓河译，河北教育出版社2009年版，第418页。

③ Иезуитова Л. А. В мире Бориса Зайцева // Зайцев Б. К. Земная печаль: Из шести книг. Л.: Лениздат, 1990. С. 9.

第四节 人在群体的隐现

在印象主义风景画里，色彩并不是简单地“混杂在一起”，而是“叠加在一起”，因此要完整理解一幅画，就需要“从不远的距离观看，而不是在近处”①。扎伊采夫的早期小说便符合这种审美原则。因此，情节、人物、性格和环境描写都被铺在同一个平面上：故事极度简化，人物没有鲜明的性格，没有清晰的轮廓，自然在人的想象中挥舞着力量。加之扎伊采夫有意对这些人和物作粗线条地勾勒，因而给人印象是他们在同一时刻发生的，相互之间失去了时间界限，一并被端出展现在读者面前。可以说，扎伊采夫笔下的人物是以群体的面貌从混沌中涌现出来的，甚至有具体称谓的人也未能在人群涌动中清晰地浮现出来。换言之，他们像遇到暖气的雪一样消融在群体的生活流里，消融在周围世界无尽的时空里。

一 生活流里的人

短篇小说《面包、人们和大地》（«Хлеб, люди и земля», 1905）描写的是车站上熙熙攘攘的一幕幕场景。在黑夜与白天的交替里，“当一节节带着粉笔字迹的潮湿车厢缓缓驶来时，火车头下面亮光窜动，车站微微晃动，轨道在接合处变弯。车厢刚从异常的漆黑中驶出，风在它们周围嗥叫了好久，而很快它们又驶入这寒冷和泥泞中”②。围绕火车进站和出站的时间段，作家勾勒了四类人的群貌：庄稼汉、婆娘和姑娘、商人个体户、老爷和军官。庄稼汉有的

---

① Петровец Т.Г.（сост.）Энциклопедия импрессионизма и постимпрессионизма. М.：ОЛМА-ПРЕСС，2000. С. 255.

② Зайцев Б. К. Собрание сочинений：В 5 т. Т. 1. М.：Русская книга，1999. С. 45. 本节所引用短篇小说《面包、人们和大地》的例子均出自该版本，以下不再一一作注，只在文中标注页码。

在车站做搬运工，有的做马车夫，有的应召入伍被塞进紧邻粮运车厢的一节火车里。“载着人身的火车在车站停不久，它需要继续走，得给后面的车腾出地方——后面的车里除了士兵还是士兵。”（第48页）于是，一辆接一辆的火车日夜不停地开出又开来，生活的流水不间歇地冒出又被引走。还有的庄稼汉去城里打工，因而节假日车站上攒动的是姑娘和婆娘的身影，而在战争时候，“婆娘们在站台上摆脱自己的痛苦，悲恸又沿村落坠入各家各户”（第49页）。由此，生活流被一串串琐事和要务衔接起来。

坐在二等车厢里的是商人个体户：“承包商、酒店老板和穿长外衣的人，手上戴着金戒指。”（第46页）扎伊采夫选取一个大腹便便的商贾作为这类人的代表：“这里有个胖人，拿着小行李箱；叉开双腿，踩在庞大的鞋掌上，脸扎在头发里；小胡须硬挺，细小泛黄的眼睛不动声色，睡意蒙眬，就像熊蚂蚁的眼睛。”（第46页）可当我们面前快要出现这个胖商人的肖像时，扎伊采夫转而写道：“不知道他会不会从车站径直爬向自己的熊窝，在偏僻的獾沟里。”（第46页）于是，最终浮现在我们面前的是一个庞然活物。对坐在一等车厢里的老爷军官，扎伊采夫只描写了在他们身后被托运的行李物什，用庄稼汉的嘈杂反衬他们优雅的谈话。

小说里的这些人虽然来自不同的社会群体，但他们通过火车被面包和土地紧密联系起来。庄稼汉在田地里耕作，把种植的粮食做成面包或磨成面粉运到城里。在那里“人们被分类，被教习如何走路、枪击和杀害”（第49页），于是扎伊采夫影射特定的社会事件。印象主义手法虽然不直接描写社会事件，但这不意味着“作者离开了对现实的刻画，而是焦点的转换，焦点的收缩和经常性的强化”①。具体

---

① Черников А. П. Творческие искания Б. Зайцева // Жизнь и творчество Бориса Зайцева：материалы Шестой Международной научно-практической конференции, посвященной жизни и творчеству Б. К. Зайцева. Вып. 6. Калуга：Калужский государственный институт модернизации образования，2011. С. 5.

在小说《面包、人们和大地》里，则是对群体活动的极力渲染，社会事件作为背景退居次要位置。这时候仅仅托运面包是不够的，“需要替换在某地被吞吃下去的人身”（第49页）。于是，沿着托运面粉的路被托走的还有新人——庄稼汉士兵：“在车厢里，庄稼汉士兵很快睡着了。这时他们完全像迎面被运载的装面粉的麻袋。”（第49页）因而，即便“载货站台上堆满了装面粉的车厢”，“人群的流动是阻挡不住的”（第49页），生活之流水的闸门也是合不住的。

至此，在“面包—人们—土地”的循环往复中，涌现出了不同社会属性的人，而被作家放置在前景的却是庄稼汉这一群体。他们不仅是日常生活中的第一劳动者，还充当了战事中的后备力量。他们在火车的呼啸声中成群涌现出来，他们跟随隆隆的火车驶向“未知的和黑暗的地方”，身后留下“丑陋的小村庄和烘烤的面包香”（第49页）。最后，作家借助对自然景物的素描表达了对农村及农村人的惋惜：“火车风驰电掣般行驶在田里；阴暗的风撩起路边的小树林，在田地上空驰骋，以此给黑色的俄罗斯农村唱挽歌。”（第49页）至此，小说起始于物理时间意义上的黑夜，终止于被人群和事件侵染的更黑的夜里。

通过往返于城市与农村的火车，扎伊采夫描写了从生活流里涌现出的一群群人，尤其是整天与土地打交道的庄稼人，但不管怎样他们都属于同一时间范围，对他们的描摹也是横向的。当然，在扎伊采夫的小说里，描述人与生活的关系的视角远不止这些，如在短篇小说《克罗尼德神甫》里，扎伊采夫便纵向描写了一个家族的人。

扎伊采夫把主人公克罗尼德神甫的日常生活引到一个新的层面，使他的个性消融在诸多祖先和后辈的无尽的共性里：“不是他一个人在那里供事，在他身后还有久远的父辈祖辈；他们所有人都在这里劳作。”[①] 克罗尼德有五个儿子，他们像“健壮优良的橡树”[②]。当克罗尼德垂老时，可以指望他们；而他们又寄希望于自己的后代，由此实现乡村生活代代相连的氏族循环。因而，丘科夫斯基总结道：扎伊采夫“叙述的不是曾经某个确定时间发生的事，而是普遍存在的现象”[③]。这种现象体现为生活的周而复始，生命的生生不息，而在这个过程中个体已然消融在群体里。

二 时空里的人

从诗学特色上来看，在聚焦群体里的个体形象时，扎伊采夫巧妙处理了时间和空间的关系，从而赋予印象主义画面以可视可见的统一时空体。巴赫金指出：“时间的标志要展现在空间里，而空间则要通过时间来理解和衡量。这种不同系列的交叉和不同标志的融合，正是艺术时空体的特征所在。”[④] 短篇小说《农村》（«Деревня»，1904）正是借助不同时间和空间成分的交叉和转换，表达了人这个群体与时空的新型关系，具体而言则是人的意识在时空里的消融。

在《农村》里，时间是表达生命运动的重要方式。主人公克雷莫夫游走在以季节元素为表征的时间里：雨—暴风雪—开始降雪—雪团。这种游走在空间上同样以表征物体现出来：奶奶的房间—集市—永恒的空间。同时克雷莫夫完全沉浸在乡村生活里，笼罩他的是农村的日常生活氛围。主人公闻到风、田地、树木的味道，感觉浑身“被那棵树充斥；田地和雪的歌声、在强大土地上呼啸的风的

---

① Зайцев Б. К. Собрание сочинений：В 5т. Т. 7（доп.）. М.：Русская книга，2000. С. 199.

② Зайцев Б. К. Собрание сочинений：В 5т. Т. 7（доп.）. М.：Русская книга，2000. С. 199.

③ Чуковский К. И. Борис Зайцев // Зайцев Б. К. Собрание сочинений. Т. 10（доп.）. М.：Русская книга，2001. С. 207.

④［苏］《巴赫金全集》第 3 卷，白春仁、晓河译，河北教育出版社 2009 年版，第 270 页。

歌声把他迷惑”①。克雷莫夫与他周边的世界水乳交融在一起，他与这种存在方式血肉相连。而这些又都通过克雷莫夫这个面目模糊、性格不详的个人的感受表现出来。因此，在人与自然相融相吸的时空体里，叙述本身具有了抒情性特征。至于其审美呈现形态则可以表述为“心灵化”，即“通过作家的心灵来呈现外部世界，这个世界经过了作家主观意志的净化”②。

小说《农村》突出描写的是主人公对外部世界进行的主观净化、心灵上的净化。从集市上回家的时候，克雷莫夫沉入梦里。在梦中统治一切的还是“田地、暴风雪、村庄和黑土地”（第 35 页），而他走的那条路逐渐把他引向永恒。结果，克雷莫夫似乎变成了存在的一个细小颗粒，被暴风雪裹挟而来。这种点线勾勒似的描摹具有明显的印象主义色彩。借助于此，具体实物在周围世界的消融获得了动态特征：“轮廓变得摇摆，出现了经常产生和永远持续的运动。”③ 扎伊采夫的主人公正是在这样的运动过程中实现了与世界的完整融合：周围的田地和暴风雪、大地和村庄都在克雷莫夫身上得到映现。虽然主人公有自己的名字，但这不重要，重要的是他来自“他们”——重复着每日每夜和每一个行为、存在于自然轮回的诸多的他们。

于是，世上的一切存在物无时无刻不发生联系。“在逐渐变黑的小树林里，风打着口哨；树林里几口不大的锅”，煮着土豆，以便供给“大肚皮的肥胖的公猪”，肥胖的猪让人想起“做好的香肠”。“黑暗的傍晚，桦树林里的风在煮锅上空强劲地呼呼作响，驱赶蓬松的留茬地上和一排排黑畦地上的低压压的乌云。不久前，就在几天

---

① Зайцев Б. К. Собрание сочинений：Т. 8（доп.）. М.：Русская книга，2000. С. 35. 本节所引用短篇小说《农村》的例子均出自该版本，以下不再一一作注，只在文中标注页码。

② 黎皓智：《俄罗斯小说文体论》，百花洲文艺出版社 2000 年版，第 125 页。

③ Петровец Т.Г.（сост.）Энциклопедия импрессионизма и постимпрессионизма. М.：ОЛМА-ПРЕСС，2000. С. 255.

前，从黑畦地里挖出了这土豆。”（第 34 页）每逢傍晚，挤奶女人给肥大的奶牛挤奶。空气里散发着牛奶味，“这暖暖的、生机勃勃的味道”钻入了挤奶女人的梦（第 34 页）。当克雷莫夫“躺在半昏暗的房间里，仔细听些什么；他感觉，好像听到了庄园里的农活：挤牛奶，奶牛哞哞叫……”（第 33 页）“在强大的、粗糙的农村土地的怀里”（第 33 页），他感受到了农事和农活。“秋天就这么在村里嘈杂乱响。秋播地已开始明显发绿，庄园里出现了新住户——五颜六色的小牛犊、小孩、酒席厨娘的儿子、一对小马驹。很快就是冬天。”（第 35 页）

由此，克雷莫夫认识了村庄里周而复始的生活，感受到存在无止境的循环往复的运作。他自己的感官也与这存在发生关联。生活其中，克雷莫夫不由自主地去听、去感受周围一切的变化，并将这一切复现在自己的记忆里，想象着描摹自古以来就熟悉的场景。通过这种方式扎伊采夫在小说中实现了“时空体的描绘意义”，即“小说里一切抽象的因素，如哲理和社会学的概括、思想、因果分析等等，都向时空体靠拢，并通过时空体得到充实，成为有血有肉的因素，参与到艺术的形象性中去”①。换言之，主人公在时空里的游走传达出扎伊采夫对存在问题的思考，对循环往复、周而复始的宇宙生活的领悟。

可见，在扎伊采夫的印象主义画面上，作为整体的人逐渐涌现出来，但无论他们在性别和社会属性上作何区分，都与大地、与大地上的作物息息相关，与自然界的循环往复紧密相连，结果人消融在剪不断的生活流里和无尽的时空里。人这个群体不仅被自然界神秘的运转机制所操控，还无意识地加入这一循环体中，从而表达了扎伊采夫万物归一的宇宙思想。

---

① ［苏］《巴赫金全集》第 3 卷，白春仁、晓河译，河北教育出版社 2009 年版，第 445 页。

本章小结

印象主义作为一种艺术手法，起始于法国的绘画领域，主张刻画光与影的波动、稍纵即逝的印象和心灵刹那间的律动。俄罗斯文学的印象主义倾向除受法国画派的感染以外，还具有深厚的本土渊源，表现为对个体心理的密切关注、对宇宙问题的神秘思考，同时这些现代性元素又不失现实意义。直至 19 世纪末 20 世纪初，俄罗斯的印象主义文学相继兴起，其对现实的追求已提升至形而上的领域。具体在扎伊采夫的小说里，则是主张万物有灵、万物统一的印象主义泛神论，这鲜明地体现在作家对人与物、人与自然关系的刻画上。

在印象主义诗学的映照下，扎伊采夫早期小说的哲理思想具有鲜明的泛神论倾向。在这种思想倾向下，大自然的众生万物都富有灵性。面对未知的自然和浩瀚的宇宙，人与狼在茫茫苍穹下、皑皑白雪间是同一的。短篇小说《群狼》和《雾霭》表达的便是人与物同一的思想。在大自然的混沌中，所有生命都是平等的，众生万物的存在都只是自然永恒轮回中的一个点，这个点最终会被一个叫作“死亡”的暗影掳走。

在廓清了人与动物的同一关系之后，扎伊采夫开始转向人与周边世界的联系。在短篇小说《大地》和《海洋》里，面对生生不息的自然，人无能为力，也无动于衷，自然中的大地、海洋、风雪雨雹时刻向人敞开“慷慨的”怀抱，人只能与自然融合。然而，这种消融并非总是令人悲观的，正如在《年轻人》里所阐述的那样，生息在大地上的男女主人公通过春耕秋播收获了神圣的爱情和田园诗般的幸福生活。按照印象主义画作的观赏原则（非近距离观看），我们在扎伊采夫的这些代表性短篇小说里找不到具体的情节和轮廓清晰的人物，代之涌现出来的是一个个群体，如在短篇小说《面包、人们和大地》里，这种涌现体现为人被无休止的生活流裹挟向前。在《克罗尼德神甫》和《农村》里，尽管出现了有名有姓的主人公，但他们的所有行为和行动都始终逃不出自然的循环圆圈。这里既有氏族生息繁衍的循环，还有无限时空里周而复始的永不停歇的运作，所以人的存在终究是一种无意识的存在，这是扎伊采夫世界观的一种体现。此外，还有一种方式是运用鲜明的色彩从视觉上展现人与世界的关系，进而演绎出作家对存在问题的独特思考，这便是下一章要探讨的表现主义创作方法。

第三章　扎伊采夫小说中的表现主义成分[①]

作为 20 世纪初的一个文艺流派，表现主义同印象主义一样也起源于绘画领域。据记载，1905 年在德国德累斯顿成立了艺术家组织“桥”，其代表成员立足“德国的哥特式艺术、民间创作的典范、非洲的建筑”探索新的艺术表现形式；之后 1911 年，在慕尼黑成立了艺术家小组“青骑士”，其纲领性立场深受神秘主义派系的影响；表现主义艺术家创作的核心主题是“不安、不和谐的感受，死亡与绝望”，为此选取的基本表达手段是“表现，体现在比例的失衡、形象的狂热状态和一连串耀眼夺目的颜色中”[②]。迥然不同于追求和谐静谧之流动的印象主义画风，表现主义者感兴趣的恰是不和谐、不安分的因素，取代个别要素在整体中无意识消融的是个别成分强烈的主观意识和激进的表达方式。因而，表现主义艺术家“倾向于抽象的色彩组合和形式构造的结构”[③]，以此从感观（首先是视觉）上给

① 本章部分内容发表在《西南科技大学学报》（哲学社会科学版）2021 年第 5 期上，此处有增删。

② Савельева А. Мировое искусство. Направления и течения от импрессионизма до наших дней. Санкт-Петербург：СЗКЭО «Кристал»；Москва：«Оникс»，2006. С. 186.

③ Петровец Т.Г. （сост.） Энциклопедия импрессионизма и постимпрессионизма. М.：ОЛМА-ПРЕСС，2000. С. 301.

人以冲突鲜明的印象。

19 世纪末 20 世纪初的俄国社会充满了焦躁与不安，体现在文坛上则是各种思潮与流派风生水起，迭涌不断。加之这时社会思想动荡不安，社会价值体系发生紊乱，由此为西欧表现主义思潮的“乘虚而入”提供了契机。关于白银时代俄罗斯文学中的表现主义一脉，王宗琥教授在专著《叛逆的激情：20 世纪前 30 年俄罗斯小说中的表现主义倾向》中进行了全面翔实的阐述。该书作者“将文学中的表现主义视为一种艺术方法”，具体体现在以下四个方面：“首先是艺术认知的主观性”，“其次是艺术感受的悲剧性”，“第三是艺术思维的抽象性”，“最后是艺术手法的变形与抽象”①。这些特征在白银时代的一些作家，如安德列耶夫、扎米亚京的作品中都得到不同程度的体现，尤其是安德列耶夫，“一般认为，俄罗斯表现主义作家的开山鼻祖是安德烈耶夫”②。而扎伊采夫属于“虽没有表现主义的理论主张，但在创作上却受到前二人③的影响而表现出表现主义倾向的作家”④。

共同的奥廖尔出生地把安德列耶夫与扎伊采夫联系在一起，但他们的关系不仅限于此。1901 年，在安德列耶夫的协助下，扎伊采夫发表了第一篇小说《在路上》。1902 年，又在安德列耶夫的引领下，扎伊采夫加入莫斯科的“星期三”文学小组。可以说，安德列耶夫是扎伊采夫步入文坛的领路人，在扎伊采夫的文学创作生涯中起到了决定性作用。后来，扎伊采夫在回忆录随笔《列昂尼德·安德列耶夫》中写道：“对我而言，安德列耶夫不仅仅是生于彼死于彼

---

① 王宗琥：《叛逆的激情：20 世纪前 30 年俄罗斯小说中的表现主义倾向》，外语教学与研究出版社 2011 年版，第 34—38 页。

② 张建华、王宗琥主编：《20 世纪俄罗斯文学：思潮与流派（理论篇）》，外语教学与研究出版社 2012 年版，第 128 页。本书统一将人名 Андреев 译作“安德列耶夫”，若引文与此有出入，皆以引文原文为准。

③ 这里指安德列耶夫和扎米亚京，王宗琥教授在专著中把这两位作家作为表现主义的杰出代表，详细分析其作品中的表现主义倾向。

④ 王宗琥：《叛逆的激情：20 世纪前 30 年俄罗斯小说中的表现主义倾向》，外语教学与研究出版社 2011 年版，第 67 页。

的俄罗斯天才，用他的话来说，而是迷人的幻影，第一个文学上的朋友，文学上的大哥，带着温存与关注庇护我最初的脚步。这是忘不了的。”[1]

在自传体长篇小说《青春》里，刚刚开始创作的格列布便迷恋上了年轻作家安德列·伊万内奇·亚历山德罗夫，还慕名去拜访。“安德列·亚历山德罗夫多少有点让他着迷，是他孤独时刻和幻想时的造访者。”“他有美妙的双眼，神经质般多变的脸色，莫斯科—奥廖尔温柔的口音，那种与陌生人交谈时朴素明亮的语调。格列布的陶醉在滋长，他被征服了。”[2] 尤其是亚历山德罗夫对当下文学的看法——“对现实主义的模仿、现实主义的残余，早就够了！正进行着新的东西，只有它能使当下焕然一新……”让格列布备受鼓舞，开启了对他而言“决定性的一天”[3]。后来，在致阿弗宁的信中，扎伊采夫证实《青春》里的安德列·亚历山德罗夫正是现实中的作家安德列耶夫[4]。可见，扎伊采夫的创作观深受安德列耶夫的影响，最直接的表现就是在更新现实主义的创作方法上。

两位作家的创作关联历来颇受国内外学术界的关注。在安德列耶夫和扎伊采夫都活跃于文坛的年代，已有学者注意到他们在主题上的接近和思想上的差异[5]。共同的侨居生涯使安德列耶夫与扎伊采

---

① Зайцев Б. К. Собрание сочинений：В 5 т. Т. 6（доп.）. М.：Русская книга，1999. С. 32.

② Зайцев Б. К. Собрание сочинений：В 5 т. Т. 4. М.：Русская книга，1999. С. 370.

③ Зайцев Б. К. Собрание сочинений：В 5 т. Т. 4. М.：Русская книга，1999. С. 371.

④ Афонину Л. Н. 17 мая 1967. Париж // Зайцев Б. К. Собрание сочинений. Т. 11（доп.）. М.：Русская книга，2001. С. 255. 1961—1969 年，时任奥廖尔文学博物馆馆长的阿弗宁为收集有关安德列耶夫的生平资料，与已在巴黎的扎伊采夫取得书信联系，这也促成了日后在奥廖尔文学博物馆开设扎伊采夫的展室。

⑤ См.（a）Колтоновская Е. Поэт для немногих // Зайцев Б. К. Собрание сочинений. Т. 10（доп.）. М.：Русская книга，2001. С. 187-195.（b）Абрамович Н. «Жизнь человека» у Л. Андреева и Бориса Зайцева // Зайцев Б. К. Собрание сочинений. Т. 10（доп.）. М.：Русская книга，2001. С. 244-253. 这两篇文章都于 1909 年刊出。

夫曾一度淡出俄苏学术界。伴随 20 世纪 80 年代的回归文学浪潮，他们的作品又在俄本土得到关注。米赫伊切娃从两位作家共同的艺术探索出发，最后定格于他们在宗教思想上的差别[①]。沃洛金娜也强调这一差别，同时还指出他们的相似之处，如《黑风》和《明天!》明显受到安德列耶夫的影响[②]。安德列耶夫的短篇小说《红笑》(«Красный смех»，1904)和扎伊采夫的两篇小说《黑风》(«Чёрные ветры»，1906)、《明天!》(«Завтра!»，1906)都以社会历史事件为背景，运用色彩鲜明的词汇表达手法和离奇反常的形象，传达出作家对现实社会的文学阐释，明显具有表现主义色彩。本章将依据王宗琥教授在专著中概括的表现主义创作方法的体现特征，对比分析上述三篇小说，力求从叙事策略、形象塑造和哲理思想三个方面探究扎伊采夫的表现主义倾向与其文学领路人安德列耶夫的异同。

第一节　主观化的艺术认知

安德列耶夫与扎伊采夫所处的时代正值现实主义文学寻求艺术更新的时期，两位作家都意识到以往客观再现现实的手法具有局限性。因而，从反映现实出发，安德列耶夫和扎伊采夫走向主观化的艺术认知，将个体的想象与臆想、个体思维的运作推至首位，以此表达对现实的不同看法。需要指明的是，文学叙事不同于历史叙事，文学文本的构建离不开创作者对现实与事件的主观能动加工，因而

---

① См. Михеичева Е. А. Леонид Андреев и Борис Зайцев：к вопросу о творческих связях // Проблемы изучения жизни и творчества Б. К. Зайцева：Сборник статей / Первые Международные Зайцевские чтения. Калуга：Издательство «Гриф»，1998. С. 86-94.

② См. Вологина О. В. Борис Зайцев и Леонид Андреев // Проблемы изучения жизни и творчества Б. К. Зайцева：Сборник статей / Первые Международные Зайцевские чтения. Калуга：Издательство «Гриф»，1998. С. 95-102.

从最广泛的意义上来讲，一切文学叙事都是主观化的叙事。但从表现主义的立场上来讲，表现主义“主张表现艺术家对世界的主观感受。……而且，对表现主义来说，只有主观精神世界的内在体验才是透过现象世界直达本质世界的不二法宝。所以表现主义艺术被许多研究者称为‘主观的艺术’”①。因此，在对比分析安德列耶夫与扎伊采夫的表现主义小说时，有必要将主观化的艺术认知作为一个重要的考量对象，以此突出两位作家在处理社会现实事件时的共同出发点和不同的思想归宿。

一　被否定的现实

扎伊采夫对安德列耶夫的现实观具有深刻的体会。在回忆安德列耶夫的文章里，扎伊采夫写道：“谵妄般的写作对他而言不是臆想或时髦：他的整个性情就是那样。他那被发挥出来的下意识总向往黑夜，他的性格就是那样；但这种追求是真实的。”② 随后，扎伊采夫援引安德列耶夫本人的话，证明安氏独特的现实观：“随着流年，我越来越对第一现实不感兴趣，因为在其中我只是奴隶、丈夫和父亲，我们还十分难过地说头痛。自然本身，——所有这些大海、云彩和气味——我应当试着从心里去接受，它们不经加工就太像物理和化学了。人也同样：当开始写他们的历史的时候，也就是说谎言，也就是说那种我们唯一的事实，我才觉得他们有趣。我没有从中制造理论，可对我而言，想象中的东西总是高于存在着的，我在梦中体会到最强大的爱。因此，当我还没有成为作家，还没让出自己想象的天赋的时候，我多么喜欢醉熏状态及其神奇的和可怕的梦境。”③ 后者

① 王宗琥：《叛逆的激情：20世纪前30年俄罗斯小说中的表现主义倾向》，外语教学与研究出版社2011年版，第36页。

② Зайцев Б. К. Собрание сочинений：В 5 т. Т. 6（доп.）. М.：Русская книга，1999. С. 25.

③ Цит. по：Зайцев Б. К. Собрание сочинений：В 5 т. Т. 6（доп.）. М.：Русская книга，1999. С. 29-30.

即想象中的世界便构成了安德列耶夫的第二现实，属于这一现实的还有词语，用安德列耶夫的话来讲，词语本身“就是一幅画，一篇小说，一部作品”①。因而，在安德列耶夫的艺术世界里，来自第二现实的想象、意念占很大比重。它们对于揭示作家的艺术构思和作品的文艺特征具有不可忽视的作用。对第二现实的偏爱甚至促使安德列耶夫“把人物对客观现实的主观看法也认为是一种现实”②，因此，应当理性地看待安德列耶夫笔下那些匪夷所思的现象。

短篇小说《红笑》是安德列耶夫表现主义倾向的代表作。表现主义手法在小说中具体体现为“异常主观的叙述”“充斥全篇的悲剧性感受”和“抽象化的艺术思维”③。小说以 1904—1905 年的俄日战争为背景，具有浓厚的时代气息。俄方在战争中的失败导致人们对沙皇政府的反抗情绪愈演愈烈，理性与疯狂的较量成为社会的主旋律。据考证，《红笑》写于 1904 年 11 月，但作家本人并没有参加这场战争，而是根据当地报纸的实时报道，凭借新奇大胆的想象虚构了这部小说。索博列娃通过对比战地记者对前线的实时报道和安德列耶夫在小说里所描写的事件，指出：“安德列耶夫对俄日前线的所有报道进行反复思考，筛除不重要的信息；经内心感觉所读到的，遂产生对战争的可怕图景、对屠杀、对疯狂的感受。所有事件都得到了艺术性阐释。”④ 因而，位于小说核心的不是对战争场面的描写，而是作者的主观想象以及对战争的心理感受。据“星期三”

---

① Цит. по：Зайцев Б. К. Собрание сочинений：В 5 т. Т. 6（доп.）. М.：Русская книга，1999. С. 30.

② 李建刚：《高尔基与安德列耶夫诗学比较研究》，中国社会科学出版社 2008 年版，第 151 页。

③ 王宗琥：《叛逆的激情：20 世纪前 30 年俄罗斯小说中的表现主义倾向》，外语教学与研究出版社 2011 年版，第 78—79 页。

④ Соболева Н. И. Леонид Андреев и «Красный смех»：реальность и вымысел // Юбилейная международная конференция по гуманитарным наукам，посвященная 70-летию Орловского государственного университета：Материалы. Выпуск Ⅱ：Л. Н. Андреев и Б. К. Зайцев. Орёл：Орловский государственный университет，2001. С. 24.

文学社组织者捷列绍夫回忆，写作这部小说时，安德列耶夫的身心正处于非正常的状态：他“每天夜里忍受寒热之苦，遁入那样一种神经质的状态，以至于害怕一个人待在屋里”[①]。可见，充斥《红笑》的疯狂与恐怖也是安德列耶夫特殊心境的一种体现。

小说里出现许多违背现实的场景，例如，“天气酷热。我不知道究竟有多少度：是40还是50多”[②]。“我们身后的地板上，躺着一具头向后仰、粉白光裸的死尸。很快，在他旁边，又出现了第二具、第三具尸体。他们一个接一个被大地抛了出来，很快，码放得整整齐齐的一排排死尸便堆满了所有的房间。”[③] 与之相应的是人物的疯狂状态：年轻的大学生自杀了、医生面对过度死亡发了疯、哥哥在一片混乱中被打断双腿、已坐到自家书房里的他感觉手指不停地颤抖（如同在战场上一般）、后方人群的混乱也迫使弟弟走向疯癫。此外还有多次出现的梦境：哥哥在前线梦到妻儿温馨的生活场景、弟弟的噩梦（思维超脱身体独自运行、被孩子追杀、与死去的哥哥对话……），这些都属于安德列耶夫的第二现实，虽然有悖于第一现实的逻辑，但在安德列耶夫的现实观里具有存在的合理性。

尽管《红笑》里大部分都是作家的离奇想象，但这丝毫未减损其现实意义。正如俄罗斯学者所言，“《红笑》——这是对诱发民众疯狂互相残杀的暴力世界的强烈的、痛心的反抗”[④]，表达了作家强烈的反战立场。小说里出现雨水冲刷大地的场景——“这一轻微细碎的、淅淅沥沥的雨声，令人想起这已是秋天，被雨淋湿的大地上那泥土的气息和静谧——仿佛一眨眼间把血腥而又野蛮的噩梦撕得

---

① Цит. по：Зайцев Б. К. Собрание сочинений：В 5 т. Т. 6 (доп.). М.：Русская книга，1999. С. 472.

② ［俄］安德列耶夫：《红笑》，张冰译，作家出版社1997年版，第1页。

③ ［俄］安德列耶夫：《红笑》，张冰译，作家出版社1997年版，第71页。

④ Колобаева Л. А. Концепция личности в русской литературе рубежа XIX-XX веков. М.：Издательство МГУ，1990. С. 134.

粉碎"[①]，但突如其来的雨滴只是暂时停止了人们的射击与炮轰。人们没有从大自然的静谧中获得安抚。相反，他们用刺耳的枪声驱散"这一短暂的静谧所具有的迷人魅力"[②]。可见，在《红笑》里，安德列耶夫极力渲染人们的躁动情绪，借此表达对现实的否定。

二　被建构的现实

1905 年，圣彼得堡发生"流血星期日"事件，之后俄国工人罢工运动、农民群起反抗运动风起云涌，接连不断。"9—10 月份，一次莫斯科印刷工人的罢工扩展到面包作坊、工厂和铁路商店，圣彼得堡举行罢工予以响应"，学生也以罢课和游行的方式卷入社会运动[③]。而沙俄政府方面则派遣部队镇压起义者，还支持"黑色百人团"分子迫害起义工人，屠杀犹太人，宣传落后守旧的思想。这个团体的成员主要有地主、神职人员、城市小资产阶级、手工业者、小商贩等[④]。这些历史场景被艺术性体现在扎伊采夫的《黑风》和《明天!》里：在前者，粗鲁盲目的货运马车夫、肉铺伙计殴打工人和学生，造成社会秩序混乱，污浊满地；在后者，备受鼓舞的民众明天将一齐走上街头，他们紧张地为游行做准备，气氛激昂。然而，据扎伊采夫在后来（1970 年）接受采访时所讲，他本人也并没有亲历这些事件："命运总是使我疏离历史事件。在莫斯科武装起义前不久，1905 年冬天，我去了父母的庄园。妻子和所有朋友都留在莫斯科，成为革命的见证者和同情者。最让我专注的是宗教和形而上的问题。"[⑤] 由此可知，在上述两篇小说里，扎伊采夫同安德列耶夫一

① ［俄］安德列耶夫：《红笑》，张冰译，作家出版社 1997 年版，第 8 页。

② ［俄］安德列耶夫：《红笑》，张冰译，作家出版社 1997 年版，第 8 页。

③ 详见［美］莫斯：《俄国史》，张冰译，海南出版社 2008 年版，第 92—96 页。

④ См. Большая советская энциклопедия https：//rus-bse. slovaronline. com/89272-Черносотенцы，2021 年 1 月 12 日。

⑤ Герра Р. Интервью с Б. К. Зайцевым（«Русский альманах»，1981 г.）http：//almanax. russculture. ru/archives/2419，2018 年 12 月 30 日。

样，对社会历史事件采取的是主观化的立场，格外突出叙事时的主观因素（想象、联想等）。

在扎伊采夫笔下，1905 年的革命事件并没有得到具体描写，只是充当其“宇宙概念”的一部分，因为“风俗和日常生活、爱情、出生、生命、死亡、人的心灵、富有灵性的自然现象都被扎伊采夫放置在宇宙的概念里来解释，并被他视为宇宙的表现。社会生活的所有现象在他的创作中也是这样被理解”①。因此，扎伊采夫在《黑风》和《明天!》里并未对社会事件作历时描述，而是运用一般现在时像概述普遍现象那样讲述事件的经过，目的是“仅仅刻画一个瞬间，只是短暂的一瞬，以便让人感受一下在这瞬间里包含多少内容，这瞬间是多么充分和有效地”把过去与未来相连②。换言之，社会事件在扎伊采夫笔下不充当主要角色，而只是一个偶然因素被纳入进来。因为在苍茫的宇宙世界里，在浩荡的历史长河里，即便是曾经掀起惊涛骇浪的重大历史事件，也只是暂时的一波一浪，在扎伊采夫看来，它们并不具有绝对的永恒意义。例如，在《黑风》里，一阵撕扯过后，扎伊采夫特有的舒缓语调又转向周围默不作声的存在物：“房屋的旧砖头被雨水淋湿，古代堡垒的墙壁和塔楼默不作声，它们被蒙上一层霉菌，常春藤把它们缠住；可商人、粮店伙计、肉贩的想法还是诉诸它们，就像诉诸最古老的旗帜。”③ 自然万物惯有的平衡没有因为商贩、粮店老板和肉铺伙计的凶神恶煞而受到干扰，扎伊采夫从这些人转向周边亘古不变的存在物，以此缓和紧张的氛围。

在《红笑》里，安德列耶夫的反战情绪是很明显的，而在《黑风》里，扎伊采夫对现实动乱的看法却异常冷静。这种冷静的态度

① Иезуитова Л. А. В мире Бориса Зайцева // Зайцев Б. К. Земная печаль: Из шести книг. Л.: Лениздат, 1990. С. 10.

② Горнфельд А. Лирика космоса // Зайцев Б. К. Собрание сочинений. Т. 10 (доп.). М.: Русская книга, 2001. С. 200.

③ Зайцев Б. К. Собрание сочинений: В 5 т. Т. 1. М.: Русская книга, 1999. С. 58.

通过作家对现实情景的主观化描写反映出来，与其说是扎伊采夫叙述周围人与物的活动，不如说是抒情性地描写世界造物的一呼一吸，一举一动。可见，同样的主观化叙事策略因作家的描写心境不同而相去甚远，不过这种差异还反映了两位作家对现实的不同看法。

《明天!》里的主人公米莎目睹了整座城市的忙乱，亲身体会了明天行动之前人们被激发出来的高昂热情。他期待黑暗的来临，期待疯狂时刻的到来："这种快活的、自发的想法征服了他，他迈步迈得更快了，打着口哨。……米莎被注入一种奇怪的感觉；他的双腿越来越小，似乎这黑夜的波浪使他升腾，将他掳走。而在周围低沉的沸腾里，权力、强大的向上抛起的风暴正在增长。"① 可在作家的主观化叙事里，米莎更像是一个置身于世外、飘飞于喧嚣的人潮和蒸腾的城市上空的一个幽灵。在蓄势待发、风雨欲来的紧张局势下，米莎却坐在街心花园里聆听自然的音响："海洋低沉地呼吸。波涛沙沙作响，但已发黑发暗的安宁伸展开自己的翅膀。而夜越来越能听得见。它流淌出来，织出湿润的模糊花边；微风睡眼惺忪地向上飘。"② 这里的主观化（抒情）叙事体现出表现主义的一个显著特征："一方面，作品来自于现实；另一方面，现实并不是描写的对象，而只是塑造与现实无关的一些形象的基础。"③ 显然，在这部小说里，扎伊采夫只是借助外在社会的喧嚣与动乱反衬主人公内心的宁静与超脱，这样的心绪与宇宙万物联系在一起。在扎伊采夫笔下，外部的纷乱缭绕是一种现实，内在的思绪与审视展现出的也是一种现实，是包含万物的宇宙现实。

主观化的艺术认知勾勒出表现主义视域下对现实最直观的审视，反映了安德列耶夫所谓的"第二现实"，虽然有悖于"第一现实"

① Зайцев Б. К. Собрание сочинений: В 5 т. Т. 1. М.: Русская книга, 1999. С. 62.

② Зайцев Б. К. Собрание сочинений: В 5 т. Т. 1. М.: Русская книга, 1999. С. 65.

③ 王宗琥：《叛逆的激情：20 世纪前 30 年俄罗斯小说中的表现主义倾向》，外语教学与研究出版社 2011 年版，第 78 页。

的逻辑，但这种对“第一现实”的主观审视在安德列耶夫的现实观里具有存在的合理性。循着对现实的这般理解，扎伊采夫在小说里对主人公的心绪和遐思的刻画也是真实的，其建构的宇宙现实同样具有合理性。安德列耶夫和扎伊采夫都立足社会历史事件，通过主观化的艺术认知表达这些事件对人的生活和心理产生的影响。不同之处在于：安德列耶夫的叙事语调激烈，意在作共时性揭露，表达愤慨与抗议；扎伊采夫的叙事语调平缓，意在作历时性建构，期待新生与革新。

第二节　抽象化的形象

表现主义作为一种艺术手法，突出强调个体的主观感受，极力渲染被抽象的熟悉场景，“目的是为了惊醒麻木的心灵并让他们对别人的痛苦感同身受”[①]。这与以什克洛夫斯基为代表的形式主义的文艺主张具有内在联系。关于表现主义与形式主义在俄国的时间渊源，王宗琥教授在专著中作了回顾。简言之，在俄苏文艺学界，形式主义（1914 年前后）要先于表现主义，对表现主义的关注是在 1917 年以后[②]。“陌生化”是形式主义文论的核心概念，是文艺作品的区别性特征所在，其“目的是使人恢复对生活的感觉，使人感受到事物，目的是使石头显出石头的样子”[③]。因而，需要对现实材料进行“变形”，恰是通过变形，事物的本质得以揭示：“唯其有变形，才能得以表现作者对人生的感悟及理解；唯其变形，艺术才能得以超

① 王宗琥：《叛逆的激情：20 世纪前 30 年俄罗斯小说中的表现主义倾向》，外语教学与研究出版社 2011 年版，第 83 页。

② 王宗琥：《叛逆的激情：20 世纪前 30 年俄罗斯小说中的表现主义倾向》，外语教学与研究出版社 2011 年版，第 68 页。

③ Шкловский В. О теории прозы. М.：Советский писатель，1983. С. 15.

越现实生活的本然状态，而达到对人生及社会历史的哲学认识。”[①] 安德列耶夫笔下的红笑形象和扎伊采夫两篇小说里的黑色形象都是艺术性变形的结果，经陌生化的处理，表达了作者对生活的感悟和对现实的哲理认识。下面我们将对比分析这两个形象，从而明确表现主义成分在扎伊采夫的艺术世界中所扮演的角色。

一　红笑的内涵

在安德列耶夫的小说里，红笑的形象建构过程充分展示了陌生化手法对熟悉事物的创造性变形。这首先是对个体生理现象的陌生化处理。一位年轻的士兵脸部被炸，作家运用离奇的想象作了如下描写：“他的嘴唇抽搐起来。看样子，是竭力想说出一句话来。可就在这时，一件不可理喻、千奇百怪、超自然的事情发生了。突如其来的一股热风朝我右脸喷来，将我狠狠地打了个趔趄——不过一会儿功夫，那张煞白的脸不见了。我面前出现了一个粗短、圆头、鲜红的东西，从那里面像从启了盖儿的啤酒瓶里一样，喷出鲜红的血液，像蹩脚的招贴画里画的那样。从这个粗短、鲜红、流动的孔穴里，流溢出来的，还有一种奇特的笑声，一种缺了牙齿的笑声——一种红笑。”[②] 随后，红笑在战争的特殊氛围下，演变为一个高度抽象的名词，从前方战场传至后方生活：“我在写红笑。你见过红笑吗?”“一个庞大、鲜红、血淋淋的怪物，在我头顶上，张着没牙的嘴在笑。”“这位就是红笑。地球一发疯它就会笑。你不是已经知道地球发疯了吗。大地上没有鲜花，没有歌声，地球像一颗被剥了皮的脑袋，又圆又滑又红。”[③]

扎曼斯卡娅指出，“没有修饰语红，笑的范畴是不可想象的：在

① 张冰：《陌生化诗学：俄国形式主义研究》，北京师范大学出版社 2000 年版，第 190 页。

② ［俄］安德列耶夫：《红笑》，张冰译，作家出版社 1997 年版，第 9 页。

③ ［俄］安德列耶夫：《红笑》，张冰译，作家出版社 1997 年版，第 55—56 页。

它们的不可分中确立存在的本质——战争的本质。这是战争的标志，生死的边界，理性与非理性的交界点，相符合的心理与变形的心理的边界。这一边界激发出恐惧”[①]。这不仅阐明了小说开篇第一段“疯狂与恐惧”[②] 的内涵，还揭示了小说题目中红与笑的反逻辑组合的意义。在安德列耶夫笔下，一切都被颠倒，善恶生死的逻辑联系也被反转过来。战场上敌我不分，发疯的人比伤员多，疯狂的医生和同他一样疯狂的人视正常人为敌人，未曾上前线的弟弟佯言要化身魔鬼，“要把地狱里的所有恐惧，全都播撒到他们的地里；我要成为他们梦的主宰，当他们含着微笑在临入睡前为他们自己的孩子祈祷时，我会黑黢黢地站在他们面前……”[③]

杜纳耶夫将小说的主题概括为“疯狂的三次方”（战争的疯狂、人的疯狂和弟弟的疯狂），“血的颜色红，笼罩大地的笑，成为这三个疯狂等级的象征”[④]。可见，贯穿全篇的红笑不仅是对战争场面的高度概括，还是对人的理性、人的存在本质的抽象表达。确切而言，这是人的异化的表征。“异化”意即“在异己力量的作用下，人类丧失了自我和本质，丧失了主体性，丧失了精神自由，丧失了个性，人变成了非人，人格趋于分裂”[⑤]。因此，我们在小说里看到的那些理解红笑的人都是疯狂的人，他们没有具体的肖像和姓名，有的只是一些泛指的称谓：哥哥、医生、青年大学生、弟弟、妻子、母亲、妹妹、未婚夫等。作家有意模糊人物的个性化特征，因为“对作家而言，尤为重要的与其说是人物的性格，不如说是他们所处的哲理

---

① Заманская В. В. Экзистенциальная традиция в русской литературе XX века. Диалоги на границах столетий：Учебное пособие. М.：Флинта；Наука，2002. С. 138.

② ［俄］安德列耶夫：《红笑》，张冰译，作家出版社 1997 年版，第 1 页。

③ ［俄］安德列耶夫：《红笑》，张冰译，作家出版社 1997 年版，第 45 页

④ Дунаев М. М. Вера в горниле сомнений：Православие и русская литература в XVII-XX веках. М.：Издательский Совет Русской Православной Церкви，2002. С. 671.

⑤ 王宗琥：《叛逆的激情：20 世纪前 30 年俄罗斯小说中的表现主义倾向》，外语教学与研究出版社 2011 年版，第 133 页。

心理情境”①，也就是他们所处的心理临界状态，正是在这种状态下得以实现对生活本身最直接的观照。可见，安德列耶夫与其说是反映战争，不如说是描写理性与非理性的对抗，最终象征非理性的红笑取得了绝对胜利。

高度抽象的形象（红笑）和概括性的人物（没有具体称谓的人）构成了《红笑》最典型的表现主义色彩。这种倾向在扎伊采夫的《黑风》和《明天!》里同样很明显，但这并不意味着亦步亦趋的模仿，扎伊采夫笔下的表现主义色彩偏向于风景画的特质。

二　黑色的内涵

对画家而言，色彩是描摹世界万物、传达来自客观世界感受的首要工具。光与影的瞬间波动、感受的顷刻涌现都可以借助色彩的微妙差别得以表达。在这个意义上，颜色的作用是不容忽视的。在具有印象主义特色的作品里，“颜色扮演着最重要的角色；其中的色彩总是情感评价式的，它们赋予叙述以特殊的基调、独一无二的修饰”②。克利莫娃曾言：“扎伊采夫——颜色记录者，似乎在早期短篇小说中，就那些他为自己的风景寻找的色彩而言，数量上没有人可与之相比。”③ 短篇小说《黑风》和《明天!》便是作家运用色彩对现实的逼真记录。扎伊采夫在这两篇小说里都额外突出黑色的艺术渲染力，并且在对事物和现象的黑色进行描写时经常使用陌生化

---

① Мартынова Т. И. Борис Зайцев о Леониде Андрееве // Юбилейная международная конференция по гуманитарным наукам, посвященная 70-летию Орловского государственного университета: Материалы. Выпуск Ⅱ: Л. Н. Андреев и Б. К. Зайцев. Орёл: Орловский государственный университет, 2001. С. 252.

② Волков Е. М. Импрессионизм как литературная традиция // В поисках гармонии (О творчестве Б. К. Зайцева): межвузовский сборник научных трудов. Орёл, 1998. С. 72.

③ Климова Г. П. Своеобразие цветописи ранней прозы Б. К. Зайцева // В поисках гармонии (О творчестве Б. К. Зайцева): межвузовский сборник научных трудов. Орёл, 1998. С. 9.

的艺术手法：或反逻辑使用词语组合，或赋予抽象的黑暗本身以实实在在的威力……对现实生活里的物景做如此这般创造性的变形，反映了扎伊采夫观照现实的独特视角。

《黑风》以“寒冷，泥泞”两个词开篇，进而写道：“雨把一切都染黑了。广场上是硬邦邦的水洼，黄昏逼近，像一只暗黑的鸟。”“工人像一条暗沉发黑的带子慢慢延伸出来”，由他们汇成的“黑色人潮愈来愈显眼”。“灰溜溜的风在广场上空打着圈，一片昏暗；发白的蓬松波浪更加凶狠了；似乎火一般的风暴笼罩了所有人，庞大的一群人嚎叫着殴打，乱砍一团；身体扑哧扑哧，朝活人抡打撕扯。”“在风的呼啸中，黑乌鸦叫嚷，预示着黑暗；灯笼叫人可怜，所有店铺都阴森森地关上了门。”“而之后，大脑发懵，沉甸甸的睡意把所有人推入无名的深渊里。”“似乎在这深夜沉闷的生活里，在沉睡的造物里，黑暗、凶恶、沉重复又浓缩起来。”“似乎城市被黑色的力量包围。行人更胆怯，妇女躲起来，而烧灼的黑色斑点逐渐变大。”① 如此等等，可以看出，整部小说都被黑色的气息浸染。

《明天!》延续了《黑风》里的黑色氛围。“米莎来到广场上。他突然感到一股奇怪的、视觉心灵上的打击。远处，水塔旁边，以前站着大马车，有什么东西发暗；它好像站着，但还在动弹，它有生命气息，有跳动——似乎是热乎乎的、黑色的、活着的一团什么。”“人行道上站着一撮人，林荫道通向傍晚的阴暗，又加了些穿呢子大衣、长外衣的人，像细小的越发黑暗的小蛇一样。”“街道、房屋阴沉发暗”，“人潮如瀑布般咆哮，黑暗压下来。米莎潜入一条狭长的街道；这里人群更密集，阴沉沉地乱作一团。”“突然林荫道到头了，接上它的又是一条街道。这里已经有很多人，他们朝一个方向跑去，像是一条不太明朗的湍急的河。”“他们所有人一起钻入大门下的黑色楼房里。火把发出反光，人群涌进去，似乎在这座庞

---

① Зайцев Б. К. Собрание сочинений：В 5 т . Т. 1. М.：Русская книга, 1999. С. 56-59.

大而古老的楼里，很容易迷路，消失在不同的大厅、实验室、通道里。”“耳际回响着令人眩晕的嘈杂和呻吟，到处都是黑色的街道。它们似乎因为接连不断的人群而颤动；或者这是庞大的黑船开动，载着大楼、米莎、人们？”[①]

如果说安德列耶夫在《红笑》里突出表现的是血的鲜红，以此渲染战争的恐怖与人的疯狂，那么扎伊采夫则运用黑色来烘托社会现实的阴暗与混乱，乃至人的无理性状态，正如在《黑风》里描述的那样：“向上向下爬满了混浊。”[②] 由此，原本表征颜色的“黑”在扎伊采夫笔下获得了抽象意义：“这对于扎伊采夫而言不仅仅是一个词语；他感受到黑暗，为它受苦，对他而言，黑色百人团刺杀和暴力的黑风来自于那个在平静的、凝固的绝望中观看人与狼搏斗、人与人搏斗的夜。”[③] 显然，批评家艾亨瓦尔德又触及扎伊采夫在《群狼》和《雾霭》里集中表达的泛神论思想。

文艺学家戈尔林费利德则从宇宙论立场解释这种众生万物同一的思想，即：“人的心灵里不那么清晰。动物的无意识和人的思想之间的鸿沟被抹平了。”[④] 因而，在扎伊采夫笔下，到处都是人与周边自然的融合，体现在《黑风》里则是，“一切都汇入尽是凶狠的大地的魂灵里”[⑤]。由此，具体的社会历史事件得到了最大限度的抽象表达，其中“概括得异常多，抽象化程度很高，事件对他而言就像是背景、生活环境，而不是他的人物要逃脱的生活本身”[⑥]。相比之下，那些不可见的无形之物成了作家刻画的中心——大自然的风、

① Зайцев Б. К. Собрание сочинений：В 5 т. Т. 1. М.：Русская книга，1999. С. 61-64.

② Зайцев Б. К. Собрание сочинений：В 5 т. Т. 1. М.：Русская книга，1999. С. 60.

③ Айхенвальд Ю. И. Борис Зайцев // Зайцев Б. К. Осенний свет：Повести，рассказы. М.：Советский писатель，1990. С. 526.

④ Горнфельд А. Лирика космоса // Зайцев Б. К. Собрание сочинений. Т. 10 (доп.). М.：Русская книга，2001. С. 198.

⑤ Зайцев Б. К. Собрание сочинений：В 5 т. Т. 1. М.：Русская книга，1999. С. 56.

⑥ Прокопов Т. Ф. Борис Зайцев：вехи судьбы // Зайцев Б. К. Дальний край：Роман. Повести и рассказы. М.：Современник，1990. С. 12.

熊熊的烈焰、刺眼的光束、空气里的味道、弥漫大地的气息、人潮的涌动和思想的躁动等。例如，“睡梦时刻临近；肥腻的喘息笼罩着这些角落；在离开去睡之前，由于钱、麻绳、大桶的事情而加重的思想钻入头脑里”①。批评家伊耶祖伊托娃继续戈尔林费利德的宇宙思想，认为在扎伊采夫笔下“风的呼啸、钟的轰鸣、火光的烧灼——不是背景，不是伴奏，而是社会**混沌**（反革命）和社会**宇宙**（革命）的同等力量”②。由此，黑色的风和给人希望的明天这些非具体的形象获得了现实的意义。这是扎伊采夫主观艺术世界里高于物质的现实，高于具体社会生活的宇宙现实。

这些极富表现主义色彩的抽象形象颠覆了传统的形象概念，代之以“反形象”而出现，因为表现主义“追求的恰恰不是血肉丰满的具体的形象，而是一个抽象概念的代表，它关心的不是形象的独特性，而是它所能反映出的一般意义”③。同《红笑》里没有具体称谓的人物一样，《黑风》里涌现出来的是货运马车夫、肉铺伙计、粮店老板、商贩、工人……在黑暗氛围的裹挟下，他们失去了内在独立性，仅化作一个个称谓，以此来概括他们的社会属性。而《明天！》里除了这些内心被激发、被点燃的人群人潮以外，还有一个极具概括意味的主人公形象——米莎。他好像是一个完全置身于事外的冷静的旁观者，但又是一个非个性化的剖析者。米莎一面观望黑色人潮的躁动，一面思忖这动乱背后的意义，很快他消失了自我——“可想法隐没下去，就这样合理地未被说完。而双腿却不知怎地很快活，令人奇怪地感到轻松。”“米莎、大学生、姑娘们坐在陡峭的半圆形楼座里，四面八方簇拥着数百个后背、蓬头垢面的人，就像一个沉重的生物；这生物的头相互倾斜，嗡嗡作响。”“米莎喘

---

① Зайцев Б. К. Собрание сочинений：В 5 т. Т. 1. М.：Русская книга，1999. С. 57.

② Иезуитова Л. А. В мире Бориса Зайцева // Зайцев Б. К. Земная печаль：Из шести книг. Л.：Лениздат，1990. С. 10.

③ 王宗琥：《叛逆的激情：20 世纪前 30 年俄罗斯小说中的表现主义倾向》，外语教学与研究出版社 2011 年版，第 149 页。

不过气来。‘我的天啊！我的天啊！’他恭顺地、愉快地把自己献给了人潮。”“无论朝哪儿走都一样——走的不是他，而是*他们*，*它*，思考着的也是庞大的赤红的*它*。”① 在黑色这种强烈色彩的视觉刺激和感官渲染下，主人公对存在、对生活流的感知异常突出。而且，个体逐渐地开始融入黑色的人潮，尽管他们躁动不安，但也是行走在宇宙中的一部分，正如米莎不由自主地迈开双腿快活地游走一样。此外，个体融入人群，表明个人并非孤立地存在，而是与整体融合在一起。这有别于安德列耶夫笔下的个体，他们恐惧死亡，独自面对死亡，最终被死亡吞噬。

俄罗斯当代学者米赫伊切娃通过梳理安德列耶夫与扎伊采夫在创作上的关联，总结出两位作家笔下的抽象人物的概括意义：“两位作家的任务——透过人群、多数人的代表‘从心灵上理解外在印象’（鲍·扎伊采夫）以展示‘伟大的苦难’。理解越是不可切分，理解之下的基础就越普遍，相对于现象本身的结论就越客观，越接近实质。”② 两位作家都从社会现实的转折处出发，都在一步步逼近存在的实质。安德列耶夫透过红笑直观地揭示战争的恐怖、生存的悲剧与人的异化，这导致个体趋向分裂。而扎伊采夫透过黑暗暗示人群波动、社会混沌背后的自然力，试图促进个体走向统一。

第三节　形而上的思想

表现主义作家运用奇异的色彩词汇等语言表达手段，对现实生活进行主观化的描述，进而塑造出高度抽象的形象。这些形象不仅

---

① Зайцев Б. К. Собрание сочинений：В 5 т. Т. 1. М.：Русская книга，1999. С. 63-64.

② Михеичева Е. А. Леонид Андреев и Борис Зайцев：к вопросу о творческих связях // Проблемы изучения жизни и творчества Б. К. Зайцева：Сборник статей / Первые Международные Зайцевские чтения. Калуга：Издательство «Гриф»，1998. С. 92.

仅是较之传统现实主义形象的“反形象”，更是“哲学意义上的抽象，人物身上承载着作者对现实的形而上的思考，所以他们所代表的性格类型具有思辨的特征”①。加之作家在塑造这些形象时运用陌生化的艺术手法，从而使作品所反映的现实或现象具有存在的意义，因为“‘陌生化’说还与人的存在意识有着密切关系。这也丝毫不奇怪，30 年代以来的什克洛夫斯基有句名言：文学表现的，是不在其位的人。人与其家园的分离构成了人类古往今来文学的原型叙事”②。而且，“什克洛夫斯基的‘陌生化理论’……并不仅仅是艺术形式变异问题，而是通过这种变异去对抗人的异化。‘陌生化’并不是制造陌生，而是促进人的复归”③。至于向何处复归，不同的作家指引的方向又不尽相同。本章所选取的作品都具有鲜明的表现主义色彩，可透过这种手法传达的世界观却大相径庭。安德列耶夫对存在的感知是异常悲观的，扎伊采夫虽运用表现主义手法渲染了生活的杂乱无章，但作家对生活是抱有希望的。

一 对存在的悲剧性感知

“红笑”以其血淋淋的瘆人场景促使读者审视战争本身，进而反思生活与存在的问题。扎曼斯卡娅称安德列耶夫是“俄罗斯存在主义文学传统的奠基人之一”，认为安德列耶夫的存在主义在类型学上属于“心理存在主义”，因为“无论从内容上，还是从形式上来看，他的存在主义都处于边界”，在诸如生与死、理性与疯狂的边界上，作家得以“探究人的心理本原”④。具体表现在《红笑》里，则是心

① 王宗琥：《叛逆的激情：20 世纪前 30 年俄罗斯小说中的表现主义倾向》，外语教学与研究出版社 2011 年版，第 149 页。

② 张冰：《俄国形式主义研究》，载《新中国 60 年外国文学研究》（第 4 卷），北京大学出版社 2015 年版，第 252 页。

③ 刘月新：《陌生化与异化》，《江海学刊》2000 年第 1 期。

④ Заманская В. В. Экзистенциальная традиция в русской литературе XX века. Диалоги на границах столетий：Учебное пособие. М.：Флинта；Наука，2002. С. 111，113，122.

理扭曲变形的个体对理性问题的质疑、对生活的绝望和对世界的无奈。可以说，红笑反映了安德列耶夫对存在的悲观态度和悲剧性理念。

通过哥哥、弟弟等普遍个体对生活的绝望、对死亡的悲观感知，小说还反映了普通大众的悲剧命运，升华了安德列耶夫对生命存在的痛苦思索。在看待死亡的问题上，扎曼斯卡娅通过对比托尔斯泰的小说《伊凡·伊利奇之死》和安德列耶夫1900年代创作的短篇小说，指出在安德列耶夫的艺术世界里"死亡发狠了，它凝聚了恨"，"贯穿生死线的正是对一切活物死之必然的形而上的恨"[①]。创作于这一时期的《红笑》通过塑造高度抽象化形象（红笑），充分展现了死亡如何冷眼漠视大地上的一切活物。这恰是"形而上的恨"的直观表达，是安德列耶夫所理解的人的存在悲剧的本质体现。

小说结尾处，红笑傲视在大地上，象征死亡对人的牢牢把控。可以说，《红笑》对战争的陌生化处理直逼人们审视死亡本身。正如我国学者所言："作者不给读者分析的机会，只是把自己的恐惧和绝望强加给他们，直至他们被完全感染。"[②] 安德列耶夫在小说里渲染了一个被死亡裹挟的悲剧氛围，死亡伴随小说始末，存在于人物生活始终。这里每时每刻都有人死去，作为个体总和的人类每时每刻都在体验死亡。因而，"在安德列耶夫笔下，死具有归宿性，但不是完成时，而是进行时，它是贯穿在生存过程中的一种毁灭性的绝对本质"[③]。死亡是肉体的终结，也是生命的最终归宿。可即便是终点，安德列耶夫也极力渲染它的残酷性。现实社会的疯狂和无理性

---

① Заманская В. В. Экзистенциальная традиция в русской литературе XX века. Диалоги на границах столетий：Учебное пособие. М.：Флинта；Наука，2002. С. 124.

② 王宗琥：《叛逆的激情：20世纪前30年俄罗斯小说中的表现主义倾向》，外语教学与研究出版社2011年版，第78页。

③ 潘海燕：《面对死亡的沉思——浅论安德列耶夫在〈红笑〉中的艺术创造》，《国外文学》1999年第3期。

迫使个体把死亡视为唯一的出路。然而，安德列耶夫却通过人物的悲剧生命体验表明，即便死亡也无法逃脱红笑所代表的邪恶势力的魔爪。小说结尾红笑对大地上一具具死尸的冷眼观望即证明了这一点：“……窗外，衬着红彤彤、凝定不动的冷光，站在那儿的，就恰恰是——红笑。”①

安德列耶夫对存在问题的思考是异常悲观的。作家似乎站在人的生命的终点——死亡来审视生活，似乎是站在“人的视角可见的世界的对立面”②。之所以走向这种悲观立场，是因为安德列耶夫本人对现实生活已逐渐丧失希望。这也是当时知识分子普遍具有的消极情愫，反映在作品里则是离奇的形象、反常的视角和忧郁的悲观论调。安德列耶夫通过红笑提出了人的异化问题、人的无理性与疯狂的问题，但这并不代表彻底无望。从一方面来讲，作家是站在“可见世界的对立面”提出问题的，所以问题的答案也理应在“对立面”去寻找；而从另一方面来讲，“疯狂，当然不是拯救，而只是在全人类里、在其立足之地里的最后警示”③。这是充满悲观论调的《红笑》对现实的启示意义。

二　对存在的崇高希冀

作为安德列耶夫的同时代人，扎伊采夫也深感社会动荡不安，但相比安德列耶夫，扎伊采夫对生活、对存在的看法要明朗得多。虽然在《黑风》和《明天!》这些表现主义倾向异常鲜明的作品里，我们读到许多强烈刺激的文字，体会到诸多冲突与不和谐，且面对宇宙的混沌与社会的动乱，人被置于无出路的困境，但整体上弥漫于作品的基调是明朗的。米赫伊切娃就此写道：“扎伊采夫的主人公

---

① ［俄］安德列耶夫：《红笑》，张冰译，作家出版社 1997 年版，第 72 页。

② Заманская В. В. Экзистенциальная традиция в русской литературе XX века. Диалоги на границах столетий：Учебное пособие. М.：Флинта；Наука，2002. С. 122.

③ Колобаева Л. А. Концепция личности в русской литературе рубежа XIX-XX веков. М.：Издательство МГУ，1990. С. 136.

在尘世生活的界限之外看到它的延续，人为之做准备，因此向另一个世界的过渡是光明的、愉快的”，而在安德列耶夫笔下，离开此世就意味着失去个性，“个性是任何世界和谐与不断被更新的生活都无法弥补的”①。安德列耶夫与扎伊采夫都从超越现实的视角观望此世的生活，但由于两人对世界的直觉不同，观望的结果也完全不一样。

沃洛金娜指出，虽然在扎伊采夫的回忆性随笔里，充满对安德列耶夫的尊敬与友爱，但在宗教思想上，两人还是不可避免地岔道而去：在安德列耶夫的世界里没有上帝，只有“**世界之夜**”，而“作家扎伊采夫的整条道路都以走向宗教为标记：从早期创作中直觉地对世界作宗教理解到侨居期俄罗斯宗教的复兴”②。显然，《黑风》和《明天!》里模糊的神秘因素表明，扎伊采夫尚处于对宗教思想的直觉式理解阶段，这滋养了其世界观里的乐观情愫。

在《黑风》里，古老的钟在风的撕扯下强劲地鸣响。“在城市的四角乃至伟大国家的上空点起四支烈焰灼烧的火把，摆起四张简陋的供桌，那里人们、姑娘、孩子们被照得通亮。”“黑暗中高高升起悲痛母亲、老母亲的面容，在伟大的苦难上空无声地落泪。风暴肆虐，一片黑暗，旋风如钢铁野兽般呼啸，昏暗团团升起；在被搅起泡沫的河上方，在铁丝网桥上，盘踞着个头不大的鬼，嘁嘁喳喳地叫嚷着；之后它们像石头一样坠下，噼里啪啦地在水上飞驰，那速度快过山鹑，并在血腥的愉悦里喘着粗气。”③ 通过这段阴暗的文字我们不难发现，在被黑暗裹挟的混沌里，扎伊采夫专门为光明预留了一条缝隙，即出现了“**悲痛母亲、老母亲**的面容”，只不过这道

---

① Михеичева Е. А. Леонид Андреев и Борис Зайцев：к вопросу о творческих связях // Проблемы изучения жизни и творчества Б. К. Зайцева：Сборник статей / Первые Международные Зайцевские чтения. Калуга：Издательство «Гриф», 1998. С. 91.

② Вологина О. В. Борис Зайцев и Леонид Андреев // Проблемы изучения жизни и творчества Б. К. Зайцева：Сборник статей / Первые Международные Зайцевские чтения. Калуга：Издательство «Гриф», 1998. С. 100.

③ Зайцев Б. К. Собрание сочинений：В 5 т. Т. 1. М.：Русская книга, 1999. С. 59.

微弱的光被表现主义的浓墨重彩所遮掩，而在《明天!》里这些象征光明的神秘成分得到了更充分的展示。

《明天!》里的主人公米莎对明天充满了期待，尽管明天会有流血与牺牲。沉浸在一些模糊不清的奇妙思想里，米莎反倒觉得很快活——“嗅一口空气，他感觉到颤抖和被裹挟而来的庞大的气魄：似乎在这巨大的、肮脏的和粗野的城市上空，有什么东西停定，等着，很快伴着一阵轰隆枯响倒塌。”[①] 米莎还对世界充满神秘的感知，行走在人潮涌动的意识流里，他感觉“似乎所有人都加快了脚步，因为一个共同的东西驱赶着所有人”。“眼睛朝上看，似乎从那里有人凭借精确的指南针调遣人们的行动。”[②] 在这个意义上，人的无理性活动最终是可以找到诉求对象的。因而，在描写人们如何受鼓动、如何采取行动时，扎伊采夫有意将这些与神圣的仪式联系起来：“人们拥挤的潮流哗哗地涌向旗帜下面狭窄的通道，就像冲向伟大的供桌。”[③] 纵然对明天充满未知，可米莎相信眼下的混沌终将被明天取代，进而向明天致辞祷告——“你，伟大的精神，你大洗牌，发酵，汹涌，崛起，你摇撼大地，摧毁城市，瓦解权势，推翻压迫，驱除疼痛——我向你祷告。无论明天发生什么，我欢迎你，明天!”[④] 小说结尾的语调异常欢快，在主人公看来，明天意味着黑暗将被驱散，光明终将到来。

对于这样明快的结尾，我们认为可作如下解释。一方面，这些话证实了扎伊采夫泛神论思想中的乐观成分，而不是一味悲观、消极地融化在世界里。例如，之前分析的小说《雾霭》《大地》《海洋》等，其中的人物都被动地消融在周围的自然世界里，因此丧失了个性。而在《明天!》里展现出的却是另一番图景，米莎既是人群

---

① Зайцев Б. К. Собрание сочинений：В 5 т. Т. 1. М.：Русская книга，1999. С. 61.

② Зайцев Б. К. Собрание сочинений：В 5 т. Т. 1. М.：Русская книга，1999. С. 62.

③ Зайцев Б. К. Собрание сочинений：В 5 т. Т. 1. М.：Русская книга，1999. С. 64.

④ Зайцев Б. К. Собрание сочинений：В 5 т. Т. 1. М.：Русская книга，1999. С. 65.

躁动的观望者，还是其参与者，并在这种参与中获得了坚实的根基。主人公充满激情的呼吁证明，他已获得了克服黑暗和困顿的力量。米莎不再担惊受怕地生活，不再担心自己会无意义地消逝。

另一方面，这一结尾还赋予扎伊采夫的小说以神秘主义色彩，主人公向明天欢呼，而明天充满未知，首字母大写的明天（Завтра）更增加了小说的神秘意蕴。正如批评家戈尔林费利德所言："在对未知的明天的欢呼中，有神秘的东西；乐观主义总是神秘的；但在扎伊采夫的每个词里，都有神秘的东西，——无论是他讲光辉灿烂的、捉摸不定的未来，还是以异常鲜明的、粗糙的形式讲昏暗的现在。"① 显然，戈尔林费利德在扎伊采夫的通篇小说里都发现了神秘性，这又印证了《明天!》的表现主义倾向，因为神秘性也是表现主义的一个来源：早在1911年，德国表现主义的一个重要团体——成立于慕尼黑的艺术家小组"青骑士"，其纲领性立场便深受神秘主义派系的影响②。

至此，我们可以看出两位作家运用表现主义手法的出发点和着力点的显著差别。安德列耶夫通过表现主义手法目的是揭示现实世界的邪恶与黑暗，揭示人存在本身的荒谬与悲剧本质，表现主义色彩的极力渲染是为了惊醒麻木的灵魂，使人们从司空见惯的日常生活中抽离出来，直观地审视存在中暗藏的悲剧，这使安德列耶夫的表现主义接近19世纪俄罗斯文学的批判现实主义，但作家批判的对象不是具体的社会现象和历史事实，而是荒谬的存在和人的异化状态。扎伊采夫与其说是批判现实，不如说是在作品中按照自己对存在本质的理解塑造一种生活，确立一种现实，这种现实不同于我们传统上认识的现实生活，而是形而上的内在精

---

① Горнфельд А. Лирика космоса // Зайцев Б. К. Собрание сочинений. Т. 10 (доп.). М.: Русская книга, 2001. С. 201.

② Савельева А. Мировое искусство. Направления и течения от импрессионизма до наших дней. Санкт-Петербург: СЗКЭО «Кристал»; Москва: «Оникс», 2006. С. 186.

神生活。在扎伊采夫笔下，对这种生活的展示同样具有表现主义色彩，但已不再是悲剧性的展示，而是乐观明朗的描述。虽然在这一时期，扎伊采夫小说里的人物还没有完整丰富的个性，但作家提出了人存在的永恒主题并尝试去解决它。杂乱无章、荒唐百出的生活本身就包含着生而为人存在于世的深邃哲理，新现实主义肯定并确立生活的立场又一次得到了印证，这也表明扎伊采夫的新现实主义具有多样性趋向。

本章小结

本章从表现主义立场出发，通过对比安德列耶夫表现主义小说代表作《红笑》和扎伊采夫表现主义倾向明显的两篇小说《黑风》和《明天!》，更进一步揭示了扎伊采夫新现实主义创作的艺术特色和思想内涵。

同印象主义一样，表现主义起源于西欧的绘画领域，因而对色彩的玩弄是该思潮下的艺术家最常用的手法。具体在安德列耶夫的《红笑》里，则是对战场上由于流血事件而突出的红色的高度渲染，笑的含义传达出作家对战争实质的指控，而一反逻辑的抽象化组合——红笑——逐渐演变为安德列耶夫对生活、对存在最直接的观望。表现主义色彩浓郁的主观化叙事和抽象化形象在《红笑》里得到了充分展现。但安德列耶夫的创作并非止步于此，而是透过对现实事件的陌生化变形处理直击人的存在本身。这也是表现主义不同于传统现实主义的地方，因为后者关注的是社会历史事件，而前者则从抽象化的视角提出了颇具思辨意义的形而上的问题，诸如生死、存在等。安德列耶夫在《红笑》中通过选取战争这一特殊历史事件，极富表现力地展示了血淋淋的存在本身。这是对生活颇具悲观色彩的观望，是从死亡的立场对人的存在的主观思考，具有启发性，更具有启示意义。

扎伊采夫初入文坛时，在文艺思想上颇受安德列耶夫的影响，两位作家的共鸣之处在于对20世纪初现实主义艺术手法的更新。显然，《黑风》和《明天!》在创作方法上颇具有安德列耶夫式的表现主义倾向：主观化的艺术认知、抽象化的形象、形而上的思想。相比之下，充斥扎伊采夫这两篇小说的是吞噬一切活物的黑暗。黑色的大地、黑色的风乃至宇宙黑色的气息将大地上的一切活物牢牢掌控，紧紧裹挟在未知的、遥远的苍穹下，具有一定的悲剧意味。但这些色彩渲染并没有使我们感觉到悲观失望，因为扎伊采夫特有的静谧的抒情语调将这些不安分的、狂乱的因素暗自消解掉了。加之扎伊采夫对宇宙、对生活一向持有神圣光明的向往和美好憧憬，从而使其笔下的表现主义给人以希望。尽管人在生活中遭受源自无知的孤单和恐惧，但人仍旧可以满怀信心地欢迎明天，因为生活本身可以赠予人宁静的心灵享受和永恒不朽的存在。这已经触及生活中的神性元素，它在扎伊采夫的创作中占据重要地位，接下来我们将探究作家如何在小说中通过象征意象来确立这一元素。

第四章 扎伊采夫小说中的象征意象①

扎伊采夫的创作实践与象征主义流派有着深厚的渊源。一方面，扎伊采夫在彼得堡的文学活动与象征主义者有诸多交集。如 1905 年，在杂志《生活问题》供职时，扎伊采夫结识了一批同事——象征主义者（梅列日科夫斯基、吉皮乌斯、维亚·伊万诺夫等）②，而且那时的文学氛围就染有浓厚的象征主义“习气”。扎伊采夫在《关于自己》中谈道：“那时我们的空气——在俄罗斯出现象征主义（自己的）和西方象征主义的影响得到强化——主要是法国的。我们非常推崇波德莱尔、魏尔伦、梅特林克、维尔哈伦。那时我个人喜欢罗登巴赫。……在自己人中——首推巴尔蒙特、勃留索夫，还有费奥多尔·索洛古勃、列昂尼德·安德列耶夫。”③ 另一方面，扎伊采夫从青年时期便迷恋索洛维约夫的哲学思想，而索洛维约夫的美学理念和宗教学说对俄罗斯象征派又产生了深远影响。象征派代表

---

① 本章第一、二节的部分内容发表在《邵阳学院学报》（社会科学版）2021 年第 2 期上，此处有增删 。

② См. Яркова А. В. Б. К. Зайцев：Семинарий. СПб.：ЛГОУ имени А. С. Пушкина, 2002. С. 46.

③ Зайцев Б. К. О себе // Собрание сочинений：В 5 т. Т. 4. М.：Русская книга, 1999. С. 588.

诗人如梅列日科夫斯基、巴尔蒙特、勃留索夫等都把索洛维约夫视为其“精神的先驱”，青年象征派代表如别雷和勃洛克“最初以索洛维约夫为师，后又部分地超越乃师的立场”[①]。总之，“索洛维约夫的宗教哲学思想，构成了俄国象征派重要的哲学美学基础和精神来源”[②]。

象征主义是白银时代现代主义的一个重要诗歌流派，按照“对世界的不同感受以及创作的不同旨趣”，划分出“老象征主义者”和“小象征主义者”[③]（也被称为“‘老一代’象征主义者”和“‘年轻一代’象征主义者”[④]或者“第一代象征派”和“第二代象征派”[⑤]）。前者注重诗歌的艺术形式问题，推崇唯美主义的纯艺术创作宗旨，“倾向于透过复杂精微的心灵体验记录生命过程的瞬息即逝性，使其诗作具有非凡的音乐性和抒情性”[⑥]。后者侧重于诗歌的神秘主义内容和宗教哲理色彩，“主张诗人是预言家，诗人的创作具有把宗教、艺术与神秘主义相结合的特征”[⑦]。

象征是该诗歌流派的核心概念，但这不是我们所熟悉的一种比喻修辞格。象征主义诗人所认为的象征具有多义性，“本身包含着含义无限扩展的前景”，而且还是“具有充分价值的形象”[⑧]。在象征主义者那里，“象征就是寓绝对于个别之中；它是以简约的形式反映

---

① 张冰：《白银时代俄国文学思潮与流派》，人民文学出版社 2006 年版，第 34、87 页。

② 张冰：《白银时代俄国文学思潮与流派》，人民文学出版社 2006 年版，第 128 页。

③ ［俄］阿格诺索夫主编：《20 世纪俄罗斯文学》，凌建侯、黄玫、柳若梅、苗澍译，中国人民大学出版社 2001 年版，第 18—19 页。

④ 《俄罗斯白银时代文学史（1890 年代—1920 年代初）》第 II 卷，谷羽、王亚民编译，敦煌文艺出版社 2006 年版，第 198 页。

⑤ 张冰：《白银时代俄国文学思潮与流派》，人民文学出版社 2006 年版，第 87 页。

⑥ 张冰：《白银时代俄国文学思潮与流派》，人民文学出版社 2006 年版，第 87 页。

⑦ 张冰：《白银时代俄国文学思潮与流派》，人民文学出版社 2006 年版，第 95 页。

⑧ ［俄］阿格诺索夫主编：《20 世纪俄罗斯文学》，凌建侯、黄玫、柳若梅、苗澍译，中国人民大学出版社 2001 年版，第 21 页。

对生活整体的认识"[①]。对于勃留索夫、巴尔蒙特等这些老一代象征主义诗人而言，"象征即是词语艺术的手段之一"，"象征主义是一种文学流派"；而对于诸如勃洛克、别雷、维亚·伊万诺夫等这些深受索洛维约夫宗教神秘主义影响的年轻一代象征主义代表而言，象征不仅是一种词汇艺术表达手段，"它还是彼岸的标志和通向彼岸世界的桥梁"，"象征主义是一种世界观和'信仰'"[②]。总之，象征派的创作宗旨是挖掘词语的神秘内涵，丰富诗歌艺术的表达形式，探究生活的奥秘，最为重要的是通过艺术的革新实现对美满生活的再创造。这种思想也印证了俄罗斯文化自古就有的特征："俄罗斯人无时不在祈求把'恶的王国'改造成为'神在世间的千年王国'"[③]。于是，从词语出发俄国象征派诗人演绎了一场轰轰烈烈的创世活动。

扎伊采夫的小说创作思想深受象征派的感染，尤其是在对"象征"的理解上。扎伊采夫一方面吸取同时代象征主义代表的艺术审美追求（如词语的丰富象征含义），另一方面还在自己的创作实践中尝试实现象征派的"审美乌托邦理念"，即通过艺术改造现实生活，创建一个由"美"来拯救的新世界[④]。

扎伊采夫素有"水彩画家"[⑤] 的赞誉。在研究扎伊采夫的早期短篇小说时，丘科夫斯基延续这一称谓，称艺术家是"原质的和用

---

① ［俄］阿格诺索夫主编：《20 世纪俄罗斯文学》，凌建侯、黄玫、柳若梅、苗澍译，中国人民大学出版社 2001 年版，第 22 页。

② 《俄罗斯白银时代文学史（1890 年代—1920 年代初）》第 II 卷，谷羽、王亚民编译，敦煌文艺出版社 2006 年版，第 198 页。

③ 张冰：《巴赫金学派与马克思主义语言哲学研究》，北京师范大学出版社 2017 年版，第 483 页。

④ 张冰：《白银时代俄国文学思潮与流派》，人民文学出版社 2006 年版，第 128—131 页。

⑤ Чуковский К. И. Борис Зайцев // Зайцев Б. К. Собрание сочинений. Т. 10 (доп.). М.: Русская книга, 2001. С. 211.

为数不多的原质描绘动物性和混沌的诗人”①。浓墨重彩和语调轻缓的艺术特色在扎伊采夫创作成熟期的大型作品中也有所保留，但水彩画的澄澈透明并没有冲淡作家调色板里蕴含的深刻哲理。这里不得不提一下扎伊采夫小说中颜色的特殊意义。早期短篇小说里的颜色具有鲜明的印象主义特征，具有泛神论色彩，作家想要借此讴歌世界的色彩斑斓、生活的艳丽明朗。后来创作的中长篇小说，尤其是 1917 年以后，已弥漫着浓厚的宗教气息，渗透了作家逐渐明晰的东正教理想，这些也是借助象征性的颜色表达出来的，其中主要运用的是蓝色和金色。这两种颜色容易使人联想起教堂里的圣像画。在这个意义上，《蓝星》和《金色的花纹》是具有代表性的，它们的名字本身就具有象征意义。另外，索洛维约夫的万物统一论和神圣女性思想在这些小说里也是借助象征手段得以表达。侨居国外的经历进一步深化了扎伊采夫对国内事件和人民命运的思考。这种思考深深打上了扎伊采夫本人的基督教烙印，并在《帕西的房子》里集中体现为一个独特的俄罗斯形象，表达了扎伊采夫想要通过小说建造一个完美世界的乌托邦理念。接下来我们将从宇宙的象征、神圣女性的象征、苦难的象征和祖国俄罗斯的象征四个方面揭示扎伊采夫小说中的象征意象。

第一节　宇宙的象征

在对扎伊采夫产生重大影响的哲学家和思想家中，索洛维约夫无疑是最为重要的一位。扎伊采夫曾坦言：“对我的内在世界而言，对其发展而言，弗拉基米尔·索洛维约夫非常非常重要。这已不是

---

① Чуковский К. И. Борис Зайцев // Зайцев Б. К. Собрание сочинений. Т. 10 (доп.). М.: Русская книга, 2001. С. 211.

文学，而是在哲学和宗教里揭示出新的东西。”① 中篇小说《蓝星》（«Голубая звезда»，1918）集中体现了扎伊采夫从精神导师索洛维约夫那里受到的熏陶与启迪，即万物统一的宇宙思想。小说里的代表人物向上攀升以无限接近宇宙，在这个过程中，星星化作宇宙的表征物；同时主人公的理想追求又与扎伊采夫的独特现实观结合在一起，后者通过颜色的象征意义得以表达。

一　宇宙的表征物——星星

整体而言，《蓝星》在扎伊采夫的创作中占据重要地位。这部中篇小说被作家本人视为“创作之路前半期最充分、最具表现力的作品”②。《蓝星》之所以被作家珍视，是因为它意味着“整个时期的结束，在某种意义上是与过去的告别。能产生这部作品的只有莫斯科，和平安稳的、契诃夫之后的、演员的和部分属于名士派的莫斯科，意大利朋友和诗歌之友的莫斯科——未来东正教的莫斯科”③。虽然小说创作于动荡年代，但其中仍回响着祥和的生活步调，尤其是贵族优雅奢华的生活：音乐会、赛马、假面舞会、决斗、画廊……同时，一贯熟悉的抒情语调传达了作家对和谐之美的追求。

这种美首先体现为扎伊采夫神圣的宇宙思想。主人公赫里斯托佛罗夫过着流浪人的生活，“已经有很多次，在他流浪的、不固定的生活里，他不得不做客并住在不同的人那里。他知道，人们如何拎起自己的行囊，出现在施与的容身之所”④。但赫里斯托佛罗夫并非漫无目的地漂泊流浪，而是遵循自己的精神向导，这便是他经常仰

① Зайцев Б. К. О себе // Собрание сочинений：В 5 т. Т. 4. М.：Русская книга，1999. С. 588.

② Зайцев Б. К. О себе // Собрание сочинений：В 5 т. Т. 4. М.：Русская книга，1999. С. 589.

③ Зайцев Б. К. О себе // Собрание сочинений：В 5 т. Т. 4. М.：Русская книга，1999. С. 589.

④ Зайцев Б. К. Собрание сочинений：В 5 т. Т. 2. М.：Русская книга，1999. С. 222.

望的蓝色织女星。这颗星星承载了赫里斯托佛罗夫对人间真善美的渴求，对普遍的爱的颂扬与传播。另外，主人公的名字具有深刻意义，俄罗斯学者指出，Христофоров “准确翻译成俄语的意思是‘背负基督’的人”①。这也暗示了赫里斯托佛罗夫与上帝的呼应。伊耶祖伊托娃称赫里斯托佛罗夫是“播撒善良种子”② 的人，在他身上凝聚着俄罗斯人惯有的基督教理想。赫里斯托佛罗夫热爱生活，喜欢看星空，喜欢观察星星，“在他的阁楼里有一张可移动的天空地图。每天他都能确定星星的位置。晚上经常到花园里，观察天空，似乎在核实，在他的管理下一切是否就位。”③ 主人公像熟人一样，与星星保持“友好的”④ 关系，认为那颗蓝色的星星（织女星）是他的“庇护者”：“我有一个信仰，可能对其他人而言是奇怪的信仰：这颗星星——我的星星—庇护者。我在她的庇护下出生。我知道她，爱她。我一看到她，心里就安稳。只要一看天空，我第一个看到的就是她。”⑤ 对赫里斯托佛罗夫而言，这颗星星意味着“美、真、神灵”，而且这颗星星还拥有一个女性的名字，符合女性的气质：“它是位女性。向我传递爱之光。”⑥ 因而，小说里织女星有时也被叫作处女星。

于是，赫里斯托佛罗夫经常观望星空，尤其眷恋这颗织女星。

---

① Иезуитова Л. А. Легенда «Богатырь Христофор» и ее новая жизнь в «Голубой звезде» и «Странном путешествии» // Проблемы изучения жизни и творчества Б. К. Зайцева：Сборник статей / Третьи Международные Зайцевские чтения. Вып. 3. Калуга：Издательство «Гриф»，2001. С. 50.

② Иезуитова Л. А. Легенда «Богатырь Христофор» и ее новая жизнь в «Голубой звезде» и «Странном путешествии» // Проблемы изучения жизни и творчества Б. К. Зайцева：Сборник статей / Третьи Международные Зайцевские чтения. Вып. 3. Калуга：Издательство «Гриф»，2001. С. 52.

③ Зайцев Б. К. Собрание сочинений：В 5 т. Т. 2. М.：Русская книга，1999. С. 229.

④ Зайцев Б. К. Собрание сочинений：В 5 т. Т. 2. М.：Русская книга，1999. С. 229.

⑤ Зайцев Б. К. Собрание сочинений：В 5 т. Т. 2. М.：Русская книга，1999. С. 278.

⑥ Зайцев Б. К. Собрание сочинений：В 5 т. Т. 2. М.：Русская книга，1999. С. 278.

可见，主人公与宇宙的亲近，对爱之光的希冀。在这颗星星上，在它“淡蓝色的、迷人的和神秘的光里”，赫里斯托佛罗夫能发现“自己心灵的一部分”①。因而，他能够洞悉这颗星星的本质，甚至将它拟人化：“这是蓝色的处女星。它使世界充实，使世界渗透绿植茎秆的呼吸、空气原子的呼吸。它近在眼前，又远在天边，看得到，却摸不着。在它内心融合的是大地上所有类型的爱，所有的迷人和忧伤，所有短暂的、飞逝的——还有永恒的。在它神性的面庞里，总有希望，也总有无望。”② 换言之，存在的矛盾元素祥和地交融在这颗织女星里。它给人以希望，又让人失望。它“是神秘预言、魅力的化身，同时还是失望的化身”③。赫里斯托佛罗夫虽经历爱情的失败，可对马舒拉的爱恋让他看到了生活中的光明。而通过赫里斯托佛罗夫对星星的解读，马舒拉很快领悟到他们之间的爱情在现世的荒谬。于是，两人的爱恋只能犹如地上的人观望悬挂高空的星星，可远观却不可实现。

另外，面对社会的动乱、道德秩序的混乱，赫里斯托佛罗夫也在这颗星星上寻找慰藉。扎伊采夫借助星星这一象征形象创造了关于人无限接近宇宙的神话，表达了虔诚之人的生活信念，即追求和谐美好与充满爱的乌托邦世界。扎伊采夫的这种宇宙观在小说里通过各种微妙的色彩得到了最充分的展现。

二　宇宙思想的载体——颜色

颜色的象征意义在俄罗斯文学中并不陌生。别雷的第一部诗集《蓝天澄金》（1904）就借助金色和蓝色表达了诗人的永恒理想，其中一首题为《太阳——答〈我们将像太阳〉的作者》的诗中有这样

---

① Зайцев Б. К. Собрание сочинений: В 5 т. Т. 2. М.: Русская книга, 1999. С. 231.

② Зайцев Б. К. Собрание сочинений: В 5 т. Т. 2. М.: Русская книга, 1999. С. 316.

③ Кононенко В. И. Многоцветье «Голубой звезды» Б. Зайцева // Русская речь, 2010. № 6. С. 28.

的诗句："太阳企求永恒的运动。/太阳是永恒的窗口/通向金色的无穷。"[①] 显然，诗人想要引发读者由太阳联想起永恒，但同时又表明人与宇宙的空间距离。别雷通过此诗集表达了对永恒存在的渴求，对宇宙空间的向往。换言之，借助象征主义这把"预言的工具"，别雷实现了"此刻、当下和永恒、过去和未来、无意识和超意识的"连接[②]。扎伊采夫在《蓝星》里同样向颜色注入了丰富的象征意义，以此表达自己的宇宙理想。

小说题目中的蓝色起到了统领全篇的作用。它不仅照亮了主人公赫里斯托佛罗夫的心灵，还赋予整部小说以神秘色彩。蓝色不仅是赫里斯托佛罗夫经常仰望的织女星的闪光，还是赫里斯托佛罗夫眼睛的颜色，表明了他与宇宙世界的亲近。正如俄罗斯学者所阐释的那样，这颗星星发出的淡蓝色的闪光使赫里斯托佛罗夫"意识到自己的真正渴求，自己的存在。……正是通过这颗蓝星的光，他认出马舒拉是与自己在精神上相近的人"[③]。可见，蓝色不仅意味着赫里斯托佛罗夫在精神上受到了指引，还是区分人物形象的一个重要标志。

小说里另一个主要人物列季赞诺夫，他的眼睛是青色的（синие），与赫里斯托佛罗夫蓝色的眼睛相接近。尽管这只是微妙的色差，却暗示了两人迥然不同的性格与命运。列季赞诺夫这双青色的眼睛经常露出孩子般天真的笑容："……青色的眼像孩子般笑了笑"，"善意的、孩子般的笑容"[④]。伊耶祖伊托娃指出："列季赞诺夫的青色是赫里斯托佛罗夫蓝色的危险的、虚假的反映符号。列季

① ［俄］勃洛克、巴尔蒙特等：《白银时代诗歌选》，张冰译，东方出版社 2015 年版，第 64 页。

② 张冰：《白银挽歌》，黑龙江人民出版社 2013 年版，第 174 页。

③ Иванова Н. А. Структура концептуальных кодов в повести Б. К. Зайцева «Голубая звезда» // Вестник ЧГПУ имени И. Я. Яковлева，2012. № 3. С. 95.

④ Зайцев Б. К. Собрание сочинений：В 5 т. Т. 2. М.：Русская книга，1999. С. 236，238.

赞诺夫青色的眼睛……只看到他眼前的东西：事物的表面。"[①] 的确，列季赞诺夫是个天真烂漫的人物，他一味爱恋的对象——舞蹈演员拉本斯卡娅——无情地玩弄了他，并弃他而去。

此外，列季赞诺夫还具有超然的力量。他经常遁入幻觉，聆听魂灵的声音，与魂灵交往，以寻求此世问题的解答。小说里有三次描写列季赞诺夫的这种状态：第一次是他迫切感到上流社会需要保护精神文化，第二次是与尼科季莫夫决斗前，第三次是在他决斗受伤之后。最后一次的时候，马舒拉向列季赞诺夫解释蓝星的意义，他深受启发："蓝星的念头使他不安，使他快乐。……列季赞诺夫躺着嘟哝什么，幻想着，他的心灵充满了幸福和希望。"[②] 在索洛维约夫的思想体系里，除了论证充分的理性思辨以外，还有神秘主义成分，即"诉诸直觉、顿悟、超验和非理性的所谓神秘主义"[③]。列季赞诺夫的这些幻觉表明，他虽没有达到赫里斯托佛罗夫对世界那般明晰的认识，但与魂灵的交往促使他走近神的世界，而不是一味地生活在现实的混沌与黑暗中。

最具有冲突意义的是尼科季莫夫黑色发暗的眼睛（"黑暗的，没有光采的眼睛"[④]），朝霞也无法将它们照亮（"眼睛仍旧是黑暗的；朝霞在其中没有反光"[⑤]）。诚然，尼科季莫夫给人的印象并不轻松。小说的女主人公、蓝星在大地上的化身——马舒拉——同样有着黑色的眼睛，但不像尼科季莫夫的那般发暗。相反，她的黑眼睛发出的是明朗的光："她那几乎是黑色的眼睛泛着光，感觉很大"，

---

① Иезуитова Л. А. Легенда «Богатырь Христофор» и ее новая жизнь в «Голубой звезде» и «Странном путешествии» // Проблемы изучения жизни и творчества Б. К. Зайцева：Сборник статей / Третьи Международные Зайцевские чтения. Вып. 3. Калуга：Издательство «Гриф»，2001. С. 62.

② Зайцев Б. К. Собрание сочинений：В 5 т. Т. 2. М.：Русская книга，1999. С. 308.

③ 张冰：《白银时代俄国文学思潮与流派》，人民文学出版社 2006 年版，第 32 页。

④ Зайцев Б. К. Собрание сочинений：В 5 т. Т. 2. М.：Русская книга，1999. С. 221. 鉴于颜色意义的重要性，本书约定 тёмный 译为黑暗的，чёрный 译为黑色的。

⑤ Зайцев Б. К. Собрание сочинений：В 5 т. Т. 2. М.：Русская книга，1999. С. 238.

“她的眼睛闪烁着”①。赫里斯托佛罗夫感觉尼科季莫夫是一个“沉重的人”，列季赞诺夫直言他是一个“黑暗的人”②。按照赫里斯托佛罗夫对“神圣贫穷”说的理解——“追逐财富的意志就是追逐沉重的意志”③，尼科季莫夫正是一个因过度追逐财富而人生变得异常沉重的人。他醉心于纸牌游戏，言谈粗鲁，举止野蛮，与秩序井然的上流社会格格不入。马舒拉的母亲——娜塔莉亚·格里戈利耶夫娜——正是这种秩序的代表，她的座右铭：“文化是对和谐的追求。文化——这是一种秩序。”④ 显然，在她眼里，尼科季莫夫不属于文化人，他的生活充满无序与混乱。并且，尼科季莫夫靠安娜·德米特里耶夫娜慈善的接济恣意赌博，还曾模仿安娜·德米特里耶夫娜的字迹偷偷开支票还债。整体上，他的生活是不光彩的，在他背后确实有诸多不为人知的地方。

如果说赫里斯托佛罗夫代表的是“光明的形象”的话，那么毫无疑问，尼科季莫夫是“黑暗的”形象代表⑤。正如伊耶祖伊托娃所言，尼科季莫夫是“光的敌人，魔鬼。他的‘黑暗’失去了双重性：这黑暗是消极元素的象征。在他的黑暗背后是未知，是不可知的生活之路的秘密”⑥。尽管有如此强烈的对比冲突，可尼科季莫夫却向赫里斯托佛罗夫敞开心扉。第一次见面，尼科季莫夫便向赫里

① Зайцев Б. К. Собрание сочинений: В 5 т. Т. 2. М.: Русская книга, 1999. С. 219.

② Зайцев Б. К. Собрание сочинений: В 5 т. Т. 2. М.: Русская книга, 1999. С. 285, 292.

③ Зайцев Б. К. Собрание сочинений: В 5 т. Т. 2. М.: Русская книга, 1999. С. 268.

④ Зайцев Б. К. Собрание сочинений: В 5 т. Т. 2. М.: Русская книга, 1999. С. 224-225.

⑤ Газизова А. А. Свет в повести Б. К. Зайцева «Голубая звезда» // Литература Древней Руси: Коллективная монография. М.: Прометей, МПГУ, 2011. С. 208.

⑥ Иезуитова Л. А. Легенда «Богатырь Христофор» и ее новая жизнь в «Голубой звезде» и «Странном путешествии» // Проблемы изучения жизни и творчества Б. К. Зайцева: Сборник статей / Третьи Международные Зайцевские чтения. Вып. 3. Калуга: Издательство «Гриф», 2001. С. 62.

斯托佛罗夫讲述自己的可怕梦境，预示了之后他惨死的场景。并且，尼科季莫夫还向赫里斯托佛罗夫透露了自己的真实身份。原来，尼科季莫夫曾是一名军事间谍。在奥地利的维也纳执行任务时，认识了当地叛贼。他们在同一间暗室里遭扫射，身穿便服的尼科季莫夫却奇迹般活了下来。可他的生还却使自己人不再相信他。这便是尼科季莫夫“黑色的”过去，上流社会里所谓的“职务上的黑历史”①。

更富戏剧性的是，到处遭人鄙视的尼科季莫夫反倒对自己及所处的上流社会有着清醒的认识——“可能，我最终会走出所谓的正派人之列”②，之后他被拒绝参加假面舞会就是一个有力的证明。可这对尼科季莫夫来讲未必是件坏事，因为他早就看透了生活本身的虚空：“我们是不道德的人，我们构成了社会上的一个阶层，未必某个时候会与满足自我的人合拍。我们一直都是被驱逐的，向来都如此。难道随着时间人们会稍微变聪明，会明白只有高尚的姿态还不够吗？”③ 换言之，“高尚的姿态”、优雅的作风并不能完全规范社会生活，不能彻底消除人自身的恶，也不能使人达到真正的完美，由此揭示出小说对现实的批判意义。

尼科季莫夫这一形象对于小说情节发展的意义还在于，他站到自己所处的社会阶层的对立面，以自己的堕落行为揭发本阶层的谎言与丑陋。在那场尼科季莫夫不被邀请的假面舞会上，他无形中扮演了揭发者的角色。正如俄罗斯学者所言，这样的狂欢场面“总以两重性为基础：恶的产生是为了消除欺骗，谎言竟是真理，相反也同样”④。尼科季莫夫强行闯入舞会现场，并在舞会接近尾声的时候侮辱了拉本斯卡娅，“促使列季赞诺夫意识到自己对她的感觉是虚假

---

① Зайцев Б. К. Собрание сочинений: В 5 т. Т. 2. М.: Русская книга, 1999. С. 222.

② Зайцев Б. К. Собрание сочинений: В 5 т. Т. 2. М.: Русская книга, 1999. С. 264.

③ Зайцев Б. К. Собрание сочинений: В 5 т. Т. 2. М.: Русская книга, 1999. С. 265.

④ Щедрина Н. М. Архетип карнавала и «память жанра» // Вестник Московского государственного областного университета, 2004. № 4. С. 90.

的，还使安娜·德米特里耶夫娜明白她对尼科季莫夫的爱是多余的”①。由此谢德林娜总结道：“尼科季莫夫和赫里斯托佛罗夫——善与恶的两极代表——相互补充：一个人的残酷被另一个人的温柔与安慰的能力所遮盖。”② 显然，尼科季莫夫对人对事都异常残酷而冷漠，赫里斯托佛罗夫却一直想要借助星星的闪光，照亮并温暖周围的人。可以说，赫里斯托佛罗夫和尼科季莫夫，一正一反，一明一暗，相互映衬地传达出扎伊采夫对现实问题的思考，这使小说具有深刻的启示意义，即贵族阶层道德腐化，精神堕落，内在世界变得空虚，现实社会亟待需要变革。

如果把这三个人物放在一起对比的话，那么他们之间的差别更加明显。有着蓝眼睛的赫里斯托佛罗夫天生受到织女星的感召，他向周围传递这颗星星的神圣之光。列季赞诺夫睁大自己青色的眼睛，主动在生活中寻找这束光，尽管找到的是虚假的反光，但拉本斯卡娅身上的部分闪光仍旧滋养了他的心田，她依旧是他生活中美的对象。双眼发黑发暗的尼科季莫夫虽意识到安娜·德米特里耶夫娜对自己的庇护，可却无法接受这束光。正如俄罗斯学者所总结的那样，“光照耀他，可却无法照入他内心，无法从他内心穿过，他也不发光，也没有变得更轻松，相反，说他是一个‘沉重的人’。”③ 黑暗的过去、眼下丧失光明的生活和未来封闭空间里的惨死都暗示了这个人物早已对自己丧失了得救的信心。

至此，通过赫里斯托佛罗夫与星星的关系，扎伊采夫实现了人与宇宙世界的联系。蓝色的星星发出温柔的光，这是来自宇宙世界的遥远的光，它使赫里斯托佛罗夫感受到温暖与爱抚，拉近了大地

---

① Щедрина Н. М. Архетип карнавала и «память жанра» // Вестник Московского государственного областного университета，2004. № 4. С. 90.

② Щедрина Н. М. Архетип карнавала и «память жанра» // Вестник Московского государственного областного университета，2004. № 4. С. 90.

③ Газизова А. А. Свет в повести Б. К. Зайцева «Голубая звезда» // Литература Древней Руси：Коллективная монография. М.：Прометей，МПГУ，2011. С. 210.

上的人与星空的距离。受这颗星星的感召，赫里斯托佛罗夫努力向周围的人传播这束光。小说里的另外两位重要人物——列季赞诺夫和尼科季莫夫——也同样被这束光照耀，但他们各自的生活经历和人生理想把他们引向不同的命运轨迹。这种差别首先体现在他们不同颜色的眼睛上，扎伊采夫赋予这些颜色以深刻的象征意义。然而，扎伊采夫从索洛维约夫那里受到的启示不仅仅是追求和谐的宇宙理想，还要在大地上寻找并塑造这种理想的化身，即织女星的神圣载体，这便是小说中的神圣女性形象。她们承载了扎伊采夫对美、对和谐、对崇高理想的追求。

第二节　神圣女性的象征

神人说是索洛维约夫在《神人类讲座》里集中探讨的话题。神与人的结合之所以成为可能，在索洛维约夫看来，是因为同神一样，人本身也有神性，区别只在于，“神性在上帝那里是永恒的现实，而人只能达到它、获得它，在此，神性之于人只是可能性，只是渴望”①。耶稣基督是神与人结合的典范，是索洛维约夫学说里的神人。索菲亚是神的个性存在，“神的最高智慧的载体，也是美的体现者”②。她不仅使神的绝对内容对外展现出来，还实现神与人的联系。“索菲亚是理想的、完善的，永恒地包含于神的存在物或基督中的人类。”③ 她既体现神的实质内容，又引导世人获得神性，成为神人类。神人思想不仅反映索洛维约夫对世界的完整认识，还寄托他对全人类文明发展的美好愿景。诚然，这一思想不无宗教幻想色彩，

---

① ［俄］索洛维约夫：《神人类讲座》，张百春译，华夏出版社 1999 年版，第 23 页。

② 张冰：《白银时代俄国文学思潮与流派》，人民文学出版社 2006 年版，第 30 页。

③ ［俄］索洛维约夫：《神人类讲座》，张百春译，华夏出版社 1999 年版，第 119 页。

但对于阐释白银时代的文化现象具有重要意义。深受索洛维约夫宗教哲学的影响，扎伊采夫也相信人的神性及其与神结合的可能，相信“女性的原质是宇宙的原质，是创造的基础：人只有通过**永恒女性**才能参与宇宙生活”[①]。永恒女性在索洛维约夫的学说里表现为索菲亚，在扎伊采夫的艺术世界里化身为神圣女性的形象。围绕作家的神圣宇宙思想，小说里每位男主角都对应着有一位象征星星的女性形象。马舒拉启发了赫里斯托佛罗夫，使他感到温暖与安抚；拉本斯卡娅曾一度给予列季赞诺夫美妙的闪光，令他心驰神往；安娜·德米特里耶夫娜默默守护尼科季莫夫沉重的心灵，证实了善的伟大力量。她们都以各自的神性闪光照亮了周围的人，集中体现了扎伊采夫对真善美的追求。

一　大地上的织女星——马舒拉

在扎伊采夫笔下，马舒拉可以说是一个完美的神圣女性形象，是真善美的理想化身。赫里斯托佛罗夫不仅在马舒拉身上看到蓝星的闪光，还把她视为一切美好与和谐的象征：“在您身上现在就有夜的反光……所有芬芳、迷人的反光……可能，您本身就是星星，或者**夜**……”[②] 由此，马舒拉这一人物形象获得了神性色彩。加兹佐娃说道：“马舒拉似乎转入了另一种现实，与宏大的**夜**和织女星相称。”[③] 这种与宇宙、与星空的亲近关系促使赫里斯托佛罗夫向马舒拉敞开心扉，向她讲述自己对星星的思考。而马舒拉在这颗星星的照耀下，在赫里斯托佛罗夫的感染下，顿悟他们之间的爱情在此世的荒谬：“您的爱情，无论是对我，还是对这颗织女星……诺，这是

---

① Ровицкая Ю. В. Философские основы повести Б. Зайцева «Голубая звезда» // Проблемы изучения жизни и творчества Б. К. Зайцева：Сборник статей / Вторые Международные Зайцевские чтения. Калуга：Издательство «Гриф»，2000. Вып. Ⅱ. С. 35.

② Зайцев Б. К. Собрание сочинений：В 5 т. Т. 2. М.：Русская книга，1999. С. 230.

③ Газизова А. А. Свет в повести Б. К. Зайцева «Голубая звезда» // Литература Древней Руси：Коллективная монография. М.：Прометей，МПГУ，2011. С. 211.

您的诗意狂喜，不是么……这是场梦、幻想，可能是非常真诚的幻想，但这……这不是生活中所谓的爱情。”① 从而，马舒拉认清了自己与未婚夫安东的感情实质，意识到自己要永葆爱情呵护美的使命，并作出为爱牺牲的决定：“如果有爱情，——她对自己讲，——那么就让它同这些声音、天才的折磨一般美好吧，如果需要，那就不要实现。可如果注定，我整个人接受它乃至俯身折腰。”②

马舒拉的未婚夫安东是教会职员的儿子，上中学时与马舒拉相识。他经常光顾马舒拉家，后来成为马舒拉的未婚夫。可安东并不喜欢马舒拉家里的贵族派头和沙龙氛围。之后，安东去莫斯科上大学，他不喜欢艺术，甚至对贵族的优雅文化带有偏见。就性格上来讲，安东易冲动，他身上没有上流社会彬彬有礼的绅士姿态。随后，出于对马舒拉的爱，加之马舒拉对赫里斯托佛罗夫表现出好感，安东愤然排斥赫里斯托佛罗夫。可见，他与马舒拉在性格品位上存在很大差别。更为重要的是，马舒拉属于“那些紧密接近真理，接近人与宇宙和谐共存之谜底的人”③。安东正相反，在他的世界里没有永恒的概念，对他而言，“根本不存在寻找崇高真理，取而代之的是其他价值”④。安东从实用主义的立场出发考虑问题，“有益性原则成为衡量所有一切的标准，因此他不再是精神上美好的人”⑤。自然可以预见，马舒拉最终会选择放弃与安东之间的感情。

---

① Зайцев Б. К. Собрание сочинений：В 5 т. Т. 2. М.：Русская книга，1999. С. 279.

② Зайцев Б. К. Собрание сочинений：В 5 т. Т. 2. М.：Русская книга，1999. С. 311.

③ Ровицкая Ю. В. Философские основы повести Б. Зайцева «Голубая звезда» // Проблемы изучения жизни и творчества Б. К. Зайцева：Сборник статей / Вторые Международные Зайцевские чтения. Калуга：Издательство «Гриф»，2000. Вып. Ⅱ. С. 35.

④ Ровицкая Ю. В. Философские основы повести Б. Зайцева «Голубая звезда» // Проблемы изучения жизни и творчества Б. К. Зайцева：Сборник статей / Вторые Международные Зайцевские чтения. Калуга：Издательство «Гриф»，2000. Вып. Ⅱ. С. 35.

⑤ Ровицкая Ю. В. Философские основы повести Б. Зайцева «Голубая звезда» // Проблемы изучения жизни и творчества Б. К. Зайцева：Сборник статей / Вторые Международные Зайцевские чтения. Калуга：Издательство «Гриф»，2000. Вып. Ⅱ. С. 35.

赫里斯托佛罗夫经常仰望星空，这一动作构成了文本的垂直空间，即“垂直方向——向崇高领域、向永恒领域的运动”[①]。这种垂直方向的运动也出现在马舒拉与赫里斯托佛罗夫之间。马舒拉去探望决斗后受伤的列季赞诺夫，这时赫里斯托佛罗夫正好从列季赞诺夫家里出来。于是他们两人一个上楼，一个下楼，在楼梯里短暂邂逅，之后各自朝相反的方向渐行渐远，这构成了颇具象征意义的垂直空间。“赫里斯托佛罗夫还想说些什么，但沉默了。马舒拉叹了口气，慢慢向上走。他也慢慢地，向下走，整个人感到他们之间的距离逐渐增大。……马舒拉向上面某个地方，上得越来越高，就像一颗处于最高空的星星，在未知的寒冷的空间里越来越远。”[②] 可见，马舒拉在赫里斯托佛罗夫心中享有崇高的地位，是永恒理想的化身。同时，赫里斯托佛罗夫目视马舒拉越来越高的身影，心中难免萌生失落感，因为马舒拉同织女星一样，给人希望的同时，又给人以失望，正如作家怅然深情所叙述的那样：“不可能的爱情更迷人，更近又更远，更有可能也更无可能。”[③]

马舒拉犹如一股清泉，冲淡上流社会的污浊。在母亲娜塔莉亚·格里戈利耶夫娜的熏陶下，她过着文化人的体面生活：书籍、音乐、画廊……后来加入“白鸽”协会。这个协会“尽由姑娘组成。大家聚在一起读书，做报告，座谈，以精神上的自我发展为导向，专事宗教，寻找生活的意义，讨论诗歌，讨论艺术，举办音乐晚会”[④]。她的未婚夫安东对此颇不以为然：“马舒拉搞灵魂拯救……她们写什么报告，把自己整到崇高的调子上，等快四十岁的时候就成了神智学者。”[⑤] 神智学简言之是一种神秘主义世界观。

---

① Иванова Н. А. Структура концептуальных кодов в повести Б. К. Зайцева «Голубая звезда» // Вестник ЧГПУ имени И. Я. Яковлева, 2012. № 3. С. 94.

② Зайцев Б. К. Собрание сочинений: В 5 т. Т. 2. М.: Русская книга, 1999. С. 297.

③ Зайцев Б. К. Собрание сочинений: В 5 т. Т. 2. М.: Русская книга, 1999. С. 290.

④ Зайцев Б. К. Собрание сочинений: В 5 т. Т. 2. М.: Русская книга, 1999. С. 249.

⑤ Зайцев Б. К. Собрание сочинений: В 5 т. Т. 2. М.: Русская книга, 1999. С. 254.

1913 年，“德国人施泰纳成立了旨在宣传其秘传教义的神智学协会。他认为神智学是一种高度神秘的、秘传的存在观：即人和大地都是正在经历循环演变过程中的精神宇宙的一部分”[①]，这也暗示了马舒拉身上的神秘元素。

另外，马舒拉加入的“白鸽”协会，从名字上很容易让人联想到别雷的长篇小说《银鸽》。而且“别雷固有的思想的确很容易与施泰纳产生共鸣：此二人都是形而上学唯心主义者；此二人都认为有一个超验的精神王国即终极现实在进行着目的论的循环演变，最终每个人都会成为他已在其中的这一进程的具有自觉意识的参加者之一”[②]。由此可见，扎伊采夫在马舒拉这一形象上注入了深刻的宇宙思想，渗透着作家本人的存在意识。马舒拉是蓝色的织女星在大地上的化身，是赫里斯托佛罗夫实现与宇宙对话的桥梁，还是赫里斯托佛罗夫追求崇高、追求美的导向和动力。

马舒拉虽收到假面舞会的邀请，但没有参加。舞会之后发生的决斗事件更加印证了她的观点——那样的舞会“不像话”[③]。虽然赫里斯托佛罗夫确信马舒拉不会参加这样的舞会，但仍旧在形形色色戴着奇异面具的人群中寻找她，因为他感到“光、人、嘈杂声都因*她的*存在而改变”[④]。赫里斯托佛罗夫时刻感受到马舒拉的存在，就像伴其左右的织女星一样。这与列季赞诺夫在假面舞会上的“精神失明”[⑤] 形成鲜明的对比。尽管列季赞诺夫一心追求拉本斯卡娅，但后者轻盈的闪光并没有照亮他的心灵。

二　轻盈的闪光——拉本斯卡娅

列季赞诺夫同样在女性身上看到了神性的闪光。他对自己的爱

① 张冰：《白银挽歌》，黑龙江人民出版社 2013 年版，第 175 页。

② 张冰：《白银挽歌》，黑龙江人民出版社 2013 年版，第 175 页。

③ Зайцев Б. К. Собрание сочинений：В 5 т. Т. 2. М.：Русская книга，1999. С. 306.

④ Зайцев Б. К. Собрание сочинений：В 5 т. Т. 2. М.：Русская книга，1999. С. 288.

⑤ Зайцев Б. К. Собрание сочинений：В 5 т. Т. 2. М.：Русская книга，1999. С. 286.

恋对象——舞蹈演员拉本斯卡娅充满迷狂，认为“韵律和神圣的轻盈构成她的实质的基础”，在她身上“异常纯洁地表现出女性的原质。淡蓝色飘飘然的实质，充满了轻盈和光”[①]。可事实上，拉本斯卡娅并没有他想象中的那般美好。她既没有给列季赞诺夫带来心灵上的光明，也没有像赫里斯托佛罗夫的织女星那样照亮列季赞诺夫的前程，更没有像马舒拉那样给人清澈的安宁。在假面舞会上，列季赞诺夫疯狂地寻找她，却怎么也找不到。他感受不到拉本斯卡娅的存在，对她的狂热追求导致列季赞诺夫丧失理智，精神上变得盲目无所从，之后与尼科季莫夫决斗受伤，最终在得知自己被欺骗后抱悔而终。

外在客观方面，对于列季赞诺夫的悲剧，拉本斯卡娅具有不可推卸的责任。虽然她同马舒拉一样也是女性气质的化身（“同一束淡蓝色的反光在马舒拉的眼睛里有，在迷人的拉本斯卡娅身上也有”[②]），但已是另一种代表——轻盈。赛马场上，拉本斯卡娅押注的马名字叫“Беззаботная”——无忧无虑的意思，并轻而易举地赢了赌注。小说中不止一个人感受到她的轻盈。对尼科季莫夫充满怜悯与爱抚的安娜·德米特里耶夫娜联想到自己的沉重生活，不禁慨叹：“您的心是轻盈的……您整个都是轻盈的，我感觉。”[③] 她留给赫里斯托佛罗夫的印象也是“轻盈的感觉，似乎风神和空气的魂魄赋予她灵性”[④]。拉本斯卡娅本应成为和谐与美好的化身，可充斥她内心的却是肉欲和物质名誉。当列季赞诺夫为她决斗受重伤时，她虽去探望，可仍旧接受新崇拜者的照料，并打算与其一起奔赴欧洲，发展演艺事业。正如罗维茨卡娅所言：“她身上没有爱，没有与某个人的精神联系。因此，她的旅行是光明的，但却是疯狂的。这样的

① Зайцев Б. К. Собрание сочинений：В 5 т. Т. 2. М.：Русская книга，1999. С. 307-308.

② Зайцев Б. К. Собрание сочинений：В 5 т. Т. 2. М.：Русская книга，1999. С. 290.

③ Зайцев Б. К. Собрание сочинений：В 5 т. Т. 2. М.：Русская книга，1999. С. 246.

④ Зайцев Б. К. Собрание сочинений：В 5 т. Т. 2. М.：Русская книга，1999. С. 288.

星星不能将人带入上帝王国，不能给人永恒的生活，只能给人死亡，所以列季赞诺夫死了。”[①] 可见，列季赞诺夫将自己的全部生命奉献给这样的女性，其结局无疑是悲剧性的。

内在主观方面，列季赞诺夫逐渐丧失了道德根基，这最终导致他走向死亡。索洛维约夫在《善的证明》里划分出人的三种道德本性——“羞耻感、怜悯和敬仰”，并指出它们“基本涵盖了人类所有可能的道德关系：人与比他低级的、与他平等的、比他高级的东西的关系。——这些道德关系被确定为对肉欲的*控制*、与生物的*团结*、对超人元素的内在*服从*”[②]。无论列季赞诺夫认为自己的追求多么美好，他对拉本斯卡娅的爱仍是一种世俗意义上的肉欲，还没有上升到精神的高度。他本人也承认，奸污拉本斯卡娅的尼科季莫夫是“被爱情冲昏了头脑，这种爱情类似于我的”[③]。显然，列季赞诺夫没有控制自己的动物欲望，无法成为“精神的人”“高尚的人”，因为“羞耻感作为人的根本特征不仅在于把人从动物中划分出来，而且具有更深一层的含义：羞耻感把人从自身的自然本性中划分出来，成为精神的人，高尚的人”[④]。尽管列季赞诺夫对拉本斯卡娅充满了敬仰，在她身上看到了音乐美（“她就是音乐和韵律，是音乐和韵律最纯洁的体现……”[⑤]），可事实上，拉本斯卡娅并非他想象中那么纯洁。此外，如前所述，列季赞诺夫天真爱幻想，喜欢美好的事物，喜欢盲目追求美的东西，可他追求的美却是空洞的，并没有坚实的根基。

况且，列季赞诺夫把爱情等同于永恒，而在永恒面前人又是渺

---

① Ровицкая Ю. В. Философские основы повести Б. Зайцева «Голубая звезда» // Проблемы изучения жизни и творчества Б. К. Зайцева: Сборник статей / Вторые Международные Зайцевские чтения. Калуга: Издательство «Гриф», 2000. Вып. Ⅱ. С. 38.

② Соловьев В. С. Сочинения в 2 т. Т. 1. М.: Мысль, 1988. С. 52.

③ Зайцев Б. К. Собрание сочинений: В 5 т. Т. 2. М.: Русская книга, 1999. С. 292.

④ 徐凤林：《索洛维约夫哲学》，商务印书馆 2007 年版，第 295 页。

⑤ Зайцев Б. К. Собрание сочинений: В 5 т. Т. 2. М.: Русская книга, 1999. С. 250.

小无助的。因此，列季赞诺夫的爱情观本身就意味着牺牲和奉献，是心甘情愿地被“吞噬”，他曾向赫里斯托佛罗夫坦言：“我非常了解永恒，将我们所有人吞噬的永恒，就像吞噬小昆虫……小昆虫。但永恒对我而言同时还是爱情。或者更确切地说——爱情是永恒……”[①] 而真正的爱情不应当把人引向终结，至少应给人以希望：“人类世界的爱带有个别性，异性中的这一个成为恋人的绝对意义之所在，成为唯一者和不可替代者，成为自己本身的目的，这就是爱的定义。……人的爱有其特定的个体对象，这对象是独特的、不可替代的、唯一能给予其极大欢乐的。”[②] 诚然，拉本斯卡娅曾给予列季赞诺夫以心灵上的快乐，可这种快乐并没有使列季赞诺夫的存在方式变得更殷实。相反，在对拉本斯卡娅的狂热追求中，列季赞诺夫感到漂浮不定。与其说他是被爱情吞噬，不如说是被拉本斯卡娅轻浮缥缈的性情所俘虏。

凡此种种都决定了列季赞诺夫不得而终的虚妄追求。赫里斯托佛罗夫也看出拉本斯卡娅的实质：“终生不安，受难，受折磨——不属于她。她纯洁，轻盈，优雅，像一块为春天、为天空造就的云彩那样度过一生。”[③] 虽然拉本斯卡娅没能点燃列季赞诺夫的生活，也没有照亮他的心灵，但她作为美的化身确实在列季赞诺夫的生命里激起了零星闪光，因此，不能否认这一形象曾经拥有的神秘光环。但与小说里另一位女性——安娜·德米特里耶夫娜相比，拉本斯卡娅这颗星星所发出的光就显得异常缥缈，因为安娜·德米特里耶夫娜以自己沉重的哑光试图照耀尼科季莫夫黑暗的灵魂。

三　沉重的哑光——安娜·德米特里耶夫娜

如果说拉本斯卡娅代表自由轻盈一极的话，那么毫无疑问，安

---

① Зайцев Б. К. Собрание сочинений：В 5 т. Т. 2. М.：Русская книга，1999. С. 283.

② 张冰：《白银时代俄国文学思潮与流派》，人民文学出版社 2006 年版，第 31 页。

③ Зайцев Б. К. Собрание сочинений：В 5 т. Т. 2. М.：Русская книга，1999. С. 296.

娜·德米特里耶夫娜是受束缚的沉重一极的代表。赫里斯托佛罗夫在拉本斯卡娅身上感受到的是织女星蓝色的反光，是不受任何道德理念约束的虚无缥缈的自由。而在安娜·德米特里耶夫娜身上，赫里斯托佛罗夫看到的是“神秘的痛苦”①，并因此感到与之在心灵上亲近（“我觉得，在您的心灵里有许多与我相近的”②）。

安娜·德米特里耶夫娜出身贵族，早年被迫嫁人，步入了以物质为准绳的上流社会：“为了那种，您知道，数百万动物性的，……超自然的、数百万的东西，把我许走了。且动物性的——超自然的。”③ 不幸的婚姻生活和被安排的命运使安娜·德米特里耶夫娜变得麻木，上流社会的恶风恶习侵染了她：“我被迫习惯了一切，亲爱的。一切尽其所有——人，财富，蛮横——将我腐化。”④ 伊耶祖伊托娃通过对比安娜·德米特里耶夫娜和马舒拉，总结道：“如果马舒拉被作为自然宇宙的精神现象来描写的话，那么安娜·德米特里耶夫娜就像古老的、迷人的莫斯科。”⑤ 的确，安娜·德米特里耶夫娜本人也发现，她那充满曲折的生活正是莫斯科的缩影：“要知道，我就是莫斯科本身。”⑥ 她带赫里斯托佛罗夫去赛马场——贵族精英的集聚地，在那里他们看到整个物欲横流的上流社会。

同尼科季莫夫一样，安娜·德米特里耶夫娜对自己所处的社会也具有清醒的认识：“我们所有人都是堕落的，沉重的，受尽折磨的……”⑦ 而赫里斯托佛罗夫的出现，对她而言，犹如一面镜子，

---

① Зайцев Б. К. Собрание сочинений：В 5 т. Т. 2. М.：Русская книга，1999. С. 247.

② Зайцев Б. К. Собрание сочинений：В 5 т. Т. 2. М.：Русская книга，1999. С. 268.

③ Зайцев Б. К. Собрание сочинений：В 5 т. Т. 2. М.：Русская книга，1999. С. 242.

④ Зайцев Б. К. Собрание сочинений：В 5 т. Т. 2. М.：Русская книга，1999. С. 242.

⑤ Иезуитова Л. А. Легенда «Богатырь Христофор» и ее новая жизнь в «Голубой звезде» и «Странном путешествии» // Проблемы изучения жизни и творчества Б. К. Зайцева：Сборник статей / Третьи Международные Зайцевские чтения. Вып. 3. Калуга：Издательство «Гриф»，2001. С. 60.

⑥ Зайцев Б. К. Собрание сочинений：В 5 т. Т. 2. М.：Русская книга，1999. С. 242.

⑦ Зайцев Б. К. Собрание сочинений：В 5 т. Т. 2. М.：Русская книга，1999. С. 267.

照出整个社会的丑恶（“哎，您是可爱的人，是面镜子……”①）。在她眼里，赫里斯托佛罗夫是“纯洁的和真正的”人，“应当知道……真理所在”②。可见，她与马舒拉一样，都追求真理，渴望精神上的联系。在这方面赫里斯托佛罗夫是她们的“精神向导”③。罗维茨卡娅进一步指出：“对她们每个人而言，与赫里斯托佛罗夫的见面都是内在的精神重生的时刻。”④ 赫里斯托佛罗夫向她们灌输来自宇宙、来自星星的顿悟，而她们则以各自的方式传播这束灵光，并通过自身实现大地上的人与天空、与宇宙的交流，履行神圣女性的使命。马舒拉在赫里斯托佛罗夫的引导下，领悟到蓝色织女星的意义，并在列季赞诺夫对拉本斯卡娅的描述中看到这颗星星的闪光，启发了列季赞诺夫。赫里斯托佛罗夫对“神圣贫穷”说的理解更坚定了安娜·德米特里耶夫娜无条件救助尼科季莫夫的信念。

关于索洛维约夫的思想在扎伊采夫创作中的反映，罗维茨卡娅这样写道：“索洛维约夫谈到未来神的能与人的能的结合，同时把它们相应地理解为男性和女性的元素。女性元素——这是物质、实体，索洛维约夫相信它们的神圣、纯洁。将男性元素和女性元素通过爱结合的理念、在被改变的个性（个性应当在人类的发展中标志着新阶段）中将上帝的和人的元素结合的理念，不断地在扎伊采夫的中

---

① Зайцев Б. К. Собрание сочинений：В 5 т. Т. 2. М.：Русская книга，1999. С. 242.

② Зайцев Б. К. Собрание сочинений：В 5 т. Т. 2. М.：Русская книга，1999. С. 267.

③ Князева О. Г. Символичность имен как характерная особенность творчества писателя（Фамилия Христофоров в «Голубой звезде»）// Творчество Б. К. Зайцева в контексте русской и мировой литературы XX века：Сборник статей / Четвертые Международные научные Зайцевские чтения. Вып. 4. Калуга：Институт повышения квалификации работников образования，2003. С. 58.

④ Ровицкая Ю. В. Философские основы повести Б. Зайцева «Голубая звезда» // Проблемы изучения жизни и творчества Б. К. Зайцева：Сборник статей / Вторые Международные Зайцевские чтения. Калуга：Издательство «Гриф»，2000. Вып. Ⅱ. С. 39.

篇小说里得到体现。"[①] 因而，在《蓝星》里，我们看到每位男性主人公都有照耀自己的星星。赫里斯托佛罗夫抬头看到的是蓝色的织女星，并在大地上找到了她的化身——马舒拉。列季赞诺夫同样在拉本斯卡娅身上看到了淡蓝色的闪光，唯独尼科季莫夫的世界是黑暗的。可实际上，尼科季莫夫也有自己的星星，这就是安娜·德米特里耶夫娜。她明知道尼科季莫夫嗜赌如命，还主动接济他，帮他还债。她对尼科季莫夫的感情是复杂的，既反感又心生怜悯："安娜·德米特里耶夫娜看着这个从她生活里索取那么多的人，看着他那指甲被打磨过的干枯的手指，看着他那带有骷髅头和两根骨头的宝石戒指，看着他那瘦削不堪、但有贵族气的面庞，——一如往常——迷人与蔑视、温柔与委屈、钻心的怜悯与厌恶在她心里奇怪地混杂在一起。"[②] 假面舞会接近尾声的时候，安娜·德米特里耶夫娜化身成威尼斯交际花，向尼科季莫夫坦言，愿意为他承受一切苦难（"有时我觉得，你的所有……所有忧伤、可恶的东西，我都能担在自己身上"[③]）。之后她还提出带尼科季莫夫离开莫斯科，离开这个到处鄙视他的环境。可见，安娜·德米特里耶夫娜一心想要拯救尼科季莫夫，是照亮他前程的织女星。

然而，尼科季莫夫拒绝了安娜·德米特里耶夫娜的拯救。在他看来，安娜·德米特里耶夫娜到处帮助他、保护他是一种自作主张（"您认为，您被派到我生活里就是为了改造我。像您这样有善心的女人经常就这么感觉"[④]）。他还一直拒绝向安娜·德米特里耶夫娜敞开心扉。当安娜·德米特里耶夫娜问他为什么贬低自己的时候，

---

① Ровицкая Ю. В. Философские основы повести Б. Зайцева «Голубая звезда» // Проблемы изучения жизни и творчества Б. К. Зайцева：Сборник статей / Вторые Международные Зайцевские чтения. Калуга：Издательство «Гриф»，2000. Вып. Ⅱ. С. 34-35.

② Зайцев Б. К. Собрание сочинений：В 5 т. Т. 2. М.：Русская книга，1999. С. 265.

③ Зайцев Б. К. Собрание сочинений：В 5 т. Т. 2. М.：Русская книга，1999. С. 291.

④ Зайцев Б. К. Собрание сочинений：В 5 т. Т. 2. М.：Русская книга，1999. С. 265.

他回答说："这我不会对你讲"；当安娜·德米特里耶夫娜建议尼科季莫夫一起移居意大利时，他立马联想到自己关于维也纳的可怕梦境（暗示他将惨死在电梯里的梦），于是回答说："在维也纳，我曾与死亡擦肩而过……我永远也不告诉你。"① 对于安娜·德米特里耶夫娜的无私援助与爱抚，尼科季莫夫一再拒绝，这与他密不透光的黑暗的心灵世界不无关系。

同列季赞诺夫一样，尼科季莫夫也没有道德感。尼科季莫夫对上流社会充满排斥，对生活本身早已丧失了希望。他之所以沉迷于纸牌游戏，很大一方面原因是想借此躲避现实（"游戏除了刺激以外，还有一点好处，就是神奇地把你从日常生活中抽离。我总在半睡半醒中玩牌……尤其是很晚的时候。只有纸牌，它们这样那样地切换着，您就被麻木控制住了……"②）。来自这种社会环境的安娜·德米特里耶夫娜自然引不起他的好感，更谈不上敬仰。尼科季莫夫反倒认为，安娜·德米特里耶夫娜这类女人的关怀是多余的伤感："没什么。活着，就这么活着。什么也不需要。不需要任何感伤。"③ 他也不会怜悯为他承受苦难的安娜·德米特里耶夫娜。尤其是在尼科季莫夫死后，安娜·德米特里耶夫娜穿一身黑衣，在教堂里为他的不幸而痛苦："他的命运……那样可怕，令人忧伤，又不可思议，就像生活一样。不管怎样，这是一个非常不幸的人。"④ 正如加兹佐娃所言："她在教堂里缓解他死后的痛苦，她对他的看法达到了精神高度。"⑤ 安娜·德米特里耶夫娜甘愿为他人承担苦难，以便自己获得心灵和精神上的解脱，这也证明了俄罗斯文化中对苦难的尊崇："基督为拯救人类而走上十字架的形象，成为受难神话的原

---

① Зайцев Б. К. Собрание сочинений：В 5 т. Т. 2. М.：Русская книга，1999. С. 291.

② Зайцев Б. К. Собрание сочинений：В 5 т. Т. 2. М.：Русская книга，1999. С. 300.

③ Зайцев Б. К. Собрание сочинений：В 5 т. Т. 2. М.：Русская книга，1999. С. 291.

④ Зайцев Б. К. Собрание сочинений：В 5 т. Т. 2. М.：Русская книга，1999. С. 312.

⑤ Газизова А. А. Свет в повести Б. К. Зайцева «Голубая звезда» // Литература Древней Руси：Коллективная монография. М.：Прометей，МПГУ，2011. С. 211.

型，而得到后世的景仰。所以，在东正教文化圈中，崇拜苦难、尊重苦难、赞美苦难便顺理成章地成为俄国文化的一个显著特征。”① 这就是安娜·德米特里耶夫娜的神性光环，只可惜尼科季莫夫没有感受到这束光照并拒绝了这份恩惠。

不过小说里有一处描写到尼科季莫夫的眼睛“变明朗了”②。加兹佐娃认为，这是因为“安娜·德米特里耶夫娜的爱与尼科季莫夫的心灵创造了奇迹，在他心灵里冲出一道内在的光”，进而将此提升到作家扎伊采夫的世界观上，即“用爱、爱之光克服经验主义的恶”③。对此我们无可争辩，艾亨瓦尔德也认为，“在扎伊采夫的书页上，听到的正是爱的不可战胜的精神”④，这种精神可谓贯穿了扎伊采夫的创作始终。

然而，对于尼科季莫夫眼睛里的这一细节变化，我们还希望能作另一种解释。在与安娜·德米特里耶夫娜谈话的间隙，尼科季莫夫掏出表看了看时间——“五点”，接下来他应当为天亮七点半的决斗做准备。而决斗的缘由就是他奸污了列季赞诺夫的恋爱对象。可尼科季莫夫并没有因此而感到羞耻，反倒为即将到来的决斗而振奋：“他的眼睛稍微变明朗了，他精神起来，环顾四周。”⑤ 按照索洛维约夫道德哲学的逻辑概念，“自然低于人，而上帝高于人。人要支配物质感性，要和其他生物和平共处。要对超人的本质充满敬仰，这就是人类不可动摇的道德的基础”⑥。尼科季莫夫既没有控制住自己的动物本性，也没有对人表现出怜悯，更谈不上对美好事物和高尚

---

① 张冰：《俄罗斯文化解读》，济南出版社 2006 年版，第 56 页。

② Зайцев Б. К. Собрание сочинений：В 5 т. Т. 2. М.：Русская книга，1999. С. 291.

③ Газизова А. А. Свет в повести Б. К. Зайцева «Голубая звезда» // Литература Древней Руси：Коллективная монография. М.：Прометей，МПГУ，2011. С. 211.

④ Айхенвальд Ю. И. Борис Зайцев // Зайцев Б. К. Осенний свет：Повести，рассказы. М.：Советский писатель，1990. С. 521.

⑤ Зайцев Б. К. Собрание сочинений：В 5 т. Т. 2. М.：Русская книга，1999. С. 291.

⑥ 张冰：《白银挽歌》，黑龙江人民出版社 2013 年版，第 195 页。

人物的敬仰，而对这样一个彻底“黑暗的”人，安娜·德米特里耶夫娜却始终不曾抛弃，可见作家赋予这位女性形象的崇高意义。俄罗斯文化的一个突出特征就是“苦难的审美”，安娜·德米特里耶夫娜便是“把承受苦难当做获得拯救的唯一道路，认为只有通过苦难才能得到拯救”[①]。因而，她自觉为尼科季莫夫的救赎背负起沉重的十字架。

对女性的崇拜、对和谐之美的追求可以说是俄罗斯民族的文化基因：“美在某种意义上已经成为俄国文化的基本素质和整合俄国人价值观体系的核心要素。”[②] 而这种美的神圣化身，按照索洛维约夫的理念就是“索菲亚”，“它作为‘永恒女性’的载体，而参与了上帝的创世”[③]。由此，索洛维约夫的索菲亚说将人的审美和道德追求与对上帝的诉求结合在一起，扎伊采夫便深受索洛维约夫这种思想的影响。安娜·德米特里耶夫娜为拯救尼科季莫夫黑暗的心灵而发出的哑光——虽然发光却无法照亮他的心灵，使这一女性形象获得了神性意义。

“背负基督”的赫里斯托佛罗夫在淡蓝色织女星的庇护下，在此世找到了带有这颗星星部分闪光的马舒拉。马舒拉从赫里斯托佛罗夫那里体会到蓝星的宇宙意义，并将这束神圣的光照传递给了列季赞诺夫，从而界定了后者对拉本斯卡娅狂热追求的实质。虽然织女星淡蓝色的光照耀着整个大地，但仍有这束光射不穿的地方，这便是尼科季莫夫黑暗的精神世界。即便如此，神圣女性的另一代表——安娜·德米特里耶夫娜依旧用自己沉重的哑光向尼科季莫夫送去温暖与关爱。由此，扎伊采夫艺术性反映索洛维约夫的神圣女性理想，实现大地上的人与宇宙空间的对接，赋予整部小说以崇高

---

① 张冰：《俄罗斯文化解读》，济南出版社 2006 年版，第 56 页。

② 张冰：《俄罗斯文化解读》，济南出版社 2006 年版，第 177 页。

③ 张冰：《俄罗斯文化解读》，济南出版社 2006 年版，第 166 页。在不同的著作里，索菲亚也写作索菲娅，本书统一写作“索菲亚”。

的象征意义。这对接的桥梁便是此世的"索菲亚"——马舒拉和安娜·德米特里耶夫娜。她们都深刻领悟到赫里斯托佛罗夫的蓝星的意义，自觉承担传递这颗星星之光亮的使命。扎伊采夫在中篇小说《蓝星》里绘制的蓝色图景并没有止于小说本身，作家紧跟时代步伐，逐渐赋予其神圣女性以更深刻的内涵，确切而言，是沉重十字架的苦难美学，这在接下来的长篇小说《金色的花纹》里充分得到展现。

第三节　苦难的象征[①]

长篇小说《金色的花纹》（«Золотой узор»）创作于1923—1925年，是扎伊采夫侨居国外时期完成的第一部大型作品。伴随俄罗斯迈入新世纪的恢宏事件——1905年革命、第一次世界大战和国内战争——在那时候已逐渐成为过去。正如扎伊采夫所言，在这些重大历史事件的背景下充斥小说的是"那时生活'地狱'的回响"[②]。结构上，小说分为两部，由主人公娜塔莉亚的生活路径和命运线贯穿。第一部共20节，时间上从19世纪末开始直到第一次世界大战。第二部同样由20个小节组成，这一部分的叙述语调较之第一部更加沉重。动乱时代的磨难中断了女主人公衣食无忧的贵族田园生活，饱受肉体与精神上的折磨之后，娜塔莉亚最终走出了一条宗教皈依之路。塔拉索娃认为："长篇小说《金色的花纹》是一部关于人的心灵重生的作品，关于人经历失去、考验走向真理之路的作品，关于

---

① 本节内容根据已发表的文章增删、修订而成，具体信息如下：Почему «узору» дано определение «золотой»?（роман Б. К. Зайцева «Золотой узор»）// Словесное искусство Серебряного века и Русского зарубежья в контексте эпохи（«Смирновские чтения»）. М.：ИИУ МГОУ，2019. С. 211-215。

② Зайцев Б. К. О себе // Собрание сочинений：В 5 т. Т. 4. М.：Русская книга，1999. С. 590.

‘神圣罗斯’——母亲和她的孩子的作品。”① 同时她还指出，“扎伊采夫的**‘神圣罗斯’**是一个具有多重内涵的概念：这是俄罗斯的自然，俄罗斯的大地，贵族庄园和农民的小木屋，教堂金色的圆顶，当然还有俄罗斯的精神面貌”②。从这些概括性的话里可以看出，小说具有浓厚的现实意义。但从整体行文来看，扎伊采夫侧重于运用象征手法塑造人物形象，运用象征主义的思维方式处理社会历史事件，从而使局部的具体事件获得了普遍概括的意义。

一　历史事件的概括性

虽然小说里的故事在时间上横跨 1900—1920 年代，且上述列举的历史事件都有所涉及，但作家只是大略勾勒它们发生的月份和季节，并没有像前辈屠格涅夫那样指出具体的日期。对于这种处理方式可以作如下解释。首先，小说以第一人称展开叙述。跟随女主人公娜塔莉亚的视角，我们了解到她的生活路径：从生活的优越、行为的轻浮，经由动乱年代的痛苦遭遇，直至精神上的成熟。在这个过程中，娜塔莉亚·尼古拉耶夫娜先后失去了父亲、朋友，亲历了儿子的早年夭折，但最后却感受到精神上的和谐，找到了继续生活的力量。这主要得益于她所获得的信仰。关于小说的思想主旨，扎伊采夫这样写道：“其中的宗教哲学脉络很明显——对革命、对那种生活方式和那些被生活折磨的人们的审判。这既是谴责，又是忏悔——承认罪过”③，由此可以明确作家创作这部作品时的忏悔心理。这种忏悔意识从艺术创作心理上来讲，“源于艺术家的道德良

① Тарасова С. В. «Святая Русь» в романе Б. Зайцева «Золотой узор» // Славянская культура：истоки，традиции，взаимодействие. М.：Издательство ИКАР，2007. С. 460.

② Тарасова С. В. «Святая Русь» в романе Б. Зайцева «Золотой узор» // Славянская культура：истоки，традиции，взаимодействие. М.：Издательство ИКАР，2007. С. 457.

③ Зайцев Б. К. О себе // Собрание сочинений：В 5 т. Т. 4. М.：Русская книга，1999. С. 590.

知，源于艺术家的道德责任，一切真正的艺术家都有道德良知”①。扎伊采夫的道德感是毋庸置疑的，从小说所反映的历史事件来看，作家对国家和人民的痛苦遭遇充满同情并肩负起责任。如同汪介之教授所写的那样：“作品展现了自 19 世纪末到 20 世纪 20 年代的生活图景，力求找到俄罗斯民族悲剧的根源以及克服悲剧的力量。”② 扎伊采夫对待女主人公同样如此：讲述她在生活之路上做出的莽撞选择，接受她的真诚忏悔。正因为如此，详细叙述历史事件在作家笔下让位于描述个人的成长过程、个性发展及其痛苦经历和内在完善的过程。阿里宁娜也指出，“小说《金色的花纹》情节不在于描写事件，而在于揭示女主人公精神上的成长”③。

其次，扎伊采夫在 20 世纪初俄罗斯的悲剧性历史事件中看到了启示意义。他从永恒的立场出发思考这些事件，在全人类历史长河中审视这些大波动，正如米哈伊洛夫在阐释作家对意大利、对但丁的迷恋时所指出的那样，“他力求把伟大的革命也透过世纪的棱镜来审视，得以确信的是人类历史多么富有智慧，多么能忍耐，多么具有训诫意义”④。在扎伊采夫看来，社会动乱的根源在于对真理的信仰和生活的精神根基发生了动摇，这些事件是历史危机的表征，而受难的不仅仅是平常的普通人，还有整个俄罗斯乃至全世界。这从女主人公的丈夫马尔可写给妻子的信中可以看出，扎伊采夫对人民不幸和时代悲剧的担忧：“在俄罗斯所发生的一切，在我们周围所发

---

① 程正民：《俄罗斯作家创作心理研究》，中国社会科学出版社 2017 年版，第 248 页。

② 汪介之：《俄罗斯现代文学史》，中国社会科学出版社 2013 年版，第 326 页。

③ Аринина Л. М. Роман Б. Зайцева «Золотой узор» и его место в творческой биографии писателя // Проблемы изучения жизни и творчества Б. К. Зайцева: Сборник статей / Вторые Международные Зайцевские чтения. Калуга: Издательство «Гриф», 2000. Вып. Ⅱ. С. 75.

④ Михайлов О. Н. «Тихий свет» (Штрихи к портрету Б. К. Зайцева) // Зайцев Б. К. Голубая звезда: Роман, повесть, рассказы, главы из книги «Москва». Тула: Приок. кн. изд-во, 1989. С. 355.

生的一切——并不是偶然的。事实上，我们所有人只不过是收获我们自己播种的东西。俄罗斯承受赎罪的惩罚，正如我和你一样。”① 换言之，每个人都在祖国和人民的悲剧命运中负有责任和罪过。被女主人公娜塔莉亚称为“我的导师”的格奥尔吉·亚历山大罗维奇这样说道：“我们和平地、温饱地、罪恶地生活太久了，积累了太多爆破性的力量。您看，人类腻烦了。新的一天在鲜血和谩骂中。世界上新的一天，世界对黄金顶礼膜拜。为了黄金，为了轿车，当局把手伸向自己的兄弟——当然，谁也不会得到什么，所有人都会输，可命运就是那样：人类积累的东西——自己就要挥霍掉，同时想着获得些什么。”②

按照这种思维便不难揣测，在扎伊采夫的创作意识里，在俄罗斯大地上所发生的事件的意义早已超越了国家的界限，成为全人类的标志性事件：“位于作家关注焦点的不是具体的‘我’，哪怕是化身为人的我，而是通过‘我’表现出来的整体上的人，作为世界的神性元素载体的人，而世界失去了这一元素。”③ 由个体的生命体验上升至全人类的高度，使小说的现实意义挣脱了具体事件和历史时间的束缚，具有了普遍性，而这也促使作家免于对年代作出标记。

此外，波兰学者卓娅·库萨通过考察陀思妥耶夫斯基和索洛维约夫的精神遗产，证实扎伊采夫在小说中赋予了俄罗斯以弥赛亚形象，即“第三罗马帝国”，应当为“罪恶的西方”担负责任，进而触及“俄罗斯的罪恶和虔诚的问题，这一问题不仅受到侨民作家的关注，它还是象征主义作家诗学里的一个基本问题，在费奥多尔·

---

① Зайцев Б. К. Собрание сочинений: В 5 т. Т. 3. М.: Русская книга, 1999. С. 198.

② Зайцев Б. К. Собрание сочинений: В 5 т. Т. 3. М.: Русская книга, 1999. С. 81-82.

③ Аринина Л. М. Роман Б. Зайцева «Золотой узор» и его место в творческой биографии писателя // Проблемы изучения жизни и творчества Б. К. Зайцева: Сборник статей / Вторые Международные Зайцевские чтения. Калуга: Издательство «Гриф», 2000. Вып. Ⅱ. С. 74.

陀思妥耶夫斯基的创作中占据显著地位，陀氏的思想后来体现在俄罗斯哲学家弗拉基米尔·索洛维约夫的创作中”[①]。而扎伊采夫又深受索洛维约夫的影响，因而，小说表面上是一部个人的精神成长史，实则体现了作家的乌托邦理想。关于罪恶与救赎的问题，不可避免地要回溯女主人公的生活轨迹，因为她的戏剧性命运最鲜明地反映并解答了这个问题。

二　个体命运的普遍性

女主人公娜塔莉亚的生活与命运贯穿整部小说。丰富的生活经历和充满波折的人生遭遇，直至痛苦的精神蜕变，为娜塔莉亚织就了独一无二的生活花纹。第一人称的叙述视角使我们更加贴切地感受到女主人公渗透到字里行间的坦诚与告诫，但历史事件、社会背景的泛化处理，加之作家“有意在自己与主人公之间给出一个确定的距离”，使娜塔莉亚不仅仅是单个的人物，而是一个“艺术类型”[②]。阿里宁娜认为，这可以使作家设立两项任务：“一方面，展示主人公的心灵塑造——这条路引向后来的《格列布游记》，另一方面——解释俄罗斯所发生的事件，为之忏悔自己的过错。”[③] 第一项任务塑造了个体的人物形象，第二项任务使女主人公的个体命运具有了普遍性。

普罗科波夫通过界定小说的忏悔主题揭示了扎伊采夫的创作主

---

① Zoja Kuca. Духовная эволюция личности в романе Бориса Зайцева *Золотой узор* // Roczniki humanistyczne. Lublin, 2008. Tom LⅥ, Zeszyt 7. C. 20.

② Аринина Л. М. Роман Б. Зайцева «Золотой узор» и его место в творческой биографии писателя // Проблемы изучения жизни и творчества Б. К. Зайцева: Сборник статей / Вторые Международные Зайцевские чтения. Калуга: Издательство «Гриф», 2000. Вып. Ⅱ. С. 75.

③ Аринина Л. М. Роман Б. Зайцева «Золотой узор» и его место в творческой биографии писателя // Проблемы изучения жизни и творчества Б. К. Зайцева: Сборник статей / Вторые Международные Зайцевские чтения. Калуга: Издательство «Гриф», 2000. Вып. Ⅱ. С. 75.

旨。实质上，摆在我们面前的是“一位见过很多、经历很多的俄罗斯妇女的忏悔，坦白的、真诚的、没有做作的忏悔。娜塔莎向我们讲述自己的生活，仿佛又经历了一回。她没有忏悔自己的过错，没有斥责自己的迷途，不为自己所做的任何事情感到惋惜。相反，她似乎对我们说：您回顾一下自己的生活——其中有那么多可痛苦责难的，可难道应当事后加以审判吗？”① 诚然，普罗科波夫不希望读者在阅读这部小说时，过多指责娜塔莉亚的个人行为，而是应当关注这个过程，关注这个织就其丰富多彩的生活花纹的过程。确实，扎伊采夫把更多笔墨引向娜塔莉亚曲折坎坷的人生轨迹。在这其中明显可以看到，女主人公如何从一个懵懂的轻浮少女蜕变为一个成熟稳重的受难的妇女形象。而在这个过程中，俄罗斯东正教中普遍存在的灵魂堕落与拯救的主题思想得到了深层次发展，因为“忏悔意识终将把艺术家引向灵魂的新生”②，娜塔莉亚通过回顾自己的生活遭际经历了这一层面的新生。

第一人称自述的口吻不仅展示出娜塔莉亚·尼古拉耶夫娜如何走过暴风骤雨的青春时代，之后如何步入精神成熟的时期，为自己的亲人和所有俄罗斯人承担责任，还反映了作家本人对祖国和人民命运的担忧，是作家的“道德良知”“道德责任”，“是一种崇高的道德情感”，是“内在的”“自觉的”，又是“无私的”“真诚的”忏悔意识③。这种阅读体验和心理收获得益于扎伊采夫向作品中注入的淡淡诗情和深刻思考。它们不以外在的历史事件为发展脉络，而是以人物的内在感受和精神净化为中心，不紧不慢，娓娓道来，剔除了历史大波动的喧嚣与嘈杂，集中展现的是女主人公心灵活动的

---

① Прокопов Т.Ф.Книга-исповедь // Зайцев Б.К.Золотой узор：Роман.Повести. СП Интерпринт，1991. С. 5. “娜塔莎”是娜塔莉亚的小名，下同。

② 程正民：《俄罗斯作家创作心理研究》，中国社会科学出版社 2017 年版，第 249 页。

③ 程正民：《俄罗斯作家创作心理研究》，中国社会科学出版社 2017 年版，第 248—249 页。

轨迹和灵魂升华的阶梯，从而达到既是“审美反应的过程”，又是“审美反应的目的”的净化[①]。

年轻时，娜塔莉亚拥有不错的歌喉，准备成为一名职业歌手。然而，继承父亲优越奢华的贵族生活之后，她很快迈入自己的“‘名士派’（漂泊的文艺家）”[②]阶段，撇下丈夫和幼小的儿子，与情人艺术家去了巴黎。充满青春活力的她，总是被情欲俘虏，纵容自己内心的欲望和生理呼唤，这时充斥她内心的是宙斯的精神——“围绕您的是宙斯氛围”[③]，小说里一位人物如此评价娜塔莉亚的轻浮。在娜塔莉亚18岁的时候，就有人对她讲：“您出生在风的标志下。风——这是您的保护神。还有开花的苹果树。”[④]从这里就不难理解她对个人生活的轻浮态度以及日后向家庭生活的回归：风是轻飘的，滑动的；而苹果树服从自然规律开花结果，对丈夫、对儿子乃至对祖国的爱最终使她变成熟变稳重。

就性格来讲，娜塔莉亚好冲动，像一阵风那样不安分。自巴黎撇下情人来到罗马以后，娜塔莉亚坦言：“巴黎之后，我感觉我变老了，更稳重了，内心更加清晰，就像罗马的天空在心里映现的那样。”[⑤]享受着罗马生活带来的宁静，她重又开始歌唱。但这距离她完全意义上的成熟还相差很远，阵风的急遽因素仍在她身上涌动。在演出前，娜塔莉亚作出了令作曲家帕维尔·彼得罗维奇震惊的举动——打猎，就这样在娜塔莉亚身上，“地主的血液沸腾了”，“草原的血液蒸腾了”[⑥]。

在走向精神成熟的道路上，阵风急遽的性格元素一直伴随着娜

---

① 程正民：《俄罗斯作家创作心理研究》，中国社会科学出版社2017年版，第441页。

② 汪介之：《俄罗斯现代文学史》，中国社会科学出版社2013年版，第324页。

③ Зайцев Б. К. Собрание сочинений：В 5 т. Т. 3. М.：Русская книга，1999. С. 73.

④ Зайцев Б. К. Собрание сочинений：В 5 т. Т. 3. М.：Русская книга，1999. С. 15.

⑤ Зайцев Б. К. Собрание сочинений：В 5 т. Т. 3. М.：Русская книга，1999. С. 65.

⑥ Зайцев Б. К. Собрание сочинений：В 5 т. Т. 3. М.：Русская книга，1999. С. 77.

塔莉亚。这体现在她的人生际遇上则是生活的漂泊不定、时断时续的安稳和接二连三的波折。尤其在20世纪初的大时代里，娜塔莉亚的际遇可谓一波尚未平息，一波复又卷起。风的轻飘主要表现为年轻时的轻浮和放荡，不为任何家庭责任和道德伦理所束缚。在初次登台演出和照料生病的儿子之间，她毅然选择了前者。演出结束后，她本可以回家，可面对鲜花、掌声、荣誉和夜的华丽，娜塔莉亚再次屈从人性的弱点："对，我不知为何哈哈大笑，而安德留沙确实在生病，我如今可以回家，但没有回，甚至连电话都没打。"① 最终还是托格奥尔吉·亚历山大罗维奇往家里打电话询问情况，得知家里一切都安好以后："我感到很快活。家，马尔库沙，安德列——这一切都在，很和睦，这一切也都很亲切，可要知道这一切在*那里*，而这里是喧嚣，辉煌，快乐，崇拜，可能还有——荣誉。"② 娜塔莉亚正是在这次晚会上认识了伪艺术家亚历山大·安德列耶维奇，对他的感觉也说明这时的娜塔莉亚正处于任凭欲望驱使的状态："他双眼泛光，整个他变了相，变得凶恶，甚至苍白。可这我也不知为何喜欢。"③ 随后，撇下丈夫和儿子，娜塔莉亚跟随情人去了巴黎。

在巴黎，当情人亚历山大·安德列耶维奇嗜酒成瘾乃至把他们最后的财产几乎喝光的时候，娜塔莉亚开始赌博，并卷起赢来的巨款，撇下酗酒的情人，独自一人去了罗马，以便在那里参与意大利的文化生活，发展自己的歌唱事业。可在意大利，娜塔莉亚又品尝到爱情的滋味。但这次的对象已不是搞艺术的人，而是纯朴的意大利牧童，艾亨瓦尔德对此曾做过意味深长的解释："无论谁的道德说教都不能抬高声音反对这爱情，反对总归是多神教教徒的娜塔莎，

---

① Зайцев Б. К. Собрание сочинений：В 5 т. Т. 3. М.：Русская книга，1999. С. 44. 安德留沙是娜塔莉亚的儿子的小名，大名叫安德列。

② Зайцев Б. К. Собрание сочинений：В 5 т. Т. 3. М.：Русская книга，1999. С. 44. 马尔库沙是娜塔莉亚的丈夫马尔可的小名。

③ Зайцев Б. К. Собрание сочинений：В 5 т. Т. 3. М.：Русская книга，1999. С. 45.

因为道德说教被扎伊采夫所描写的美给打败了。"[①] 换言之，对生活中美好瞬间的艺术反映早已盖过诸如社会风习和道德伦理的规约。这还说明在扎伊采夫笔下，浪漫抒情的元素超越了对现实生活的客观描写。另外，艾亨瓦尔德称此阶段的娜塔莉亚为多神教教徒，很容易让我们联想起扎伊采夫中篇小说《阿格拉费娜》中的同名女主人公。娜塔莉亚对伪艺术家、对牧童的情爱与阿格拉费娜的爱恋经历也有几分相像。她们最终都为自己的情欲付出了代价，并在积重难返时选择回归家庭，履行作为母亲、女儿的职责。

当在罗马的俄罗斯教堂里，面对祈祷的人们演唱歌曲"我信"的时候，娜塔莉亚终于停下了轻浮的步伐，意识到自己对家庭犯下的过错："在这里，站在自己喜欢的小阳台上，吹着金灿灿的风，透过逐渐变蓝的空气望着彼得教堂，我突然第一次痛心地、揪心到流泪地感受到——我的儿子在哪里？为什么他不跟我一起，不听弥撒，不欣赏这耀眼的光？我又是谁？为什么我在这里，撇下家庭、祖国、丈夫、父亲、儿子？"[②] 罗马教堂金色的反光和教堂里的圣歌使她顿悟，意识到自己的道德义务与责任担当。可以说，较之于阿格拉费娜，娜塔莉亚走得更远。她不仅收获了信仰，还在现实生活中找到了自己存在的根基。

回到俄罗斯以后，娜塔莉亚很快投入新的生活。弥漫祖国大地的战火硝烟无形中使她的回归具有了忏悔的意义，既为自己的过失接受惩罚，也为俄罗斯的罪恶蒙难受苦。在这里，她第一次亲近俄罗斯人民，切身感受到他们的痛苦与不幸。对她而言，自己的悲痛（父亲逝世和儿子在刑讯室里的悲剧死亡）是与身陷动乱的普通大众分不开的："我觉得，我的心灵与自己的人民在一起，我准备好分享人民的痛苦和英雄主义。又怎么能不分享啊！我模糊感到，隐约发

---

① Айхенвальд Ю. И. Литературные заметки（Обзор）// Руль. 1926. № 1630. С. 2.

② Зайцев Б. К. Собрание сочинений：В 5 т. Т. 3. М.：Русская книга，1999. С. 78.

现空洞的、轻浮的生活够了。”①

随后娜塔莉亚去了野战医院，这又编织了她生活的另一种花纹。在野战医院里，娜塔莉亚照料从前线运来的伤员。与这些伤兵的接触使她逐渐脱离优越的地主生活，真正认识了俄罗斯的普通大众——“在这里遇到了不同的俄罗斯人，但却是真正的人民。”② 此间一天夜里，娜塔莉亚独自去了墓地，面对伟大的夜和充满奥秘的生活以及无常的死亡，她的心灵又得到了净化：“伟大的黑暗、伟大的忧伤和感动潜入我的心。我突然感受到了所有人：躺在这里的、在地下安眠的人，曾在闪耀的都城享受生活而如今可能在战壕里、在掩体里、在沼泽地里呻吟的人，还有在这雷雨交加的夜里等死的人。感受到了我那些科雷桑、凯尔卡和哈柳津③之类的人，还有我的亲人——儿子、丈夫和父亲，我自己——在漆黑的深夜和风暴里处于无底深渊边缘的所有人。这就是生活！这就是辉煌，这就是爱、美、享受和触动……即便是悲剧我也不怕！”④ 外在的痛苦和不幸逐渐打开了娜塔莉亚的心灵之门，在她的生活里已有他人的存在，而不仅仅局限于自己，但娜塔莉亚精神上的彻底蜕变还是来自失去儿子的痛苦。

国内战争时期，安德留沙被当作童子军抓起来审讯，尽管娜塔莉亚为保释儿子竭力奔波，仍然没能阻挡他被处决的悲惨命运。但安德留沙没有白白牺牲，塔拉索娃认为，“儿子被枪决最终扯断了家庭的氏族链，但却促成了娜塔莉亚精神上的重生”⑤。儿子刚离世的那几天，支撑她和丈夫的是精神上的启示：“饥肠辘辘、衣衫褴褛的我们每天都去做日祷，之后去做晚间祷告，周六还去做彻夜祈

① Зайцев Б. К. Собрание сочинений: В 5 т. Т. 3. М.: Русская книга, 1999. С. 88.

② Зайцев Б. К. Собрание сочинений: В 5 т. Т. 3. М.: Русская книга, 1999. С. 89.

③ 这三个人是娜塔莉亚在医院里认识的伤兵。

④ Зайцев Б. К. Собрание сочинений: В 5 т. Т. 3. М.: Русская книга, 1999. С. 91.

⑤ Тарасова С. В. «Святая Русь» в романе Б. Зайцева «Золотой узор» // Славянская культура: истоки, традиции, взаимодействие. М.: Издательство ИКАР, 2007. С. 459.

祷——我们尽力在教堂度过更多时间。那里是另一番世界。置身于诸如我们一样的人中，愈发止不住地哭泣、祷告，我们受尽了折磨，一贫如洗。只有在歌唱中，在祈祷词中和平稳的、令人放松的礼拜仪式中，我们感到自己更自由，在这里我们呼吸，这里有空气，有光。”① 借助宗教的力量，他们逐渐消化了儿子的死亡所带来的悲痛。至此，娜塔莉亚的生活被钉上了十字架，她深刻意识到生活的艰辛，明白“生活多么艰难，净化多么沉重”②。可女主人公必须走这条路，而且已准备好走这条路，因为此时娜塔莉亚已获得了坚定的信仰。

这时，在娜塔莉亚身上占据上风的已不是具体的、个人的“我”，她已被提升到全人类的高度，开始象征俄罗斯。小说里的英国人亨利先生就这么认为：“不要往坏处想我，但如今我觉得，在您身上就是俄罗斯。”③ 娜塔莉亚在反思自己的行为和国内发生的悲剧事件之后，也发现自己与俄罗斯的某种相似：“这就是那片土地，父亲安息的地方，我的儿子，受难者躺着的地方。这就是那片土地，我的青春盛开的地方，我骤然成熟的地方。这就是那片土地，是我本身。可恶的，但神奇的，我的土地。”④ 精神蜕变之后受苦受难的娜塔莉亚不禁使我们联想到《蓝星》中的安娜·德米特里耶夫娜，而且她们都发现自身与脚下大地的亲近，从而使她们自己不再单单是一个人物形象，而是上升为一个多元的象征符号。她们既象征苦难，象征救赎，还象征俄罗斯大地（其中也包括莫斯科）。

娜塔莉亚坦然承认自己的过错，不否认年少时的轻浮与放荡，但并不因此而否定自己，且对祖国俄罗斯同样如此：一方面，认识到祖国在普通人的悲剧命运中具有不可推卸的责任与罪过；另一方

① Зайцев Б. К. Собрание сочинений：В 5 т. Т. 3. М.：Русская книга，1999. С. 183.
② Зайцев Б. К. Собрание сочинений：В 5 т. Т. 3. М.：Русская книга，1999. С. 189.
③ Зайцев Б. К. Собрание сочинений：В 5 т. Т. 3. М.：Русская книга，1999. С. 194.
④ Зайцев Б. К. Собрание сочинений：В 5 т. Т. 3. М.：Русская книга，1999. С. 197.

面，并不因此而憎恨俄罗斯，相反，继续保持对祖国的爱。而面对生存与命运的问题，娜塔莉亚最终决定通过信仰，载着对逝者的深刻怀念与同情，继续负重前行。这也体现了扎伊采夫一以贯之的生活观：爱并信仰。自此，娜塔莉亚开始努力“更好地生活，过更值得、更纯洁的生活，以便对得起*他们*，那些逝去的人”[①]。她不再无拘无束地哈哈大笑，而是面向一切和所有人保持微笑，“透过眼泪的轻薄面纱”[②] 微笑。由此，娜塔莉亚获得心灵和精神上的平衡，找到生存下去的力量。

小说结尾处，娜塔莉亚在英国朋友亨利先生的帮助下去了罗马，继续发展歌唱事业，丈夫去德国治病。时代的灾难和命运的悲剧固然使娜塔莉亚失去了安稳的生存保障和优渥的物质生活，但她的内心却变得更加坚强，精神上得到彻底涤荡。正如丈夫马尔可在信中所言：“可能正是得益于所发生的一切，你应当更勤恳、更热情地沿这条路走。”[③] 至此，种种经历和遭遇的叠加使娜塔莉亚这一个体形象获得了普遍概括的意义，而这又具体表现为女主人公在接受苦难、忍受苦难中心灵的攀升。

三　苦难的崇高意义

扎伊采夫通过娜塔莉亚这一形象提出了精神堕落与拯救的问题，而女主人公对生活的态度本身很好地解答了这个问题。回顾娜塔莉亚坎坷的一生，可以发现其生活轨迹起先向下堕落至低谷，尔后经由教堂圣歌的感染和现实磨难的历练，最终向上攀升至精神纯洁的高度，实现了悲痛与欢乐的结合、罪恶与纯洁的结合、堕落与神圣的结合。这种和谐的矛盾体在东正教并不少见，特鲁别茨科伊在谈到俄罗斯教堂的建筑结构时指出：“这本质上是那种关于无上幸福的

---

① Зайцев Б. К. Собрание сочинений：В 5 т. Т. 3. М.：Русская книга，1999. С. 196.

② Зайцев Б. К. Собрание сочинений：В 5 т. Т. 3. М.：Русская книга，1999. С. 198.

③ Зайцев Б. К. Собрание сочинений：В 5 т. Т. 3. М.：Русская книга，1999. С. 198.

想法，这种幸福来自于磨难，是那种关于全世界新教堂建筑的想法，新的教堂建筑矗立于人的悲恸之上，一直向上延伸，向顶部攀登，而沿路盛开天堂般的植物。”① 娜塔莉亚走过的正是一条经由苦难而向上攀登的路。她的保护神——风——使她向上升起，以便向宇宙延伸。而保护神苹果给予她滋养，娜塔莉亚遵从自然之规律开花结果，吮吸自己和他人的苦难琼浆。在金色太阳的照耀下，娜塔莉亚历尽磨难，结出自己的果实，无意间织就其独特的生活花纹，最终获得精神上的重生。

特鲁别茨科伊还谈道，俄罗斯教堂的建筑结构“同时还是一种布道：它宣告了那种新的生活方式，应当取代兽性的生活方式：它是对那种生物主义的积极的思想反抗，这种生物主义肯定自己对低级自然、对人的无限主宰”②。具体到娜塔莉亚这一形象上，我们可以看到，起初她屈从于物欲、情欲（与伪艺术家逃离莫斯科，与意大利牧童演绎田园牧歌式的爱情），尔后在生活的重压下开始疏离这种生物本能。如今在她内心强烈呼唤的是对生的渴望——“我是一个人，女艺术家，母亲和妻子，我想活，熬过*这一切*，哪怕是活在贫穷中，活在艰难中，可我活着，我能劳作，能呼吸，压根不希望屈从……”③ 当在艰难的生活中重又遇到年轻时的情人伪艺术家时，娜塔莉亚无比愧疚——“我的整个爱情生活……多么荒唐啊！但这一切都过去了。”④ 随之而来的是忏悔：“而现在，身处荒谬的境地——歌手站在自己亲手毁掉的废墟上，我感到更加恭顺，不想抨击，不想责骂，不想反抗。以前曾有过。但如今更清晰，更坚定：以前的*我们*在许多方面都有错。”⑤ 最终她转向宗教，寻求精神的寄托。尤其是在儿子被捕、下落不明的那些日

---

① Трубецкой Е.Н.Три очерка о русской иконе. Париж：YMCA-PRESS，1965. C. 38.

② Трубецкой Е.Н.Три очерка о русской иконе. Париж：YMCA-PRESS，1965. C. 38.

③ Зайцев Б. К. Собрание сочинений：В 5 т. Т. 3. М.：Русская книга，1999. C. 153.

④ Зайцев Б. К. Собрание сочинений：В 5 т. Т. 3. М.：Русская книга，1999. C. 166.

⑤ Зайцев Б. К. Собрание сочинений：В 5 т. Т. 3. М.：Русская книга，1999. C. 166.

夜，白天她四处求人奔波，晚上忏悔祈祷："在漆黑寒冷的屋里哭泣，折磨自己，谴责自己的粗心、自私和整个轻浮罪恶的生活。"① 儿子死后，娜塔莉亚一心皈依教会，在教堂的圣歌中度过余生。可以说，这一形象集中体现了扎伊采夫的宗教理想，即皈依上帝，在教堂中获得灵魂的拯救。

小说题目"金色的花纹"对于揭示苦难主题同样具有重要意义。"花纹"用"金色"来修饰，这本身暗含丰富的象征意义。贯穿整部小说的金色既是太阳的颜色，还是教堂圆顶的反光。在这种光照下，娜塔莉亚内心感到安详宁静："太阳金色泛绿的光点抚摸着我们，雄蜂嗡嗡响。篱笆那边的街道在轰鸣，街道上是先知伊里亚教堂金色的圆顶，我心里感到安详、谦恭。"② 潘菲洛娃指出："金色象征清晰，象征心灵的轻盈、安宁。金色泛绿表达幸福与爱。整体而言，安稳的、崇高的生活之流素有金色的色调，这种生活在小说第一部中在许多方面是无忧无虑的、幸福的，在第二部中是晦暗的、悲剧的。"③ 可见，金色是女主人公生活花纹的主要颜色。此外，金色的斑点还体现了存在的动荡与不安。

安稳年代，"傍晚的一片天空微微泛出金色"，莫斯科上空飘浮的是"带花纹的云彩，轻盈绵柔，迅疾流动，镶着金边"，如此惬意舒缓的云彩映射到新人娜塔莉亚与马尔可眼里，则是"通向未来的神奇的路，轻盈的幸福花环"，而在教堂周围"某个地方，金色的火光从黄昏的雾霭里浮现出来，雪微微泛青"④。这时的娜塔莉亚沉浸

---

① Зайцев Б. К. Собрание сочинений：В 5 т. Т. 3. М.：Русская книга，1999. С. 177.

② Зайцев Б. К. Собрание сочинений：В 5 т. Т. 3. М.：Русская книга，1999. С. 28.

③ Панфилова Т. Ю. Цветовая и световая гамма в романе Б. К. Зайцева «Золотой узор» // Юбилейная международная конференция по гуманитарным наукам，посвященная 70-летию Орловского государственного университета：Материалы. Выпуск Ⅱ：Л. Н. Андреев и Б. К. Зайцев. Орёл：Орловский государственный университет，2001. С. 137.

④ Зайцев Б. К. Собрание сочинений：В 5 т. Т. 3. М.：Русская книга，1999. С. 21，26.

在金色的幸福中，沉浸在家乡高尔金诺太阳的爱抚里，并为此而感到惬意悠闲，甚至萌生了向上飞的渴望，希望与清澈明净的苍穹连在一起："远处的磨坊轰隆轰隆响，太阳落日的余晖笼罩公园里那些远远的白桦树，我们穿过公园，在我们上方，右边，耸立着一座小山丘，整个浸在温柔的草丛里，也处在太阳的爱抚下。这就是她，俄罗斯！我周围是田地、小树林、春播的幼苗、庄稼汉的牲畜群、长着白柳的村子，村里有蓬头乱发的小孩——并不富裕的地方，不好看，但让我这颗轻松飞过数百里的心感到亲切，就像沿着家乡的大地飞过一样。"①

而当俄罗斯陷入动乱时，太阳的暖光变冷了，取而代之的是"被金色的花纹凝固"② 的星星。此后的金色都被打上了冷色调，这在女主人公的意识里具有了深刻的哲理内涵。儿子遇难后，娜塔莉亚一度在教堂的祈祷和圣歌中寻求心灵的安慰与解脱，并在儿子墓前的十字架上，看到了昏暗的金色花纹："我走近，一股脑扑到十字架下，昏黄的月亮从高空泻下凉飕飕、死气沉沉的金光，洒在我们身上。在我儿子的荆冠上，雪花的金色花纹暗淡无光。"③ 显然，这里用金色修饰的花纹已是新的花纹，不再指代之前充满舒适惬意与光明憧憬的生活，而是磨难的象征，是心灵历尽磨难之后的精神洗礼。此时娜塔莉亚已获得了顿悟，她已不再是她自己，而是祖国俄罗斯的化身，是苦难的化身，并要为那些逝去的人们而坚强地活着。

总之，在扎伊采夫的小说中，颜色调色板为作家的创作心理和人物的内心感受服务，是展现人物精神成长过程的重要手段，从而表达了作家对人民生活、祖国命运和人之存在的深刻思考。娜塔莉亚生活里金色花纹的演变展示了女主人公生活和命运的坎坷经历，

---

① Зайцев Б. К. Собрание сочинений：В 5 т. Т. 3. М.：Русская книга，1999. С. 32.

② Зайцев Б. К. Собрание сочинений：В 5 т. Т. 3. М.：Русская книга，1999. С. 138.

③ Зайцев Б. К. Собрание сочинений：В 5 т. Т. 3. М.：Русская книга，1999. С. 188.

反映了她从意识轻盈到精神成熟的完美蜕变——精神上实现了从堕落到拯救的飞跃。与中篇小说《蓝星》里的女性形象相比，娜塔莉亚身上既有拉本斯卡娅的轻浮自由气息，还有安娜·德米特里耶夫娜受苦受难的沉重身影。但这两种元素并非同时出现在娜塔莉亚的性格里，而是在经过生活的磨难以后，女主人公果断抛却了前者，坚定地接受了后者，从而实现由单纯的视觉美（自然美）上升到真善美的和谐统一。娜塔莉亚最终达到的精神高度表明，她已步入索洛维约夫的神圣女性之列，是马舒拉的姐妹，向周围人传递的是淡蓝色织女星的神圣之光。此外，娜塔莉亚坎坷的人生轨迹又使她成为祖国俄罗斯的化身，可由于时代的剧变和作家生活的变迁，祖国形象逐渐从扎伊采夫的视野中远逝，逐渐淡化为一种记忆、一种回味，这便是接下来我们要分析的长篇小说《帕西的房子》的主题。

第四节　祖国俄罗斯的象征[①]

俄罗斯当代学者阿格诺索夫在《俄罗斯侨民文学史》中，把扎伊采夫侨居时期的创作主题归结为："关于过去的"和"关于当代生活的"，但无论作家的艺术视角是向前看还是向后看，贯穿始终的却是一个主题——"就是俄罗斯，就是俄罗斯的民族性格，在扎伊采夫的人物身上，这一民族性格最鲜明的体现就是博爱。"[②] 可以说，《帕西的房子》充分展现了扎伊采夫关于俄罗斯、关于俄罗斯人的一切。

---

① 本节内容根据已发表的文章增删、修订而成，具体信息如下：Образ России в романе Б. Зайцева «Дом в Пасси» // Вопросы филологии. 2020. № 4. С. 74-77。

② ［俄］阿格诺索夫：《俄罗斯侨民文学史》，刘文飞、陈方译，人民文学出版社2004年版，第175页。

长篇小说《帕西的房子》（«Дом в Пасси»）创作于 1931—1933 年，此时扎伊采夫已与家人侨居巴黎。据作家女儿娜塔莉亚·扎伊采娃-索洛古勃回忆，创作这部小说的时候，扎伊采夫已经很清楚地意识到，自己无法再回到祖国俄罗斯，他将永远留在异地——“三十年代，父母已对返回祖国失去了希望。”[①] 背井离乡的生活体验使扎伊采夫更加深刻地意识到祖国的神圣与迷人之处，这为其创作提供了契机：“除极少的例外，我在这里所写的一切都来自俄罗斯，它们也都散发俄罗斯的气息。”[②] 并且，正如作家本人所说的那样，扎伊采夫正是在侨居国外时期达到了创作上的成熟——“我所有或多或少算是成熟的作品都写于侨居时期。”[③] 无论是反映 20 世纪初俄罗斯社会动荡的《金色的花纹》，还是大型自传体四部曲《格列布游记》，乃至颇受好评的作家传记（《屠格涅夫的一生》《茹科夫斯基》和《契诃夫》），字里行间都渗透了域外侨居的漂泊游子对祖国的深深眷恋，对祖国逝去的美好年代的深切回忆。

祖国俄罗斯形象在扎伊采夫的创作思想体系中是异常复杂的。一方面，它是作家的灵感来源，在诸如《安娜》《奇怪的旅行》《死神阿夫多季娅》这些小说里展现出来的“风景画式的人物、自然以及它们的音乐背景是俄罗斯的那些声响、风、心境和芬芳在文学中的投射”[④]。另一方面，祖国俄罗斯还是扎伊采夫的心灵寄托，俄罗斯及其神圣光荣的过去永远支撑作家在异国继续写作，以此保持与

---

① Зайцева-Соллогуб Н. Я вспоминаю... // Зайцев Б. К. Собрание сочинений：В 5 т. Т. 4. М.：Русская книга，1999. С. 10.

② Зайцев Б. К. О себе // Собрание сочинений：В 5 т. Т. 4. М.：Русская книга，1999. С. 590.

③ Зайцев Б. К. О себе // Собрание сочинений：В 5 т. Т. 4. М.：Русская книга，1999. С. 590.

④ Зайцев Б. К. О себе // Собрание сочинений：В 5 т. Т. 4. М.：Русская книга，1999. С. 591.

祖国最亲近的联系，因而才在文学中成就了作家扎伊采夫。他曾坦言："如果我要为些什么而感激的话，那么要感激俄罗斯。如果我要生什么病，为什么而痛苦的话，那么我会生那俄罗斯的病，为她的扭曲变形而痛苦。"① 作家言辞之恳切、衷心之赤诚溢于言表，对祖国之爱涵盖了一切。

一　由房子维系的整体

普罗科波夫从创作年代上指出："扎伊采夫属于第一批讲述俄罗斯侨民生活的作家。命运将他们聚集在同一屋檐下，就像现实存在的那样，在巴黎的帕西——扎伊采夫以及许多俄罗斯流亡作家居住的街区。"② 小说中所描写的事件主要发生在巴黎街区帕西的房子里，在这里租住的绝大多数都是俄罗斯侨民。这也符合扎伊采夫本人的生活境况：1926 年至 1932 年，扎伊采夫一家住在巴黎俄罗斯侨居者聚居的地方。据作家女儿回忆，"住户中既有艺术家，有出租车司机，还有女裁缝"③，这些人后来成为扎伊采夫小说里的人物。在这里居住的所有俄罗斯人都有一个共同的过去，扎伊采夫本人也坦言："即便是事件发生在巴黎的长篇小说《帕西的房子》，其内在所有一切都与俄罗斯有关，一切都出自俄罗斯。"④

从创作心理上来讲，被迫侨居国外的生活履历，对于扎伊采夫这些作家而言，"是一种精神探求，是精神家园的追寻，来到新的国度，并不是一切顺遂，他们饱受文化、心理、语言的矛盾、冲突和

---

① Зайцев Б. К. О себе // Собрание сочинений：В 5 т. Т. 4. М.：Русская книга，1999. С. 591.

② Прокопов Т. Ф. «Все написанное мною лишь Россией и дышит. . . ». Борис Зайцев в эмиграции // Зайцев Б. К. Собрание сочинений：В 5 т. Т. 2. М.：Русская книга，1999. С. 14.

③ Зайцева-Соллогуб Н. Я вспоминаю. . . // Зайцев Б. К. Собрание сочинений：В 5 т. Т. 4. М.：Русская книга，1999. С. 8.

④ Зайцев Б. К. О себе // Собрание сочинений：В 5 т. Т. 4. М.：Русская книга，1999. С. 591.

撕裂，而正是在这个矛盾、冲突和撕裂的过程中，他们进一步加深了人生的体验，增强了独立的人格，巩固了自己的价值观、审美观，丰富和深化了创作的思想底蕴和艺术底蕴”①。至此我们不禁要问：俄罗斯在这部小说中是如何呈现的，作家眼里的俄罗斯又是什么样子的？

小说里的事件持续时间并不长，前后仅一年。在这相对于长篇小说体裁而言算是短暂的时间里，无论是房子还是住在房子里的人都发生了重大变化。起初，在共同的屋檐下，在这座“位于帕西的带螺旋状楼梯、橡树台阶、套房面积不大的古老房子”② 里，住户们过着普普通通的生活。每天早晨，大家顺着楼梯下楼出门，各自为生活奔波，晚上又陆续回来。住在这栋楼里的有：卡比托丽娜小姐、按摩师多拉·利沃夫娜与儿子拉法伊尔、将军米哈伊尔·米哈伊雷奇、寡妇裁缝瓦莲金娜·格里戈利耶夫娜与母亲、艺术家沙尔捷耶夫、法国妓女、司机列夫、工厂工人。除了住在艺术家对面的法国女人之外，其余都是俄罗斯人，都属于同一个生活圈子的人。住在这里的每个人都有自己的事情和烦心事，但无论怎样他们都以某种方式联结在一起。

首先，这些俄罗斯住户都把自家的钥匙插在门上，他们相互之间既充满信任又保持坦诚。“即便没有钥匙，拉法也可以去找将军，或者找瓦莲金娜·格里戈利耶夫娜，或者上更高，那里住着艺术家：这都是自己人，早就习惯了。任何人都会给他钥匙，任何一把钥匙都开得了门。”③ 其次，这种联系还围绕房子中央的楼梯展开。索莫娃认为，“宽大的橡树楼梯是房子特殊的轴、某种联结中心——向上向下无尽的共同运动的焦点，日复一日，工作—房子—工作。制造

---

① 程正民：《俄罗斯作家创作心理研究》，中国社会科学出版社 2017 年版，第 373 页。

② Зайцев Б. К. Собрание сочинений：В 5 т. Т. 3. М.：Русская книга，1999. С. 324.

③ Зайцев Б. К. Собрание сочинений：В 5 т. Т. 3. М.：Русская книга，1999. С. 204. 拉法是拉法伊尔的小名。

生活错觉的运动。……俄罗斯人居住的套房、帕西房子里的楼梯——这不仅仅是事件的发生地，还是侨居生活本身的形式"[①]。房子在住户们的生活里植入一股凝聚力量，正是这架梯子的存在使每个人都能知道谁回来了、谁走了、谁家来客人了。由此，楼梯是房子里所发生事件的无声的见证人。

从对周围景物和环境的描写来看，扎伊采夫一直想强调坐落在帕西街道上的这栋房子是一个幽静的世界。在这里，"如果只待在自己屋里，只是这么看栗子树和摇晃的屋顶，可以认为，什么样的巴黎也没有，什么样的宇宙边界也没有，在这宇宙里居住着卡帕、被差遣打电话的小男孩和俄罗斯小岛上的其他人。而有的仅仅是偏僻的外省"[②]。扎伊采夫笔下的这座孤僻的房子，对俄罗斯人而言，是宇宙海洋中一个可靠的"小岛"。被吸入这座孤岛的还有其他俄罗斯人：卡帕的朋友柳德米拉、卡卢加人奥莉姆彼阿达、卡帕的旧情人阿纳托利·伊万内奇。

扎伊采夫详细交代了奥莉姆彼阿达的生活背景，尤其列举了她几经更换的丈夫和情人（卡卢加的医生、被枪击的演员、轮船船主、工程师、工厂主），直至奥莉姆彼阿达成为波兰公民。可在这之后，她对波兰丈夫心生厌倦，自己一个人跑到巴黎。"她在法国人里也有许多朋友——达官显贵或企业主。……她与俄罗斯人也交往——不加挑选。在她身上有着某种地道的俄罗斯的东西，不管巴黎什么样：总与外国人一起太无聊。因此，有点害怕麻烦、担心有人求助的她

---

① Сомова С. В. Проблема «своего» и «другого» миров в романе Б. К. Зайцева «Дом в Пасси» // Центральная Россия и литература русского зарубежья (1917 - 1939). Исследования и публикации：материалы международной научной конференции, посвященной 70-летию присуждения И. А. Бунину Нобелевской премии. Орёл：Вешние воды，2003. С. 200.

② Зайцев Б. К. Собрание сочинений：В 5 т. Т. 3. М.：Русская книга，1999. С. 205. 卡帕是卡比托丽娜的小名。

并没有把同胞们拒之门外。”① 阿纳托利·伊万内奇也经常光顾这栋房子，他与小说的两位女主人公——卡帕和多拉——的联系最为紧密。如果按照我们之前分析《金色的花纹》的思路，他对待爱情的态度则体现了道德堕落和罪恶的主题。

这便是帕西房子里的基本情况。住户们总是相互帮助：“按照房子里不成文的规定，所有俄罗斯人都应当在患难中帮助彼此。如果多拉·利沃夫娜生病了，卡帕、将军以及住在楼上的人会立马出现。”② 这一规定在所有俄罗斯住户中普遍流传。于是，多拉下班后照料生病的卡帕；将军失业后，每个人都尽力安慰他支持他；将军专门教多拉的儿子拉法伊尔学习俄语。当有人忘记关水龙头，导致整栋楼险些发大水时，邻居们齐心协力制止了惨剧的发生。正如小说中所写的那样：“相安无事的火灾、轮船失事经常拉近人们的距离。”③ 跑水事件过后，司机列夫与裁缝瓦莲金娜·格里戈利耶夫娜走到了一起。

另外，这一事件还让人联想到《圣经》里发洪水的场景。他们——纯粹的俄罗斯人——就像被安置在挪亚的方舟里，从淹没全世界的大洪水中被解救出来。他们所有人都是自己人，他们共同创造并保卫俄罗斯世界，因为俄罗斯形象驻扎在他们每个人的心里。“俄罗斯人总归更亲近内心”④，当列夫及时关闭水龙头，制止水淹走廊的危机之后，对瓦莲金娜如此坦言，共同的祖国情怀和民族身份认同也促使他们走到一起。这些离开自己国土的俄罗斯住户们温暖地集聚在巴黎一个陌生的街区，帕西的房子把他们连接成一个整体，维系他们共同的生活方式和道德伦理。

---

① Зайцев Б. К. Собрание сочинений：В 5 т. Т. 3. М.：Русская книга，1999. С. 259.

② Зайцев Б. К. Собрание сочинений：В 5 т. Т. 3. М.：Русская книга，1999. С. 216.

③ Зайцев Б. К. Собрание сочинений：В 5 т. Т. 3. М.：Русская книга，1999. С. 287.

④ Зайцев Б. К. Собрание сочинений：В 5 т. Т. 3. М.：Русская книга，1999. С. 288.

二　被生活同化的个体

尽管住户们在巴黎的街区共同营造出俄罗斯的生活氛围，可这些侨居国外的俄罗斯人也时刻面临着被异国生活环境同化的命运。他们无形中被卷入巴黎的生活旋涡，与此同时，俄罗斯形象在每个人的意识里发生着巨大的变化。为做到描写的真实，扎伊采夫在小说中塑造了性格和命运迥然不同的人物。他们作为个体时刻行走在偏向祖国俄罗斯和归入巴黎生活的交界点上。他们载着各自的历史往事和生活价值在异域他乡寻求立足的支点，他们不可避免地要对自身做出调整和适应。

（一）祖国俄罗斯的印记

潘菲洛娃从正反两个方面指出祖国在小说人物生活里的作用："一方面，作为精神支柱，有助于在这世上存活，在这世界里，以前生活中所有珍贵的和神圣的东西都荡然无存；另一方面，作为一种特殊的制动，总是使人返回过去，妨碍人们忘记过去的艰难，影响他们开启新的生活。"① 人生阅历和价值追求的差异使小说里不同的人物以不同的方式对待来自祖国俄罗斯的印记。

在这个意义上，将军米哈伊尔·米哈伊雷奇和卡帕构成了对立。将军代表的是这一"精神支柱"的强大根基。米哈伊尔·米哈伊雷奇异常珍视俄罗斯过去的生活。唯一支撑他在巴黎活下去的力量就是女儿米什卡过来投奔他的希望。可最终米什卡未能来成，反倒因为出国奔波而猝死。女儿的意外死亡彻底扯断了"他与俄罗斯的最后联系"，随之"以前的祖国、以前的生活以及回归这一切的希望也永远消逝了。……如今在他身上，唯一从俄罗斯留下来的就是宗教、

① Панфилова Т. Ю. Доминанта образа старой России в романе Б. К. Зайцева «Дом в Пасси» // Центральная Россия и литература русского зарубежья （1917 – 1939）. Исследования и публикации：материалы международной научной конференции, посвященной 70-летию присуждения И. А. Бунину Нобелевской премии. Орёл：Вешние воды，2003. С. 196.

对上帝的信仰”[①]。凭借自己丰富的作战经验，已不再年轻的将军看到，现今人们正遭遇精神支柱、道德根基的土崩瓦解。他非常看重人的道德层面、人与人之间的联系和相互扶持，甚至想把这种愿望扩展至整个侨民界。

在与阿纳托利·伊万内奇的交谈中，米哈伊尔·米哈伊雷奇如此坦言：“我们军人都晓得作战中道德是怎么一回事。最敏捷最正确的策略能击破精神上的牢固”；“人民松懈了，这可以理解。这就是需要精神支撑的地方。当然，圣谢尔盖或者圣安东[②]，这都无所谓，重要的是撤退时有士气，以便值得被拯救。为事先备好的阵地作准备！我们知道这些阵地。就像那时的小窗口——黎明时扑通一声跳进去，一躺就是一整天。可又能怎么办，迫不得已……现如今同那时一样，需要鼓舞年幼者的士气。在我们军人圈子里，有众所周知的同志友谊、联系。在某种程度上这能巩固士气。总之，整个侨民也需要这样。”[③] 追随梅利希谢捷克司祭（关于这个人物下文详谈），将军在基督教中找到了维持士气的力量。库捷利卡这样总结道：“在梅利希谢捷克司祭的影响下走近的基督教信仰”使米哈伊尔·米哈伊雷奇变坚强，促使他“在信仰中寻找自己”[④]。至此，米哈伊尔·

---

① Панфилова Т. Ю. Доминанта образа старой России в романе Б. К. Зайцева «Дом в Пасси» // Центральная Россия и литература русского зарубежья（1917 – 1939）. Исследования и публикации：материалы международной научной конференции, посвященной 70-летию присуждения И. А. Бунину Нобелевской премии. Орёл：Вешние воды，2003. С. 197.

② 谈话间，阿纳托利·伊万内奇向米哈伊尔·米哈伊雷奇询问拜谒圣安东修道院是否奏效，将军的第一反应是以为阿纳托利信奉天主教，因为东正教信徒拜谒的是圣谢尔盖修道院。

③ Зайцев Б. К. Собрание сочинений：В 5 т. Т. 3. М.：Русская книга，1999. С. 263-264.

④ Куделько Н. А. Быт и бытие русской эмиграции в романах В. В. Набокова «Машенька» и Б. К. Зайцева «Дом в Пасси» // Писатели – классики Центральной России. Сборник научных статей. Орёл：Издательство Орловского государственного университета，2009. С. 99.

米哈伊雷奇走向了真理之路，通过零散分布在巴黎的修道院向孩子们传播知识，进而发扬巩固士气的力量。

与之相反，国内动荡不安的社会现实使卡帕变得虚弱无力。过去，尤其是与阿纳托利·伊万内奇无果而终的爱情使她失去了对光明未来的希望。米哈伊洛娃指出，“一味专注于消极的一面，把一切都‘转嫁’到自己身上，这使她深信生活无意义。”① 卡帕对生活的绝望使她执拗地相信，接下来“世界也将如此这般地在恶棍手里……”② 小说开篇描写的便是卡帕的病容，可见扎伊采夫有意渲染这一人物病态的生活理念。诚然，卡帕不仅身体虚弱，内心也失去了立足的根基。卡帕不再为生存作斗争，因为她悲观地预料到，“无论怎样，什么也改变不了”③。阿纳托利的背叛给卡帕致命的一击，最终导致她自杀。

并且，卡帕异常反感巴黎的生活。她不想融入这里，只是消极地屈从于这座陌生城市的“活人流”，这股人流裹挟着她“去往混浊、嘈杂的远方”④。在卡帕眼里，这里的人没有任何区别，她甚至觉得所有人都是类似的面孔：“在诸多人中，所有的若尔热塔像所有的朱丽叶，所有的埃尔涅斯特像所有的朱丽。”⑤ 身处异国，卡帕只不过敷衍度完“一天——自己许多孤独时日里的一天”⑥。卡帕之所以这样苟活，很大程度上是因为她无法忘记过去，无法与过去彻底断开联系。虽然卡帕不想回顾过往，可她又不愿接受当下的生活，最终生活本身对她而言变成了拷问，连宗教也无法涉足。通过卡帕

---

① Михайлова М. В. Борис Константинович Зайцев // История литературы русского зарубежья（1922-е —начало 1990-х гг.）. М.：Академический Проект；Альма Матер，2011. С. 194.

② Зайцев Б. К. Собрание сочинений：В 5 т. Т. 3. М.：Русская книга，1999. С. 318.

③ Зайцев Б. К. Собрание сочинений：В 5 т. Т. 3. М.：Русская книга，1999. С. 206.

④ Зайцев Б. К. Собрание сочинений：В 5 т. Т. 3. М.：Русская книга，1999. С. 222.

⑤ Зайцев Б. К. Собрание сочинений：В 5 т. Т. 3. М.：Русская книга，1999. С. 222.

⑥ Зайцев Б. К. Собрание сочинений：В 5 т. Т. 3. М.：Русская книга，1999. С. 222.

的悲剧命运，“扎伊采夫表明，人敞开心灵的重要性，向‘最高福祉’行进的重要性”①。换言之，就是充实内在世界的必要性。

潘菲洛娃对卡帕的生活态度做了如下分析：“如果对扎伊采夫的许多人物而言，俄罗斯、祖国的生活以及与此相关的回忆——曾是他们生活中最好的、某个连接环节，一方面，这个环节能够连接过去和未来，另一方面，还可以立足于过去的经历，开启新的生活；那么对卡帕而言，《帕西的房子》的又一女主人公——是一种特殊的制动，影响她安稳地生活，拖着她向后退。”② 显然，对过去的印记在卡帕的生活里是沉重的负担，究其原因在于卡帕未能从祖国俄罗斯那里继承坚实的精神内核。

从卡帕与多拉的交谈来看，卡帕缺乏对上帝的虔诚信仰，这使她失去了在巴黎立足的稳固根基。尽管出身于神学家庭（父亲是神学中学的学监，但不信教），可卡帕远离宗教。她也不同于自己的朋友柳德米拉，后者完全融入巴黎的生活，彻底忘却过去，也不思考信仰问题。显然，卡帕和柳德米拉都远离《贵族之家》里宗教色彩浓厚的丽莎形象。扎伊采夫如此描写两人交谈的情景：“坐在香榭丽舍大街上的咖啡馆里，两个俄罗斯姑娘开始了奇怪的交谈，确切而言是讲述。衣着朴素、棱角凸出的一个在听，偶尔呷一口波尔多酒。身材高挑、打扮时髦的一个在讲。如果屠格涅夫的丽莎来到这里，会不会是第三个？”③ 反问的语气似乎向读者暗示：丽莎与她们是格格不入的，也就是说，侨居后的卡帕与柳德米拉都远离了俄罗斯固

---

① Михайлова М. В. Борис Константинович Зайцев // История литературы русского зарубежья（1922-е—начало 1990-х гг.）. М.：Академический Проект；Альма Матер，2011. С. 194.

② Панфилова Т. Ю. Доминанта образа старой России в романе Б. К. Зайцева «Дом в Пасси» // Центральная Россия и литература русского зарубежья（1917-1939）. Исследования и публикации：материалы международной научной конференции，посвященной 70-летию присуждения И. А. Бунину Нобелевской премии. Орёл：Вешние воды，2003. С. 198.

③ Зайцев Б. К. Собрание сочинений：В 5 т. Т. 3. М.：Русская книга，1999. С. 289.

有的基督教信仰。在陌生的异域生活环境里，俄罗斯是每一位侨（旅）居者心目中挥之不去的印记，而是否能坚守祖国俄罗斯的精神内核决定了这些游子能在域外走多远、朝哪里走。

（二）巴黎生活的吸摄

除了上述依据祖国俄罗斯的影响对小说里的人物作对比分析以外，还有一种观点认为，根据这些人物对巴黎生活的态度，可以将他们分成截然相反的两组：一组以梅利希谢捷克司祭、将军和卡帕为代表，另一组是以多拉和柳德米拉为代表；对于第一组而言，巴黎没有成为“自己的”，而对第二组代表人物而言，巴黎则变成了她们“自己的”[①]，或者说她们成功地在巴黎找到了自己得以立足的根基。整体而言，帕西房子里的俄罗斯住户对巴黎生活的吸摄是有一定抵触的。但随着物质生活的冲刷，他们的精神世界也屡次受到浸洗，最终这些对祖国俄罗斯有着共同印记的同胞载着各自的生活价值和信仰越走越远。

库捷利卡认为，多拉和柳德米拉属于“平安顺利的、未失去实用主义的人物”[②]。她们不但相对轻松地与祖国俄罗斯分离，还以现实生活为目的，致力于在新的地方存活下去，努力追求物质上的保障。多拉给生活在巴黎的阔太太们（包括柳德米拉）做按摩，柳德米拉找到一个法国工程师作未婚夫（正是他收购了帕西的房子）。卡帕在日记中写道：“柳德米拉开始忘记俄语，在她身上已有外国人的东西，有种邪味儿……——还有对俄罗斯人的傲慢。”[③] 而以前，柳

---

① Кудeлько Н. А. Быт и бытие русской эмиграции в романах В. В. Набокова «Машенька» и Б. К. Зайцева «Дом в Пасси» // Писатели – классики Центральной России. Сборник научных статей. Орёл：Издательство Орловского государственного университета，2009. С. 98-99.

② Кудeлько Н. А. Быт и бытие русской эмиграции в романах В. В. Набокова «Машенька» и Б. К. Зайцева «Дом в Пасси» // Писатели – классики Центральной России. Сборник научных статей. Орёл：Издательство Орловского государственного университета，2009. С. 99.

③ Зайцев Б. К. Собрание сочинений：В 5 т. Т. 3. М.：Русская книга，1999. С. 317.

德米拉与卡帕交好，经常来这座房子。在实用主义的引领下，多拉和柳德米拉带着各自的物质追求融入了巴黎的新生活。

柳博穆德罗夫指出："小说中有一个看不见的轴、精神垂直线。在小说的艺术结构里，主要的对立是*沉重—轻盈*、*肉体—精神*。小说中的人物被安置在大地与天空之间的不同等级的阶梯上。"① 其中，梅利希谢捷克司祭的形象异常重要。他是位修士司祭，拥有"少有的""崇高的""神秘的"名字——梅利希谢捷克②，是"撒冷城之王，至高无上的上帝的神甫。"③ 梅利希谢捷克沿大地漂泊，寄宿在任何愿意给他提供住宿的人那里，把为主人的家庭成员祈祷作为自己的责任。在梅利希谢捷克眼里，帕西的房子——"可谓是处在巴黎正中心的俄罗斯的巢穴。"④ 虽然住户们不是一个家庭里的成员，但他们所有人共同构成了"某个联盟"⑤。因此，留宿在将军那里时，梅利希谢捷克认为有必要为房子里的每一位住户祈祷。他的话立即吸引了小男孩拉法伊尔。表面上拉法伊尔向将军学习俄语，而实际上小男孩从将军那里学到的更多是基督教知识，是对世界的宗教式理解。

小说里没有交代梅利希谢捷克司祭的过去，扎伊采夫关注更多的是他现今的生活。因而，详细描写了梅利希谢捷克如何关心周围的人，如何安慰将军和卡帕，如何向犹太人多拉解释上帝的真理。小说中任何与梅利希谢捷克司祭打过交道的人，内心都开始感觉到和谐。拉法伊尔虽然还不能完全听懂他的话，但每次都全神贯注地

---

① Любомудров А. М. Духовный реализм в литературе русского зарубежья：Б. К. Зайцев，И. С. Шмелёв. СПб.：«Дмитрий Буланин»，2003. С. 101.

② Мелихиседек，本书采取音译，也有译作麦基则德，"撒冷城的义王"，"至高者上帝的祭司"，详见冯象《创世纪：传说与译注》，生活·读书·新知三联书店 2012 年版，第 270 页。

③ Зайцев Б. К. Собрание сочинений：В 5 т. Т. 3. М.：Русская книга，1999. С. 231.

④ Зайцев Б. К. Собрание сочинений：В 5 т. Т. 3. М.：Русская книга，1999. С. 237.

⑤ Зайцев Б. К. Собрание сочинений：В 5 т. Т. 3. М.：Русская книга，1999. С. 237.

听，觉得梅利希谢捷克的话像是“用外语唱的怡人的歌谣”[①]。阿纳托利与卡帕争吵后，无意间遇到梅利希谢捷克司祭，尽管司祭知道他在卡帕面前罪恶深重，可仍旧安慰他：“在我面前没什么。在我面前羞愧什么啊。总之，即便感到羞愧……——那也不错。”[②] 卡帕在日记里称梅利希谢捷克司祭是“可爱的人”，领悟到他的使命就是“拯救周围的人”，认为“假如生活是由那样的老人，即那样无恶意的、心存善意的人构成的话，那么可能会过得很愉快”[③]。可见，虽然卡帕在巴黎远离虔诚的信仰，但她仍旧保留俄罗斯性格中对善的由衷渴求。

梅利希谢捷克司祭不仅生活轻便，说走就走，还步态轻盈——“梅利希谢捷克起身，非常迅捷麻利，甚至不完全符合他的年龄”[④]。最主要的是，他总能给人带来生活的愉悦和精神上的放松。可以说，他完全体现了柳博穆德罗夫所列举的对立中“轻盈”的一极。与之相反，梅利希谢捷克发现，卡帕内心是“被激怒的本性和矛盾”[⑤]。毫无疑问，在她身上体现的是“沉重”的一极。尽管卡帕觉得梅利希谢捷克所说的话听起来不错，可这并不能真正使她内心变轻松。这再次印证了卡帕失去内在精神根基又远离物质生活的可怕，为她之后的自我了断埋下了伏笔。

在柳博穆德罗夫的概念里，“*精神*是人的本性的最高领域。”[⑥] 这有助于我们进一步理解“肉体—精神”的对立。小说中两位女主人公卡帕和多拉便是这一对立的代表。她们两个都被阿纳托

---

① Зайцев Б. К. Собрание сочинений: В 5 т. Т. 3. М.: Русская книга, 1999. С. 230.

② Зайцев Б. К. Собрание сочинений: В 5 т. Т. 3. М.: Русская книга, 1999. С. 298.

③ Зайцев Б. К. Собрание сочинений: В 5 т. Т. 3. М.: Русская книга, 1999. С. 316-317.

④ Зайцев Б. К. Собрание сочинений: В 5 т. Т. 3. М.: Русская книга, 1999. С. 230.

⑤ Зайцев Б. К. Собрание сочинений: В 5 т. Т. 3. М.: Русская книга, 1999. С. 318.

⑥ Любомудров А. М. Духовный реализм в литературе русского зарубежья: Б. К. Зайцев, И. С. Шмелёв. СПб.: «Дмитрий Буланин», 2003. С. 105.

利的迷人外表所吸引，但以不同的方式从中脱身。卡帕对阿纳托利的爱富有自我牺牲精神。尽管卡帕生病尚未痊愈，尽管她异常抵触回顾过去的生活，可仍旧向从前打工的主人——巴黎阔太太斯塔埃莉借钱给阿纳托利，以便维持他在巴黎的奢侈生活；而多拉时刻掂量自己对阿纳托利的感情。卡帕得知自己被阿纳托利背叛后，毅然选择自杀作了结，全然不顾这一行为的罪恶性以及由此带来的基督教惩罚。多拉认清自己在感情中的真正地位后，及时停止与阿纳托利来往。于是，卡帕体现了爱情的精神模式，多拉展示的是一种尘世爱情。由此，集聚在巴黎街区的俄罗斯住户载着各自的往事和记忆投入到异域文化和生活里，在巴黎强大生活旋涡的吸摄下，他们无形中变成了被生活同化的个体。

三　被封入记忆的房子

无论来自祖国俄罗斯的印记和巴黎现实生活的吸摄如何交织与碰撞，扎伊采夫力求刻画的却是帕西房子里俄罗斯住户对自己一隅之地的捍卫与保护。米哈伊洛娃把这座房子称为“俄罗斯的一个独特的小角落，位于欧洲文明的十字路口，并保留欧洲文明的精神内核”①。诚然，帕西的房子正如俄罗斯一样，刚开始经历“摇晃”（小说里一个章节的标题），之后遭破坏（房子被拆除，以便腾出地方建造新房），这也象征了俄罗斯的命运。在异国，侨居者的生活失去了稳定性，他们与祖国失去了联系。随着帕西房子的倒塌，俄罗斯的可见形象也逐渐消失了。如今祖国形象只保留在以前住户的记忆里，保留在那些不愿与俄罗斯永别的人（梅利希谢捷克司祭、将军）的回忆里，保留在那些没有完全被巴黎生活同化的人（拉法伊尔）的脑海里。于是，帕西的房子被封入这些住户的记忆，祖国俄

---

① Михайлова М. В. Борис Константинович Зайцев // История литературы русского зарубежья（1922-е — начало 1990-х гг.）. М.：Академический Проект；Альма Матер，2011. С. 193.

罗斯的神圣性和宗教理念深深植入他们的内心。正如米哈伊洛娃所言："他们仍然接近了向修士敞开的真理。而修士在他们心灵的'土壤'里播撒的种子会发芽。"①

扎伊采夫的同时代人曼德尔施塔姆曾指出，小说《帕西的房子》展示出了"俄罗斯侨民生活的一个剖面"，在这种生活里，"对作者本人而言，从小说一开始，房子的屋顶已被拆除，墙壁已被敲毁了"②。换言之，自侨居者踏上异国土地的那一刻起，可见的祖国俄罗斯形象就已注定要消逝。可扎伊采夫"仍旧想要引导自己的主人公们走向某个目的，这个目的就是宗教上的明朗"③。扎伊采夫后来（1969 年）在写给友人的信中，不无惋惜地称帕西的房子是"一座坟墓"："这在某种程度上是俄罗斯作家（侨居者）年长一代的坟墓。两步开外曾住着布宁，稍远一些是梅列日科夫斯基和吉皮乌斯，库普林在另一面，但也很近。什梅廖夫、阿尔达诺夫、苔菲、奥索尔金、列米佐夫都是邻居。如今只剩下我一个。（这里也有作家和诗人，但都比我小。）"④ 写这封信的时候，扎伊采夫的妻子薇拉已过世（1965 年），扎伊采夫住在女儿家里，就在帕西街区的房子里。同时代人的渐渐离去导致昔日的俄罗斯孤岛不复存在，这加剧了祖国形象在侨居者眼前的淡化。然而提及创作，扎伊采夫在《关于自己》（1943）中写道："与俄罗斯失去联系的那几年却是在写作中与她联系最紧密的年岁。"⑤ 独特的侨居体验加深了扎伊采夫对祖国俄罗斯的认识与了解，因此，在作家的创作意识里，俄罗斯形象与其

---

① Михайлова М. В. Борис Константинович Зайцев // История литературы русского зарубежья（1922-е —начало 1990-х гг.）. М.：Академический Проект；Альма Матер，2011. С. 194.

② Мандельштам Ю. В. «Дом в Пасси» // Возрождение，1935. № 3676. С. 2.

③ Мандельштам Ю. В. «Дом в Пасси» // Возрождение，1935. № 3676. С. 2.

④ Васильеву И. А. 18 января 1969. Париж // Зайцев Б. К. Собрание сочинений. Т. 11（доп.）. М.：Русская книга，2001. С. 286.

⑤ Зайцев Б. К. О себе // Собрание сочинений：В 5 т. Т. 4. М.：Русская книга，1999. С. 590.

说被破坏了，不如说是被重新恢复了。在这个意义上，起重大作用的仍是梅利希谢捷克司祭，他是“作者立场的表达者”，还是扎伊采夫“众人可识的自我描写、忏悔的自我表达”①。

尽管卡帕自杀违背了东正教教义，梅利希谢捷克司祭仍然为她祈祷。因为在他看来，无论是否信仰上帝，世界都充满了悲剧和可怕，而“每个人都有自己的命运”，卡帕的死正是“对整个基督教精神的反抗”②。并且，梅利希谢捷克认为，“所有人都是连在一起的。所有人似乎都在一起。弱点、罪恶、错误——共同的。”③ 因此，周围每个人都应对卡帕的死承担责任：“在她身上总有某种矛盾，或者愤恨，不是吗。她没有克服自己艰难的生活。或许我们周围人也有过错，没能接近她。随后又是无果的爱情……”④ 梅利希谢捷克司祭向周围的人播撒善良的种子，传播对上帝的信仰，这一形象的存在时刻提醒俄罗斯人神圣祖国的存在、虔诚信仰的存在。于是，围绕在司祭周围形成了一个看不见的精神团体，“老少都愿意接近他——他那照亮人的磁力就是这样”⑤。何况“作品加以肯定的是一种与物质世界脱节的精神”⑥，所以，我们应当格外关注这一精神团体的结局。

司机列夫与裁缝瓦莲金娜·格里戈利耶夫娜的婚礼象征着住户共同生活的结束，房子开始变空。新婚夫妇搬到了新房子里去，卡帕自杀了，多拉正在寻找新的住房，将军在梅利希谢捷克司祭的帮

---

① Прокопов Т. Ф. «Все написанное мною лишь Россией и дышит. . . ». Борис Зайцев в эмиграции // Зайцев Б. К. Собрание сочинений：В 5 т. Т. 2. М.：Русская книга, 1999. С. 14-15.

② Зайцев Б. К. Собрание сочинений：В 5 т. Т. 3. М.：Русская книга, 1999. С. 330.

③ Зайцев Б. К. Собрание сочинений：В 5 т. Т. 3. М.：Русская книга, 1999. С. 331.

④ Зайцев Б. К. Собрание сочинений：В 5 т. Т. 3. М.：Русская книга, 1999. С. 330

⑤ Прокопов Т. Ф. «Все написанное мною лишь Россией и дышит. . . ». Борис Зайцев в эмиграции // Зайцев Б. К. Собрание сочинений：В 5 т. Т. 2. М.：Русская книга, 1999. С. 14.

⑥ 汪介之：《俄罗斯现代文学史》，中国社会科学出版社 2013 年版，第 326 页。

助下，去修道院里教孩子们数学。而司祭本人继续在大地上漂泊，为周围的人祈祷，为创建新的修道院募资，努力团结那些信奉上帝的人；而对那些不信上帝的人，则帮助他们正确认识上帝的存在，引导他们走向真理。多拉面对被拆除的房子，作出了总结：“如今一切都照另一种模式。从那座我们曾经居住的俄罗斯房子里什么也没有留下。”①

小说最后的结局以多拉的见闻收尾，并非偶然。因为扎伊采夫在她身上看到了摇摆性，看出她正处于东正教与犹太教的岔道口。在对待信仰的问题上，犹太人多拉对基督教的灵魂拯救说表示怀疑，她从现实生活出发理解宗教，认为“宗教给人安宁与幸福……至少在大地上”②。米哈伊洛娃认为：“多拉对待信仰的态度——纯粹实用性的。在她看来，信仰应当帮助人们，减轻他们的生活，挽救他们犯罪。但梅利希谢捷克向她解释，信仰的使命不是实用性的安慰，而是指出人应当走的路，以便‘充满’有助于变得更好的光。”③ 无论怎样，梅利希谢捷克司祭的话多少植入了多拉内心，她开始领悟梅利希谢捷克向她揭示的意义，并向东正教靠拢。这暗示扎伊采夫想要克服教会的分裂，从中可以看出索洛维约夫的万物统一学说的衣钵。“索洛维约夫的万物统一学说即以普世性为基础。只有经由教会的普世性人类才能达到自由、平等、博爱”④，进而实现教会与生活、教会之间的完整统一。“到那时，最高目标即万物统一才会实现，基督教的圆满也就成为全人类的圆满。”⑤ 而“东西方教会的联

---

① Зайцев Б. К. Собрание сочинений：В 5 т. Т. 3. М.：Русская книга，1999. С. 343.

② Зайцев Б. К. Собрание сочинений：В 5 т. Т. 3. М.：Русская книга，1999. С. 329.

③ Михайлова М. В. Борис Константинович Зайцев // История литературы русского зарубежья（1922-е —начало 1990-х гг.）. М.：Академический Проект；Альма Матер，2011. С. 194.

④ 张冰：《白银时代俄国文学思潮与流派》，人民文学出版社 2006 年版，第 18 页。

⑤ 张冰：《白银时代俄国文学思潮与流派》，人民文学出版社 2006 年版，第 19 页。

合是实现人类终极目的——万物统一的唯一的道路。”① 这可说是扎伊采夫运用象征主义手法在小说里创造的一个乌托邦世界理念，而这种理念的实现是与祖国俄罗斯的神性传统和基督教思想紧密相关的。

祖国俄罗斯的形象在小说里体现为坐落在帕西的房子，虽然这座房子最终被拆除，但在这之后它继续存在。正如扎伊采夫在随笔《关于祖国的话》（1938）中所陈述的那样：“现在我们流亡，明天将会发生什么，尚不知晓。祖国的遗产，祖国伟大的历史——从我们这里却夺不走。”② 具体而言，祖国俄罗斯形象体现为将军走向真理的道路、梅利希谢捷克司祭为周围人的祈祷和多拉的思考，还有在小男孩拉法伊尔身上被激发的对宗教的向往。总之，俄罗斯形象清晰地保留在那些将祖国俄罗斯永远铭记的人的精神世界里，保留在那些通过信仰与俄罗斯紧密相连的人的记忆里。

本章小结

本章分析的三部中长篇小说从创作时间上来讲跨度比较大。中篇小说《蓝星》创作于第一次世界大战前后，此时扎伊采夫还未离开俄罗斯，接下来的两部长篇小说《金色的花纹》和《帕西的房子》均创作于作家侨居国外以后，因此，构成作品的情节和其中展现的现实生活存在很大差别。这也符合20世纪上半叶俄罗斯历史的实际情况。很明显在《蓝星》里描写的生活图景主要取自贵族上流社会的沙龙、赛马、舞会等这一特定阶层的现实画面，无论人物的言谈，还是社会的气息都预示着灾难即将降临的不祥。在《金色的

---

① 张冰：《白银时代俄国文学思潮与流派》，人民文学出版社2006年版，第20页。

② Зайцев Б. К. Собрание сочинений: В 5 т. Т. 7 (доп.). М.: Русская книга, 2000. С. 327.

花纹》里，我们清晰地看到贵族地主生活所遭受的裂变——起初是优越的无忧无虑的生活，之后是被改革，直至整个阶层被社会潮流所淘汰，这首先表现在女主人公娜塔莉亚父亲的命运轨迹上。跟随作家的脚步，小说所反映的世界到了国外，在《帕西的房子》里所有住户过着寄人篱下的生活。他们被化作“祖国”的符号连接在异国文化的氛围里，这里没有出身等级之分，有的只是如何面对生活本身，如何寻找自己的立足之根。

扎伊采夫自始至终都保持着对现实的清醒态度，密切关注周围环境的变化，敏锐把握时代气息的变迁，在这方面扎伊采夫是当之无愧的现实主义作家。然而，从这些作品所表达的深刻哲理来看，单把扎伊采夫的创作观归结为现实主义，恐怕还不够恰当。贯穿《蓝星》的是作家对真善美的追求，而这种追求不仅立足于此世，不单单指马舒拉、拉本斯卡娅和安娜·德米特里耶夫娜身上的淡蓝色闪光，还需要大地上的人与宇宙、与星空的交流，需要马舒拉这般神圣女性传达来自天国的声音，需要安娜·德米特里耶夫娜在教堂里为不幸的人祈祷，还需要赫里斯托佛罗夫作为基督背负者的引导。在长篇小说《金色的花纹》里，扎伊采夫通过女主人公的苦难生活，通过精神堕落与拯救的永恒主题，鲜明地烘托出自己对精神世界的理想追求。这就是教堂金色的圆顶和太阳金色的闪光，它们是宗教元素的表征，是东正教思想的符号。这种符号到了《帕西的房子》里得到进一步展现，扎伊采夫巧妙地通过俄罗斯这一形象在住户心里的演变，把祖国俄罗斯提升到精神世界的领域，进而提炼出神圣俄罗斯的理想。

对于侨居者而言，踏入异国的土地也就意味着离开祖国的怀抱。在现实生活的冲击下，生存问题变得异常突出。而在如何生存的问题上，不同的人做出不同的选择，最终反映出他们在精神上对祖国的依恋程度。诚然，扎伊采夫坚持在精神上与祖国保持血肉相连。通过精神世界的桥梁，扎伊采夫继续书写俄罗斯文化，继续刻画俄罗斯的民族性格，并以此作为自己的使命，这无形中赋予扎伊采夫的现实主义以深厚的精神内涵。由此，扎伊采夫的新现实主义具有广阔的阐释空间，作家通过象征手法创造的乌托邦世界促使我们进一步探讨其对现实生活的艺术追求，这也就是我们接下来要研究的内容。

第五章　扎伊采夫小说的精神现实主义诗学

关于传记时空体，巴赫金援引亚里士多德的“隐得来希理论，即最后目的同时亦为发展的最先起因”作结：“性格的完全成熟，才是发展的真正开端。”① 因而我们看到列夫·托尔斯泰的自传体三部曲（《童年》《少年》和《青年》）和高尔基的自传体三部曲（《童年》《在人间》和《我的大学》）都从自身生活中攫取素材，围绕主人公的生活成长之路展开，字里行间渗透着作家本人的生活观和艺术创作观，展示的是一个成熟作家的心理轨迹和性格成长的过程，为我们了解作家其人其事提供了翔实可信的佐证材料。

在俄罗斯文学史上，自传体裁屡见不鲜，尤其是在侨民作家群里，如布宁、阿·托尔斯泰、什梅廖夫、库普林、奥索尔金等都写有以自己生活为原型的自传小说。迁居异国的特殊背景、对祖国的异常思念、对过往年代的深刻眷恋都促使他们更怀念自己走过的路，更加追忆那些似水的流年，从而对当下的时代环境、对眼下的情景事件具有更深刻的体会与感悟。扎伊采夫便是在这样的心绪下，开始着手创作构成其自传的四部长篇小说。毫无疑问，扎伊采夫创作

① ［苏］《巴赫金全集》第3卷，白春仁、晓河译，河北教育出版社2009年版，第328页。

的立场是现实主义的，因为写的是自己的生活，自己的亲身经历，这容不得虚构。而且，扎伊采夫曾在接受采访时表示，创作与生活之间具有非常紧密的联系："最紧密的联系……也就是说，当然，还是要换一种方式讲述，总有虚构的成分，但主体部分——真实的。"① 更值得我们注意的是，贯穿这些作品始终的是扎伊采夫对个体精神现实的关注，对生活神性的讴歌。通过对这些自传小说的分析，我们将深入了解扎伊采夫的精神现实主义诗学。

自传体四部曲《格列布游记》无论是在扎伊采夫的侨居创作时期，还是在作家的整个创作遗产中都占据重要地位，更是侨民文学第一浪潮中"回顾的美学""真正的怀乡文学"② 的优秀代表。体裁上，扎伊采夫将其称作是一部"长篇小说—编年史—长诗"③。它由四部独立的长篇小说构成——《黎明》（«Заря»，1934—1936）、《寂静》（«Тишина»，1939）、《青春》（«Юность»，1944）和《生命树》（«Древо жизни»，1952）。它们创作于不同时期，整体上历时 18 年，可见扎伊采夫向其注入的心血。围绕主人公格列布的个性生成过程、命运轨迹、心灵路径和精神朝圣之旅，四部小说共同展现了一个普通人自 19 世纪末至 20 世纪中期的生活图景，反映了时代与人民生活的真实面貌。正如扎伊采夫在小说里对人物的境遇所描写的那样："他们生活着，有快乐，也有不安，他们在三月昏暗的傍晚，亲手书写着历史的一小部分，那时候俄罗斯生活的一小部分。"④ 正是在书写这部分历史的过程中，扎伊采夫的精神现实主义诗学得到充分展示，这已涉及如何对扎伊采夫成熟期的创作方法和

① Городецкая Н. Д. В гостях у Б. К. Зайцева（интервью）// Возрождение. 1931. № 2051. С. 4.

② ［俄］科尔米洛夫·谢·伊主编：《二十世纪俄罗斯文学史：20—90 年代主要作家》，赵丹、段丽君、胡学星译，南京大学出版社 2017 年版，第 52—53 页。

③ Зайцев Б. К. О себе // Зайцев Б. К. Собрание сочинений：В 5 т. Т. 4. М.：Русская книга，1999. С. 591.

④ Зайцев Б. К. Собрание сочинений：В 5 т. Т. 4. М.：Русская книга，1999. С. 92.

主题思想定位的问题。

第一节　精神现实主义与自传体四部曲

就创作立场而言，扎伊采夫属于现实主义阵营，这已得到普遍认可。艾亨瓦尔德在分析扎伊采夫的中短篇小说时指出，“扎伊采夫细腻柔弱，但同时并没有离开现实主义的土壤”①。充满扎伊采夫早期印象主义画面的是来自现实生活中的人与物，自然中的气息将人笼罩，自然里的光影把人环绕，“扎伊采夫本人也以静静的光、荣誉之光渗入生活；他感受着自然与人的神圣性（святость），这正好构成他的堡垒，是他穿过粗糙的日常琐碎，在漂泊生活中的支柱”②。于是，我们在扎伊采夫的作品中看到人与自然的奇妙融合，感受到人与自然本身散发出的神奇之光。这种神圣性一直保留到扎伊采夫成熟期的作品中。随着生活阅历的积累和创作经验的丰富，扎伊采夫艺术世界里的神圣性逐渐获得了坚实的精神内核。

一　抒情性与神性的结合

通过前面各章节对扎伊采夫创作于不同时间段的代表作品的分析，可以看出在其创作历程中，除具有现实主义成分、印象主义因素、表现主义倾向和象征主义思想以外，还有神秘元素以及贯穿始终的抒情语调。关于扎伊采夫的抒情性，艾亨瓦尔德在 1917 年写的那篇文章里，是用同样富于诗意的语言来描述的：“‘时代的一股轻

---

① Айхенвальд Ю. И. Борис Зайцев // Зайцев Б. К. Осенний свет：Повести，рассказы. М.：Советский писатель，1990. С. 521. 文章结尾落款日期是 1917 年。

② Айхенвальд Ю. И. Борис Зайцев // Зайцев Б. К. Осенний свет：Повести，рассказы. М.：Советский писатель，1990. С. 521.

风’将一切吹散，可有些话是不可动摇的。这股风漂浮在俄罗斯上空，毫无疑问，置身于其他更强大更灼热的词语中，它将鲍里斯·扎伊采夫那静谧美好、忧伤、清脆的抒情话语保存下来。”① 对于扎伊采夫的抒情性，普罗科波夫曾作出总结：“这种艺术手法，确切而言——结合诗意印象主义的艺术认知世界与人的方式，被扎伊采夫发现并深入全面推敲，在各种不同的体裁中得到例证——从小品文、短篇小说、随笔到长篇小说、剧本、文艺传记。”② 确实，无论是早期的中短篇小说，还是成熟期的中长篇小说，它们自始至终都渗透着扎伊采夫特有的抒情方式。

普罗科波夫认为，扎伊采夫小说的抒情特色对于同时期的俄罗斯文学而言，具有开创意义：“文学中正是随着他的到来才开始了抒情小说的繁荣。”③ 紧接着，批评家对扎伊采夫的抒情性作出阐释：“扎伊采夫的小说确实富有音乐性，组织和谐，它的调式宛如歌唱，结构富有韵律。”④ 然而，在这些和谐优美的字符跃动背后，普罗科波夫发现了扎伊采夫承继自索洛维约夫的宗教底蕴：“幸亏‘遇到’了索洛维约夫，扎伊采夫的抒情性获得了明显的世界观上的修饰，其中对他而言主要的是两个伦理—哲学（及宗教）概念：仁慈和同情。”⑤ 在普罗科波夫看来，这是贯穿扎伊采夫所有作品的世界观主线。而且，扎伊采夫对物质生活之外的领域和范畴充满印象主义风

① Айхенвальд Ю. И. Борис Зайцев // Зайцев Б. К. Осенний свет：Повести, рассказы. М.：Советский писатель，1990. С. 530.

② Прокопов Т. Ф. «Все написанное мною лишь Россией и дышит». Борис Зайцев：судьба и творчество // Зайцев Б. К. Осенний свет：Повести，рассказы. М.：Советский писатель，1990. С. 22.

③ Прокопов Т. Ф. Легкозвонный стебель. Лиризм Б. К. Зайцева как эстетический феномен // Зайцев Б. К. Собрание сочинений：В 5 т. Т. 3. М.：Русская книга，1999. С. 5.

④ Прокопов Т. Ф. Легкозвонный стебель. Лиризм Б. К. Зайцева как эстетический феномен // Зайцев Б. К. Собрание сочинений：В 5 т. Т. 3. М.：Русская книга，1999. С. 7.

⑤ Прокопов Т. Ф. Легкозвонный стебель. Лиризм Б. К. Зайцева как эстетический феномен //Зайцев Б. К. Собрание сочинений：В 5 т. Т. 3. М.：Русская книга，1999. С. 11.

格和浪漫抒情语调的描述，表面上看来与社会政治毫不相干，然而作家却通过这些作品向读者讲述了一个最主要的真理："人与人之间是兄弟；只有善和善举能够很好地统领世界；大地上所有的卓越智慧都不具有意义，如果它们不为人的幸福服务的话。"① 可见，扎伊采夫的抒情性承载着深厚的现实意义，并具有崇高的精神内涵。

索洛维约夫的万物统一论和索菲亚说深刻影响了扎伊采夫的创作思想。这已鲜明地体现在我们之前所分析的小说中，尤其是索洛维约夫的永恒女性思想。关于这一思想的时代意义，张冰教授指出："索洛维约夫给白银时代索菲亚说即'永恒的女性'注入了宗教想象的激情，并使之成为整整一个流派的旗帜。"② 跟随索洛维约夫，扎伊采夫的视角也转向祖国俄罗斯广阔的宗教文化土壤，由最初的泛神论思想经由模糊的神秘主义，最终走向了追求真善美和谐统一的东正教教堂。扎伊采夫曾坦言："在俄罗斯农村，我父亲的领地，短暂的夏夜里，我痴迷地读索洛维约夫的书。往往割草人迎着朝霞去割草，而我才熄灭《神人类讲座》上的灯。索洛维约夫第一个穿透我青年时期的泛神论外衣，推动我走向信仰。"③

正如扎伊采夫在自传体四部曲的第三部小说《青春》中所描写的那样："索洛维约夫引领向上攀升——上帝，人，世界灵魂，宇宙进程。"④ 整体而言，这种信仰和攀升源自于扎伊采夫的宗教情结。面对历史的大变局与时代的动荡，作家在《关于自己》中写道，"苦难与震惊……并不单在我一个人心里引起宗教情绪的高涨。这没

① Прокопов Т. Ф. «Все написанное мною лишь Россией и дышит...». Борис Зайцев в эмиграции // Зайцев Б. К. Собрание сочинений: В 5 т. Т. 2. М.: Русская книга, 1999. С. 24.

② 张冰：《俄罗斯文化解读》，济南出版社2006年版，第168页。

③ Зайцев Б. К. О себе // Зайцев Б. К. Собрание сочинений: В 5 т. Т. 4. М.: Русская книга, 1999. С. 588.

④ Зайцев Б. К. Собрание сочинений: В 5 т. Т. 4. М.: Русская книга, 1999. С. 391.

有什么可吃惊的。”① 另外，斯米尔诺夫在批判侨民作家创作水平普遍下降时，格外指出其中明显高涨的宗教情绪：“整体上，从未有过，甚至在社会积极性表现出最强烈的衰退的时期，也没有如今侨民中宗教的那般繁荣情况。”② 可见，扎伊采夫创作思想中的信仰问题具有现实根基，承载了作家对社会问题和民族命运的反思。在我们尝试界定扎伊采夫的现实主义特色的过程中，还需要援引普罗科波夫的观点：“同样不得不指出，他所有的‘写作’（他喜欢这么称自己的作品）都优雅而深刻地与对世界的浪漫主义理解相关……与理想化的、神话化的世界反映相关。显然因此，在扎伊采夫的文本中，时不时会有（当然了，还是诗意的）祈祷、赞扬人身上的神性元素（божественное）。”③

至此，我们对扎伊采夫的创作特色形成初步概念：现实主义的、浪漫色彩的、充满诗意的、富于宗教情绪的、具有神圣性的、具有神性的。扎伊采夫在致友人的信中，坦承自己的作品（尤其是早期创作的小说）属于印象主义，但随着创作经验的积累，现实主义因素和神秘元素越来越突出：“在我所有的写作中都有抒情语调，这同样毫无疑问。我认为，现实主义特征逐年加强，透过它们显露出来的还有对生活的神秘感受。”④ 设若框定在科学概念的界限下，我们还需要从上述诸多的特征中选出最主要的成分，以便精确简练地描述扎伊采夫的艺术特色与美学思想。

首先，现实主义元素贯穿扎伊采夫的创作始终，无论是早期印

---

① Зайцев Б. К. О себе // Зайцев Б. К. Собрание сочинений：В 5 т. Т. 4. М.：Русская книга，1999. С. 589.

② Смирнов Н. На том берегу.（Заметки об эмигрантской литературе）// Новый мир，1926. № 6. С. 144.

③ Прокопов Т. Ф. Легкозвонный стебель. Лиризм Б. К. Зайцева как эстетический феномен // Зайцев Б. К. Собрание сочинений：В 5 т. Т. 3. М.：Русская книга，1999. С. 9.

④ Вороновой О. П. （1962?）. Париж // Зайцев Б. К. Собрание сочинений. Т. 11（доп.）. М.：Русская книга，2001. С. 203.

象主义色彩鲜明的短篇小说，还是成熟期宗教思想浓厚的中长篇小说，扎伊采夫都未曾离开现实生活这一稳固的生存根基。其次，扎伊采夫早期创作中的泛神论思想很快被索洛维约夫论证严谨的哲学体系驱散，接下来便是作家立足于时代的深刻思考与艺术探索。普罗科波夫精辟地总结道："在鲍里斯·扎伊采夫的创作探索中，几乎总占主要地位的是从艺术和哲学上领悟精神性（духовность），领悟它的思想道德意义和源泉。"① 奥西波夫把扎伊采夫创作的基本特征概括为"研究、领悟精神性（духовность）"，"扎伊采夫的存在建基在'三个柱子'上：爱，忍耐，信仰。这是贯穿其创作的三条红线。"② 同时奥西波夫还强调，"谈及鲍里斯·康斯坦丁诺维奇·扎伊采夫时，不得不注意他逐年加强的、深刻的宗教性。"③ 可见，俄罗斯的专家学者在提炼扎伊采夫作品的核心要素时，都格外关注其中的精神内涵。

二 精神现实主义的神性基础

1998 年，在卡卢加举办的第二届国际扎伊采夫阅读会上，巴拉耶娃作出在新现实主义小说语境下解析扎伊采夫的自传体四部曲《格列布游记》的尝试。该学者指出："'新现实主义'吸取并发展了经典现实主义的'激情理念'——追求领会人与世界联系的所有方面。'新的'现实主义在对世界和人的认识已深化且无限扩展的条件下，找到克服'老的'现实主义无法内在地领会世界

---

① Прокопов Т. Ф. «Все написанное мною лишь Россией и дышит». Борис Зайцев: судьба и творчество // Зайцев Б. К. Осенний свет: Повести, рассказы. М.: Советский писатель, 1990. С. 22.

② Осипов С. Долгая жизнь Бориса Зайцева // Зайцев Б. К. Люди Божии. М.: Сов. Россия, 1991. С. 6.

③ Осипов С. Долгая жизнь Бориса Зайцева // Зайцев Б. К. Люди Божии. М.: Сов. Россия, 1991. С. 6.

‘深渊’的方式。”[①] 这种方式在不同的新现实主义作家笔下表现出不同，“纯粹扎伊采夫式的新现实主义变体”就是“作为哲学原则的基督教现实主义……转变和转化为一种文学方法”[②]。具体至扎伊采夫的《格列布游记》，巴拉耶娃指出位于四部曲中心的是“逐渐形成的个性，对其剖析的精神层面被提至首位”[③]。由此可见，扎伊采夫在小说中试图探究的是人与世界在精神层面的关系。进一步来讲，这是存在意义上的现实观，因而巴拉耶娃认为，主人公的“心理传记”本质上可以归结为“复杂地、孜孜不倦地领悟、猜测自己存在的意义，感受神恩和教会化（воцерковление）。四部曲——这是一部‘日记’，作家关于自己认识上帝之路的自我总结，关于这条路上的崇高收获的自我总结”[④]。

随后，柳博穆德罗夫提出，可以使用哲学概念“精神现实主义”（духовный реализм）来表征扎伊采夫的艺术思维和创作方法。在专著中，通过梳理东正教文化与俄罗斯文学的渊源，柳博穆德罗夫指出在20世纪的哲学文化学中，精神现实主义是“神秘现实主义”

---

① Бараева Л. Н. Тетралогия Б. Зайцева «Путешествие Глеба» в контексте «неореалистической прозы» // Проблемы изучения жизни и творчества Б. К. Зайцева: Сборник статей / Вторые Международные Зайцевские чтения. Калуга: Издательство «Гриф», 2000. Вып. Ⅱ. С.105.

② Бараева Л. Н. Тетралогия Б. Зайцева «Путешествие Глеба» в контексте «неореалистической прозы» // Проблемы изучения жизни и творчества Б. К. Зайцева: Сборник статей / Вторые Международные Зайцевские чтения. Калуга: Издательство «Гриф», 2000. Вып. Ⅱ. С.108-109.

③ Бараева Л. Н. Тетралогия Б. Зайцева «Путешествие Глеба» в контексте «неореалистической прозы» // Проблемы изучения жизни и творчества Б. К. Зайцева: Сборник статей / Вторые Международные Зайцевские чтения. Калуга: Издательство «Гриф», 2000. Вып. Ⅱ. С.106.

④ Бараева Л. Н. Тетралогия Б. Зайцева «Путешествие Глеба» в контексте «неореалистической прозы» // Проблемы изучения жизни и творчества Б. К. Зайцева: Сборник статей / Вторые Международные Зайцевские чтения. Калуга: Издательство «Гриф», 2000. Вып. Ⅱ. С.107.

（мистический реализм）的同义词①。紧接着，该学者从现实主义观照生活的立场出发，论证在文艺学里使用“精神现实主义”的合理性：“对于作为艺术方法的现实主义而言，思考世界、认识世界的原则是最重要的。既然在‘现实主义’的*哲学范畴*里，认识世界的角度占据一个中心位置，那么把‘精神现实主义’的概念用作*美学范畴的*是完全合理的。在美学范畴里，兴许站得住脚的正是对现实主义的那种理解：承认超验实质在现实中是存在的。换言之，现实主义的神学哲学范畴和艺术美学范畴是不对等的，但具有共同的和足够广泛的意义场。在这个意义上，任何一位站在基督教认知平台上的作家都是现实主义者：他正是在现实的范围内讲述现实世界的，进入这一范围的还有不受经验检验的东西。”② 这与我们在第一章探讨的扎伊采夫的现实观有很多契合之处。扎伊采夫对生活采取的是现实态度，但作家追求的已不是物质现实、可见现实的真，而是精神领域的真实。早期的泛神论思想使扎伊采夫笔下的现实带有模糊性和神秘性，随着作家宗教思想的成熟，模糊不定的现实印象逐渐消逝，取而代之的是富于基督教神秘主义的精神现实，具体而言，是对真理、对信仰的执着追求，对人类普遍的善和博爱的赞美。

具体至实例分析，柳博穆德罗夫选取扎伊采夫的使徒行传《圣谢尔吉·拉多涅日斯基》（1925）、长篇小说《帕西的房子》、生前最后一篇小说《时间之河》（1964）以及参拜瓦拉姆修道院和阿峰山的随笔，指出它们都属于“东正教作品”，其“艺术思想……包含教会化以获得拯救的必要性”③。在诸如这样的作品里，人物通过

① Любомудров А. М. Духовный реализм в литературе русского зарубежья：Б. К. Зайцев，И.С.Шмелёв.СПб.：«Дмитрий Буланин»，2003.С.36.

② Любомудров А. М. Духовный реализм в литературе русского зарубежья：Б. К. Зайцев，И.С.Шмелёв.СПб.：«Дмитрий Буланин»，2003. С. 37.

③ Любомудров А. М. Духовный реализм в литературе русского зарубежья：Б. К. Зайцев，И. С. Шмелёв. СПб.：«Дмитрий Буланин»，2003. С. 19-20.

祈祷或修炼“神秘地参与教会生活”①。这种参与性具有多重理解：既指圣谢尔吉·拉多涅日斯基在自己的修道院里，时刻等待每一位到访之人，向他们传播善；也指梅利希谢捷克司祭来到人世间，向遇到的每一位凡人揭示真理；还指尘世之人（如作家本人）拜谒圣地，收获精神上的启示；此外，还有普通人经历生活的磨难，逐步走向信仰，比如格列布这样的自传型主人公。他们都以各自的方式在此世无限接近真理，以此实现“在拯救的道路上，神的意志与人的意志之间的合作”②。

实际上，按照柳博穆德罗夫的阐释，我们在第四章里分析的三部中长篇小说都属于东正教作品。《蓝星》里的安娜·德米特里耶夫娜在尼科季莫夫死后，主动进教堂为他祈祷。她还向赫里斯托佛罗夫坦言自己对修道院生活的向往：“唉，有时候，我幻想真正的底比斯，幻想在埃及的某个荒漠里过安逸的生活，与上帝单独在一起。”③《金色的花纹》里的女主人公娜塔莉亚历经磨难，最终进入教堂寻得道德拯救与精神力量。她的丈夫马尔可在给妻子的信中直接表达了想要进修道院的愿望：“假如我生活在古代的话，可能我就进修道院去了，从那里通过祈祷来帮助这个罪孽深重的世界。”④ 同样，在《帕西的房子》里，梅利希谢捷克司祭四处游走，向人们传播真理的同时还募捐建立修道院。在他的感召下，将军进入修道院教孩子们学习，在祈祷中度过余生。

上述小说中的主人公都倾向于选择荒漠、修道院这样远离世俗的地方，以便寻找心灵上的安宁，这种传统体现在俄罗斯的东正教

---

① Любомудров А. М. Духовный реализм в литературе русского зарубежья: Б. К. Зайцев, И. С. Шмелёв. СПб.: «Дмитрий Буланин», 2003. С. 23.

② Любомудров А. М. Духовный реализм в литературе русского зарубежья: Б. К. Зайцев, И. С. Шмелёв. СПб.: «Дмитрий Буланин», 2003. С. 30.

③ Зайцев Б. К. Собрание сочинений: В 5 т. Т. 2. М.: Русская книга, 1999. С. 314.

④ Зайцев Б. К. Собрание сочинений: В 5 т. Т. 3. М.: Русская книга, 1999. С. 198.

文化里，则是倡导躬身实践的静修主义，即："修行者改变自己的整个个性，逐渐接近于与神结合……静修主义是东方基督教，即东正教的核心内容。"[①] 为此，修行者需要特定的场所，目的是"改变自己与另外一个范围的存在的关系"，因而，孤立于社会的荒漠便成了修行者的第一选择，"这是个别人的一个去处或空间，他在那里从事单独的精神实践"[②]。希腊圣地阿峰山、圣谢尔吉·拉多涅日斯基反映了在不同历史时期俄国静修主义传统的发展与态势[③]，扎伊采夫在作品里同样触及这些静修主义实践。在接受戈罗杰茨卡娅的采访时，扎伊采夫表示，想要"在三个面孔里揭示俄罗斯：圣谢尔吉·拉多涅日斯基、屠格涅夫和苏瓦罗夫。圣人、艺术家和战士"[④]。显然，关于俄军统帅苏瓦罗夫的传记并没有写成，因为"很难把描写温和的文学家的作家、描写恭顺修士的作家扎伊采夫想象成是一本关于*统帅*的书的作者"[⑤]。进而不难理解，科兹诺娃通过分析扎伊采夫的三部作品——《圣谢尔吉·拉多涅日斯基》《阿峰》和《瓦拉姆》，总结作家从现实俄罗斯走向神圣俄罗斯的路径，指出在这些作品里，扎伊采夫既是东正教信徒又是作家的双重身份，而作家的首要任务就是"使读者熟悉东正教修士的世界，了解俄罗斯的

---

① ［俄］霍鲁日：《拜占庭与俄国的静修主义》，张百春译，《世界哲学》2010 年第 2 期。

② ［俄］霍鲁日：《拜占庭与俄国的静修主义》，张百春译，《世界哲学》2010 年第 2 期。

③ 详见［俄］霍鲁日《拜占庭与俄国的静修主义》，张百春译，《世界哲学》2010 年第 2 期。

④ Городецкая Н. Д. В гостях у Б. К. Зайцева (интервью) // Возрождение. 1931. № 2051. С. 4.

⑤ Городецкая Н. Д. Интервью с писателями русского зарубежья：А. Куприн, А. Ремизов, М. Алданов, Б. Зайцев, В. Ходасевич, И. Шмелев, Н. Тэффи, М. Цветаева, И. Бунин 1930-1933 // Христианство и русская литература. Сборник седьмой. СПб.：«Наука», 2012. С. 99.

民族根源”①。

跟随柳博穆德罗夫的研究，卡尔甘尼科娃进一步指出，扎伊采夫的新现实主义尤为鲜明的特征就是“精神现实主义”，即“在感观准确的、情感—心灵的形象里反映精神现实”②。卡尔甘尼科娃认为，扎伊采夫在《格列布游记》中表达精神层面的内容时，巧妙运用福音书和赞美诗的文本：取自福音书的是典型的事件和形象、忏悔的主题，这主要借助于心理描写；来自赞美诗的是对位原则，既有对疾病、离别、死亡等悲伤场景的描写，还有对明快生活的讴歌。③ 诚然，对精神现实的关注是扎伊采夫现实观的核心。无论是运用福音书的元文本，还是刻画快乐与忧伤的对位，位于作家意识中心的都是人物的内在世界和对环境的直接感受。例如，在描写格列布的童年生活时，作家极力渲染的是主人公对造物的狂喜和期待美好的心态：“格列布不知道赞美诗，对大卫王没有概念。但存在的狂喜他已熟悉，还是在乌斯特④的时候体会到的。格列布喜欢乌斯特。如今在这里，似乎身处一个还崭新的世界里，更美好、更新鲜、更纯洁的世界。”⑤ 这样的描写不仅使小说的真实性脱离了外在环境的束缚，还实现了扎伊采夫一以贯之的、超越物质现

---

① Кознова Н. Н. Путь Б. Зайцева от России к Руси святой // Наследие Б. К. Зайцева: проблематика, поэтика, творческие связи. Материалы Всероссийской научной конференции, посвященной 125-летию со дня рождения Б. К. Зайцева. 18-20 мая 2006 г. Орёл: ПФ «Картуш», 2006. С. 80-81.

② Калганникова И. Ю. Поэтика «духовного реализма» в автобиографическом романе Б. К. Зайцева «Путешествие Глеба» // Творчество Б. К. Зайцева и мировая культура. Сборник статей: Материалы Международной научной конференции, посвященной 130-летию со дня рождения писателя. 27-29 апреля 2011 года. Орёл, 2011. С. 152.

③ Калганникова И. Ю. Поэтика «духовного реализма» в автобиографическом романе Б. К. Зайцева «Путешествие Глеба» // Творчество Б. К. Зайцева и мировая культура. Сборник статей: Материалы Международной научной конференции, посвященной 130-летию со дня рождения писателя. 27-29 апреля 2011 года. Орёл, 2011. С. 152-153.

④ Усты，位于卡卢加州的一个村庄。

⑤ Зайцев Б. К. Собрание сочинений: В 5 т. Т. 4. М.: Русская книга, 1999. С. 71.

实的现实观。卡尔甘尼科娃还把《格列布游记》中人物的寻神经历与登山宝训联系在一起："寻神的民族经验体现为精神真理生成的深刻论辩的过程。寻找真理的对话原则构成了登山宝训象征情节的基础。"① 于是，我们在小说中看到人物由不信仰上帝和真理到主动翻开福音书的转变，如埃莉（格列布的妻子）的父亲。

不同于柳博穆德罗夫，卡尔甘尼科娃更多关注的是扎伊采夫自传体四部曲中表达精神现实的艺术手法，比如象征、联想、互文等。"'引证的情节'，尤其是引入宗教文学文本和描写教会仪式使作品具有形而上的深度。存在本身获得宗教神秘剧的深度和形式。扎伊采夫的'精神现实主义'立足于对宗教真理的内在感受，与其说体现在作家的世界观定位上，不如说体现在诗学特征上，体现在自传体长篇小说的整个艺术体系上：它的母题形象组织、结构情节体系和时空体。"② 无论从主题思想上，还是从艺术手法上来理解"精神现实主义"，都可以借由这个术语来探讨《格列布游记》中所散发出的宗教神秘意蕴，进而论证扎伊采夫所追求的精神现实。确切而言，这是作家对福音书和基督教信仰的文学阐释，其结果是无形中赋予扎伊采夫的作品以神性内核。柳博穆德罗夫的研究巩固了新现实主义由生活到存在的复合现实观，卡尔甘尼科娃的研究进一步揭示了新现实主义综合的艺术手法。

三　精神现实主义的美学原则

柳博穆德罗夫把扎伊采夫比作向"未知的上帝"供奉祭坛

---

① Калганникова И. Ю. Поэтика «духовного реализма» в автобиографическом романе Б. К. Зайцева «Путешествие Глеба» // Творчество Б. К. Зайцева и мировая культура. Сборник статей: Материалы Международной научной конференции, посвященной 130-летию со дня рождения писателя. 27-29 апреля 2011 года. Орёл, 2011. С. 154.

② Калганникова И. Ю. Поэтика «духовного реализма» в автобиографическом романе Б. К. Зайцева «Путешествие Глеба» // Творчество Б. К. Зайцева и мировая культура. Сборник статей: Материалы Международной научной конференции, посвященной 130-летию со дня рождения писателя. 27-29 апреля 2011 года. Орёл, 2011. С. 155.

的古希腊人，“就像圣徒的布道蔓延在被希腊哲学翻耕过的大地上一样，扎伊采夫的*基督教世界观*也与*艺术世界观*有机地结合在一起”[①]。而这种对精神现实的艺术性把握恰是以扎伊采夫为代表的“新的现实主义”的特色所在，其宗旨在于“反映看不到的、未知的崇高存在的现实”。“当扎伊采夫这种特殊的‘新的现实主义’……转向重建具体基督教理解中的精神现实的时候，这种方法就可以用更丰富的术语界定：*精神现实主义*。”[②] 确切而言，柳博穆德罗夫用“精神现实主义”界定的是扎伊采夫艺术创作中的“美学原则”：“重建精神世界、东正教存在、教会化的人物形象和东正教修士形象。”[③]

关于美的概念我们并不陌生。车尔尼雪夫斯基把生活作为美的第一来源，提出“美是生活”的命题，“肯定了现实本身的美”，同时“并不排除美的理想性”，还“表现出人本主义的思想”[④]。陀思妥耶夫斯基提出“美拯救世界”，但“他在美中看到的是火一般的运动、悲剧性的冲突。美通过人向他敞开。他在宇宙之中，在上帝的秩序之中没有看到美。在这里，在最高的美中，是永恒的骚动。在人身上没有平静”[⑤]。陀氏所认为的美最终反映在人身上，而人又是充满矛盾的，所以，陀氏的“美拯救世界”的命题建立在对人心的考验上。索洛维约夫为美如何实现对世界的拯救提供了范本：“美不在抽象的理念或超验的王国，而是一种‘神圣的物质性’，是一种物质，更确切地说，是一种被理念彻底照亮、被提升到永恒领域的

---

① Любомудров А. М. Духовный реализм в литературе русского зарубежья: Б. К. Зайцев, И. С. Шмелёв. СПб.: «Дмитрий Буланин», 2003. С. 54.

② Любомудров А. М. Духовный реализм в литературе русского зарубежья: Б. К. Зайцев, И. С. Шмелёв. СПб.: «Дмитрий Буланин», 2003. С. 54.

③ Любомудров А. М. Духовный реализм в литературе русского зарубежья: Б. К. Зайцев, И. С. Шмелёв. СПб.: «Дмитрий Буланин», 2003. С. 54-55.

④ 刘宁主编：《俄国文学批评史》，上海译文出版社 1999 年版，第 271—272 页。

⑤ ［俄］别尔嘉耶夫：《陀思妥耶夫斯基的世界观》，耿海英译，广西师范大学出版社 2020 年版，第 56 页。

物质。美对索洛维约夫来说，是一个如何‘拯救物质世界的问题’。这样一来，索洛维约夫便把美的问题纳入宗教拯救的范畴。”[①] 关于美与现实的作用机制问题，张冰教授指出：“艺术美的作用体现在它为人类提供美好的范型供人去模仿，所以，和传统现实主义的理解相反，不是艺术模仿生活，而是生活模仿艺术，艺术为生活提供理想的范式和美的理念。”[②] 可以说，在扎伊采夫对精神现实的不懈追求中，蕴藏着艺术美的现实意义。

具体来讲，扎伊采夫向作品中注入了对上帝存在的痛苦思考、对真理的崇高信仰、对现实生活及生活于其中的人的精神世界的关注与体悟。如果说美可以拯救世界的话，那么在扎伊采夫的精神世界里，拯救世界的便是基督教所宣扬的“善”。据扎伊采夫书信集整理者杰伊奇所言，作家最喜欢的话是“善拯救世界”[③]。“索洛维约夫认为活生生的信念可以囊括一个人整个意识——理性、感情和意志，——从而表现于其行为中”，进而“人的行为全出于信念，因此，应该对人的信念施加影响，要人们相信真理。而基督教就是这样的真理”[④]。所以，渗透着扎伊采夫深刻思想理念的作品无形中合成一股力量，这力量促使读者循着作品人物的轨迹审视自己的生活与命运，于是艺术便发挥出其应有的美学效力。

扎伊采夫的美学观建立在对基督、对上帝的虔诚信仰上，并把感受和传播来自精神世界的真理之光作为自己的使命。然而，扎伊采夫并没有在创作中一味布道和宣扬宗教学说，而是通过主人公的现实生活和内在体验，向读者展示这些人物如何走向或背离真理。在扎伊采夫的创作意识里，真理是无法用言语传播的，唯有靠个人的真心体会与感悟。扎伊采夫曾在日记（1926 年 2 月 1

---

① 张冰：《白银时代俄国文学思潮与流派》，人民文学出版社 2006 年版，第 26 页。

② 张冰：《白银时代俄国文学思潮与流派》，人民文学出版社 2006 年版，第 24 页。

③ Дейч Е. Эпистолярное наследие Бориса Зайцева // Зайцев Б. К. Собрание сочинений. Т. 10(доп.). М.: Русская книга, 2001. С. 7.

④ 张冰：《白银挽歌》，黑龙江人民出版社 2013 年版，第 190—191 页。

日）中写道："有的真理需要剖析，有的真理需要体会。……我无法解释什么是善、光明、爱（只能*引向*这一点）。我应当自己感受一下。在我的身心内里，应当有什么——被联结，被拆散，游离，靠岸……我记得十五多年前的那一时刻，我突然感受到福音书的全部光照，这本书第一次展现在我面前，就像一个奇迹。"① 在扎伊采夫的宗教思想世界里，真理来自福音书，来自关于上帝的学说，进而作家写道：真理"首先用心去感受，但并不仅仅单凭一颗心：还有每一个手指尖，每一次呼吸，每一处腿脚——整个身心，唯有理智尝试把它化成言语，于是一件衣服就缝好了，可竟然这种款式的衣服早就有人穿了。哎，那怎么办，随它吧。新鲜的、无以言表的感受就这样保留下来"②。言外之意，每个人对真理的体会与感悟都是独特的，与其说重要的是体悟到的真理，不如说是这种体悟本身。

扎伊采夫笔下的人物有着各种不同的命运轨迹，他们走近真理的路径也各不相同，但他们每个人无不因真理的感召而获得心灵上的安宁与精神上的福祉。扎伊采夫艺术世界里的这束祥和之光也照亮了同时代人及后世之人。普罗科波夫总结道："在对诗歌、对抒情性整体表现出兴趣衰退的忧伤时代，人们的心在残酷的同室操戈中变冷变硬，人被迫不去关怀灵魂，而是关心金贵之躯和生存问题，在俄罗斯这黑暗的艰难岁月，扎伊采夫小说里感染所有人的、对史诗的迷恋炽烈地发光发亮（他的总出版量早就超过了二百万）。这就证实：他那诗性的书、他那倾心的话语永远存在。因为人对爱和理解的渴望是永恒的，对崇高的、引向祭坛和纯洁地方的渴求是永不枯竭的，在那里我们的激情止息，悲痛、病痛得到安抚，在那里宝座上善的光环闪耀，向善勤勤恳恳苦苦哀求、在祈祷中对之加以称

① Зайцев Б. К. Собрание сочинений：Т. 9（доп.）. М.：Русская книга，2000. С. 58.

② Зайцев Б. К. Собрание сочинений：Т. 9（доп.）. М.：Русская книга，2000. С. 58.

赞，并把这称赞带给人们的正是鲍里斯·康斯坦丁诺维奇·扎伊采夫。”①

此外，体会与感悟真理的独特性还体现在扎伊采夫的个人生活道路上。柳博穆德罗夫格外强调，扎伊采夫的精神之路具有鲜明的特殊性：“他的童年、少年都在俄罗斯东正教最伟大的圣地附近度过，但他对之完全置若罔闻。扎伊采夫有几年住在距离奥普塔修道院不远的地方，可他一次也没有去过这个修道院；常常经萨罗夫森林去父亲的领地，但萨罗夫修道院没有引起他任何兴趣。只是在侨居时期，永远失去朝拜这些圣地的机会以后，扎伊采夫才领悟到它们的伟大精神意义，并在自己的随笔中从思想上实现对它们的朝觐。”② 而且，这些细节也被扎伊采夫写入《格列布游记》里。

扎伊采夫在谈及创作屠格涅夫传记的经验和体会时指出：“知道作者如何生活，一年又一年——之后再读他的作品，这种相互影响是非常有趣的。你会发现许多，会明白主题、比喻、形象从何而来。”③ 按照这种逻辑，我们若想深入理解扎伊采夫的作品，理解作家的创作理念、美学追求和对世界的观照，必须先掌握作家的生活轨迹。庆幸的是，扎伊采夫在自传体四部曲中已清晰记录下了自己所走过的生活道路，因而，有理由相信，通过对这四部曲的解读，我们会更深入理解扎伊采夫的精神现实主义。正如作家本人所言：“如果你知道作者的生活，那就更容易理解他的作品。可如果你忽视作品，那么连他的生活也理解不了。许多东西引发自他的探索、他

---

① Прокопов Т. Ф. Легкозвонный стебель. Лиризм Б. К. Зайцева как эстетический феномен // Зайцев Б. К. Собрание сочинений：В 5 т. Т. 3. М.：Русская книга, 1999. С. 11.

② Любомудров А. М. Святая Русь Бориса Зайцева // Зайцев Б. К. Собрание сочинений：В 5 т. Т. 7(доп.). М.：Русская книга，2000. С. 13. 奥普塔修道院是俄国静修主义的中心，萨罗夫的谢拉菲姆代表了静修主义传统在俄国的复兴，详见霍鲁日《俄国哲学的产生》，张百春译，《俄罗斯文艺》2010 年第 11 期。

③ Городецкая Н. Д. В гостях у Б. К. Зайцева (интервью) // Возрождение. 1931. № 2051. С. 4.

在艺术领域的梦想。”① 这些探索和梦想已水乳交融地汇入扎伊采夫的自传系列中。结合《格列布游记》的具体内容，我们将围绕主人公的内在生活轨迹、神性爱情追求和朝圣之旅三个方面揭示扎伊采夫精神现实主义的内涵。

第二节 自传主人公的精神生活

扎伊采夫曾坦言，在四部曲中，随着叙事的展开和主人公个性的发展，俄罗斯逐渐成为“剧中的主要人物——她那时的生活，气质，人，风景，她的无垠，田地，森林，诸如此类”②。与此同时，格列布在大地上的旅行也获得了普遍意义：“上帝与他，与格列布本人在一起，但要知道，他就是那样的（孩童，后来少年、青年），如同数千个其他人，即讲述他对生活目的的探索，他的煎熬、宗教怀疑和接近真理之路，讲述他的创作尝试和创作崇拜——意味着讲述普遍意义上的人”③，扎伊采夫如此这般界定自己的创作思想。进而不难理解，作家为何把这四部曲称作“编年史—长诗”④。我们从中读到的不仅仅是一个人的成长史，还是整整一代人的历史，整个时代的推进历史，正如研究者所言：“在思考格列布这一形象时，扎伊采夫在他身上首先强调的是典型特征，整整一代人特有的特征。”⑤ 可以

① Городецкая Н. Д. В гостях у Б. К. Зайцева (интервью) // Возрождение. 1931. № 2051. С. 4.

② Зайцев Б. К. О себе // Зайцев Б. К. Собрание сочинений：В 5 т. Т. 4. М.：Русская книга，1999. С. 592.

③ Зайцев Б. К. О себе // Зайцев Б. К. Собрание сочинений：В 5 т. Т. 4. М.：Русская книга，1999. С. 592.

④ Зайцев Б. К. О себе // Зайцев Б. К. Собрание сочинений：В 5 т. Т. 4. М.：Русская книга，1999. С. 591.

⑤ Воропаева Е. Жизнь и творчество Бориса Зайцева // Зайцев Б. К. Сочинения：В 3 т. Т. 1. М.：Художественная литература；ТЕРРА，1993. С. 41.

说，四部曲证实了扎伊采夫在新现实主义创作美学下对传统现实主义所提倡的“典型性”的捍卫与坚守。然而，新现实主义作家并没有止步于刻画大时代下的典型人物形象，而是密切关注人物在心理、信仰等方面的精神现实。为此，扎伊采夫在四部曲中运用了独特的叙述手法，在保证个性发展与时代背景相一致的前提下，赋予人物以深厚的精神品格。

一　独特的叙述策略

按照巴赫金对古希腊罗马传记体裁的类型界定，扎伊采夫的这部传记在写法上属于“唯能型”，通过“个性在行动和表现中的展开”，最终展示的是“完全的生存和人的实质，不是一种状态而是一种行动，一种活动的力量（即‘能’）”①。从四部曲的行文中可以看到，随着生活的流动，格列布的个性逐渐形成，确切而言，这是精神生活在作家记忆中的展开。巴拉耶娃指出，“不同于回忆录，记忆给出的不是照片式的过去，而是过去的本质”，因而四部曲的一条叙述线是“主人公在已逝去的过往中，寻找是什么引领他来到当下”②，也就是对历史、对过去的反思。在此叙述过程中，“扎伊采夫展示出个性自我发展的能的力量”，按照批评家的阐释，“个性自我发展体现为永恒的运动、朝圣、向精神顶峰的游历”③。所以，我们看到位于《格列布游记》叙述中心的是主人公的精神生活，是蕴

① ［苏］《巴赫金全集》第3卷，白春仁、晓河译，河北教育出版社2009年版，第329页。

② Бараева Л.Н.Тетралогия Б.Зайцева «Путешествие Глеба» в контексте «неореалистической прозы» // Проблемы изучения жизни и творчества Б. К. Зайцева: Сборник статей / Вторые Международные Зайцевские чтения. Калуга: Издательство «Гриф», 2000. Вып. Ⅱ. С. 106-107.

③ Бараева Л. Н. Тетралогия Б. Зайцева « Путешествие Глеба » в контексте «неореалистической прозы» // Проблемы изучения жизни и творчества Б. К. Зайцева: Сборник статей / Вторые Международные Зайцевские чтения. Калуга: Издательство «Гриф», 2000. Вып. Ⅱ. С. 107.

藏在普通生活里的崇高价值，“在日常生活中突出美学的东西，探寻已经历时刻的价值，对于扎伊采夫而言是非常典型的”①，巴拉耶娃如此作结。

从四部曲的主题来看，可以划分出以下三个层面：格列布的生活之路（不同年龄段的辗转波折），格列布的心灵之路（对艺术和爱情生活的感悟），格列布的精神之路（对生死疾病和信仰问题的思索）。随着这些问题的展开，我们逐渐了解格列布是什么样的人，这一人物具有什么样的时代特征。最终在扎伊采夫对普通人命运轨迹的诗意描写中，我们将领悟作家的生活理念与哲理思考，进而深入理解其精神现实主义的内涵。

整体而言，四部曲是按编年史顺序展开的。从第一部到最后一部，主人公格列布走过自己的生活道路：从童年到少年、从少年到青年，最后成长为一位成熟的作家。自始至终贯穿的都是扎伊采夫对生活本身的感悟，甚至接近于托尔斯泰的“体悟”：“体验而且有所悟得。”② 因而，四部曲是一部真实反映作家心路历程的编年体小说。德拉古诺娃在分析四部曲的第一部小说《黎明》时便指出：“在整部作品里，主人公走过几个成长阶段，经历诸多诱惑与考验。小说的任务便在于此。”③ 这一表述不仅适用于四部曲的第一部，对接下来的三部也同样适用，通过这些“诱惑与考验”，扎伊采夫展示了自己对生活的独特看法，确切而言，是对精神生活的崇高追求。

---

① Бараева Л. Н. Тетралогия Б. Зайцева « Путешествие Глеба » в контексте « неореалистической прозы » // Проблемы изучения жизни и творчества Б. К. Зайцева：Сборник статей / Вторые Международные Зайцевские чтения. Калуга：Издательство «Гриф»，2000. Вып. Ⅱ. С. 107.

② 李正荣：《托尔斯泰的体悟与托尔斯泰的小说》，北京师范大学出版社 2000 年版，第 23 页。

③ Драгунова Ю. А. «Заря» жизни в одноименных повести и романе Б. К. Зайцева // Центральная Россия и литература русского зарубежья（1917-1939）. Исследования и публикации：материалы международной научной конференции，посвященной 70-летию присуждения И. А. Бунину Нобелевской премии. Орёл：Вешние воды，2003. С. 187.

在《黎明》里，在父母的温存爱抚下，尤其是在母亲的偏袒里，小男孩格列布度过了无忧无虑、自由自在的童年生活。他最感兴趣的是打猎，但出于自尊心和高傲的心理，总是极力掩饰自己的真实想法，其中包括想要得到一把猎枪的强烈愿望，以及得到之后按捺不住的欣喜——“可他认为，正是询问这件事有损于自己的尊严。人们还会想，他对此感兴趣！”① 虽然就性情而言，格列布不喜欢残酷粗鲁的举动（“可怕地看喝醉酒的庄稼汉殴打妻子，在圣母安息日或耶稣复活节，他们相互殴打。当父亲刻薄地骂人时，他感到委屈，总之，受不了力量的嚣张”②），可他却异常迷恋打猎，为自己收获猎物感到喜悦。如果猎到了什么，“他还夸赞自己。但出于高傲尽力掩饰”③。对于这种矛盾心理，全知全能的叙述者在小说中解释道：“他还是个孩子，对生活和激情一无了解，自由地屈从于自己身心中黑暗的、隐蔽的力量”④，这预设了格列布的个性发展。

尽管在格列布的世界里出现了威严的祖母，他还曾在教堂里手持圣像参加女家庭教师洛塔的婚礼，可格列布还是倾心于做自己喜欢的事：“他所处的年龄，只对打猎和游戏感兴趣。他只看到了这些，其他的都一带而过——没有他参与的世界，对他而言是不存在的。”⑤ 值得注意的是，小说里总有一个幕后叙述者，他知道人物的一切事迹和命运。他讲述小男孩的生活时，就像回忆自己的童年，这使小说的结构复杂化。斯捷潘诺娃把这种叙述特征定义为“双重视野”，即“作者知道自己主人公的未来：他带着忧伤的感动看待他的幸福；他个人的声音，‘来自当下的’声音时不时闯入过去的安稳世界里。”⑥ 换言

---

① Зайцев Б. К. Собрание сочинений：В 5 т. Т. 4. М.：Русская книга，1999. С. 36.

② Зайцев Б. К. Собрание сочинений：В 5 т. Т. 4. М.：Русская книга，1999. С. 41.

③ Зайцев Б. К. Собрание сочинений：В 5 т. Т. 4. М.：Русская книга，1999. С. 41.

④ Зайцев Б. К. Собрание сочинений：В 5 т. Т. 4. М.：Русская книга，1999. С. 41.

⑤ Зайцев Б. К. Собрание сочинений：В 5 т. Т. 4. М.：Русская книга，1999. С. 57.

⑥ Степанова Н. С. Аксиология детства в автобиографической прозе первой волны русского зарубежья. Курск：ООО «Учитель»，2011. С. 67.

之，文中眼下正在讲述的一切——小男孩如何幸福地与父母和姐姐生活，他在乌斯特的家里欣赏到什么样的美景，而索菲娅·埃杜阿尔多夫娜的音乐又给他留下什么样的印象，他生病的时候是多么痛苦，中学生活多么枯燥等——都已成了过去，它们在叙述者的审视与反思下得到展开，这种叙述手法贯穿四部曲始终。

由于孩子生病，母亲决定夏天带他们去卡卢加郊外的庄园休息。于是，格列布沿途看到了之前从未看到过的俄罗斯省城和村落：有明镜般湖水的布林斯基森林，枯燥的小城苏希尼奇和肮脏的客店，堪称光荣的城市科泽尔斯克（“虽然没有想，也不知道，但科泽尔斯克、草地、日兹德拉[①]、松林、奥普塔金色的十字架散发出的诗意保留了一生——科泽尔斯克是光荣的！”[②]），单调的别列梅什利[③]，最终是迷人的布达基，那里有奥卡河，令人不安的轮船的声音，奥卡河边的海鸥，小树林里的蘑菇，等等。显然，扎伊采夫在描写主人公的沿途所见时，始终带着诗意的抒情，这也是四部曲共有的叙写情愫。

自传体的第四部——长篇小说《生命树》展示的是主人公“最后的旅行”。这部小说与前三部具有明显的区别。首先，在结构上划分出十章，每一章都有明确的标题和独立的主题，随之是独立的人物和情节，因此小说的叙述范围更广，涉及更多社会事件，讲述了更多普通人的命运。其次，故事情节的推动不再单单围绕主人公格列布展开，有时格列布完全缺席，其他人物成为叙述者关注的主要对象。尽管如此，这些章节都因共同的内在逻辑而连在一起，即他们都关涉格列布的生活之路。另外，对这些人物生活的描写及其命运的关注，还表达了作家的忏悔意识，加深了小说的宗教色彩，因

① 苏希尼奇（Сухиничи）、科泽尔斯克（Козельск）和日兹德拉（Жиздра）都是位于卡卢加州的县城。

② Зайцев Б. К. Собрание сочинений：В 5 т. Т. 4. М.：Русская книга，1999. С. 70.

③ Перемышль，位于卡卢加州的一个村庄。

为“基督教伦理学就是在忏悔的过程里制定的”，而对过去事件的反思承载了扎伊采夫对自己乃至整整一代人的谴责，“谴责自己需要忏悔，这是精神之路之初所要求的”①。由此，扎伊采夫的自传体四部曲具有深厚的宗教哲理意蕴。

在第四部自传体小说里，“土堤”“土堤的编年史”和“根纳季·安德列伊奇”这三章讲述的是格列布妻子埃莉一家的家族历史，与此同时，它们还展现出俄罗斯大地上的时代更替。“普罗希诺”和“普留希赫的小编年史”主要讲述格列布的堂姐索尼娅一家的生活，以及格列布的母亲如何在等待儿子归来的煎熬中艰难度日，之后又是如何不堪于出国手续的繁杂而猝死的悲剧故事。与母亲最后告别的场景，格列布铭记一生：“这一幕永远留在他心里：似乎不是过去，而是永远都在，母亲没有离开，而是在离开的路上，无论格列布在哪里，无论做什么，无论怎么生活，带着鸵鸟羽毛的母亲永远在走向永恒的路上。”② 这也象征着格列布作为一个成年人心智上的成熟，因为正如斯捷潘诺娃所言，“在成熟期，占上风的不是想要忘记，而是想要铭记”③。确实，在最后一部长篇小说里，有一半的章节扎伊采夫都用来描写过去的事情，那时正好他不在场（当时主人公格列布已侨居国外，而这些事情都发生在俄境内）。其余章节——“最后的莫斯科”“柏林”“巴尔迪的寂静”“在巴黎的继续”和“格列布游记”——的叙述中心又转移到格列布身上，主要讲述主人公在国外的生活状况和心理感受。这些片段充分体现了扎伊采夫的现实主义创作手法和艺术理想。

独特的叙述策略既保证了小说所描写事物的真实性，还展示了主人公丰富的生活画面。而最为重要的是，它潜移默化中向读者传

---

① ［俄］霍鲁日：《静修主义人学》，张百春译，《世界哲学》2010年第2期。

② Зайцев Б. К. Собрание сочинений：В 5 т. Т. 4. М.：Русская книга，1999. С. 456.

③ Степанова Н. С. Аксиология детства в автобиографической прозе первой волны русского зарубежья. Курск：ООО «Учитель»，2011. С. 85.

达扎伊采夫对生活本质的真实看法。随着叙述有条不紊地展开，主人公格列布还将更宽阔、更广泛地认识生活的面貌，体悟存在的精神空间。

二　独特的生活之旅

在第二部长篇小说《寂静》里，格列布继续体悟生活。这时段他遇到了更多面孔，这些人过着各不相同的生活，正是与他们的短暂相遇给格列布带来了独特的生活体验。形形色色的故事传说和数番颠簸的游历使格列布感悟到生活的多样性和复杂性，如叙述者所言，生活是“一系列游走，打包和解囊，离开，归来，在这期间就编织了生活的纹理”①。

格列布编织的生活纹理首先来自跟随母亲的游历：从卡卢加（上中学的地方）坐火车，途经莫斯科、梁赞、坦波夫、下诺夫哥罗德，之后坐马车和渡船来到伊廖夫②（父亲工作的地方）。沿途看到了令他陌生的景观——火车站上“五光十色、嘈杂、略显肮脏的拥挤”，感受到了由火车的轰隆声裹挟而来的孤独（“火车走得越远，格列布就越加感到孤独”），经历了面对无知的恐惧（“黑暗，春汛，游向某个地方……——他简直胆怯，心里发痛”），困倦中体会到母亲臂膀的温暖与安全（“他可以困倦，她——不能。他把头歪向她的肩膀就能打盹，她的肩膀就是为他依靠而长的”）③。

实科中学的学习生活紧张而有序，这丝毫没有令格列布感到困难。他不仅成绩优秀，还利用闲暇之余做自己感兴趣的事：画水彩画，研究天文学和星系。这时期格列布经常陷入思索，外部社会事件——沙皇离世，幼主加冕——都从他身旁走过。“他陷入忧伤的、

---

① Зайцев Б. К. Собрание сочинений：В 5 т. Т. 4. М.：Русская книга，1999. С. 160.

② Илев，位于下诺夫哥罗德州的一个村庄。

③ Зайцев Б. К. Собрание сочинений：В 5 т. Т. 4. М.：Русская книга，1999. С. 176-179.

沉思的心绪里。也不完全健康，不知为何感到孤单。”“他本人不完全是以前的那个人：不知是心不在焉，还是无缘无故地忧伤。”① 对此叙述者解释道：这多半是“因为年少，因为专注于自我，专注于自我激励的生活，甚至没有特别关注：在遥远的莫斯科，在他压根也不知道的莫斯科，不为他所知的人遭遇了不幸……”② 无论怎样，这时的少年格列布已开始思考生命、永恒和上帝的问题。

关于第二部小说，杰尼索娃这样阐释：“少年时代——这是一个人生命中最‘安静的’阶段，这时最重要的事件都发生在他心里”，因而，在该学者看来，这部小说也是四部曲中“最无事件的”③。难怪扎伊采夫给小说命名为《寂静》，而且格列布在这段时间里确实更多时候是沉浸在自己的世界里，带些忧伤。无论他如何努力理解人的存在本质，“一切都将按照亘古不变的规律受控于同一个题词——这个题词至今从父辈传递到子辈，似乎以一个看不到的杠杆翻转强大的负荷。翻转的时候，它引向目的地，不用说，它全然不知的目的地。”④ 正是带着对人之存在的这种朦胧忧郁的认知，格列布进入自己的《青春》时代，即自传体的第三部小说。这一时期，他在莫斯科上大学，之后因参与罢课被开除，最终转向写作。顺便说一下，格列布并不支持学生罢课，但出于年轻和高傲，他想证明自己是勇敢的战士，而不是自私自利者，因此才迈出了鲁莽的一步：“假如在这一时刻格列布更加平静的话，他会坦然承认，他压根既不想丢掉一年的学业，也不想被流放——况且还被逮捕。”⑤ 透过叙述者的这些话语可以感受到扎伊采夫对年轻人的怜惜、对自己青年时代的惋

---

① Зайцев Б. К. Собрание сочинений：В 5 т. Т. 4. М.：Русская книга，1999. С. 191.

② Зайцев Б. К. Собрание сочинений：В 5 т. Т. 4. М.：Русская книга，1999. С. 246.

③ Денисова Е. А. Типы повествования в тетралогии Б. К. Зайцева «Путешествие Глеба» // Текст и контекст в языковедении：Материалы Х Виноградовских чтений：15-17 ноября 2007 года. В 2 частях. Ч. 1. М.：МГПУ，2007. С. 251.

④ Зайцев Б. К. Собрание сочинений：В 5 т. Т. 4. М.：Русская книга，1999. С. 269.

⑤ Зайцев Б. К. Собрание сочинений：В 5 т. Т. 4. М.：Русская книга，1999. С. 325.

惜。然而生活本身充满未知，难以想象如果没有这些历史背景的话，格列布的人生将会怎样安排。况且“实现性格展示的那个历史现实本身，只是这种展示所处的环境，只是为了人在行动言语中表现性格提供机会，却不能给性格本身以决定性的影响，不能形成性格，不能创造性格，仅仅是实现性格”①。因而，扎伊采夫铺设这个背景不在于反映历史背景，而是为了进一步推动主人公的性格形成。于是我们看到一位“正在开启的俄罗斯新时期的年轻作家”，这个“俄罗斯心灵和诗歌的声音应当发出自己的、不同于以往的声响”②。

而为了在文坛上发出这独特的声响，格列布选择离开自己的国度。加之疗养身体的需要，格列布带着作家的使命，偕妻子和女儿去了国外：“那时统治他的是一股无法克服的力量，他需要*活下去*，实现他来到这世上的目的——这是主要的，而这无法在这里做到。”③ 无论怎样，在离开的时候，格列布夫妇并没有打算长久待在国外：首先去柏林，之后在意大利一段时间，最后就可以返回莫斯科。可诸如格列布的母亲和埃莉的父亲，这些老一代人都悲观地预感到，格列布这一走就意味着永别。

事实也证明这完全不是临时出行，而是真正的出走，一直到生命的最后时刻（如果考虑到作家的真实生活的话）。火车“在某阵旋涡里，在还是起始于莫斯科的旋涡里，裹挟着三个俄罗斯人，在他们的命运轮廓里愈走愈远”④。在国外，格列布一家去了多个国家，到过许多地方：德国（柏林、哈根斯多夫）—意大利（维罗纳、佛罗伦萨、渔村巴尔迪）—法国（巴黎）—芬兰（赫尔辛基、芬兰湾）……虽然格列布与妻子去意大利已不是第一次，年轻时候（还没有女儿塔尼娅的时候），他们已拜访过这个神奇的国度，可这

① ［苏］《巴赫金全集》第3卷，白春仁、晓河译，河北教育出版社2009年版，第330页。

② Зайцев Б. К. Собрание сочинений：В 5 т. Т. 4. М.：Русская книга，1999. С. 391.

③ Зайцев Б. К. Собрание сочинений：В 5 т. Т. 4. М.：Русская книга，1999. С. 455.

④ Зайцев Б. К. Собрание сочинений：В 5 т. Т. 4. М.：Русская книга，1999. С. 487.

次还是令他们欣喜，催生了对美好和安宁的向往："在佛罗伦萨的这些天，对两人而言，似乎重复了他们的青春时代，似乎战胜了时间——也战胜了可怕的、经历过的、俄罗斯的东西"①，格列布和妻子享受并崇拜这神圣的寂静。

在异国他乡生活的岁月里，格列布与祖国亲人的联系从未中断。他们频繁通信，借此格列布得知母亲去世的消息。更重要的是，这种联系还依靠记忆维持，尤其是在母亲去世后，格列布"开始了完全另一种生活，侨居的生活。这是放逐。没有什么普罗希诺，没有莫斯科，没有过去的东西，这一切都留在那里，只住在心里。母亲牢牢住在心里，当然比所有人都要牢固。住在书信里，住在愿望里"②。国外的生活还借助于以前的熟人得到安排，比如建议搬迁到新地方，找租房，等等。可见，外部世界的强烈变化推动格列布不再封闭于自己，而是跟随外界构建自己的生活纹理，网罗其他人的生活和祖国的事件，对此有学者总结道："格列布个性形成的标志是意识到自己是大世界的一部分"③，独特的生活阅历和生命体验促使格列布走向成熟。无论格列布去哪里，对祖国和亲人的思念、流浪的孤独一直萦绕着他。仅在第一站柏林，他就体会到漂泊者的痛苦："格列布有时感到混杂着隐约忧伤的活力，这种活力是对生命的强烈感受：对，自由，写作和欧洲，甚至这嘈杂的柏林……——但又不是它，离它也远。"④

随之，主人公旅居的"怀乡病"逐渐展开，"成为一个主导的心理—世界观元素，整合作品的整体构思"⑤。小说结尾，格列布和

---

① Зайцев Б. К. Собрание сочинений：В 5 т. Т. 4. М.：Русская книга，1999. С. 490.

② Зайцев Б. К. Собрание сочинений：В 5 т. Т. 4. М.：Русская книга，1999. С. 557.

③ Компанеец В. В. Герой，дом，путь в тетралогии Б. К. Зайцева «Путешествие Глеба» // Вестник ВолГУ. Серия 8. 2003-2004. Вып. 3. С. 39.

④ Зайцев Б. К. Собрание сочинений：В 5 т. Т. 4. М.：Русская книга，1999. С. 476.

⑤ Степанова Н. С. Аксиология детства в автобиографической прозе первой волны русского зарубежья. Курск：ООО «Учитель»，2011. С. 70.

妻子停留在芬兰湾，俄罗斯近在咫尺，但对于放逐者而言，祖国已是遥远的国度。可格列布仍然在这里“感受到自己是在那整个俄罗斯自然生活的节奏、音调里，那生活养育了他、埃莉和塔尼娅（如今跟随年轻人去了土伦①），在某种怀抱里，他与大地、森林、鸟、野兽和人们的联系是最初的。并且这种联系既滋养人，又赋予人灵性”②。确切而言，这种不可分割的联系滋养了格列布作为作家的创作活动，激发他成为一名思想者，使他思考祖国和人民的命运。至此，独特的生活之旅有效促进了格列布的个性形成。可要获得主人公的完整个性，还必须回溯其内在精神世界的充实过程。

三　偶然的精神充实

在四部曲里，扎伊采夫除详细描写格列布各个年龄段的生活以外，还格外渲染生活中偶然事件对主人公内在精神世界的充实，这首先体现为生病的主题。四部曲中多次描写到格列布生病的场景，且每次身体上的病痛都使他内心更为坚强。德拉古诺娃认为：“孩子生病不是作为自然事件来理解，不是童年不可剥夺的属性，而是‘第一个熔炉’。侨居者扎伊采夫在四部曲的第一部就向读者灌输这样一种思想，即人的一生是漫游，而对于生活在 19 世纪 80 年代的诸多俄罗斯人而言，是苦难的旅行。”③ 可见，在对表面的身体病痛的描写背后，隐匿的是作家对现实的切身感受。

童年时，格列布备受猩红热的折磨，而这给予他的生活以新的色调。他在母亲身上看到了天使形象：“格列布时而发热，时而冒汗，时而看到几块贴着寻常壁纸的墙，这些壁纸如今具有某种新的、

---

① Тулон，法国城市。

② Зайцев Б. К. Собрание сочинений：В 5 т. Т. 4. М.：Русская книга，1999. С. 576.

③ Драгунова Ю. А. «Заря» жизни в одноименных повести и романе Б. К. Зайцева // Центральная Россия и литература русского зарубежья（1917－1939）. Исследования и публикации：материалы международной научной конференции，посвященной 70-летию присуждения И. А. Бунину Нобелевской премии. Орёл：Вешние воды，2003. С. 187.

折磨人的、傻里傻气的意义，时而在奇怪的影子里，这一切都在移动，围着一个才熟悉的、心爱的白短衫打转：白短衫穿过一切并来回走动，在胡扯的梦境、梦魇和无关痛痒的呕吐里，只有过去的一座岛屿留了下来——母亲。不信天使的人成了天使。”① 克服身体疾病的过程还使主人公参与到春天的生活里，感受着万物生机，成为大自然的一部分：“他帮助春天。与它活在一起——这充实了他的心灵。”“对他而言，‘领头的小溪’是活的。活着的还有播种机上第一批盛开的蒲公英，零星点缀着黄色小花的鹅掌草，躺在椴树下被太阳晒暖的地方。一切都是自己的，一切都是亲近的。生活如此绚丽，而他与生活同在。”②

拖延许久的白喉症使格列布从沉重的中学学习生活中抽离，免于死记硬背希腊语的苦恼。母亲决定送儿子去父亲工作的地方（伊廖夫）疗养。在伊廖夫，格列布过得完全是另一种生活——枯燥空虚的生活。然而可贵的是，正是在这里他认识到人的脆弱。有一次，格列布下河里游泳，之后便生病了。这使格列布尤为不安：“平稳的令人沮丧的生病时段到来了，这是格列布所害怕的：有些咳嗽，有些发热，虚弱——支气管发炎，他从一个沙发转到另一个上去，可真正生活的力气却没有。”③ 并且这段时间父亲被派去处理一件棘手的事，而他又听到父亲可能有潜在的危险，于是“他充满了不安、惊慌，内心被隐约的沉重所控”④。接下来的一场病最严重，格列布连续十多天失去知觉。妻子埃莉把奇迹创造者圣尼古拉的神像放在格列布胸前，第二天早上他奇迹般苏醒了。之后，带着这份对奇迹的信仰，格列布与家人去了柏林。最后一次生病是在柏林，这回格

① Зайцев Б. К. Собрание сочинений：В 5 т. Т. 4. М.：Русская книга，1999. С. 65.

② Зайцев Б. К. Собрание сочинений：В 5 т. Т. 4. М.：Русская книга，1999. С. 66-67.

③ Зайцев Б. К. Собрание сочинений：В 5 т. Т. 4. М.：Русская книга，1999. С. 201.

④ Зайцев Б. К. Собрание сочинений：В 5 т. Т. 4. М.：Русская книга，1999. С. 205.

列布和埃莉都病倒了。他们“变得像木乃伊”[①]，女儿塔尼娅照顾他们。最终，“忍耐，正确的抵抗方法”[②] 帮助他们战胜了疾病。

通过这些生病、康复的痛苦经历，格列布越来越清晰地认识到，面对疾病，人无能为力，唯有接受并努力去克服。疾病除了带来肉体的苦痛以外，还在人内心引起恐惧。这是失去亲人的恐惧，更是对死亡的惧怕。格列布一家在莫斯科租住的时候，房子一楼住着生病的朋友沃列尼卡，埃莉经常去探望。直到有一天，埃莉看到病入膏肓的沃列尼卡，她眼前出现幻象，看到一口棺材，随即吓得昏厥过去。格列布“总是担心这股神秘的力量，它随时会终止生命”[③]。他相信死亡的强大和无所不在，但也懂得，“在这世上有生命，有异常重要的和神秘的、威严的东西，但这一切都是应当的。一切都好。可怕，忧伤，快乐——一切都是应当的”[④]。可见，格列布对现实、对生活已表现出恭顺、欣然接受的态度。

伴随生命中偶然疾病的侵袭，死亡也逐渐潜入格列布的思想意识里。死亡使人与此世隔离，正如在实科中学班主任的葬礼上所描述的那样：“格列布亲自抛撒的一抔土不知怎地扣在棺材盖上，隔开了此世、五月、拉夫林季耶夫斯基的小树林、格列布与逝去的人。”[⑤] 虽然无法阻止死亡的到来，但人可以拒绝对逝者的遗忘，母亲的去世使格列布更加深刻地将她铭记。母亲作为永恒的一部分进入了格列布的记忆，而在这永恒中“逝去的既不可企及，又近在咫尺”[⑥]。尽管死亡引发恐惧，但格列布平静地接受死亡的到来，因为他知道这已不是人的毅力可左右：“无论人愿意还是不愿意，都从痛苦的杯盏里吮吸。穿过一切——并向前走得更远。就会看到周围一

① Зайцев Б. К. Собрание сочинений：В 5 т. Т. 4. М.：Русская книга，1999. С. 482.

② Зайцев Б. К. Собрание сочинений：В 5 т. Т. 4. М.：Русская книга，1999. С. 483.

③ Зайцев Б. К. Собрание сочинений：В 5 т. Т. 4. М.：Русская книга，1999. С. 424.

④ Зайцев Б. К. Собрание сочинений：В 5 т. Т. 4. М.：Русская книга，1999. С. 425.

⑤ Зайцев Б. К. Собрание сочинений：В 5 т. Т. 4. М.：Русская книга，1999. С. 285.

⑥ Зайцев Б. К. Собрание сочинений：В 5 т. Т. 4. М.：Русская книга，1999. С. 557.

切是多么不可遏制地流动着，就像他自己在流动一样，变化着，进入下一个月，这已不完全是上个月的样子。”①

正如德拉古诺娃在分析扎伊采夫的短篇小说《黎明》时所说的那样：“生活——这是一种爱的能力，同情和受苦的能力。”② 不可预测的疾病、死亡使人受折磨，使人产生对生活本身的惧怕，但不应因此而停止脚步。扎伊采夫在《莫斯科》中写道：“世上没有什么是平白发生的。一切都有意义。苦难、不幸、死亡只是看起来无法解释。进一步观察的话，就会发现，生活中古怪的花纹和曲曲折折并非无益。白天与黑夜、快乐与痛苦，成就与跌落——时刻教导人。无意义的是没有的。”③ 一切都理所应当，生活中没有什么是多余的，生命存在中也没有什么是多余的。在生死亘古不变的自然规律下，人要学会接受，学会去爱、去同情，“别人不仅要爱你，你也要爱别人”④，由此可见俄罗斯民族性格中普遍存在的博爱精神。于是，格列布更加坚信人有爱的能力，更加期待爱所带来的福祉，尤其是在与妻子经历偶然的事件以后，他更加相信，人能做的就是爱。小说里，一如扎伊采夫的现实生活里，格列布与妻子彼此深深相爱，他们携手共同面对不可预见的事与物。至此，格列布对生活、对生活里的偶然（疾病、失落、狂喜等）乃至对生命的短暂和死亡的必然形成了清醒的认识。

---

① Зайцев Б. К. Собрание сочинений：В 5 т. Т. 4. М.：Русская книга，1999. С. 557.

② Драгунова Ю. А. «Заря» жизни в одноименных повести и романе Б. К. Зайцева // Центральная Россия и литература русского зарубежья（1917－1939）. Исследования и публикации：материалы международной научной конференции，посвященной 70-летию присуждения И. А. Бунину Нобелевской премии. Орёл：Вешние воды，2003. С. 187.

③ Зайцев Б. К. Собрание сочинений：В 5 т. Т. 6（доп.）. М.：Русская книга，1999. С. 117.

④ Драгунова Ю. А. «Заря» жизни в одноименных повести и романе Б. К. Зайцева // Центральная Россия и литература русского зарубежья（1917－1939）. Исследования и публикации：материалы международной научной конференции，посвященной 70-летию присуждения И. А. Бунину Нобелевской премии. Орёл：Вешние воды，2003. С. 187.

第三节 自传主人公的神圣爱情[①]

上节我们集中探讨了游历、疾病、死亡等话题对自传主人公精神生活产生的影响，历时来讲，它们构成了格列布个性生成过程的基本元素。随着年龄的增长，主人公个性展开的领域逐渐扩大，其中爱情作为一个重要话题越来越凸显出来，这也是扎伊采夫独特生活观的核心成分。

一 四部曲的《初恋》母题

扎伊采夫在侨居时期创作了文艺传记《屠格涅夫的一生》(1932)，在斯捷蓬看来，“俄罗斯作家中谁最与扎伊采夫合拍，为什么扎伊采夫喜欢他”，这部作品对此作出了合理解答[②]。毫无疑问，这部传记的成功表明，20世纪的作家从自己的主人公——19世纪伟大作家的生平中有所学，有所感悟。斯捷蓬认为，这里“并不是一个对另一个的影响，不是感化，而是他们心灵上的相近，随之是风格上的相近”，因此，《屠格涅夫的一生》“不是从外面，而是从里面”写成，扎伊采夫全身心潜入自己所钟爱的作家的一生及其艺术世界[③]。米哈伊洛娃进一步指出：“扎伊采夫深入主人公的内部世界，评述主人公有时也不清楚的心灵活动，因而扎伊采夫创作的

---

① 本节内容根据已发表的文章增删、修订而成，具体信息如下：«Первая любовь» И. С. Тургенева как мотив в творчестве Б. К. Зайцева // Наука о человеке. Гуманитарные исследования. 2021. № 1. С. 31-35。

② Степун Ф. Борис Константинович Зайцев-к его восьмидесятилетию // Зайцев Б. К. Собрание сочинений：В 5 т. Т. 5. М.：Русская книга，1999. С. 9.

③ Степун Ф. Борис Константинович Зайцев-к его восьмидесятилетию // Зайцев Б. К. Собрание сочинений：В 5 т. Т. 5. М.：Русская книга，1999. С. 9.

是心理化的传记。”[①] 作家本人也坦诚自己对屠格涅夫的景仰：“像屠格涅夫那样写作，现在是不可能的，但可以感受他的*呼吸*，整个他的气质，抒情的和精神上的——尽其所能。”[②]

在这部关于屠格涅夫的传记里，扎伊采夫把传主屠格涅夫的一生描写成一部爱情史，因为在传记作家看来，“他一生的赌注是女性的——寻找幸福，而在女性之爱中看到幸福。唉，当然，一辈子都非常不幸。……直到垂暮之年，仍无法拒绝对幸福的幻想……其实，屠格涅夫的一生像一部爱情史，就这样展现在我面前，也就这样被写出来。”[③] 无论是屠格涅夫生命中的爱情经历，还是其作品中的爱情故事，都“像在扎伊采夫的所有小说中一样，男女之间的性爱催生出了某种崇高的东西”[④]。至于屠格涅夫终究不幸的一生，有学者指出，扎伊采夫将其归结为屠格涅夫自身的缺陷，即“无法克服自己的两面性并自觉地达到对崇高生活的理解”[⑤]。可以说，扎伊采夫的爱情观建立在现实生活的基础上，是对充满矛盾的生活本身的感悟，是对存在本体的热爱。而且，扎伊采夫相信男女之间的爱情应当将人提升到神圣崇高的地位。

扎伊采夫在给娜扎罗娃的信[⑥]中，不止一次提及屠格涅夫的中篇

---

① Михайлова М. В. Борис Константинович Зайцев // История литературы русского зарубежья（1920-е —начало 1990-х гг.）：Учебник для вузов. М.：Академический Проект；Альма Матер，2011. С. 195.

② Назаровой Л. Н. 26 июня 1968. Париж // Зайцев Б. К. Собрание сочинений. Т. 11（доп.）. М.：Русская книга，2001. С. 273.

③ Городецкая Н. Д. В гостях у Б. К. Зайцева（интервью）// Возрождение. 1931. № 2051. С. 4.

④ ［俄］阿格诺索夫：《俄罗斯侨民文学史》，刘文飞、陈方译，人民文学出版社2004年版，第185页。

⑤ ［俄］阿格诺索夫：《俄罗斯侨民文学史》，刘文飞、陈方译，人民文学出版社2004年版，第186页。

⑥ См. Зайцев Б. К. Собрание сочинений. Т. 11（доп.）. М.：Русская книга，2001. С. 192，196，230，273. Письма Зайцева к Л. Н. Назаровой от 5 апреля 1962 г.，17 мая 1962 г.，26 ноября 1965 г. и 26 июня 1968 г.

小说《初恋》(«Первая любовь», 1860):“第一次读《初恋》,我11岁。记得我跑到公园里,有一段时间好似发了疯,沿着林荫道打转,排遣印象。这种印象保留了一生,成熟时期还是那样。”① 此外,扎伊采夫还在给马努伊洛夫的信中重复讲起这一幕:屠格涅夫“贯穿我的一生。11岁,在柳季诺沃(卡卢加省),我第一次读《初恋》。读完之后,在我们的大花园里,沿着林荫道欣喜若狂地游荡了半个小时。从那时起,屠格涅夫就成了我永远的同路人”②。从这些话中可以看出,屠格涅夫的中篇小说《初恋》无论是在扎伊采夫的个人生活里,还是在他的创作生涯中都享有特殊的地位。在扎伊采夫的诸多作品里,都可以找到前辈屠格涅夫《初恋》的回响。扎伊采夫把这部作品视为“世界杰作,可以与彼特拉克③的相媲美。”④

来自“艺术的第一次伟大喜悦”⑤,即阅读屠格涅夫小说《初恋》的愉悦感,在扎伊采夫的自传体四部曲第一部——《黎明》里得到充分印现。在这之前,1910年,扎伊采夫已发表了同样命名为《黎明》的短篇小说⑥。前后两部小说同名,都以屠格涅夫的《初恋》为母题而展开。不同之处在于,1910年的短篇小说在情节构造上与《初恋》的相似之处更多一些;在后来的长篇小说《黎明》里,《初恋》母题并没有发展成主要情节,而是作为一个隐性主题存

① Назаровой Л. Н. 26 июня 1968. Париж // Зайцев Б. К. Собрание сочинений. Т. 11 (доп.). М.: Русская книга, 2001. С. 273.

② Мануйлову В. А. 6 апреля 1962. Париж // Зайцев Б. К. Собрание сочинений. Т. 11 (доп.). М.: Русская книга, 2001. С. 193.

③ Петрарка (1304–1374),意大利著名诗人,著有《歌集》。

④ Назаровой Л. Н. 17 мая 1962. Париж // Зайцев Б. К. Собрание сочинений. Т. 11 (доп.). М.: Русская книга, 2001. С. 196.

⑤ Зайцев Б. К. Собрание сочинений: Т. 8(доп.). М.: Русская книга, 2000. С. 66.

⑥ 该小说被收录在《扎伊采夫全集》第8卷里,未标注具体创作年份,但在文后注释中指出,小说曾发表于1910年,被收录在文艺选集的第12本书里,由“野蔷薇”出版社出版,См. Зайцев Б. К. Собрание сочинений: Т. 8 (доп.). М.: Русская книга, 2000. С. 499。

在。在扎伊采夫的叙述笔调中，隐约可见屠格涅夫所讲述的故事的影子。这一时期，主人公格列布还没有上中学，在六月里略微发绿的一天[①]，格列布读着屠格涅夫的小说《初恋》，体会到之前从未有过的躁动："他的心在跳动。有个人把他攥在手心里，揉啊搓啊——所有这一切都是另一个世界，神奇的，像索菲娅·埃杜阿尔多夫娜的音乐那般揪心又甜蜜。"[②]

我们不妨回顾一下屠格涅夫的主人公弗拉基米尔·彼得罗维奇第一次见到季娜伊达的情景："我看见了长在活泼、欢乐的脸上的一双灰色大眼睛——蓦然间这整张脸颤动起来，露出了笑容，露出一副洁白的牙齿，双眉一挺，似乎显得有点滑稽……我脸唰地一下红了，从地上抓起猎枪，随着后面跟来的响亮、然而并无恶意的笑声，拔腿向自己的房间跑去。我扑到床上，用双手捂住了脸，心一直跳个不停；我既害臊又高兴，我体验到一种前所未有的激动。稍事休息以后，我梳了头，把身上清理了一下，便下楼喝茶去。年轻姑娘的倩影在我面前萦回，心虽已不再激烈跳动，却依然感到愉快和紧张。"[③] 在屠格涅夫笔下，莫名其妙的、躁动不安的爱情体验就是这样的。在扎伊采夫的四部曲中，我们会不止一次见到类似场景，但作家更为强调的是如此这般的情感体验与感受。

第一幕是在《黎明》里，格列布与年轻的家庭女教师索菲娅·埃杜阿尔多夫娜学习音乐的场景。事实上，索菲娅·埃杜阿尔多夫娜教格列布学习的是俄语、德语和数学，她教格列布的姐姐学习的才是音乐。可正是在这音乐课上，格列布莫名地被索菲娅·埃杜阿

---

① 在短篇小说《黎明》里，小主人公热尼亚初次阅读《初恋》的那一天也是略微泛着绿色：热尼亚开始读的时候，外面下着"暖人的大雨"。待他读完，雨停了，"叶子发嫩，像被洗过一样，公园里弥漫着淡绿色的雾"，См. Зайцев Б. К. Собрание сочинений：Т. 8(доп.). М.：Русская книга，2000. С. 65-66。

② Зайцев Б. К. Собрание сочинений：В 5 т. Т. 4. М.：Русская книга，1999. С. 99.

③ 《屠格涅夫全集》第 6 卷，沈念驹、冯昭玙等译，河北教育出版社 1994 年版，第 306—307 页。

尔多夫娜吸引。在格列布眼里，她身上的一切“都是另一种模样。无论是眼睛，嘴唇，高挑的、匀称瘦削的身材，微弱的香水味，还是修长的、但敏捷又温柔的双手，似乎顺着琴键飞扬”①。格列布觉得，从她那指尖里奏出的声响是“那本书的揪心与甜蜜的继续”②，即来自小说《初恋》的五味杂陈。在这份狂喜的刺激下，小男孩对音乐格外感兴趣，甚至于迷恋，“音乐强烈地、诗意地感化了他。”③ 无疑，推动格列布走向音乐的首先是想要再次见到索菲娅·埃杜阿尔多夫娜的欲望。扎伊采夫如此描写这种感觉：“微弱地，模糊地，但在他身上已出现了不再童真的东西。”④

然而这个年龄的格列布还不知道，这种神奇的感受就是爱情。因此他不明白，在父亲与索菲娅·埃杜阿尔多夫娜的二重奏下隐藏的是什么。他也不知道为什么之后索菲娅·埃杜阿尔多夫娜伤心地离开，尽管他看到了母亲的不满和父亲的失望。在索菲娅·埃杜阿尔多夫娜离开的最初日子里，格列布感到伤心，甚至为此责怪父母，对母亲的责怪更多些。但很快，在父母庇护下的安稳日子拂去了索菲娅·埃杜阿尔多夫娜的身影，“就像平坦的雪覆盖了荒凉的湖面”⑤。格列布终究还是个孩子，“他的童年时光在柳季诺沃安稳的、几乎奢华的生活里继续自己的步伐”，他“无法永远生父母的气，而且除了爱抚和关怀以外，他从他们那里什么也没有看到”⑥。

可见，扎伊采夫笔下的情节不同于屠格涅夫《初恋》里的故事。在屠格涅夫那里，初恋对主人公后来的生活产生了深远影响。而在扎伊采夫的长篇小说《黎明》里，这仅仅是一个与屠格涅夫的中篇故事有着某种相似的事件，之后，“来自索菲娅·埃杜阿尔多夫娜，

---

① Зайцев Б. К. Собрание сочинений：В 5 т. Т. 4. М.：Русская книга，1999. С. 97.

② Зайцев Б. К. Собрание сочинений：В 5 т. Т. 4. М.：Русская книга，1999. С. 99.

③ Зайцев Б. К. Собрание сочинений：В 5 т. Т. 4. М.：Русская книга，1999. С. 145.

④ Зайцев Б. К. Собрание сочинений：В 5 т. Т. 4. М.：Русская книга，1999. С. 99.

⑤ Зайцев Б. К. Собрание сочинений：В 5 т. Т. 4. М.：Русская книга，1999. С. 118.

⑥ Зайцев Б. К. Собрание сочинений：В 5 т. Т. 4. М.：Русская книга，1999. С. 118.

来自屠格涅夫的季娜伊达的某些东西”遗留在小男孩的幻想里[1]。

类似这种甜蜜的折磨在四部曲的第二部——《寂静》中继续灼烧。在卡卢加上实科中学时，格列布遇到了安娜·谢尔盖耶夫娜。后者在中学生格列布的内心留下了挥之不去的印象：“他觉得，‘安娜·谢尔盖耶夫娜’这几个字的发音都令人舒畅——似乎她本人在召唤他，这也令他愉悦。”[2] 之后，格列布经常回忆安娜·谢尔盖耶夫娜，期待再次见到她，但还是尽力掩饰自己的真实感受。假如碰到安娜·谢尔盖耶夫娜，格列布立马就会揪起心来，“熟悉的沸水顺着腿脚开始流动”[3]。这种沸腾的激情我们在屠格涅夫的《初恋》里也遇到过：“在她面前我如火烧一般难受……然而这团使我燃烧、使我融化的火究竟是什么东西，我有什么必要去了解呢——能甜甜美美地燃烧、融化，对我来说是一种幸运。”[4]

由此不难发现，屠格涅夫强调的是为爱情作出牺牲，他的主人公一心想要待在自己恋爱对象的身旁，哪怕“融化、燃烧”自己。而在扎伊采夫笔下，与所爱女人的见面让格列布更加仔细地审视自己，更加关注自己的内心。安娜·谢尔盖耶夫娜在场的时候，充斥格列布内心的是“夜、星星、无垠的冰棱的呼吸”[5]。感受着她的娇美迷人，格列布的心灵蒸腾起来，开始向上漂浮。尤其是在音乐会上，坐在安娜·谢尔盖耶夫娜旁边，格列布感到，“所有一切都被同一个水流环绕，捉不到的、轻飘飘的水流，在他心里，一切都是另外的模样：例如，牵上安娜·谢尔盖耶夫娜的手，无声无息地——不知是游过，还是跑到月光下泛绿的宇宙空旷里。”[6] 少年的心灵飞

---

① Зайцев Б. К. Собрание сочинений: В 5 т. Т. 4. М.: Русская книга, 1999. С. 145.

② Зайцев Б. К. Собрание сочинений: В 5 т. Т. 4. М.: Русская книга, 1999. С. 238.

③ Зайцев Б. К. Собрание сочинений: В 5 т. Т. 4. М.: Русская книга, 1999. С. 274.

④ 《屠格涅夫全集》第6卷，沈念驹、冯昭玙等译，河北教育出版社1994年版，第365页。

⑤ Зайцев Б. К. Собрание сочинений: В 5 т. Т. 4. М.: Русская книга, 1999. С. 237.

⑥ Зайцев Б. К. Собрание сочинений: В 5 т. Т. 4. М.: Русская книга, 1999. С. 236.

向宇宙，开始凌驾于自己之上。有爱的可能及因此而获得的幸福将格列布与周围的人区分开来，安娜·谢尔盖耶夫娜也在格列布内心获得了独特的地位。（“对所有人而言她就那样，对他而言完全是另一个人，是他在孤独和寂静中暗自习惯的那个人。”① ）

这种神奇的感受久久萦绕在格列布内心。在莫斯科上大学时（自传体第三部《青春》里的情节），有一次，格列布与女房东塔伊西娅·尼古拉耶夫娜和女房东亲戚的女儿薇拉去看剧。在剧院里，坐在她们后面，格列布察觉出那种迷人的轻飘：他“只是坐着，在半昏暗中，吸入剧院略微停滞的、含混的气味，不去关注合唱和犹太教徒，逐渐遁入遐想的、甜蜜的躁动。这躁动要往哪里去？这他可说不了。关于自己他什么也不知道，似乎什么也不想知道。坐在他面前的两个女人安静下来，专心听音乐，这也没有引起他注意：这是自己的、寻常的。可从内心深处发出了对不寻常的、迷人的东西的呼唤，但这东西他也确定不了。”②

从这些描写来看，扎伊采夫将爱情的魅力与未知的存在和浩瀚的宇宙空间联系在一起。这种联系给予格列布以力量，推着他在普通的生活流水里向前走。这里明显表现出扎伊采夫从索洛维约夫那里汲取的滋养。在索洛维约夫看来，“爱情之所以重要，不是因为它是我们的一种感觉，而是把我们所有的生活兴趣从内在自己的转移到另一个人身上，就像对我们个人生活的中心进行了重置”③。具体到格列布身上，这种“转移”和“重置”表现为他想要越出界限，与心爱的人一起飘飞向无边的宇宙空间，在那里与之连为一体。主人公每次心灵的攀升都深受爱情激发，而在找到真正的爱情之前总是悬浮在宇宙的无限空间里。

对于爱情的意义，科洛巴耶娃依据索洛维约夫的思想作出如下

---

① Зайцев Б. К. Собрание сочинений：В 5 т. Т. 4. М.：Русская книга，1999. С. 255.

② Зайцев Б. К. Собрание сочинений：В 5 т. Т. 4. М.：Русская книга，1999. С. 308.

③ Соловьев В. С. Сочинения：В 2 т. Т. 2. М.：Мысль，1988. С. 511.

解析：在索洛维约夫的概念里，爱情“最终这是在人身上复原上帝的形象、绝对真理的形象”①，由此在人身上实现人性与神性的统一。但前提是这种爱情是真实的、真正的，“我们个人的事业既然是真实的，那么就是整个世界的共同事业——实现万物统一的思想并加以个性化，赋予物质以灵性”②。所以，扎伊采夫笔下的爱情不仅仅是个人的感情，不只是个人内在向宇宙世界的攀升，它还承载了作家对信仰、对上帝的思考。

青年时代，格列布经历了一段失败的恋情。恋爱的对象列拉没能等到他的表白，因为她对爱情的看法迥然不同于格列布尚处于形成时期的爱情观。在格列布看来，“爱情是‘心灵对永恒的神秘追求’”③。而列拉把爱情理解为一种牺牲和奉献精神：“如果相爱，那就会为对方去服苦役。我觉得这就是爱情！”④ 显然，格列布无法接受这种观点，因为“还是从安娜·谢尔盖耶夫娜时候起，他就知道那种甜蜜的、折磨人的、忧伤—快乐的不安，这种感觉暗示了不可企求的女性形象。就在不久前他开始体会另一种不安——很有分量的且鲜明的、强烈的、折磨理智的不安：追求更平凡的女人。”⑤ 而且，“不可企求”和“平凡”这两种矛盾元素可以集中体现在一个人身上，这就是格列布未来的妻子埃莉。

有学者指出：“扎伊采夫的女性爱情理想离不开家庭幸福、婚姻和谐，且源于作家的妻子。”⑥ 诚然，现实中妻子薇拉是扎伊采夫安

---

① Колобаева Л. А. Философия и литература：параллели，переклички и отзвуки（Русская литература XX века）. М.：ООО «Русский импульс»，2013. С. 117.

② Соловьев В. С. Сочинения：В 2 т. Т. 2. М.：Мысль，1988. С. 540.

③ Зайцев Б. К. Собрание сочинений：В 5 т. Т. 4. М.：Русская книга，1999. С. 382.

④ Зайцев Б. К. Собрание сочинений：В 5 т. Т. 4. М.：Русская книга，1999. С. 377.

⑤ Зайцев Б. К. Собрание сочинений：В 5 т. Т. 4. М.：Русская книга，1999. С. 379.

⑥ Куделько Н. А. «Роман получился замечательный，но...»（Б. К. Зайцев о романе И. С. Тургенева «Отцы и дети»）// Творчество Б. К. Зайцева и мировая культура. Сборник статей：Материалы Международной научной конференции，посвященной 130-летию со дня рождения писателя. 27-29 апреля 2011 года. Орёл，2011. С. 69.

稳生活的重要支撑与保障。1965 年，薇拉去世，戈尔博夫在这一年的《复兴报》第 163 期上发表纪念文章，其中作者回顾扎伊采夫伉俪相濡以沫的感人场景，分享在扎伊采夫家感受到的两股温馨力量：一是作家妻子身上散发出的友善之光，令人感到亲近温暖；二是扎伊采夫夫妇在精神与心灵上的牢固联系①。2016 年，莫斯科茨维塔耶娃故居博物馆出版了扎伊采夫妻子的日记，罗斯托娃在序言里写道，“这是一部关于两个人的书——两个人都写：先是**她**写，后是**他**写——凭借她的眼，她的思想，她的心。”② 后来的“他写”，是指在 1957 年薇拉中风瘫痪后，扎伊采夫全心照料妻子时所写。之后，扎伊采夫还整理薇拉与布宁妻子的通信，并结集成两部中篇故事（《关于薇拉的故事》和《另一个薇拉：往年纪事》）。此外，扎伊采夫塑造的诸多美好女性形象都有妻子薇拉的身影，比如长篇小说《遥远的地方》里彼得的妻子。凡此种种都证明扎伊采夫与妻子之间的牢固感情，他们在生活中收获并诠释真正的爱情。

转而在自传小说（《青春》）里，扎伊采夫结合自己的宇宙理想，艺术性阐释了与妻子的爱情源泉。格列布在埃莉身上看到了“燃烧、点燃的能力，这是应该的，这是最主要的。在您身上有明亮的火焰，还有光本身，您围绕着它舒展开，自己却看不到。善良的光——这是您的流露”③。这里又出现我们之前已谈到的神圣女性形象，但与此前不同的是，这位女性是立足于现实生活的，是驻扎于朴素生活中的。因而，埃莉能真正滋养格列布接下来的生活之路，呵护他在大地上的游历，在俄罗斯（莫斯科、普罗希诺等）和国外（意大利、德国和巴黎）的游走，而不是一味地悬浮在大地与宇宙的无限空间里。可以说，埃莉这束光也照亮了格列布之后的生活之路

---

① См. Горбов Я. Н. Светлой памяти Веры Алексеевны Зайцевой // Возрождение. 1965. № 163. С. 50-51.

② Ростова О. А. Вступление // «Вера жена Бориса»: Дневники Веры Алексеевны Зайцевой, 1937-1964 гг. М.: Дом-музей Марины Цветаевой, 2016. С. 5.

③ Зайцев Б. К. Собрание сочинений: В 5 т. Т. 4. М.: Русская книга, 1999. С. 402.

和走近真理的道路，沿着这些路“走得越多，就越清晰地感受到，这就是生活，直到最后的旅行”①。正是与埃莉的结合使格列布意识到爱情的永恒意义，他们甚至共同分享死后“会转入永恒”的爱情：“对，我们相连。对，如今就那样，在某个地方，在我们尘世的界限之外，我们永远相连。”② 这也是扎伊采夫所倡导的真正的爱情，富有神性光环的爱情。

个人生活里的神圣爱情把格列布的人生引向永恒的道路，因为根据索洛维约夫的学说：“真实的爱情，就是不仅证实在主观感受中，一个人的个性在另一个人身上和在自己身上的无条件的意义，还在现实中为这一无条件的意义辩护，真正挽救我们免于必然的死亡，并使我们的生活充满绝对内容。”③ 而这“绝对内容”赋予格列布的生活以神性色彩，四部曲的最后一部《生命树》为此提供了论证。在《生命树》里，格列布已在精神上获得成熟。与妻子携手并肩挺过了生活的艰辛，体验了现实的残酷，饱受了时代的灾难，格列布学会了忍耐与谦恭。最主要的是，他们都切身感悟到索洛维约夫所谓的“精神之爱”，这种爱“不是微弱地模仿和预防死亡，而是凌驾于死亡之上，不是从凡人中划分出永生，不是从短暂中划分出永恒，而是把凡人变成永生之人，把短暂的纳入永恒”④。

至此，格列布早年对爱情的美好憧憬通过与生死、永恒话题的对接获得了现实根基。确切而言，扎伊采夫笔下的爱情将人引向信仰，引向上帝的话语，对未来充满光明的向往，而不是像屠格涅夫那样，经常将人导向弃绝私欲和死亡的边缘。

二　神圣爱情观的体现

为了深入探究扎伊采夫的爱情观如何一步步得以体现，有必要

---

① Зайцев Б. К. Собрание сочинений：В 5 т. Т. 4. М.：Русская книга，1999. С. 436.

② Зайцев Б. К. Собрание сочинений：В 5 т. Т. 4. М.：Русская книга，1999. С. 403.

③ Соловьев В. С. Сочинения：В 2 т. Т. 2. М.：Мысль，1988. С. 521.

④ Соловьев В. С. Сочинения：В 2 т. Т. 2. М.：Мысль，1988. С. 529.

考察所分析作品的叙述策略。首先从屠格涅夫的中篇小说《初恋》开始，以便后续厘清扎伊采夫在四部曲中对“初恋”母题的继承与发展。小说《初恋》的故事以第一人称讲述，确切而言，是主人公回忆自己的初恋。四十多岁的弗拉基米尔・彼得罗维奇回顾自己十六岁的爱情经历，在他看来，这“属于非同寻常的一类”①。主人公一边回忆，一边讲述自己的体会，讲述来自父亲和季娜伊达的爱情悲剧的体会。

马尔科维奇将这种叙述方法称作“双重透视法”，即“再现过去的事件与对之的回忆本身”，这使叙述者“在叙述过程中，第二次体会……已经体会过的和记忆再现的事情”②。确实，在主人公的叙述中，可以感受到初恋带给他的震撼以及随之而来的痛苦，这还揭示了叙述者对父亲与季娜伊达关系的看法。显然，弗拉基米尔・彼得罗维奇认为这种关系是不健全的，是病态的，最终得以表明的是爱情在生活中的意义，并由此得出悲观性的结论：在现实生活中，爱情是不可企及的。这种对回忆的处理方法引发读者思考爱情与责任、爱情与道德诸如此类的问题。

不同于自己的前辈，扎伊采夫倾向于解决如何揭示爱情本质的问题。因为在扎伊采夫的小说里，故事由全知全能的叙述者娓娓道来。叙述者是一个“走过生活之路的人，知道事件如何展开，知道成为作品主人公的人们将发生什么”，结果出现了“‘双重视角’的效果”③。小说中事件的发展脉络符合存在的运转轨迹，情节的推进

---

① 《屠格涅夫全集》第6卷，沈念驹、冯昭玙等译，河北教育出版社1994年版，第302页。

② Маркович В. М. «Трагическое значение любви»: повести Тургенева 1850-х годов // Тургенев И. С. Первая любовь: Повести. СПб.: Азбука, Азбука – Аттикус, 2012. С. 7.

③ Михайлова М. В. Борис Константинович Зайцев // История литературы русского зарубежья (1920-е—начало 1990-х гг.): Учебник для вузов. М.: Академический Проект; Альма Матер, 2011. С. 197.

表征“人沿生活之路的运行是给定的，他的行为和事迹已经预先确定好了”①。如同在《黎明》的结尾处所说的那样：“无论是父亲，母亲，格列布，还是其他人，都暗自走过给他们设定的生活路径，一些人走向老年和最后的旅程，另一个走向少年和青春。谁也不知道自己的命运。”② 这也传达出扎伊采夫的宗教思想，即一切服从造物主的安排。当谈及爱情的时候，扎伊采夫始终将其与上帝的恩惠相连，最终导向的是永恒之爱、上帝之爱，因为真正的爱情应当确立个性，而基督教所倡导的就是通过精神实践“人在其中可以成为个性，把自己变成个性”③，由此实现人与神的结合。

为便于界定扎伊采夫的爱情观，有必要回顾一下屠格涅夫中篇小说里的情节。而且，这一情节扎伊采夫在文艺传记《屠格涅夫的一生》中作了详细阐释。看到父亲用鞭子抽打季娜伊达的手，主人公很难过，但却没有任何行动。儿子“总是幻想，幻想……”，而父亲则“行动”，加之爱幻想的小男孩“对父亲充满景仰，害怕父亲”④，因此，他无法俘获季娜伊达的心。而且，这位姑娘也不会爱上那些无法征服她的人（“不，我不可能去爱那些我必须居高临下地看待的人。我需要他自己就能使我屈服的人……”⑤ ）。

无论结局怎样，父亲与季娜伊达的爱情让小男孩体会到了爱情力量的强大，连一向待人冷漠的父亲也不得不屈服爱情。最终，父亲领悟到女性爱情的可怕与深奥。临终前，他嘱咐儿子：“你应当惧

---

① Михайлова М. В. Борис Константинович Зайцев // История литературы русского зарубежья（1920-е —начало 1990-х гг.）：Учебник для вузов. М.：Академический Проект；Альма Матер，2011. С. 196-197.

② Зайцев Б. К. Собрание сочинений：В 5 т. Т. 4. М.：Русская книга，1999. С. 152.

③ ［俄］霍鲁日：《协同人学与人的展开范式》，张百春译，《世界哲学》2010 年第 2 期。

④ Зайцев Б. К. Собрание сочинений：В 5 т. Т. 5. М.：Русская книга，1999. С. 31.

⑤ 《屠格涅夫全集》第 6 卷，沈念驹、冯昭玙等译，河北教育出版社 1994 年版，第 332 页。

怕女人的爱情，惧怕这样的幸福，这样的有毒的东西……"① 爱情折磨人的理智，使人丧失希望，《初恋》里的主人公不无愤慨："'这就叫爱情！'……'这就叫情欲！……按理说怎么能不发火呢，不管挨了谁的打，怎么受得了呢！……何况是挨了最亲爱的人的打！不过看起来，如果你爱上了他，是能够忍受的……"② 后来父亲中风猝死，季娜伊达在生产时偶然死去，这更证实了主人公的结论：爱的能力——这是一股有助于人体验存在本身、帮助人实现自己的力量，但这股力量持续的时间并不长。

马尔科维奇在文章《"爱情的悲剧意义"：屠格涅夫1850年代的中篇小说》中指出，屠格涅夫爱情观中两个反常的现象：一方面，爱情的一方为了爱人作出"牺牲性的自我遗忘"和"被奴役"；另一方面，"在情欲中达到存在的真正充实，人却为此付出遭受痛苦和死亡的代价"③。由此可以绘制屠格涅夫所描写的爱情故事的大致图式：爱情伊始（疯狂的激情）—奴役（失去自由）—受苦（直到死亡）。《初恋》中的两位主要人物都经历了这些阶段。然而，从小说结尾处主人公的抒情自白中可以看出，屠格涅夫并没有局限于描写爱情的演变过程，而是力求对爱情的概念本身进行哲理思考。

小说最后将季娜伊达的死与一位老妇人的去世作对比，证实了"人生活中'爱情的悲剧意义'"④。老妇人一辈子都与物质贫穷作斗争。她活得很累，"她没有看见过欢乐，也没有品尝过甜蜜的幸

① 《屠格涅夫全集》第6卷，沈念驹、冯昭玙等译，河北教育出版社1994年版，第374页。

② 《屠格涅夫全集》第6卷，沈念驹、冯昭玙等译，河北教育出版社1994年版，第373页。

③ Маркович В. М. «Трагическое значение любви»: повести Тургенева 1850-х годов // Тургенев И. С. Первая любовь: Повести. СПб.: Азбука, Аз бука-Аттикус, 2012. С. 9.

④ Маркович В. М. «Трагическое значение любви»: повести Тургенева 1850-х годов // Тургенев И. С. Первая любовь: Повести. СПб.: Азбука, Азбука-Аттикус, 2012. С. 8.

福——按理说，她怎么能不为死亡、为自由、为安宁而高兴呢！”① 尽管如此，可怜的老妇人在临死前最后一刻仍祷告上帝，以求得以拯救，战胜对死亡的恐惧：“然而只要她那奄奄一息的躯体还在顽强挣扎，只要她的胸脯还在搁在上面的那只冰凉的手下面起伏，只要她还没有失去最后的一丝力气，老妇人还在划十字，还在轻声喃喃耳语：‘上帝，请饶恕我的罪过吧。’只有当意识闪过最后一个火花的时候，对死亡惊恐与惧怕的表情才从她眼里消失。”② 与之相比，主人公的父亲和季娜伊达把爱情看得高于生活中的一切，他们屈从于自己的激情，体会到了真正爱情和人世间的幸福，可却正因为此，他们匆匆离开了世界。

他们面临死亡到来的那一刻，是否转向了上帝，是否求得上帝的宽恕？这些问题令主人公不安，使他为逝去的亲人和曾经的恋爱对象担忧。扎伊采夫是这样诠释小说结尾的：父亲与季娜伊达的悲剧爱情故事导致屠格涅夫“不喜欢家庭，不希望自己所喜爱的主人公在温暖和舒适中发福。他为他们保留着死亡。……但他们的爱情永不凋谢”③。换言之，对于屠格涅夫而言，真正的爱情与生活互不相容：那些疯狂去爱的人注定为此作出牺牲，而那些无声无息饱受爱情折磨的人活了下来。“就这样开始了最优雅、最聪慧、十分漂亮的人和伟大艺术家的一生”④，扎伊采夫如此评价屠格涅夫的生平与爱情观。

德拉古诺娃指出两位作家对爱情的不同理解：“照屠格涅夫来看，感受爱情是种享受，与道德义务相对。不可能这个与另一个兼而有之。由此产生无所不包的爱情把人引向死亡的信念……而扎伊

① 《屠格涅夫全集》第6卷，沈念驹、冯昭玙等译，河北教育出版社1994年版，第377页。

② 《屠格涅夫全集》第6卷，沈念驹、冯昭玙等译，河北教育出版社1994年版，第377页。

③ Зайцев Б. К. Собрание сочинений：В 5 т. Т. 5. М.：Русская книга，1999. С. 31.

④ Зайцев Б. К. Собрание сочинений：В 5 т. Т. 5. М.：Русская книга，1999. С. 30.

采夫相信，爱情将生与死连为一体，爱情既是享受，同时又是牺牲和道德义务。”[①] 因此，屠格涅夫一方面向我们讲述逐渐产生的爱情和随之而来的甜蜜幸福，另一方面作家还不忘提醒我们这种爱情的短暂及其所带来的忧伤。可读扎伊采夫的小说，我们触及的是上帝之爱的伟大，这种爱“消融”恋人，“不像屠格涅夫所描述的那样引向死亡，而是促成真正个性的复原”[②]。索洛维约夫在定义爱情的时候，重点强调的也是人的个性，指出“人类爱情的意义通常是*通过牺牲个人主义来补偿和拯救个性*”[③]，扎伊采夫对爱情的思索便沿着这个方向。

然而不容否认的是，屠格涅夫也在爱情中看到了崇高意义。得不到回复的爱情体验导致恋人自我遗忘，这与自我牺牲相吻合，正如马尔科维奇所言：“牺牲性的自我遗忘使激情与精神性的崇高显现相接近。”[④] 扎伊采夫也强调对屠格涅夫具有重要意义的是爱情的诱惑力：屠格涅夫“不仅认为在所爱女人的眼里能看到神性，还认为爱情一向熔化人，就像把人从普通的形式中抽离，使他忘记自己——‘摆脱’个性（与无穷相连）”[⑤]。一如我们所见，扎伊采夫更多是在索洛维约夫的精神气质里诠释屠格涅夫的爱情观。此外，扎伊采夫还注意到，对屠格涅夫而言，爱的能力同样非常重要：“并不是所有人都能爱。有失去这一天赋的人。”[⑥] 《初恋》里围绕在女

---

① Драгунова Ю. А. Б. К. Зайцев и И. С. Тургенев：Творческие связи // Писатели-орловцы в контексте отечественной культуры, истории, литературы. Материалы Всероссийской научной конференции（15-16 мая 2015 года）. Орёл, 2015. С. 27.

② Драгунова Ю. А. Б. К. Зайцев и И. С. Тургенев：Творческие связи // Писатели-орловцы в контексте отечественной культуры, истории, литературы. Материалы Всероссийской научной конференции（15-16 мая 2015 года）. Орёл, 2015. С. 27-28.

③ Соловьев В. С. Сочинения：В 2 т. Т. 2. М.：Мысль, 1988. С. 505.

④ Маркович В. М. «Трагическое значение любви»：повести Тургенева 1850-х годов // Тургенев И. С. Первая любовь：Повести. СПб.：Азбука, Азбука-Аттикус, 2012. С. 9.

⑤ Зайцев Б. К. Собрание сочинений：В 5 т. Т. 5. М.：Русская книга, 1999. С. 141.

⑥ Зайцев Б. К. Собрание сочинений：В 5 т. Т. 5. М.：Русская книга, 1999. С. 141.

主人公季娜伊达周围的还有其他人，但他们无一例外都成了玩偶，而且他们自己也感觉无聊。显然，他们没有体会到真正爱情的甜蜜，因而也谈不上遗忘与牺牲，只是沿着各自的命运轨迹如流星般划过。

屠格涅夫晚年创作的散文诗《爱情》（1881）业已表明作家对爱情有了更深刻的体会："大家都说：爱情是最崇高，最非凡的情感。别人的那个**我**深入到你的那个**我**中：你扩大了，同时你也被破坏了。"① 可见，爱情本身对相爱的双方既有提升又有创伤："这种对爱情的哲学式的把握和认知不但深刻，而且别出心裁，可以说是'爱的辩证法'。"② 紧接着，屠格涅夫又谈及爱情与死亡的关系：相爱的人为了对方作出牺牲，"你的那个**我**却消亡了。但是即使这样的死亡也会激怒一个有血有肉的人……唯有不朽的神才会复活……"③ 由此，屠格涅夫虽未明确，但已暗示：拥有神性光环的爱情可以使人获得不朽的意义，随即提出了爱情与不朽的问题。而扎伊采夫正是在爱情中看到了永恒意义，在真正的爱情中看到了克服死亡与悲剧的精神力量。

通过对生活中爱情的深刻体会、对所喜爱作家爱情主题的感悟，扎伊采夫在四部曲中实现了自己的爱情理想，塑造了格列布的完整个性。整体而言，扎伊采夫的爱情观首先吸收了屠格涅夫《初恋》里的激情，但他没有循着前辈作家的路线让爱情给予人甜蜜快乐的时候，还要向人索取生命的代价。扎伊采夫仍在精神导师索洛维约夫的感召下思考爱情的本质意义，不仅在自己的爱情经历中领悟到这种激情的神性色彩，还努力去心爱的作家屠格涅夫那里寻找爱情的神秘与崇高意义。扎伊采夫正是在东正教的精神氛围里去爱去感

---

① 《屠格涅夫全集》第 10 卷，朱宪生、沈念驹译，河北教育出版社 1994 年版，第 457 页。粗体系原文作者所加，下同，不再单独作注。

② 朱宪生：《屠格涅夫散文诗译序》，载《屠格涅夫全集》第 10 卷，朱宪生、沈念驹译，河北教育出版社 1994 年版，第 34 页。

③ 《屠格涅夫全集》第 10 卷，朱宪生、沈念驹译，河北教育出版社 1994 年版，第 457 页。

受，并在对爱情的把握中寻找真理、追求精神上的自我完善。这最终体现在自传主人公走近真理、走向信仰的朝圣之路上。

第四节 自传主人公的朝圣之旅①

精神现实主义作为一种美学原则，强调东正教教义对主人公生活的感化，注重人物精神生活的真实，这种创作立场在扎伊采夫笔下得到充分体现。巴拉耶娃指出，在《圣谢尔吉·拉多涅日斯基》里通过“理想的圣徒形象”，在三部作家传记里“通过所喜爱的前辈作家的精神面貌”，在旅行随笔《阿峰》和《瓦拉姆》里“通过实际朝拜圣地”，“扎伊采夫展示出精神根基对人的心身本性的影响。在《格列布游记》里，他以自己为例作展示”②。扎伊采夫借由自传体四部曲为精神现实主义诗学提供了范本，这鲜明地体现在主人公格列布的精神朝圣之旅上。这是“心灵朝向崇高目的的运动，如同思想上内在的朝圣，通过现实中拜谒拉多加岛上的瓦拉姆修道院而得到稳固，并在四部曲的结尾部分被冠以象征性的名字《生命树》而得到详细描述。心灵的运动是叙述结构的核心，它巩固了文本的所有层面”③。接下来我

① 本节内容根据已发表的文章增删、修订而成，具体信息如下：Архетип потопа в тетралогии Б. К. Зайцева «Путешествие Глеба»//Писатели и критики первой половины XX века：предшественники，последователи（незабытые и забытые имена）：Коллективная монография. М.：Common Place，2021. С. 232-238。

② Бараева Л. Н. Тетралогия Б. Зайцева «Путешествие Глеба» в контексте «неореалистической прозы» // Проблемы изучения жизни и творчества Б. К. Зайцева：Сборник статей / Вторые Международные Зайцевские чтения. Калуга：Издательство «Гриф»，2000. Вып. Ⅱ. С. 108.

③ Бараева Л. Н. Тетралогия Б. Зайцева «Путешествие Глеба» в контексте «неореалистической прозы» // Проблемы изучения жизни и творчества Б. К. Зайцева：Сборник статей / Вторые Международные Зайцевские чтения. Калуга：Издательство «Гриф»，2000. Вып. Ⅱ. С. 107.

们将循着主人公格列布的命运轨迹勾勒其在大地上的朝圣之旅，由此剖析扎伊采夫创作的初衷，即作家欲要塑造的精神现实图景。

一　俄罗斯大地的神性

首先，四部曲主人公的名字“格列布”和作家本人的名字“鲍里斯”具有浓厚的宗教色彩。据杜纳耶夫所言：“鲍里斯和格列布——两个孪生兄弟的名字，在俄罗斯任何一个信仰东正教的人的意识里都是不可分割的。”[①] 张冰教授在谈及俄罗斯文化的受难意识时，就援引了这两位人物作例证：“俄国第一对民族圣人鲍里斯和格列勃以基督的方式自愿受苦，并把受苦受难当做清除他人罪孽和上帝的罪人的手段，也为俄国人树立了不朽的榜样。”[②] 扎伊采夫本人的生活经历在动荡年代充满荆棘，加之作家为主人公所选取的名字，可以证实扎伊采夫创作这部自传时的初衷，即以宗教情结为导向。

主人公格列布在大地上的游走不仅指代他的生活之路，在时间中走过的道路，正如斯捷潘诺娃所形容的那样——“路的时间形象”[③]，还是作家道德伦理的载体。按照福音书的传统，生活游历可以在道德层面获得意义，因而格列布的旅行暗示了“精神修炼的虔诚之路，即人的道德攀升”[④]。综观自传体四部曲，经过游历格列布更加全面地了解自己，更加深刻地认识生活，更加坚定地发现真理，从而使自己的存在本身更加殷实。卡尔甘尼科娃在诠释这四部曲的“精神现实主义”诗学时，指出：“在四部曲长篇小说里，主人公的

---

① Дунаев М. М. Вера в горниле сомнений：Православие и русская литература в XVII–XX веках. М.：Издательский Совет Русской Православной Церкви，2002. С. 993.

② 张冰：《俄罗斯文化解读》，济南出版社 2006 年版，第 55 页。“格列布”也译作“格列勃”。

③ Степанова Н. С. Аксиология детства в автобиографической прозе первой волны русского зарубежья. Курск：ООО «Учитель»，2011. С. 82.

④ Степанова Н. С. Аксиология детства в автобиографической прозе первой волны русского зарубежья. Курск：ООО «Учитель»，2011. С. 81.

思想表现为他逐步向上领悟精神的真理。”[①] 进而，该学者总结出格列布走向信仰的两条路径：一条是直接的，“真理直接展示在格列布面前，就像在个别历史事件里个人的深刻洞见”[②]，即在他的平凡生活里就可以接近真理，比如参与教堂仪式、中学学习神法等；另一条是间接的，“格列布拜谒奥普塔修道院，这被投射到精神传统上，该传统形成于俄罗斯的文化中，与文学经典作家的名字相关”[③]。格列布沿途经过的地方，有些令人想起果戈理、列夫·托尔斯泰、索洛维约夫、阿廖沙·卡拉马佐夫等这样的历史人物与文学肖像，他们无形中笼罩在格列布走向信仰的道路上空。

这里又引出一个问题，即扎伊采夫在描写格列布沿祖国大地游走的过程中，实际上展示出的是一个具有浓厚宗教传统和渊源的俄罗斯。扎伊采夫如此描述：“无论格列布的父母怎样对待圣诞节，在俄罗斯的农村乃至那时整个生活里，圣诞节的生活方式都已牢牢定型。许久以前，有着自己广袤的森林、田地、草原的整个俄罗斯就已经接受了圣婴。”[④] 而在格列布跟随母亲前往布达基疗养的途中，

---

① Калганникова И. Ю. Поэтика «духовного реализма» в автобиографическом романе Б. К. Зайцева «Путешествие Глеба» // Творчество Б. К. Зайцева и мировая культура. Сборник статей: Материалы Международной научной конференции, посвященной 130-летию со дня рождения писателя. 27-29 апреля 2011 года. Орёл, 2011. С. 154.

② Калганникова И. Ю. Поэтика «духовного реализма» в автобиографическом романе Б. К. Зайцева «Путешествие Глеба» // Творчество Б. К. Зайцева и мировая культура. Сборник статей: Материалы Международной научной конференции, посвященной 130-летию со дня рождения писателя. 27-29 апреля 2011 года. Орёл, 2011. С. 154.

③ Калганникова И. Ю. Поэтика «духовного реализма» в автобиографическом романе Б. К. Зайцева «Путешествие Глеба» // Творчество Б. К. Зайцева и мировая культура. Сборник статей: Материалы Международной научной конференции, посвященной 130-летию со дня рождения писателя. 27-29 апреля 2011 года. Орёл, 2011. С. 154.

④ Зайцев Б. К. Собрание сочинений: В 5 т. Т. 4. М.: Русская книга, 1999. С. 55.

路过的科泽尔斯克首先展现出来的便是奥普塔修道院的教堂圆顶和金晃晃的十字架，“吹拂而来的是诗意和美——难怪修士为驰名的修道院在这附近选择地方”①。更为奇妙的是，格列布与母亲、姐姐留宿在科泽尔斯克，他们对这个城市的光荣历史并不十分清楚。于是，扎伊采夫通过叙述者揭示科泽尔斯克的神圣之处：“关于鞑靼人和受难的大公们他们并不知晓，并且许多也都不知道：列夫·托尔斯泰、索洛维约夫等其他人‘为真理’来到这里，一个小女孩曾在修道院旁施舍浆果给‘朝圣者’——尼古拉·瓦西里耶维奇·果戈理，俄罗斯硕果累累的岁月里神职人员在这生活。”“一早迎着朝霞，他们从科泽尔斯克出发，沿着那条通向修道院的小路行驶，几乎在这年岁，阿廖沙·卡拉马佐夫身披长袍也沿着这条路走，在挚爱的佐西玛面前体会发生在加利利的迦拿里的一幕。”②

可见，俄罗斯大地上洒满了神圣之光，在这大地上生长的人们被真理的韶光感召，追寻真理的信念深深植入人心。格列布游走其中，自然被这束神奇的光庇护，被俄罗斯强大的宗教场吸引。扎伊采夫这样写道：“俄罗斯的生活、那时的俄罗斯裹挟着他们，就像无边的河水载着渡船。”③ 在扎伊采夫的世界观里，生活中的一切都是注定的，人的命运轨迹预先受到造物主的安排。这也是个性成熟之后的格列布所秉持的观照世界的立场，正如俄罗斯学者所总结的那样：“历史和格列布的精神发展——这是一条经过生活的田野走向崇高道德理想的路，是有意识地肩负起受惠于上帝而改变人之本性的十字架。格列布自身就有恩惠的光，可内心并没有立即意识到这一点，但他很快就被赋予透过这束光理解生活和人的能力。在童年，这是可感的太阳、天空、自然之光，在少年——艺术之光、见解之光，青年时期——爱情之光，而在成熟阶段——教会化的非被造之

① Зайцев Б. К. Собрание сочинений：В 5 т. Т. 4. М.：Русская книга，1999. С. 69.

② Зайцев Б. К. Собрание сочинений：В 5 т. Т. 4. М.：Русская книга，1999. С. 70.

③ Зайцев Б. К. Собрание сочинений：В 5 т. Т. 4. М.：Русская книга，1999. С. 179.

光、关于人及其使命的真理之光、体悟之光。"[①] 至此，有必要追溯一下格列布生活里的这束光。

二 现实生活的神性

童年时，在乡村乌斯特，格列布沉浸在造物主的静谧世界里，虽不曾想上帝、不曾想天堂，但全身洋溢的是来自天堂的怡然自得："似乎现在，你会因为感受到幸福和天堂而窒息——对，当然啦，天堂还从维索茨基的订货[②]那边过来，或者从它那边更远的地方，在光的波浪里，在怡人的气味里，在无法表达的、对存在之快乐的感受里。上帝是神圣的，主的名字是神圣的！关于天堂、关于上帝，小孩还没有听过什么，可他们自己却来了，在迷人的乡村的早晨……"[③] 自此，幼小的格列布开始一天的生活，同样伴着这份来自生活、来自造物的恩泽与惬意，开启一个普通人充满欣喜与荆棘的一生。

对存在的心理感知赋予小说以忏悔的意味，卡尔甘尼科娃认为，这主要建基于"契诃夫传统，根据该传统，在俄罗斯小说里，主人公——普通人的心灵生活的流动本身获得时代意义。心理描写变成作者哲学概念无所不包的表达方式。叙述本身获得忏悔的特征"[④]。扎伊采夫同样通过描写人物心理来展示生活事件的意义。例如，在

---

① Бараева Л. Н. Тетралогия Б. Зайцева «Путешествие Глеба» в контексте «неореалистической прозы» // Проблемы изучения жизни и творчества Б. К. Зайцева: Сборник статей / Вторые Международные Зайцевские чтения. Калуга: Издательство «Гриф», 2000. Вып. Ⅱ. С. 108.

② Высоцкий заказ，森林的名字。

③ Зайцев Б. К. Собрание сочинений: В 5 т. Т. 4. М.: Русская книга, 1999. С. 27.

④ Калганникова И. Ю. Поэтика «духовного реализма» в автобиографическом романе Б. К. Зайцева «Путешествие Глеба» // Творчество Б. К. Зайцева и мировая культура. Сборник статей: Материалы Международной научной конференции, посвященной 130-летию со дня рождения писателя. 27-29 апреля 2011 года. Орёл, 2011. С. 152.

乌斯特，有一次邻村突然发生火灾，让人措手不及，火灾时刻威胁到人的生命与生存。这时叙述者充满柔情地抒发对人非万能、世间万物自有定数的感慨：“白天解决不了的事，晚上也无法解决——大致需要整整一生去解决。较之在乌斯特的年龄，在这个人身上，这仅仅是朝生命的尽头走得更远一些。”① 言外之意，随着年岁的增加，人总归能解决生命中的一些事情，但有些却不能彻底解决，比如死亡。在扎伊采夫的描述里，死神享有选择权。火灾中，它掳走了那些应当被选择的人：“死神就这样一如既往，在这夜里慢慢巡视，挑走应当被挑的人。令小孩异常庆幸的是，死神尚且从他最珍贵最亲近的人身旁走过。”② 由此，隐藏在这些文字背后的是作家的生死观：死亡迟早会来，眼下只是还未到那个命定的时刻。

在东正教思想和虔诚教徒的意识里，与基督生平相关的日子具有神圣意义，由此而来的是一系列宗教节日和庆典，扎伊采夫也关注到这些重大节日。“毫无疑问，《格列布游记》的局部短暂时间形象象征性地与这一概念有关”，即“对于有信仰的、教会化的人而言，关于时间计算法、关于诸如那样的时间，这些概念都按照六部赞美诗来定，与祭神史的事件相一致，确切而言，是与一个核心事件相吻合：耶稣诞生”③。例如，在第一部小说《黎明》里，对圣诞节仪式的描写，既有欢声笑语也有痛苦嚎叫，这与耶稣诞生后又受难的两重对位相呼应，这是一个希望与失望相结合的过程。圣诞节伊始，大家围绕在被精心修饰的圣诞树下，“孩子们甚至在门口站

---

① Зайцев Б. К. Собрание сочинений：В 5 т. Т. 4. М.：Русская книга，1999. С. 46.

② Зайцев Б. К. Собрание сочинений：В 5 т. Т. 4. М.：Русская книга，1999. С. 46.

③ Калганникова И. Ю. Поэтика «духовного реализма» в автобиографическом романе Б. К. Зайцева «Путешествие Глеба» // Творчество Б. К. Зайцева и мировая культура. Сборник статей：Материалы Международной научной конференции，посвященной 130-летию со дня рождения писателя. 27-29 апреля 2011 года. Орёл，2011. С. 153.

住，光的闪耀、温暖的倾注，混杂着枞树、熔化的蜡烛、清新的味道……”① 人们不由得心生欢喜，为庆祝基督诞生设下酒宴狂欢，而这又唤醒了庄稼汉身上的粗鲁与野蛮。于是，殴打老婆，婆娘奔走呼告，“不仅在乌斯特，整个俄罗斯也是那样。快乐与粗鲁，诗歌与野蛮”②。也正是在这个时候，格列布目睹了人们如何瞻仰圣像，如何亲吻十字架。但小男孩对神甫、对教堂的一切都敬而远之：“格列布害怕神甫，从很早很早的时候，他身上就保留有似乎面对直挺挺的金色法衣、圣刷、神父庞大的靴子的恐惧。法衣的一角，从那下面露出大象般的靴子，这便是他与教堂的第一次见面。”③ 带着这份敬畏亲吻十字架的时候，小男孩唯恐做得不够麻利，唯恐“引起身穿法衣、戴奇怪的雪青色帽子的老人不满”④。带着这份朦胧的神圣感与清晰的可怕感受，格列布走出了童年。

实科中学时期，格列布开始思考复杂的问题，诸如“人是什么，为什么活着，棺材背后是什么，是否有永生。或时不时，或偶尔，他回到这一问题上，但问题一直在他心里——时而被压制，时而变突出。他倒是回答不了，正如无法想象自己的死亡：确切而言，无法想象周围没有他的生活”⑤。通过与中学教师（教授神法的帕尔菲尼神甫，班主任老师亚历山大·格里戈里伊奇）的争执，爱琢磨的少年逐渐获得了关于这一切的清晰想法。这一时期对格列布走向信仰具有至关重要的作用。“在中学大厅里，整个学校做祷告——由此开始一天的学习生活。”⑥ 即便这样，在格列布所有科目里，唯独神法不好，还得过 2 分，其他科目他都学得很好，且在班级里他的成绩一向是最好的。那次得 2 分是因为格列布没有背熟关于世界大洪

---

① Зайцев Б. К. Собрание сочинений：В 5 т. Т. 4. М.：Русская книга，1999. С. 56.

② Зайцев Б. К. Собрание сочинений：В 5 т. Т. 4. М.：Русская книга，1999. С. 57.

③ Зайцев Б. К. Собрание сочинений：В 5 т. Т. 4. М.：Русская книга，1999. С. 56.

④ Зайцев Б. К. Собрание сочинений：В 5 т. Т. 4. М.：Русская книга，1999. С. 57.

⑤ Зайцев Б. К. Собрание сочинений：В 5 т. Т. 4. М.：Русская книга，1999. С. 223.

⑥ Зайцев Б. К. Собрание сочинений：В 5 т. Т. 4. М.：Русская книга，1999. С. 211.

水的细节，也没有回答上老师帕尔菲尼神甫的问题。事实上，在这段时间（故事发生在第二部小说《寂静》里），格列布只喜欢按照自己的兴趣爱好生活，而班主任亚历山大·格里戈里伊奇却试图说服他履行义务，信仰真理："信仰有时候被沉重地给出来，来自生活的经验。但你越长大，就越难承受生活，你就越需要坚定不移的真理。如果真正相信真理，就应当不假思索地接受生活，就像造物主给予我们的功课，欢快与否，只管执行，对，我凭自己的经验告诉您。喜欢与否……"① 可目前格列布还不理解这些，一直吸引他的是自然之美与内心的宁静（"他望着窗外。蓝天……要是能弄块画布、颜料，并尝试画下这整个迷人的景色就好了"②），由此便不难理解他与帕尔菲尼神甫之间的不和。虽然少年也为信仰、为上帝的问题担忧，但"他有自己的品位和观点，哪怕是小男孩的，可却是顽强的"③。

格列布所处的年龄正值青春叛逆期，凡事必须经过他亲自感受佐证，否则他就不会相信："真理应当是我的，或者压根没有真理。正因为无法彻底弄明白无限、死亡、'另一种存在'，格列布就想否定这一切，才不管穿棕色法衣的帕尔菲尼神甫。"④ 可与此同时，这些问题又挥之不去地萦绕在格列布心头。于是，在他身上就出现了两种互相矛盾的情愫：一方面，格列布想弄清楚这些概念，而不是死记硬背；另一方面，这些属于宗教学这门课的内容，如同数学一样，应当好好学。由此，在格列布与任课教师帕尔菲尼神甫之间形成了张力："帕尔菲尼神甫既吸引格列布又让他不安。在他身上，格列布感受到一个强大的保卫者，保卫他自己所怀疑的或者想要否定的东西。格列布也让帕尔菲尼神甫不安，正是在格列布，这个班级

---

① Зайцев Б. К. Собрание сочинений：В 5 т. Т. 4. М.：Русская книга，1999. С. 259-260.

② Зайцев Б. К. Собрание сочинений：В 5 т. Т. 4. М.：Русская книга，1999. С. 216.

③ Зайцев Б. К. Собрание сочинений：В 5 т. Т. 4. М.：Русская книга，1999. С. 224.

④ Зайцев Б. К. Собрание сочинений：В 5 т. Т. 4. М.：Русская книга，1999. С. 224.

最优秀的学生身上帕尔菲尼神甫感受到一种被掩藏的反抗。与其他学生相处简单一些，但失望也多些。”[①] 言外之意，格列布在宗教信仰方面比其他同学更有潜能。因此，后来在亚历山大·格里戈里伊奇的葬礼上，帕尔菲尼神甫意味深长地告诫格列布，以便他相信人周围存在神性的世界，在他们上方有上帝的存在：“请相信，相信**他**，并去爱。一切都会有的。要知道，**他**不会作糟糕的安排，不会把世界和你的生活安排得很差。”[②]

这些话对那个年龄段的格列布来讲，多少是有些奇怪的，尤其当帕尔菲尼神甫向他确认上帝存在时，“一股寒气从格列布的双肩流到胳膊肘”[③]。须知这时候，格列布浑身充满青春的力量和迈步向前走的强烈愿望：“年轻使他疾驰。还有十八岁生命的健康、充足的力量。石头般入睡，睡得像个石头。早上六点钟，跳起来，头也不疼，只有一个直愣愣的感受：向前，对，向前，走在其他人前面。”[④] 于是，在帕尔菲尼神甫和学生格列布之间形成了一种“对话”性张力，师生关系紧张未必是件坏事，因为“存在（бытие）之所以能成为生机勃勃的进程（событие），靠的是主体间的共有、交流和对话。为了实现自我，必须依靠与他者的交流和对话”[⑤]。事实证明，正是这种张力潜在地促使格列布获得对信仰、对宗教的切身感受。

此外，得知约翰·克龙什塔茨斯基大司祭要来学校，格列布满怀期待，以为可以亲自向著名的神职人员请教那些令他不安的问题。可实际上，大司祭的视察很短、很仓促，根本没有注意到他，只是匆匆说了一些祝福话语就走了。原本学校安排格列布作为优等模范生同圣约翰交谈，可圣约翰只随机选了一个学生，向他祝福并鼓励：“学吧，学吧，要学有所成。正如祷告中所说的：给父母带去安慰，

---

① Зайцев Б. К. Собрание сочинений: В 5 т. Т. 4. М.: Русская книга, 1999. С. 224.

② Зайцев Б. К. Собрание сочинений: В 5 т. Т. 4. М.: Русская книга, 1999. С. 288.

③ Зайцев Б. К. Собрание сочинений: В 5 т. Т. 4. М.: Русская книга, 1999. С. 288.

④ Зайцев Б. К. Собрание сочинений: В 5 т. Т. 4. М.: Русская книга, 1999. С. 288.

⑤ 夏忠宪：《巴赫金狂欢化诗学研究》，北京师范大学出版社 2000 年版，第 25 页。

给教会和祖国带来效益。”① 而对于所谓的最优等生，圣约翰只言：“所有人都是模范的模范。所有孩子们都是最好的。”② 如此笼统而谈，完全颠覆了格列布对神职人员的看法，随之冷却的还有他对基督教神学的学习态度。

从这里可以看出两套话语体系的冲突：一是格列布心目中本应庄重的宗教仪式和布道；二是实际上约翰·克龙什塔茨斯基大司祭的话语和匆匆来访。而且扎伊采夫对这一事件的叙述带有嘲讽的语调，因而可以说达到了巴赫金的狂欢化的高度，即“强调‘颠覆’，但其颠覆是为了重建，而且是积极的建设”③。虽然与约翰·克龙什塔茨斯基大司祭的见面多少令格列布感到失望，可无论怎样，这些话语和事件仍旧影响了他接下来的生活，正如米亚诺夫斯卡所指出的那样：“对他而言（如同对扎伊采夫），青春期成为精神的攀升时期，接触俄罗斯东正教的财富，同时还接触对信仰和宗教的恭敬态度。例如，不同于什梅廖夫和列米佐夫，扎伊采夫自己寻找价值等级，寻找自己对真理和生活意义的阐释。”④ 尤其是经历了疾病与不幸、亲人的逝去和侨居以后，格列布学会了谦恭与顺从。加之后来，格列布被圣尼古拉奇迹般救活，他和妻子依靠忍耐战胜了疾病，拜谒了圣地（奥普塔修道院，萨罗夫修道院，圣安娜修道院等），格列布逐渐走近真理。

格列布走向信仰、走向上帝的这条路是充满曲折的，同时也是历经考验的。这是他从不了解、不信任走向精神上的顿悟。按照杜纳耶夫的说法，“任何精神真理都应当是在内心深处真正体验过的，

---

① Зайцев Б. К. Собрание сочинений：В 5 т. Т. 4. М.：Русская книга，1999. С. 229.

② Зайцев Б. К. Собрание сочинений：В 5 т. Т. 4. М.：Русская книга，1999. С. 230.

③ 夏忠宪：《巴赫金狂欢化诗学研究》，北京师范大学出版社 2000 年版，第 21 页。

④ Мяновска И. Мироощущение православного человека（На материале тетралогии Б. Зайцева «Путешествие Глеба»）// Проблемы изучения жизни и творчества Б. К. Зайцева：Сборник статей / Третьи Международные Зайцевские чтения. Вып. 3. Калуга：Издательство «Гриф»，2001. С. 23.

这样才能成为*自己的*，而不是旁人的"[①]。格列布正是通过自己的真实经历走出了一条精神皈依之路。在这条路上，他逐渐领悟到现实生活的不可预见性和神圣性，感受到抚慰人之悲痛的精神力量。为具体描述这些洞见，扎伊采夫艺术性运用基督教的典型形象和母题来描述格列布的生活，从而使主人公的生活之路富有鲜明的神性色彩。

三 生活之路的神性色彩

在描写格列布的现实生活时，扎伊采夫不止一次涉及世界大洪水的母题，这对于揭示格列布的精神之路具有重要意义。有关大洪水事件的记载来自《旧约》[②]。人类始祖亚当和夏娃因偷食禁果被上帝耶和华逐出伊甸园后，开始在大地上耕耘劳作，繁衍生息。至亚当的第十世孙挪亚时期，上帝对人类的恣意妄为、恶习猖獗等亵渎现象忍无可忍，遂下令发动大洪水，淹没人间的所有活物，"这是人类自被创造以来所遭受的第一个大灾难"[③]。而挪亚是一个始终虔诚供奉上帝的义人，于是耶和华命他筑造方舟，以便在洪水泛滥期间他的家人及牲畜鸟禽得以保全，之后挪亚"成为人类的新始祖"[④]。扎伊采夫在四部曲中多次使用洪水的意象，这或作为主人公生活学习的对象，或作为艺术形象借以描述人物的生活情景，或借用圣经里上帝发洪水淹没人类的灾难意义。无论出于何种缘由，对这一宗教母题的引用都无形中赋予格列布的生活之路以浓厚的神性色彩。

---

① Дунаев М. М. Вера в горниле сомнений: Православие и русская литература в XVII-XX веках. М.: Издательский Совет Русской Православной Церкви, 2002. С. 1000.

② 详见李传龙编著《圣经文学词典》，北京大学出版社 1998 年版，第 196—197 页；石坚、林必果、李晓涛主编《圣经文学文化词典》，四川大学出版社 2002 年版，第 113—114 页。

③ 石坚、林必果、李晓涛主编：《圣经文学文化词典》，四川大学出版社 2002 年版，第 114 页。

④ 李传龙编著：《圣经文学词典》，北京大学出版社 1998 年版，第 197 页。

首先，洪水母题作为小说的一个客观对象，由此引发主人公思考信仰的问题。中学时，格列布不想机械背诵课本上关于世界大洪水的知识，于是神法课不及格，其原因正如前所述，格列布在没有真正弄清事件的前因后果之前不愿意被动相信。可见，尚在中学时期，他就渴望真实的、真正的信仰，而不是字面上的或形式上的敷衍。

其次，由洪水的意象引出对生活的感悟。在扎伊采夫笔下，生活本身就像一条滚滚不息的大河，格列布在其中无意识地游走："生活，神秘的流动，在其中游走的有他，还有丽莎、母亲、父亲、莫斯科、俄罗斯——仍在继续。"① 复活节前夜，格列布与母亲乘船前往下诺夫哥罗德。渡船载着"形迹匆匆的农夫和婆娘，他们赶着去做晨间祷告"②。这让格列布想起了"挪亚的方舟，而不是系在绳索上的渡船，因托尔斯泰和契诃夫闻名的渡船"③。此时的人们不再乘船到对岸，而是在生活的海洋里"游走"④。夜越来越黑地压下来，叙述者自问自答——"亚拉腊山在哪里？谁也不知道"⑤，这使人们的出行充满神秘色彩。但很快隐约浮出水面的教堂的影子和复活节的钟声结束了这段短暂的旅行，把人们从洪水般混沌的黑暗中带到了现实的光明中来。虽然在父母的影响下格列布对待复活节的仪式并不严肃，"但仍旧懂得应当那样回答，所有人都那样回答，他从小就听这些——与之相连的是某种隆重的、欢快的东西"⑥。扎伊采夫有意结合基督教的重大节日来描写人物的日常生活和出行，这无疑加深了小说的宗教性。

---

① Зайцев Б. К. Собрание сочинений：В 5 т. Т. 4. М.：Русская книга，1999. С. 367.

② Зайцев Б. К. Собрание сочинений：В 5 т. Т. 4. М.：Русская книга，1999. С. 178.

③ Зайцев Б. К. Собрание сочинений：В 5 т. Т. 4. М.：Русская книга，1999. С. 178.

④ Зайцев Б. К. Собрание сочинений：В 5 т. Т. 4. М.：Русская книга，1999. С. 178.

⑤ Зайцев Б. К. Собрание сочинений：В 5 т. Т. 4. М.：Русская книга，1999. С. 179. 圣经中挪亚的方舟在亚拉腊山停岸，См. Зайцев Б. К. Собрание сочинений：В 5 т. Т. 4. М.：Русская книга，1999. С. 602。

⑥ Зайцев Б. К. Собрание сочинений：В 5 т. Т. 4. М.：Русская книга，1999. С. 179.

最后，传说中大洪水的灾难意义还暗示人物的悲剧命运，从而使小说本身具有宗教启示的意义。格列布携妻子和女儿离开俄罗斯时，一家人驶近火车站，像是经历过一场洪水，而他们未来的行程就像漫游："物什、行李箱、纸板被推搡着，马车夫催促驽马，这整个漫游让人想起由两个大舢板划开的路，船上装满重物，运送发洪水时被淹没的一家人。"① 这意味着此次出行将成为他们生命道路上的重大转折，因为《圣经》中上帝发洪水是对人类罪恶的惩罚，而洪水过后是义人挪亚氏族的新天地。显然，小说里格列布一家已在国内经历了大洪水般的灾难，他们的出行是一条有去无回的路，既象征着劫后重生，还意在言明与过去生活的告别，从而使他们的行程具有了神圣性。最为重要的是，所经历的事件使格列布意识到他还将旅行——"对，就这样我和你还要在这世上漫游。就这样以上帝的仁慈度日。看到许多，经历许多。"② 带着这样清醒的意识和恭顺的态度，格列布继续自己的生活之路。

除了洪水母题以外，使格列布的生活具有神性色彩的还有生命中出现的奇迹现象。出国前格列布就奇迹般从昏迷中苏醒，自此他一直把圣尼古拉像作为护身符带在身边。在意大利，从但丁雕像上偶然飘来一片鸽子毛，落在格列布的肩膀上。它神奇的到来也被格列布一家珍藏……生活里的许多奇妙现象感召并安抚了格列布背离祖国的游子心，使他坚信即便在最困难的时刻仍有神奇的光束破开一条狭小的出口。另外，四部曲的第四部小说以"生命树"命名，这也具有宗教意蕴。它实际上暗示了扎伊采夫由现实生活向永恒层面的过渡。按照圣经故事的说法，长在伊甸园里的树不仅有知善恶的树，还有生命树，"其果实能使人永生不死"③。可见，四部曲自始至终贯穿着作家扎伊采夫的宗教世界观。米亚诺夫斯卡这样总结

① Зайцев Б. К. Собрание сочинений：В 5 т. Т. 4. М.：Русская книга，1999. С. 458.

② Зайцев Б. К. Собрание сочинений：В 5 т. Т. 4. М.：Русская книга，1999. С. 582.

③ 施正康、朱贵平编著：《圣经事典》，学林出版社 2005 年版，第 112 页。

道："体现在格列布形象中的东正教人的世界观，他的温顺、谦恭、忏悔和虔诚，使得可以把扎伊采夫称为东正教人、俄罗斯文学的虔诚之人。"①

格列布最后一次旅行是到芬兰湾，距离俄罗斯最近的地方。"在海边的沙滩上，某些地方有俄罗斯人用望远镜看：在暗淡的水面上空，正午的热气后面就是祖国。几乎没有谁不在那边留下亲人，西玛②在俄罗斯也有一个姐妹——娜塔莉亚。没有谁会平静冷漠地从岸边看那个地方。（谁也没数过流亡者偶尔滴落到沙滩上的眼泪。）"③ 在这个能闻到俄罗斯的草莓果和甘草味的地方，回忆和记忆变得异常鲜明。同时立足于当下，格列布也意识到那些逝去的和眼下所发生的一切终将成为过去："曾经，在同一个大煤油灯下，储物罐上也是那样朴实的鲜明的装饰物，中学生的他在卡卢加准备功课，灯光给人感觉耀眼夺目。如今读书的时候，把书凑到那灯光下，暗自发笑，可这盏灯，这公寓，这经常回忆土堤琐碎小事的西玛，还有《安娜·卡列尼娜》都不停地走入过去。"④ 巴拉耶娃指出，"自传主人公的精神形成之路服从于四部曲的总体意图，即作家全面展示自己精神形成的过程，还有由记忆组合连接起来的已形成之路的一种新体验。"⑤ 扎伊采夫把对生活的理解上升至存在的高度，即

---

① Мяновска И. Мироощущение православного человека（На материале тетралогии Б. Зайцева «Путешествие Глеба»）// Проблемы изучения жизни и творчества Б. К. Зайцева：Сборник статей / Третьи Международные Зайцевские чтения. Вып. 3. Калуга：Издательство «Гриф»，2001. С. 27.

② 埃莉的远亲，曾在埃莉的家（土堤）居住过，格列布夫妇在芬兰湾就住在西玛那里。

③ Зайцев Б. К. Собрание сочинений：В 5 т. Т. 4. М.：Русская книга，1999. С. 576-577.

④ Зайцев Б. К. Собрание сочинений：В 5 т. Т. 4. М.：Русская книга，1999. С. 578.

⑤ Бараева Л. Н. Тетралогия Бориса Зайцева «Путешествие Глеба» как художественно-эстетическое отражение духовной биографии писателя // Проблемы изучения жизни и творчества Б. К. Зайцева：Сборник статей / Третьи Международные Зайцевские чтения. Вып. 3. Калуга：Издательство «Гриф»，2001. С. 193.

“逐渐不断地反映自己生平的事实，就像反映作家在个人生活中对理想现象的直接体验”，为此采用“新的艺术方法——精神的通过美学的，美学的通过精神的”①。这种方法继承了现实主义对生活的真实态度，吸取了象征派对神秘世界的宗教想象，意在传达扎伊采夫对精神现实的宗教理解与诉求。

通过阐释格列布生活的精神生活内涵，可以看出扎伊采夫创作这部小说的初衷。正如我国学者在谈及艺术家的创作使命时所表述的那样：“艺术创造的最高任务，就是在现实生活中实现精神的完整性，实现绝对美和有机统一的宇宙精神。”② 在这个意义上，艺术家进行创作不仅仅只是描述现象和讲述故事，因为“艺术不是布道，而是一种充满灵感的预言。真正的艺术是神性和人性的自由综合”③。可以说，扎伊采夫在格列布身上完成了艺术的这一崇高任务，通过挖掘俄罗斯大地和普通人生活中的神圣性，通过巧妙处理圣经母题，赋予平凡人的生活以鲜明的神性色彩，实现神性与人性在普通人身上的结合，表达了对精神现实、对神性现实的艺术追求，因而，扎伊采夫在小说中恪守的是精神现实主义的艺术思维。若要追问，面对时代和社会的“大洪水”事件，挪亚的方舟在哪里？从扎伊采夫在四部曲中塑造的格列布形象来看，应该在对宗教、对上帝的虔诚信仰里。这便是扎伊采夫通过体悟现实作出的普遍结论，也是作家精心刻画的精神现实图景。

---

① Бараева Л. Н. Тетралогия Бориса Зайцева «Путешествие Глеба» как художественно-эстетическое отражение духовной биографии писателя // Проблемы изучения жизни и творчества Б. К. Зайцева：Сборник статей / Третьи Международные Зайцевские чтения. Вып. 3. Калуга：Издательство «Гриф»，2001. С. 191.

② 张冰：《白银时代俄国文学思潮与流派》，人民文学出版社 2006 年版，第 29 页。

③ 张冰：《白银时代俄国文学思潮与流派》，人民文学出版社 2006 年版，第 29 页。

本章小结

创作于侨居时期的自传体四部曲《格列布游记》既表征了扎伊采夫创作手法的成熟，也展示了作家宗教哲理思想的形成过程。历来的文艺学家和批评家都在扎伊采夫的世界观中看到其宗教情结，进而在作家的作品中找到鲜明的艺术体现。柳博穆德罗夫将扎伊采夫的创作诗学提炼为“精神现实主义”，这对于我们理解扎伊采夫的整体创作定位，尤其是成熟期的作品具有指导意义。

显然，扎伊采夫没有在作品中一味布道宣教。从四部曲主人公格列布的成长经历来看，他的每一个生活阶段都打上了宗教烙印。与此同时，扎伊采夫还在这四部长篇小说里勾勒一个具有宗教底蕴的俄罗斯形象、神圣罗斯的形象。而主人公沿大地的游走与漂泊，展示的正是一个平凡普通人走向上帝、走向真理的荆棘之路。可以说，《格列布游记》是主人公格列布在此世的精神游走，也是作家本人精神个性生成的印证，更是整整一代人的生命轨迹和精神发展的铭记。扎伊采夫在小说里巧妙调和艺术元素与宗教元素，颇富抒情意蕴地回顾了自己所走过的生活道路，颇具忏悔气息地讲述了自己的精神发展之路，最终复原的是一个成熟稳重、个性鲜明的东正教作家的成长之路。进而，这部游记不仅仅是生活的记录，更是作家精神锤炼的见证。

通过分析这四部长篇小说的叙述手法，梳理主人公的生活之路，解读格列布的爱情经历，阐释主人公的精神个性生成过程，可以作出总结：扎伊采夫笔下的俄罗斯具有浓厚的东正教传统，在这方土地上成长起来的人是谦恭的、温顺的。至于爱情，不同于前辈屠格涅夫，扎伊采夫把生活中的爱情与人的个性联系在一起，与人对宇宙、对天国的向往连接在一起。在这个意义上，精神导师索洛维约夫的影响是鲜明而深刻的。扎伊采夫按照索洛维约夫的学说理解爱情，即真正的爱情应当引导人走向永恒，走向光明的未来。而且，这种爱情也应当是人克服死亡、克服疾病与痛苦的强大力量，是照耀人走向真理、走近永恒的光。生活中的不幸与灾难使格列布逐渐相信真理、相信上帝的存在，正是带着这份虔诚的信仰，格列布走出了一条精神修行之路，并仍将沿着这条路砥砺前行。可以说，自传体四部曲《格列布游记》集中体现了扎伊采夫的精神现实主义手法，展示了其宗教思想的形成过程。

结　　语

本书围绕扎伊采夫各个时期具有代表性的小说，明确了其中所体现的扎伊采夫的现实观，并从印象主义、表现主义、象征主义和精神现实主义四个方面揭示了作家的新现实主义小说的艺术特色和主题思想，证实了扎伊采夫小说中传统现实主义因素与现代派艺术成分交错共存的多元现象。

第一章集中分析了扎伊采夫创作于革命前的中短篇小说，围绕其中展示的人的存在意识、人与周边环境的冲突以及如何克服这些冲突、人对内在精神生活的关注、对崇高和神圣生活的向往，探讨了扎伊采夫对现实生活的艺术看法。扎伊采夫关注的虽是周边可视的生活现实，可在小说中追求的却是更高意义上的现实、更抽象的现实。它不以物质水平作为衡量的标准，而是以内心的安宁与心灵的慰藉为旨归，最终演绎出的是扎伊采夫从泛神论世界观到基督教信仰的思想探索。对心灵的关注、对信仰的渴求越来越成为作家艺术思考的首要问题，进而心灵世界和精神世界成为扎伊采夫笔下最真实的图景和最接近本质的现实。

第二章从印象主义术语的由来开始，梳理了绘画中印象主义流脉的渊源和俄罗斯文学中印象主义趋向的发展脉络，阐明了扎伊采夫的新现实主义的独特之处，即印象主义式地描写现实生活、满载诗意地抒发文艺理想。在印象主义思想和艺术手法的感染下，充斥扎伊采夫艺术世界的是五彩斑斓的风景画和肖像画。它们普遍轮廓模糊，经常处于光与影的波动中，反映了印象主义艺术的创作宗旨——刻画变动不定的瞬间，捕捉心灵上的浮光掠影，凝固瞬息万变的感受本身。因而，我们在扎伊采夫这一时期的小说里找不到完整的故事情节和清晰的人物肖像。扎伊采夫的印象主义具有鲜明的泛神论色彩，自然中的一切都充满了神性，人也不例外。这一时期，扎伊采夫艺术世界里的人虽没有清晰的意识，但他们的心灵是向造物敞开的，而富有灵性的造物又时刻引导着人、激发着人，由此，人开始认识自己的存在。

第三章运用对比分析的方法集中考察了安德列耶夫的表现主义小说代表作《红笑》和扎伊采夫具有表现主义倾向的两篇小说《黑风》和《明天!》，从主观化的艺术认知、抽象化的形象和形而上的世界观三个方面探讨了两位作家在表现主义艺术手法和世界观方面的异同。安德列耶夫的主观化艺术认知主要体现为作家新奇大胆的想象，其对日常生活细节的陌生化处理给人们提供了审视存在的一种新立场，而充斥小说文本的高度抽象化形象暗示了生活的异化本质和人的异化现象，最终对死亡的渲染使小说具有浓厚的悲剧色彩，这也是安德列耶夫对存在的悲剧感知最直观的表达。与之不同的是，面对动荡的社会和躁动的人群，扎伊采夫更多时候表现出一种平静。首先，扎伊采夫对社会现实的主观化认知体现为一种描摹和渲染，这离不开浓墨重彩的表现主义手法（其中尤以黑色最为突出）。其次，扎伊采夫对现实生活的抽象化处理倾向于那些非具体的现象和自然情景，因而在其小说中风、雨、黑夜、人的意识和思想等成为主要的描写对象。最后，这种“反形象”的艺术手法在作家朦胧的、神秘主义的宇宙思想下，把读者引入一个未知的领域和世界，恰是这个未知的“明天”一扫扎伊采夫艺术世界里的阴霾。由此，扎伊采夫的表现主义倾向在形而上的问题上是乐观明朗的。纵然在黑色恐怖的渲染下，人对存在、对生活充满了恐惧与失望，但扎伊采夫巧妙地通过对神秘元素的暗示使人获得了观望生活事件的宇宙立场，最终给予人对明天的光明向往和崇高希望。

第四章主要探究的是扎伊采夫笔下的象征元素。在同时代象征主义流派的影响下，扎伊采夫对象征这种艺术手法产生了浓厚兴趣。具体在作品中则是对象征意象、对颜色的巧妙运用，从而赋予其小说多义性的阐释空间，这尤其鲜明地体现在小说的题目上和对蓝色、金色等颜色词汇的使用上。它们不仅丰富了扎伊采夫的艺术创作调色板，还承载了作家对“神话创作”的艺术思考。在精神导师索洛维约夫的引领下，扎伊采夫追求人与自然、人与人之间和谐相处的安详画面，力求实现大地上的人与神秘宇宙的沟通。索洛维约夫的万物统一首先体现为人与宇宙的统一，这种统一在《蓝星》里通过主人公赫里斯托佛罗夫与星星的交流得以实现，并且主人公还在尘世找到了这颗星星的部分闪光——马舒拉，以此塑造出象征神圣女性的美好形象。在俄罗斯的动荡年代，这一形象又承载了更沉重的思想——苦难与救赎，也就是《金色的花纹》里女主人公娜塔莉亚从意识轻盈到精神成熟、从行为堕落到灵魂得救的艰辛历程。而扎伊采夫心目中真正完整的祖国俄罗斯形象却是在侨居之后塑造的，确切而言这是在《帕西的房子》里，梅利希谢捷克司祭通过播撒善和布道感化构筑的一个神性俄罗斯形象，由此实现扎伊采夫通过艺术创造新生活的美学理念。

第五章围绕现当代俄苏批评界和文艺学界对扎伊采夫创作思维和艺术手法的界定，探讨了扎伊采夫自传体四部曲的诗学问题。通过分析主人公格列布的生活之路、对疾病、爱情、死亡、宗教信仰等问题的看法，提炼出扎伊采夫对现实生活的精神观照，对爱情的神圣信仰和对宗教、对上帝的切身感悟，进而论证了扎伊采夫的精神现实主义诗学问题。结合现当代文艺学家对扎伊采夫世界观和艺术思想的研究，可以发现，精神现实主义是扎伊采夫新现实主义的一部分，它以精神生活为旨归，在该诗学的映照下，处于作家关注中心的是内在现实，是具有形而上意义的现实，这鲜明地体现在格列布的个性形成过程中。此外，围绕四部曲主人公的成长之路，扎伊采夫还从现实主义的立场描摹整整一代人的生活面貌，进而展示出一个需要宗教信仰来拯救和维护的祖国形象，神性思想在作家的创作实践和现实生活中越来越占据重要地位。

纵观扎伊采夫的小说创作历程，作家走过的是一条由泛神论的混沌模糊到基督教的明晰之路。早期的小说充满印象主义色彩，宇宙万物混沌一片，人与物被自然吞噬或被动地消融在周围世界里。而在革命前后创作的小说里，扎伊采夫笔下的个性越来越突出，人物思想的变化证明了作家创作手法的演变。在这些小说里，印象主义成分逐渐削弱，现实成分（尤其是心灵、精神层面）越来越多，故事情节也越来越充实。直至侨居国外的创作成熟期，贯穿扎伊采夫文艺思想的是一种宗教文化情结，最终体现在自传体四部曲中，则是灵魂皈依、无限接近真理的虔诚人物形象。在这条历经物质生活的磨难而走向精神安宁的荆棘路上，扎伊采夫通过作品展示了自己对现实、对生活富有精神性的思考与洞见。

通过以上各章节对扎伊采夫不同阶段的代表性小说的分析与解读，可以看出，扎伊采夫的创作具有多样的综合特征，集中体现了新现实主义的诗学特色。产生并繁荣于白银时代的新现实主义本身就是一个多元的文化现象。它在现实主义与现代主义之间的游走使其诗学特质具有鲜明的综合性。这既体现为由生活到存在的主题综合，还体现为现实主义与现代主义创作方法的综合。新现实主义这种兼而有之的艺术特性使现当代俄苏文学界对其在概念厘定、代表人物选取等方面存在分歧，进而产生不同的研究立场：现实主义、现代主义和折中立场。尽管专家学者的研究立场不同，所认可的代表人物也不尽相同，但从这些不同中可以归纳出一些共性元素，比如新现实主义的综合性，新现实主义对经典现实主义的继承与革新，新现实主义对现代主义的接受与吸纳，扎伊采夫创作的典型性等。本书秉持新现实主义脱胎于现实主义的立场，认为新现实主义是现实主义的一个分支，属于 19 世纪的现实主义在世纪之交的顺势发展。新现实主义从现实主义那里继承了对生活现实的关注、对生活于其中的人的关注。但这种关注不再局限于物质现实和物理环境，而是由此转向精神现实、心理现实，转向形而上的领域，最终探讨的是普遍意义上的人的生存面貌、人的存在实质。主题的拓展促使新现实主义作家对创作方法不断作出调试，同时代的现代主义诸流派为其构建抽象思辨的精神艺术世界提供了参照。因而，在新现实主义的作品中，可以看到现代主义的诸多元素：印象主义、表现主义、象征、意识流等。这些元素相互融合、相互汇通，共同服务于新现实主义作家的艺术创作主旨，即展示存在意义上的现实，探讨形而上的思辨问题。

鉴于扎伊采夫在新现实主义作家群中的典型地位，本书立足新现实主义的综合诗学，从扎伊采夫小说的综合现实观出发，考察其创作中的多元化艺术元素：印象主义的、表现主义的、象征主义的、精神现实主义的。确切而言，这些不同元素各自代表了扎伊采夫新现实主义小说的一个侧面。从整体上来讲，它们相互平行、相互并列。从所分析的小说来讲，它们又有前后取缔或者说“前赴后继”的关系，反映了扎伊采夫艺术手法的动态演变，以及作家创作思想的日趋完善与固化。借助印象主义的手法，扎伊采夫创造性再现了模糊的人物肖像、时断时续的故事情节、万物归一的混沌无序、渐消渐融的存在意识和统摄一切的自然力。而对于神秘可怕的世界元素，扎伊采夫则运用表现主义手法，巧妙刻画了颇具威慑力的黑暗画面。但作家并没有完全吸收表现主义对世界的悲观看法，而是透过诸多神秘现象表达对造物、对生活的光明憧憬。扎伊采夫的创作又与象征主义具有显著的联系。作家既汲取了老一代象征派凝固生命瞬间的手法，还领悟到年青一代象征派改造世界的审美乌托邦幻想，尤其是索洛维约夫的万物统一论和索菲亚说。这些思想在扎伊采夫的小说里体现为连接大地与天空的神性人物形象、向大地传播真善美的女性形象和甘愿为他人乃至为祖国受苦受难的忏悔人物形象。广阔的生活面貌、丰富的人物肖像和殷实的宗教思想证明扎伊采夫对现实主义艺术理念的继承与发展。创作成熟期的自传体四部曲集中体现了扎伊采夫的精神现实主义诗学，表达了作家在回归现实主义之后，对精神现实的艺术追求。扎伊采夫的新现实主义是具有精神内核的现实主义，是一种立足生活现实而刻画内在精神世界的创作方法。这种方法以作家的宗教思想理念为核心，融合了现代派的多种艺术表达手法。

然而，无论我们在研究中如何努力做到细化分类，仍不能把扎伊采夫小说中的诸多现象一一分析到位：例如，在作为印象主义代表的小说里，可能其中的表现主义色彩也很明显；而当我们致力于挖掘一部作品的象征意蕴时，不得不暂且搁置其中的现实主义成分。主观上，这受限于作者的知识储备和能力素养；客观上，这也证实了扎伊采夫的小说具有丰厚的艺术底蕴。此外，从文学史的发展角度来看，扎伊采夫的艺术创作承继自屠格涅夫、契诃夫，又与安德列耶夫、布宁等这些同时代作家具有显著的区别与联系。本书虽围绕爱情观尝试探讨了扎伊采夫与屠格涅夫的创作关联，围绕表现主义对比分析了扎伊采夫与安德列耶夫的创作异同，但鉴于时间和精力有限，无法在更广阔的范围内进一步作比较与对比，也无法把扎伊采夫的所有作品都纳入研究视野，只能选取某一方向上具有代表性的作品进行聚焦式分析，以偏概全之嫌、理解不当之处在所难免，还请各位专家老师批评指正。

参考文献

一　中文参考文献

（一）专著

程正民：《俄罗斯作家创作心理研究》，中国社会科学出版社2017年版。

冯象：《创世纪：传说与译注》，生活·读书·新知三联书店2012年版。

黎皓智：《俄罗斯小说文体论》，百花洲文艺出版社2000年版。

李传龙编著：《圣经文学词典》，北京大学出版社1998年版。

李建刚：《高尔基与安德列耶夫诗学比较研究》，中国社会科学出版社2008年版。

李明滨主编：《俄罗斯二十世纪非主潮文学》，北岳文艺出版社1998年版。

李正荣：《托尔斯泰的体悟与托尔斯泰的小说》，北京师范大学出版社2000年版。

刘琨：《东正教精神与俄罗斯文学》，人民文学出版社2009年版。

刘宁主编：《俄国文学批评史》，上海译文出版社1999年版。

刘宁：《俄苏文学·文艺学与美学》，北京师范大学出版社2007年版。

马卫红：《现代主义语境下的契诃夫研究》，中国社会科学出版社 2009 年版。

任光宣等：《俄罗斯文学的神性传统：20 世纪俄罗斯文学与基督教》，北京大学出版社 2010 年版。

石坚、林必果、李晓涛主编：《圣经文学文化词典》，四川大学出版社 2002 年版。

施正康、朱贵平编著：《圣经事典》，学林出版社 2005 年版。

汪介之：《现代俄罗斯文学史纲》，南京出版社 1995 年版。

汪介之：《俄罗斯现代文学史》，中国社会科学出版社 2013 年版。

汪介之：《远逝的光华：白银时代的俄罗斯文学与文化》，福建教育出版社 2015 年版。

王宗琥：《叛逆的激情：20 世纪前 30 年俄罗斯小说中的表现主义倾向》，外语教学与研究出版社 2011 年版。

夏忠宪：《巴赫金狂欢化诗学研究》，北京师范大学出版社 2000 年版。

徐凤林：《索洛维约夫哲学》，商务印书馆 2007 年版。

杨雷编著：《阐释与思辨：俄罗斯文学研究的世纪回眸》，黑龙江人民出版社 2008 年版。

余一中：《余一中集：汉、俄》，黑龙江大学出版社 2013 年版。

张冰：《陌生化诗学：俄国形式主义研究》，北京师范大学出版社 2000 年版。

张冰：《白银时代俄国文学思潮与流派》，人民文学出版社 2006 年版。

张冰：《俄罗斯文化解读》，济南出版社 2006 年版。

张冰：《白银挽歌》，黑龙江人民出版社 2013 年版。

张冰：《巴赫金学派与马克思主义语言哲学研究》，北京师范大学出版社 2017 年版。

张建华、王宗琥主编：《20 世纪俄罗斯文学：思潮与流派（理论篇）》，外语教学与研究出版社 2012 年版。

周启超：《白银时代俄罗斯文学研究》，北京大学出版社 2003 年版。

（二）文章

杜国英、李文戈：《20 世纪俄罗斯侨民文学的回顾与反思》，《哈尔滨工业大学学报》（社会科学版）2008 年第 3 期。

冯玉律：《俄国侨民文学的第一浪潮》，《苏联文学联刊》1992 年第 5 期。

刘月新：《陌生化与异化》，《江海学刊》2000 年第 1 期。

蓝英年：《译者的话》，［俄］奥多耶夫采娃《塞纳河畔》，蓝英年译，文化发展出版社 2016 年版，第 III—XIV 页。

罗妍：《陀思妥耶夫斯基的“高级现实主义”——艺术批评中的圣像美学》，《广东外语外贸大学学报》2020 年第 6 期。

潘海燕：《面对死亡的沉思——浅论安德列耶夫在〈红笑〉中的艺术创造》，《国外文学》1999 年第 3 期。

荣洁：《俄罗斯侨民文学》，《中国俄语教学》2004 年第 1 期。

汪介之：《20 世纪俄罗斯侨民文学的文化观照》，《南京师范大学文学院学报》2004 年第 1 期。

汪介之：《20 世纪俄罗斯域外文学中的自传性作品》，《现代传记研究》2016 年第 1 期。

王树福：《当代俄罗斯新现实主义的兴起》，《外国文学研究》2018 年第 3 期。

余一中：《20 世纪人类文化的特殊景观——俄罗斯侨民文学简介》，《译林》1997 年第 3 期。

张冰：《俄国形式主义研究》，申丹、王邦维总主编，周小仪、张冰主编《新中国 60 年外国文学研究》第 4 卷，北京大学出版社 2015 年版，第 231—257 页。

赵秋长：《俄国侨民文学概览》，《俄语学习》2001 年第 6 期。

朱宪生：《屠格涅夫散文诗译序》，《屠格涅夫全集》第 10 卷，朱宪生、沈念驹译，河北教育出版社 1994 年版，第 24—46 页。

(三) 学位论文

王帅：《天路的历程 精神的归宿：论俄罗斯侨民作家 И. 什梅廖夫、Б. 扎伊采夫创作中的朝圣主题》，博士学位论文，北京大学，2011 年。

(四) 译著

［俄］阿格诺索夫主编：《20 世纪俄罗斯文学》，凌建侯、黄玫、柳若梅、苗澍译，中国人民大学出版社 2001 年版。

［俄］阿格诺索夫：《俄罗斯侨民文学史》，刘文飞、陈方译，人民文学出版社 2004 年版。

［俄］安德列耶夫：《红笑》，张冰译，作家出版社 1997 年版。

［苏］《巴赫金全集》第 1 卷，钱中文主编，晓河、贾泽林、张杰等译，河北教育出版社 2009 年版。

［苏］《巴赫金全集》第 3 卷，钱中文主编，白春仁、晓河译，河北教育出版社 2009 年版。

［俄］别尔嘉耶夫：《陀思妥耶夫斯基的世界观》，耿海英译，广西师范大学出版社 2020 年版。

［俄］勃洛克，巴尔蒙特等：《白银时代诗歌选》，张冰译，东方出版社 2015 年版。

［俄］车尔尼雪夫斯基：《文学论文选》，辛未艾译，上海译文出版社 1998 年版。

［俄］杜勃罗留波夫：《文学论文选》，辛未艾译，上海译文出版社 1984 年版。

［俄］《俄罗斯白银时代文学史（1890 年代—1920 年代初）》（第Ⅰ—Ⅱ卷），谷羽、王亚民编译，敦煌文艺出版社 2006 年版。

［俄］科尔米洛夫 · 谢 · 伊主编：《二十世纪俄罗斯文学史：20—90 年代主要作家》，赵丹、段丽君、胡学星译，南京大学出版社 2017 年版。

［美］莫斯：《俄国史》，张冰译，海南出版社 2008 年版。

［俄］索洛维约夫：《神人类讲座》，张百春译，华夏出版社1999年版。

［俄］《屠格涅夫全集》第6卷，沈念驹、冯昭玙等译，河北教育出版社1994年版。

［俄］《屠格涅夫全集》第10卷，刘硕良主编，朱宪生、沈念驹译，河北教育出版社1994年版。

［俄］《陀思妥耶夫斯基文集 书信集》（上）（1834—1868），郑文樾、朱逸森译，人民文学出版社2018年版。

［俄］《陀思妥耶夫斯基文集 书信集》（下）（1869—1881），郑文樾、朱逸森译，人民文学出版社2018年版。

（五）译文

［俄］霍鲁日：《拜占庭与俄国的静修主义》，张百春译，《世界哲学》2010年第2期。

［俄］霍鲁日：《静修主义人学》，张百春译，《世界哲学》2010年第2期。

［俄］霍鲁日：《协同人学与人的展开范式》，张百春译，《世界哲学》2010年第2期。

［俄］霍鲁日：《俄国哲学的产生》，张百春译，《俄罗斯文艺》2010年第11期。

［俄］扎伊采夫：《死神》，张冰译，《俄罗斯文艺》1998年第1期。

［俄］扎伊采夫：《死亡》，张冰译，载周启超主编《俄罗斯“白银时代”精品库：小说卷》，中国文联出版公司1998年版。

［俄］扎伊采夫：《俄国鲍·扎伊采夫短篇二则》，陈静译，《当代外国文学》1998年第3期。

［俄］扎伊采夫：《维亚切斯拉夫·伊万诺夫》，汪介之译，《世界文学》1998年第5期。

二 俄文参考文献

(一) 著作

Абишева У. К. Неореализм в русской литературе 1900-10-х годов. М.: Издательство Московского университета, 2005.

Андреев Л. Г. Импрессионизм = Impressionnisme: Видеть. Чувствовать. Выражать. М.: Гелеос, 2005.

Аргайл М. Психология счастья. СПб.: Питер, 2003.

В поисках гармонии (О творчестве Б. К. Зайцева): межвузовский сборник научных трудов. Орёл: Орловский государственный университет. 1998.

Гейне Г. Песни Гейне в переводе М. Л. Михайлова. Санкт-Петербург: типография Якова трея, 1858.

Давыдова Т. Т. Русский неореализм: идеология, поэтика, творческая эволюция. М.: Флинта: Наука, 2005.

Драгунова Ю. А. Б. К. Зайцев: Художественный мир (в помощь учителю). Орёл: Издательский Дом «Орловская литература и книгоиздательство»(«ОРЛИК»), 2005.

Дунаев М. М. Вера в горниле сомнений: Православие и русская литература в XVII-XX веках. М.: Издательский Совет Русской Православной Церкви, 2002.

Елисейкина Н. И. и др. (сост.) Международный сводный каталог русской книги, 1918-1926. СПб.: Российская национальная библиотека, 2017.

Жизнь и творчество Бориса Зайцева: материалы Шестой Международной научно-практической конференции, посвященной жизни и творчеству Б. К. Зайцева. Вып. 6. Калуга: Калужский государственный институт модернизации образования, 2011.

Зайцев Б. К. Собрание сочинений: В 5 т. Т. 1-6 (доп.). М.:

Русская книга, 1999.

Зайцев Б. К. Собрание сочинений: В 5 т. Т. 7(доп.). М.: Русская книга, 2000.

Зайцев Б. К. Собрание сочинений: Т. 8-9(доп.). М.: Русская книга, 2000.

Зайцев Б. К. Собрание сочинений. Т. 10-11(доп.). М.: Русская книга, 2001.

Зайцев Е. Н. Русский писатель земли Калужской. Калуга: издательство «Фридгельм», 2004.

Заманская В. В. Экзистенциальная традиция в русской литературе XX века. Диалоги на границах столетий: Учебное пособие. М.: Флинта; Наука, 2002.

Замятин Е. И. Собрание сочинений: В 5 т. Т. 3. М.: Русская книга, 2004.

Замятин Е. И. Собрание сочинений: В 5 т. Т. 5. М.: Республика, Дмитрий Сечин, 2011.

Захарова В. Т. Импрессионизм в русской прозе Серебряного века. Н. Новгород: НГПУ, 2012.

Захарова В. Т., Комышкова Т. П. Неореализм в русской прозе XX века: типология художественного сознания в аспекте исторической поэтики. Н. Новгород: Мининский университет. 2014.

Зиновьева-Аннибал Л. Д. Тридцать три урода: Роман, рассказы, эссе, пьесы. М.: Аграф, 1999.

Калужские писатели на рубеже Золотого и Серебряного веков. Сборник статей: Пятые Международные юбилейные научные чтения. Вып. 5. Калуга: Институт повышения квалификации работников образования, 2005.

Катаев В. Б. Проза Чехова: проблемы интерпретации. М.: Изд-во Московского ун-та, 1979.

Колобаева Л. А. Концепция личности в русской литературе рубежа XIX–XX веков. М.: Издательство МГУ, 1990.

Колобаева Л. А. Философия и литература: параллели, переклички и отзвуки (Русская литература XX века). М.: ООО «Русский импульс», 2013.

Литературная жизнь России 1920-х годов. События. Отзывы современников. Библиография. Том 1. Часть 1. Москва и Петроград. 1917-1920 гг. М.: ИМЛИ РАН, 2005.

Литературная жизнь России 1920-х годов. События. Отзывы современников. Библиография. Том 1. Часть 2. Москва и Петроград. 1921-1922 гг. М.: ИМЛИ РАН, 2005.

Любомудров А. М. Духовный реализм в литературе русского зарубежья: Б. К. Зайцев, И. С. Шмелёв. СПб.: «Дмитрий Буланин», 2003.

Маковский С. К. Силуэты русских художников. М.: Республика, 1999.

Наследие Б. К. Зайцева: проблематика, поэтика, творческие связи. МатериалыВсероссийской научной конференции, посвященной 125–летию со дня рождения Б. К. Зайцева. 18-20 мая 2006 года. Орёл: ПФ «Картуш», 2006.

Орловский текст российской словесности. Вып. 13. Орёл: Издательство «Картуш», 2021.

Петровец Т. Г. (сост.) Энциклопедия импрессионизма и постимпрессионизма. М.: ОЛМА–ПРЕСС, 2000.

Проблемы изучения жизни и творчества Б. К. Зайцева: Сборник статей / Первые Международные Зайцевские чтения. Калуга: Издательство «Гриф», 1998.

Проблемы изучения жизни и творчества Б. К. Зайцева: Сборник статей / Вторые Международные Зайцевские чтения. Калуга:

Издательство «Гриф», 2000. Вып. Ⅱ.

Проблемы изучения жизни и творчества Б. К. Зайцева: Сборник статей / Третьи Международные Зайцевские чтения. Вып. 3. Калуга: Издательство «Гриф», 2001.

Савельева А. Мировое искусство. Направления и течения от импрессионизма до наших дней. Санкт-Петербург: СЗКЭО «Кристал»; Москва: «Оникс», 2006.

Словарь членов Общества любителей Российской словесности при Московском университете, 1811–1911. М.: Печатня А. Снегиревой, 1911.

Соловьев В. С. Сочинения: В 2 т. Т. 1-2. М.: Мысль, 1988.

Степанова Н. С. Аксиология детства в автобиографической прозе первой волны русского зарубежья. Курск: ООО «Учитель», 2011.

Струве Г. П. Русская литература в изгнании. Нью-Йорк: Издательство имени Чехова, 1956.

Татаркевич В. О счастье и совершенстве человека. М.: Прогресс, 1981.

Творчество Б. К. Зайцева в контексте русской и мировой литературы XX века: Сборник статей / Четвертые Международные научные Зайцевские чтения. Вып. 4. Калуга: Институт повышения квалификации работников образования, 2003.

Творчество Б. К. Зайцева и мировая культура. Сборник статей: Материалы Международной научной конференции, посвященной 130-летию со дня рождения писателя. 27-29 апреля 2011 года. Орёл, 2011.

Творчество Б. К. Зайцева и мировая культура. Сборник статей. Материалы Всероссийской научной конференции, посвященной 135-летию со дня рождения писателя. 20-22 апреля 2016 года. Орёл，2016.

Телешов Н. Д. Записки писателя：Воспоминания и рассказы о прошлом. М.：Московский рабочий，1980.

Терапиано Ю. К. Литературная жизнь русского Парижа за полвека（1924-1974）. Париж-Нью-Йорк：Альбатрос-Третья волна，1987.

Терапиано Ю. К. Литературная жизнь русского Парижа за полвека（1924-1974）. СПб.：ООО «Издательство “Росток”»，2014.

Толстой Л. Н. Исповедь；В чем моя вера?；Что такое искусство?：Статьи. М.：Книжный Клуб Книговек，2015.

Трубецкой Е. Н. Три очерка о русской иконе. Париж：YMCA-PRESS，1965.

Тузков С. А.，Тузкова И. В. Неореализм：Жанрово-стилевые поиски в русской литературе конца XIX-начала XX века：учебн. пособие. М.：Флинта：Наука，2009.

Усенко Л. В. Импрессионизм в русской прозе начала XX века. Ростов-на-Дону：Издательство Ростовского университета，1988.

Шкловский В. О теории прозы. М.：Советский писатель，1983.

Энциклопедия импрессионизма. М.：Республика，2005.

Юбилейная международная конференция по гуманитарным наукам，посвященная 70-летию Орловского государственного университета：Материалы. Выпуск Ⅱ：Л. Н. Андреев и Б. К. Зайцев. Орёл：Орловский государственный университет，2001.

Яркова А. В. Б. К. Зайцев：Семинарий. СПб.：ЛГОУ имени А. С. Пушкина，2002.

（二）文章

Айхенвальд Ю. И. Литературные заметки（Обзор）// Руль. 1925. № 1408. С. 2-3.

Айхенвальд Ю. И. Литературные заметки(Обзор)// Руль. 1926. № 1630. С. 2-3.

Айхенвальд Ю. И. Юбилей Бориса Зайцева // Руль. 1926. № 1830. С. 2-3.

Айхенвальд Ю. И. Борис Зайцев // Зайцев Б. К. Осенний свет: Повести, рассказы. М.: Советский писатель, 1990. С. 521-530.

Абрамович Н. «Жизнь человека» у Л. Андреева и Бориса Зайцева // Зайцев Б. К. Собрание сочинений. Т. 10 (доп.). М.: Русская книга, 2001. С. 244-253.

Аринина Л. М. Роман Б. Зайцева «Золотой узор» и его место в творческой биографии писателя // Проблемы изучения жизни и творчества Б. К. Зайцева: Сборник статей / Вторые Международные Зайцевские чтения. Калуга: Издательство «Гриф», 2000. Вып. Ⅱ. С.72-76.

Афонину Л. Н. 5 декабря 1964. Париж // Зайцев Б. К. Собрание сочинений. Т. 11(доп.). М.: Русская книга, 2001. С. 224-225.

Афонину Л. Н. 17 мая 1967. Париж // Зайцев Б. К. Собрание сочинений. Т. 11(доп.). М.: Русская книга, 2001. С. 255-256.

Бальмонт К. Д. Легкозвонный стебель(Борис Зайцев)// Последние новости. 1926. № 2087. С. 3.

Бараева Л. Н. Тетралогия Б. Зайцева «Путешествие Глеба» в контексте «неореалистической прозы» // Проблемы изучения жизни и творчества Б. К. Зайцева: Сборник статей / Вторые Международные Зайцевские чтения. Калуга: Издательство «Гриф», 2000. Вып. Ⅱ. С.104-109.

Бараева Л. Н. Тетралогия Бориса Зайцева «Путешествие Глеба» как художественно-эстетическое отражение духовной биографии писателя // Проблемы изучения жизни и творчества Б. К. Зайцева: Сборник статей / Третьи Международные Зайцевские чтения. Вып.3. Калуга：Издательство «Гриф»，2001. С. 190-194.

Богемская К. Импрессионизм：единство человека и окружающего его мира // Энциклопедия импрессионизма. М.：Республика，2005. С. 262-269.

Брюсов В. Я. Борис Зайцев. Рассказы. Издательство « Шиповник». СПб. 1906 // Золотое руно. 1907. № 1. С. 88.

В. В. 85－летие Бориса Константиновича Зайцева // Возрождение. 1966. № 174. С. 141-142.

Васильеву И. А. 18 января 1969. Париж // Зайцев Б. К. Собрание сочинений. Т. 11(доп.). М.：Русская книга，2001. С. 285-286.

Венгерову С. А. 11 （24） мая 1912. Москва // Зайцев Б. К. Собрание сочинений. Т. 10(доп.). М.：Русская книга，2001. С. 89-91.

Волков Е. М. Импрессионизм как литературная традиция // В поисках гармонии （О творчестве Б. К. Зайцева）：межвузовский сборник научных трудов. Орёл，1998. С. 70-73.

Вологина О. В. Борис Зайцев и Леонид Андреев // Проблемы изучения жизни и творчества Б. К. Зайцева：Сборник статей / Первые Международные Зайцевские чтения. Калуга：Издательство «Гриф»，1998. С. 95-102.

Волошин М. Магия творчества：о реализме русской литературы // Весы. 1904. № 11. С. 1-5.

Вороновой О. П. （1962?）. Париж // Зайцев Б. К. Собрание сочинений. Т. 11(доп.). М.：Русская книга，2001. С. 202-205.

Воропаева Е. Жизнь и творчество Бориса Зайцева // Зайцев Б. К. Сочинения：В 3 т. Т. 1. М.：Художественная литература；ТЕРРА，1993. С. 5-47.

Газизова А. А. Свет в повести Б. К. Зайцева «Голубая звезда» // Литература Древней Руси：Коллективная монография. М.：Прометей，МПГУ，2011. С. 208-212.

Гиппиус З. И. Тварное. Борис Зайцев. Рассказы. К–во «Шиповник». СП. 1907 // Весы. 1907. № 3. С. 71-73.

Гловский М. Мрачный писатель // Известия книжных магазинов т–ва М. О. Вольф по литературе, наукам и библиографии и Вестник литературы, 1910. № 5. С. 116-117.

Горбов Я. Н. Светлой памяти Веры Алексеевны Зайцевой // Возрождение. 1965. № 163. С. 50-51.

Горнфельд А. Лирика космоса // Зайцев Б. К. Собрание сочинений. Т. 10(доп.). М.: Русская книга, 2001. С. 196-202.

Городецкая Н. Д. В гостях у Б. К. Зайцева(интервью)//Возрождение. 1931. № 2051. С. 4.

Городецкая Н. Д. Интервью с писателями русского зарубежья: А. Куприн, А. Ремизов, М. Алданов, Б. Зайцев, В. Ходасевич, И. Шмелев, Н. Тэффи, М. Цветаева, И. Бунин 1930-1933 // Христианство и русская литература. Сборник седьмой. СПб.: «Наука», 2012. С. 96-138.

Грибановский П. Борис Константинович Зайцев(Обзор творчества)//Русская литература в эмиграции. Сборник статей. Питтсбург: Отдел славянских языков и литератур Питтсбургского университета, 1972. С. 133-150.

Грибановский П. Борис Зайцев в русской зарубежной критике // Русская мысль. 1974. № 2985. С. 7.

Дейч Е. Эпистолярное наследие Бориса Зайцева // Зайцев Б. К. Собрание сочинений. Т. 10 (доп.). М.: Русская книга, 2001. С. 3-8.

Денисова Е. А. Типы повествования в тетралогии Б. К. Зайцева «Путешествие Глеба» // Текст и контекст в языковедении: Материалы X Виноградовских чтений: 15-17 ноября 2007 года. В 2 частях. Ч. 1. М.: МГПУ, 2007. С. 244-256.

Дмитрюхина Л. В.， Терехова Г. О. Читаем Зайцева вместе： музейный формы изучения творчества писателя // Жизнь и творчество Бориса Зайцева： материалы Шестой Международной научно-практической конференции， посвященной жизни и творчеству Б. К. Зайцева. Вып. 6. Калуга： Калужский государственный институт модернизации образования， 2011. С. 116-120.

Драгунова Ю. А. «Заря» жизни в одноименных повести и романе Б. К. Зайцева // Центральная Россия и литература русского зарубежья（1917-1939）. Исследования и публикации： материалы международной научной конференции， посвященной 70-летию присуждения И. А. Бунину Нобелевской премии. Орёл： Вешние воды， 2003. С. 181-188.

Драгунова Ю. А. Б. К. Зайцев и И. С. Тургенев： Творческие связи // Писатели-орловцы в контексте отечественной культуры， истории， литературы. Материалы Всероссийской научной конференции（15-16 мая 2015 года）. Орёл， 2015. С. 24-30.

Дудина Е. Ф. Мотив одиночества как проявление модернистских тенденций в раннем творчестве Б. К. Зайцева // Наследие Б. К. Зайцева： проблематика， поэтика， творческие связи： материалы Всероссийской научной конференции， посвященной 125-летию со дня рождения Б. К. Зайцева. 18-20 мая 2006 года. Орёл： ПФ «Картуш»， 2006. С. 52-57.

Зайцев Б. К. «Зори»（из литературных воспоминаний）//Последние новости. 1926. № 2087. С. 2.

Зайцев Б. К. Леонид Андреев // Литературная Россия. 1987. № 33. С. 16-17.

Зайцев Б. К. Слово о родине. Оптина Пустынь. К молодым！ // Слово. 1989. № 9. С. 60-63.

Зайцев Б. К. О себе // Зайцев Б. К. Собрание сочинений： в 5

т. Т. 4. М.: Русская книга, 1999. С. 587-592.

Зайцева-Соллогуб Н. Я вспоминаю... // Зайцев Б. К. Собрание сочинений: В 5 т. Т. 4. М.: Русская книга, 1999. С. 3-21.

Зернов Б. Предисловие // Рейтерсверд О. Импрессионисты перед публикой и критикой. М.: «Искусство», 1974. С. 5-34.

Иванова Н. А. Структура концептуальных кодов в повести Б. К. Зайцева «Голубая звезда» // Вестник ЧГПУ имени И. Я. Яковлева, 2012. № 3. С. 93-98.

Иезуитова Л. А. В мире Бориса Зайцева // Зайцев Б. К. Земная печаль: Из шести книг. Л.: Лениздат, 1990. С. 5-16.

Иезуитова Л. А. Легенда «Богатырь Христофор» и ее новая жизнь в «Голубой звезде» и «Странном путешествии» // Проблемы изучения жизни и творчества Б. К. Зайцева: Сборник статей / Третьи Международные Зайцевские чтения. Вып. 3. Калуга: Издательство «Гриф», 2001. С. 50-64.

Калганникова И. Ю. Поэтика «духовного реализма» в автобиографическом романе Б. К. Зайцева «Путешествие Глеба» // Творчество Б. К. Зайцева и мировая культура. Сборник статей: Материалы Международной научной конференции, посвященной 130-летию со дня рождения писателя. 27-29 апреля 2011 года. Орёл, 2011. С. 151-156.

Каменецкий Б. Литературные заметки // Руль. 1923. № 658. С.2-3.

Келдыш В. А. Реализм и «неореализм» // Русская литература рубежа веков (1890-е — начало 1920-х годов). Книга 1. М.: ИМЛИ РАН, «Наследие». 2001. С. 259-328.

Киприан. Б. К. Зайцев // Возрождение. 1951. № 17. С. 158-163.

Климова Г. П. Своеобразие цветописи ранней прозы Б. К. Зайцева // В поисках гармонии (О творчестве Б. К. Зайцева): межвузовский сборник научных трудов. Орёл, 1998. С. 9-10.

Князева О. Г. Символичность имен как характерная особенность творчества писателя(Фамилия Христофоров в «Голубой звезде»)//Творчество Б. К. Зайцева в контексте русской и мировой литературы XX века: Сборник статей / Четвертые Международные научные Зайцевские чтения. Вып. 4. Калуга: Институт повышения квалификации работников образования, 2003. С. 55-58.

Коган П. Современники. Зайцев // Зайцев Б. К. Собрание сочинений. Т. 10(доп.). М.: Русская книга, 2001. С. 181-186.

Match Кознова Н. Н. Путь Б. Зайцева от России к Руси святой // Наследие Б. К. Зайцева: проблематика, поэтика, творческие связи. Материалы Всероссийской научной конференции, посвященной 125-летию со дня рождения Б. К. Зайцева. 18-20 мая 2006 г. Орёл: ПФ «Картуш», 2006. С. 77-82.

Колтоновская Е. А. Поэт для немногих // Зайцев Б. К. Собрание сочинений. Т. 10(доп.). М.: Русская книга, 2001. С. 187-195.

Компанеец В. В. Герой, дом, путь в тетралогии Б. К. Зайцева « Путешествие Глеба » // Вестник ВолГУ. Серия 8. 2003-2004. Вып. 3. С. 38-44.

Кононенко В. И. Многоцветье «Голубой звезды» Б. Зайцева // Русская речь, 2010. № 6. С. 28-31.

Красюк Т. Д. Рассказ Б. К. Зайцева «Мгла». Поэтика «соответствий» // Наследие Б. К. Зайцева: проблематика, поэтика, творческие связи. Материалы Всероссийской научной конференции, посвященной 125-летию со дня рождения Б. К. Зайцева. 18-20 мая 2006 г. Орёл: ПФ «Картуш», 2006. С. 46-52.

Куделько Н. А. Быт и бытие русской эмиграции в романах В. В. Набокова «Машенька» и Б. К. Зайцева «Дом в Пасси» // Писатели-классики Центральной России. Сборник научных статей. Орёл: Издательство Орловского государственного университета, 2009.С.96-101.

Куделько Н. А. «Роман получился замечательный, но... » (Б. К. Зайцев о романе И. С. Тургенева «Отцы и дети»)//Творчество Б. К. Зайцева и мировая культура. Сборник статей: Материалы Международной научной конференции, посвященной 130-летию со дня рождения писателя. 27-29 апреля 2011 года.Орёл, 2011.С.64-70.

Леняшин В. А. «...Из времени в вечность». Импрессионизм без свойств и свойства русского импрессионизма // Русский импрессионизм. СПб.: Palace Editions, 2000. С. 43-62.

Львов-Рогачевский В. Борис Зайцев // Зайцев Б. К. Собрание сочинений. Т. 10(доп.). М.: Русская книга, 2001. С. 273-280.

Любомудров А. М. Первые Международные Зайцевские чтения // Проблемы изучения жизни и творчества Б. К. Зайцева: Сборник статей / Первые Международные Зайцевские чтения. Калуга: Издательство «Гриф», 1998. С. 4-7.

Любомудров А. М. Святая Русь Бориса Зайцева // Зайцев Б. К. Собрание сочинений: В 5 т. Т. 7(доп.). М.: Русская книга, 2000. С. 3-21.

Любомудров А. М. Святая Гора Афон в судьбе и творческом наследии Бориса Зайцева // Зайцев Б. К. Афины и Афон. Очерки, письма, афонский дневник. Санкт-Петербург: ООО «Издательство "Росток"», 2011. С. 5-38

Мандельштам Ю. В. «Дом в Пасси» // Возрождение. 1935. № 3676. С. 2.

Мануйлову В. А. 6 апреля 1962. Париж // Зайцев Б. К. Собрание сочинений. Т. 11(доп.). М.: Русская книга, 2001. С. 193.

Маркович В. М. «Трагическое значение любви»: повести Тургенева 1850-х годов // Тургенев И. С. Первая любовь: Повести. СПб.: Азбука, Азбука-Аттикус, 2012. С. 5-28.

Мартынова Т. И. Борис Зайцев о Леониде Андрееве // Юбилейная международная конференция по гуманитарным наукам, посвящённая 70-летию Орловского государственного университета: Материалы. Выпуск Ⅱ: Л. Н. Андреев и Б. К. Зайцев. Орёл: Орловский государственный университет, 2001. С. 251-254.

Мартышкина Т. Н. Импрессионизм: от художественного видения к мировоззрению // Вестник Томского государственного университета, 2007. № 304. С. 73-76.

Минкин К. С., Никитина И. Н. Архетип Кассандры в одноименном рассказе Б. К. Зайцева: неореалистические возможности метода // Орловский текст российской словесности. Вып. 13. Орёл: Издательство «Картуш», 2021. С. 123-128.

Михайлов М. Л. Генрих Гейне // Песни Гейне в переводе М. Л. Михайлова. Санкт - Петербург: типография Якова трея, 1858. С. III-XVIII.

Михайлов О. Н. О Борисе Зайцеве (1881-1972) // Литературная Россия. 1987. № 33. С. 16-17.

Михайлов О. Н. Знакомцы давние... // Слово. 1989. № 9.С.55-57.

Михайлов О. Н. О Борисе Константиновиче Зайцеве // Зайцев Б. К. Голубая звезда: Роман, повесть, рассказы, главы из книги «Москва». Тула: Приок. кн. изд-во, 1989. С. 5-9.

Михайлов О. Н. «Тихий свет» (Штрихи к портрету Б. К. Зайцева) // Зайцев Б. К. Голубая звезда: Роман, повесть, рассказы, главы из книги «Москва». Тула: Приок. кн. изд-во, 1989. С. 348-363.

Михайлов О. Н. «Бессмысленного нет...» (О Борисе Константиновиче Зайцеве) // Зайцев Б. К. Улица святого Николая: Повести и рассказы. М.: Художественная литература, 1989. С. 3-16.

Михайлов О. Н. Литература Русского Зарубежья. Борис Константинович Зайцев (1881-1972). Статья третья // Литература в школе. 1990. № 6. С. 47-50.

Михайлов О. Н. «Бессмысленного нет...» (О Борисе Константиновиче Зайцеве) // Зайцев Б. К. Улица святого Николая. Повести и рассказы. М.: Издательский дом «Синергия», 2007. С. 6-23.

Михайлова М. В. Б. К. Зайцев — русский классик XX века (научная конференция в Калуге) // Вестник Московского университета. Сер. 9. Филология. 2001. № 5. С. 157-159.

Михайлова М. В. Современное состояние изучения творчества Б. К. Зайцева // Калужские писатели на рубеже Золотого и Серебряного веков. Сборник статей: Пятые Международные юбилейные научные чтения. Вып. 5. Калуга: Институт повышения квалификации работников образования, 2005. С. 3-6.

Михайлова М. В. Борис Константинович Зайцев // История литературы русского зарубежья (1920-е —начало 1990-х гг.): Учебник для вузов. М.: Академический Проект; Альма Матер, 2011. С. 187-199.

Михайлова М. В. Неореализм: стилевые искания // История русской литературы Серебряного века (1890-е —начало 1920-х годов): В 3 ч. Ч. 1. Реализм. М.: Издательство Юрайт, 2017. С. 41-77.

Михайлова М. В. Б. К. Зайцев // История русской литературы Серебряного века (1890-е —начало 1920-х годов): В 3 ч. Ч. 1. Реализм. М.: Издательство Юрайт, 2017. С. 210-220.

Михеичева Е. А. Леонид Андреев и Борис Зайцев: к вопросу о творческих связях // Проблемы изучения жизни и творчества Б. К. Зайцева: Сборник статей / Первые Международные Зайцевские чтения. Калуга: Издательство «Гриф», 1998. С. 86-94.

Михеичева Е. А. Философский рассказ в раннем творчестве Б. К. Зайцева // Наследие Б. К. Зайцева: проблематика, поэтика, творческие связи. Материалы Всероссийской научной конференции, посвященной 125-летию со дня рождения Б. К. Зайцева. 18-20 мая 2006 г. Орёл: ПФ «Картуш», 2006. С. 20-25.

Морозов М. Старосветский мистик (творчество Бориса Зайцева)//Зайцев Б. К. Собрание сочинений. Т. 10(доп.). М.: Русская книга, 2001. С. 212-243.

Мяновска И. Мироощущение православного человека (На материале тетралогии Б. Зайцева «Путешествие Глеба») // Проблемы изучения жизни и творчества Б. К. Зайцева: Сборник статей / Третьи Международные Зайцевские чтения. Вып. 3. Калуга: Издательство «Гриф», 2001. С. 18-29.

Назаровой Л. Н. 17 мая 1962. Париж // Зайцев Б. К. Собрание сочинений. Т. 11(доп.). М.: Русская книга, 2001. С. 195-197.

Назаровой Л. Н. 26 июня 1968. Париж // Зайцев Б. К. Собрание сочинений. Т. 11(доп.). М.: Русская книга, 2001. С. 272-274.

Ничипоров И. Б. От душевного к духовному: повесть Б. Зайцева «Аграфена» // Духовность как антропологическая универсалия в современном литературоведении: коллективная монография по материалам Всероссийской научно - исследовательской конференции. Киров: Изд-во ВятГГУ, 2009. С. 84-88.

Осипов С. Долгая жизнь Бориса Зайцева // Зайцев Б. К. Люди Божии. М.: Сов. Россия, 1991. С. 3-8.

Осоргин М. А. О Борисе Зайцеве // Последние новости. 1926. № 2087. С. 3.

Панфилова Т. Ю. Цветовая и световая гамма в романе Б. К. Зайцева «Золотой узор» // Юбилейная международная конференция по гуманитарным наукам, посвященная 70-летию Орловского государственного университета: Материалы. Выпуск Ⅱ: Л. Н. Андреев и Б. К. Зайцев. Орёл: Орловский государственный университет, 2001. С. 135-138.

Панфилова Т. Ю. Доминанта образа старой России в романе Б. К. Зайцева «Дом в Пасси» // Центральная Россия и литература русского зарубежья (1917-1939). Исследования и публикации: материалы международной научной конференции, посвященной 70-летию присуждения И. А. Бунину Нобелевской премии. Орёл: Вешние воды, 2003. С. 195-198.

Полуэктова И. А. Символика заглавий ранних произведений Б. К. Зайцева // Наследие Б. К. Зайцева: проблематика, поэтика, творческие связи: материалы Всероссийской научной конференции, посвященной 125-летию со дня рождения Б. К. Зайцева. 18-20 мая 2006 года. Орёл: ПФ «Картуш», 2006. С. 36-41.

Прокопов Т. Ф. Борис Зайцев: вехи судьбы // Зайцев Б. К. Дальний край: Роман. Повести и рассказы. М.: Современник, 1990. С. 5-24.

Прокопов Т.Ф.«Все написанное мною лишь Россией и дышит».Борис Зайцев: судьба и творчество // Зайцев Б. К. Осенний свет: Повести, рассказы. М.: Советский писатель, 1990. С. 6-30.

Прокопов Т. Ф. Книга-исповедь // Зайцев Б. К. Золотой узор: Роман. Повести. СП Интерпринт, 1991. С. 5-12.

Прокопов Т. Ф. Восторги и скорби поэта прозы. Борис Зайцев: вехи судьбы // Зайцев Б. К. Собрание сочинений: В 5 т. Т. 1. М.: Русская книга, 1999. С. 6-27.

Прокопов Т. Ф. «Все написанное мною лишь Россией и дышит...». Борис Зайцев в эмиграции // Зайцев Б. К. Собрание сочинений: В 5 т. Т. 2. М.: Русская книга, 1999. С. 3-26.

Прокопов Т. Ф. Легкозвонный стебель. Лиризм Б. К. Зайцева как эстетический феномен // Зайцев Б. К. Собрание сочинений: В 5 т. Т. 3. М.: Русская книга, 1999. С. 3-11.

Прокопов Т. Ф. Память всеотзывного сердца. Мемуарная проза Бориса Зайцева // Зайцев Б. К. Собрание сочинений: В 5 т. Т. 6 (доп.). М.: Русская книга, 1999. С. 3-10.

Прокопов Т. Ф. Публицистика Бориса Зайцева // Зайцев Б. К. Собрание сочинений: Т. 9 (доп.). М.: Русская книга, 2000. С. 3-5.

Пузанкова Е. Н. Предисловие // Наследие Б. К. Зайцева: проблематика, поэтика, творческие связи. Материалы Всероссийской научной конференции, посвященной 125-летию со дня рождения Б. К. Зайцева. 18-20 мая 2006 г. Орёл: ПФ «Картуш», 2006. С. 5-6.

Ровицкая Ю. В. Философские основы повести Б. Зайцева «Голубая звезда» // Проблемы изучения жизни и творчества Б. К. Зайцева: Сборник статей / Вторые Международные Зайцевские чтения. Калуга: Издательство «Гриф», 2000. Вып. Ⅱ. С. 34-41.

Ростова О. А. Вступление // «Вера жена Бориса»: Дневники Веры Алексеевны Зайцевой, 1937-1964 гг. М.: Дом-музей Марины Цветаевой, 2016. С. 5-12.

Смирнов Н. На том берегу. (Заметки об эмигрантской литературе)//Новый мир,1926. № 6. С. 141-150.

Соболева Н. И. Леонид Андреев и «Красный смех»: реальность и вымысел // Юбилейная международная конференция по гуманитарным наукам, посвященная 70-летию Орловского государственного университета: Материалы. Выпуск Ⅱ: Л. Н. Андреев и Б. К. Зайцев. Орёл: Орловский государственный университет, 2001. С. 23-26.

Сомова С. В. Проблема «своего» и «другого» миров в романе

Б. К. Зайцева «Дом в Пасси» // Центральная Россия и литература русского зарубежья（1917-1939）. Исследования и публикации：материалы международной научной конференции，посвященной 70-летию присуждения И. А. Бунину Нобелевской премии. Орёл：Вешние воды，2003. С. 199-202.

Степун Ф. Борис Константинович Зайцев—к его восьмидесятилетию // Зайцев Б. К. Собрание сочинений：В 5 т. Т. 5. М.：Русская книга，1999. С. 3-17.

Строкина С. П. Творчество А. И. Куприна и проблема неореализма // Вопросы русской литературы. 2012. № 22. С. 131-140.

Тарасова С. В. «Святая Русь» в романе Б. Зайцева «Золотой узор» // Славянская культура：истоки，традиции，взаимодействие. М.：Издательство ИКАР，2007. С. 456-462.

Топорков А. О новом реализме（Борис Зайцев）// Золотое Руно. 1907. № 10. С. 46-49.

Черников А. П. Творческие искания Б. Зайцева // Жизнь и творчество Бориса Зайцева：материалы Шестой Международной научно-практической конференции，посвященной жизни и творчеству Б. К. Зайцева. Вып. 6. Калуга：Калужский государственный институт модернизации образования，2011. С. 3-11.

Чуковский К. И. Борис Зайцев // Зайцев Б. К. Собрание сочинений. Т. 10（доп.）. М.：Русская книга，2001. С. 203-211.

Чуковский К. И. Поэзия косности // Зайцев Б. К. Собрание сочинений. Т. 10（доп.）. М.：Русская книга，2001. С. 263-272.

Чулкову Г. И. 4（17）мая 1906. Москва // Зайцев Б. К. Собрание сочинений. Т. 10（доп.）. М.：Русская книга，2001. С. 25-26.

Щедрина Н. М. Архетип карнавала и «память жанра» // Вестник Московского государственного областного университета，2004. № 4. С. 90-94.

Kuca Z. Духовная эволюция личности в романе Бориса Зайцева *Золотой узор* // Roczniki humanistyczne. Lublin，2008. Tom LⅥ，Zeszyt 7. C. 11-25.

（三）学位论文提要

Калганникова И. Ю. Жанровый синтез в биографической и автобиографической прозе Б. К. Зайцева. Автореферат диссертации на соискание ученой степени кандидата филологических наук. М.：Московский городской педагогический университет，2011.

Конорева В. Н. Жанр романа в творческом наследии Б. К. Зайцева. Автореферат диссертации на соискание ученой степени кандидата филологических наук. Владивосток：Дальневосточный государственный университет，2001.

Полтавская Е. А. Эволюция художественного сознания в творчестве Б. К. Зайцева. Автореферат диссертации на соискание ученой степени кандидата филологических наук. М.：Российский университет дружбы народов，2019.

Федосеева Ю. А. Философия любви в прозе Б. К. Зайцева и Н. П. Смирнова. Автореферат диссертации на соискание ученой степени кандидата филологических наук. Иваново：Ивановский государственный университет，2012.

（四）电子文献

Большая советская энциклопедия https：// rus – bse. slovaronline. com/89272–Черносотенцы，2021 年 1 月 12 日。

Герра Р. Интервью с Б. К. Зайцевым（«Русский альманах»，1981 г.）http：// almanax. russculture. ru/archives/2419，2018 年 12 月 30 日。

Энциклопедия. Всемирная история. Зайцев Борис Константинович https：// w. histrf. ru/articles/article/show/zaitsiev_ boris_ konstantinovich，2021 年 12 月 10 日。

附录一　扎伊采夫大事记年表[①]

1881 年 2 月 10 日（旧历 1 月 29 日），出生于奥廖尔列瓦绍夫山。

1881—1889 年，在卡卢加州日兹德拉县的乌斯特村度过。

1889—1892 年，在卡卢加州柳季诺沃县城度过，接受早期家庭教育。

1892—1894 年，在卡卢加上古典中学，念完二、三年级，因病未参加四年级考试。

1894—1898 年，在卡卢加上实科中学（从四年级开始），毕业后考入莫斯科技术专科学校。

1899 年，因参加大学生运动被开除。同年考入彼得堡矿业学院。

1901 年 2 月，给契诃夫写信，寄去最新作品《无趣的故事》。7 月 15 日，安德列耶夫在《信使报》上发表扎伊采夫的短篇小说《在路上》。

1902 年，考入莫斯科大学法律系，肄业。同年，加入莫斯科的

① 本附录主要参考扎伊采夫本人在《关于自己》和致友人的书信（第 10—11 卷）中的记录、作家女儿（扎伊采娃-索洛古勃）的回忆、11 卷全集的注释、作家同时代人的回忆、扎伊采夫研究专家（叶·尼·扎伊采夫、普罗科波夫、奥西波夫、亚尔科娃等）的记载汇编而成，以上文献具体可查阅本书“参考文献”部分。

"星期三"文学小组，经常参加小组举办的文艺活动。11 月，认识未来的妻子薇拉。

1904 年 2—4 月，在莫斯科杂志《事实》工作。7 月 9 日，参加契诃夫的葬礼。秋天，第一次去意大利，拜访佛罗伦萨、威尼斯、罗马等城市。

1905 年，在杂志《生活问题》供职，通过编辑部秘书丘尔科夫结识了其他同事——文学家：梅列日科夫斯基、吉皮乌斯、维亚·伊万诺夫、罗赞诺夫、勃洛克、别雷、勃留索夫、舍斯托夫等①。秋天，去高尔基寓所做客，接受高尔基的提议翻译福楼拜的《圣安东尼的诱惑》。莫斯科武装起义之际（12 月），在父亲的庄园普里特基诺（位于图拉省卡什尔斯基县）翻译《圣安东尼的诱惑》。

1906 年，在圣彼得堡出版第一本短篇小说集，翻译完《圣安东尼的诱惑》。春天，与格拉果里、亚尔采夫等文艺批评家一起开设文学小组"黎明"并印发同名杂志。冬天，与斯特拉热夫在莫斯科合租的房子举办"文学周"活动，参加这些文学见面会的有巴尔蒙特、索洛古勃、斯特拉热夫、穆拉托夫等。

1907 年，高尔基的《知识》文集第 16 卷收录了扎伊采夫的译作《圣安东尼的诱惑》。5 月，第二次去意大利佛罗伦萨，在那里遇到了安德列耶夫、卢那察尔斯基。

1908 年，在圣彼得堡经常光顾伊万诺夫的"塔楼"，拜访莫斯科象征主义者别雷、勃留索夫和"艺术世界"的画家②。同年秋，第三次去意大利，拜访维罗纳、锡耶纳、罗马，在那里遇到穆拉托夫、奥索尔金。第一本短篇小说集在圣彼得堡再版。

1909 年，写第一个剧本《忠实》，第一本短篇小说集在彼得堡

---

① См. Яркова А. В. Б. К. Зайцев：Семинарий. СПб.：ЛГОУ имени А. С. Пушкина, 2002. С. 46.

② См. Яркова А. В. Б. К. Зайцев：Семинарий. СПб.：ЛГОУ имени А. С. Пушкина, 2002. С. 47.

第三次出版，第二本短篇小说集出版。

1910 年，翻译福楼拜的短篇小说《一颗纯朴的心》。同年 10 月，第四次去意大利。

1911 年，写剧本《拉宁家的庄园》，开始写第一部长篇小说《遥远的地方》。9 月，第五次去意大利，在罗马度过冬天。第三本短篇小说集出版。

1912 年，进入文学家社团“莫斯科作家图书出版社”，开始出版 7 卷集的第 1 卷。4 月 2 日，与未婚妻办理结婚手续。4 月，参加文学艺术小组成员排练的慈善剧目《钦差大臣》，出演商人。8 月 14 日，女儿娜塔莉亚出生。

1913 年，开始在《欧洲导报》上供职。5—7 月，准备出版第四本文集，翻译但丁的《地狱》。

1914 年夏天，在普里特基诺翻译《地狱》，第四本短篇小说集在莫斯科出版。

1915 年，在普里特基诺写短篇小说，之后这些小说被收录进小说集《大地的忧伤》，剧本《拉宁家的庄园》在莫斯科成功上演。

1916 年，“莫斯科作家图书出版社”出版第 6 卷小说集《大地的忧伤》。在普里特基诺写短篇小说《同路人》，开始写中篇小说《蓝星》。同年夏，应征入伍。

1917 年 2 月，姐姐的儿子在彼得格勒牺牲，写短篇小说《幻影》献给外甥。4 月，成为莫斯科警备队步兵团的储备军官①。6—12 月，在周报《民主》（由丘尔科夫任主编）供职。

1918 年 1 月，参与成立职业文学家俱乐部，即后来的莫斯科作

① 据亚尔科娃记载，1917 年 3 月被提升为军官，同年夏天被调入第一炮兵储备队，См. Яркова　А. В. Б. К. Зайцев：Семинарий. СПб.：ЛГОУ　имени　А. С. Пушкина，2002. С. 49。

家联盟①。“莫斯科作家图书出版社”刊发《静静的黎明》第五版，这是新作品集（7卷集）的第1卷。同年还出版了第2卷《罗佐夫上校》和第3卷《梦境》。

1919年1月19日，父亲在普里特基诺去世。5月，在莫斯科给维亚·伊万诺夫、别尔嘉耶夫和丘尔科夫朗读新短篇小说《拉法埃尔》。同年，“莫斯科作家图书出版社”出版第7卷文集《同路人》。

1920年，写完短篇小说《圣尼古拉街》。12月，离开普里特基诺去莫斯科。

1921年2月，在莫斯科参加作家联盟举办的纪念安德列耶夫晚会。3月，被推举为全俄作家联盟莫斯科支部②主席。7月，同奥索尔金、穆拉托夫等其他文化活动家加入全俄救济委员会。8月，与救济会成员被捕入狱，但很快被释放。

1922年3—4月，从普里特基诺回莫斯科，患重病，十多天里失去知觉。7月8日，携妻子和女儿一起去德国疗养，先在里加（拉脱维亚首都）留宿，之后去柏林。9月，开始写第二部长篇小说《金色的花纹》。11月，在柏林经常参加“艺术之家”和作家俱乐部的会议。12月，在“意大利文化学院”第二次全体会议上被选举为协会成员③。同年，格尔热兵在柏林的出版社出版扎伊采夫的7卷作品集（实为6卷）的前3卷，其余3卷于1923年出版。

---

① См. Литературная жизнь России 1920-х годов. События. Отзывы современников. Библиография. Том 1. Часть 1. Москва и Петроград. 1917 – 1920 гг. М.: ИМЛИ РАН, 2005. С. 100.

② 即1918年1月，扎伊采夫参与成立的莫斯科作家联盟，См. Литературная жизнь России 1920-х годов. События. Отзывы современников. Библиография. Том 1. Часть 2. Москва и Петроград. 1921–1922 гг. М.: ИМЛИ РАН, 2005. С. 48。

③ 按照亚尔科娃的记载，1918年，扎伊采夫进入这个协会，См. Яркова А. В. Б. К. Зайцев: Семинарий. СПб.: ЛГОУ имени А. С. Пушкина, 2002. С. 49，而正式被推选为协会成员则是在1922年12月，См. Литературная жизнь России 1920-х годов. События. Отзывы современников. Библиография. Том 1. Часть 2. Москва и Петроград. 1921–1922 гг. М.: ИМЛИ РАН, 2005. С. 624。

1923 年 2 月，被选为俄罗斯驻柏林的作家和记者协会的副主席。夏天，在波罗的海沿岸度过，住在施特拉尔松德附近的普雷罗，见到别雷、霍达谢维奇、帕斯捷尔纳克、爱伦堡、别尔嘉耶夫等。9 月，扎伊采夫离开柏林去意大利游览，11 月，受邀去罗马参加由罗马东欧学院举办的比赛，扎伊采夫还在那里举办有关俄罗斯文学的讲座[①]。12 月 30 日，转到巴黎。

1924 年 1 月，开始在巴黎定居。在这里遇到布宁、梅列日科夫斯基、库普林、巴尔蒙特、苔菲、列米佐夫、什梅廖夫、霍达谢维奇等。开始在《轮舵报》和《最新消息报》工作。写作《圣谢尔吉 · 拉多涅日斯基》，12 月，做关于谢尔吉 · 拉多涅日斯基的讲座。

1925 年 6—7 月，写完《圣谢尔吉 · 拉多涅日斯基》，写作短篇小说《神人阿列克谢》。8 月 13 日，受邀去布宁的别墅格拉斯做客。

1926 年 3 月，搬到克洛德 · 洛林街 11 号的房子里，周边住的全是俄罗斯人，有奥索尔金夫妇，阿尔达诺夫的妹妹一家，还有艺术家、出租车司机和女裁缝，这些人物之后作为原型被写入第三部长篇小说《帕西的房子》。12 月 30 日，巴黎的文学社团隆重庆祝扎伊采夫文学活动 25 周年，举办欢庆晚会，扎伊采夫被选为荣誉成员，获得证书和勋章。

1927 年 5 月，扎伊采夫持朝圣者护照去朝觐阿峰山，在这里度过了难忘的 17 天，之后带着《阿峰》书稿回巴黎。7 月 20 日，母亲在莫斯科逝世。10 月，离开《最新消息报》，转入《复兴报》工作，发表《阿峰》的最后章节。

1928 年 6 月，住在布宁的别墅，完成中篇小说《安娜》的大部分篇章。9—10 月，参加第一届俄罗斯作家代表大会，南斯拉夫国王亚历山大一世邀请俄罗斯侨民作家（布宁、列米佐夫、梅列日科夫斯基、库普林、扎伊采夫等）去贝尔格莱德，热情款待他们，并

① См. Яркова А. В. Б. К. Зайцев：Семинарий. СПб.：ЛГОУ имени А. С. Пушкина，2002. С. 51.

授予勋章。

1929 年 1 月，写完中篇小说《安娜》。杂志《现代纪事》宣布打算出版一批文艺传记，指定扎伊采夫写屠格涅夫。6 月，开始写屠格涅夫传记。9 月，开始在《复兴报》上登载《作家日记》片段。

1930 年 5—6 月，写屠格涅夫传记。12 月，写完屠格涅夫传记。

1931 年，《现代纪事》开始出版《屠格涅夫的一生》。12 月，因屠格涅夫传记获 3500 法郎的稿酬，同时开始写第三部长篇小说《帕西的房子》。

1932 年 2 月，扎伊采夫一家搬到布洛涅的新房子里。3 月，女儿出嫁，扎伊采夫夫妇留在布洛涅。同年，“青年基督协会出版社”出版屠格涅夫的传记，之前有章节在《现代纪事》和《复兴报》上刊载。

1933 年，法文译本《金色的花纹》被评为“最好的外语小说”。11 月，扎伊采夫为《复兴报》首页撰写关于布宁获得诺贝尔文学奖的评语。12 月，写完《帕西的房子》。

1934 年 6 月，在布宁的别墅做客，开始写四部曲的第一部小说。

1935 年，《帕西的房子》在柏林单独出版。4 月，《复兴报》首次刊载《出自〈格列布游记〉》。7 月，携妻子一起去芬兰湾。8 月，拜访瓦拉姆的修道院，写札记，后来构成文集《瓦拉姆》。

1936 年，游历（卡累利阿）瓦拉姆岛上的俄罗斯修道院，在巴黎完成四部曲的第一部长篇小说《黎明》。同年，塔林出版社出版游记《瓦拉姆》。

1937 年，长篇小说《黎明》在柏林单独出版。7 月，在伦敦发布记者招待会。

1938 年 9 月，回到巴黎，写四部曲的第二部长篇《寂静》。11 月，以《莫斯科》为书名收集回忆录随笔。

1939 年，巴黎“俄罗斯纪事”出版社出版关于莫斯科的人与事的回忆录文集《莫斯科》。6 月，完成四部曲的第二部《寂静》。

1940 年，写四部曲的第三部《青春》。6—7 月，写短篇小说

《大卫王》。

1941—1942 年，翻译但丁的《地狱》篇，审校长篇小说《青春》。

1943 年 4 月，扎伊采夫夫妇从女儿家回来后发现房子被炸，随后搬到别尔别罗娃那里，再后来搬到时在瑞士的维谢斯拉夫采夫家居住。6 月，写《关于自己》的自传札记。

1944 年，完成四部曲的第三部《青春》。11 月，构思传记《茹科夫斯基》。

1945 年 3 月，返回布洛涅的住处。开始在《新杂志》供职。

1947 年 4 月，开始在《俄罗斯思想报》上供职，在这份报纸上刊载《岁月》系列。夏天，在别尔别罗娃家做客，继续写作四部曲《格列布游记》。同年，被选为俄罗斯驻法国的作家和记者协会主席，担任此职位一直到终老。

1948 年，长篇小说《寂静》单独出版。《新杂志》和《俄罗斯思想报》刊载《茹科夫斯基》的节选片段。

1949 年，《屠格涅夫的一生》再版。春天，去意大利，在罗马与维亚·伊万诺夫见最后一次面。

1950 年，长篇小说《青春》单独出版。《帕西的房子》被译成意大利语。

1951 年，开始写《契诃夫》。文艺传记《茹科夫斯基》在巴黎出版。11 月，俄罗斯驻法国的作家和记者协会隆重庆祝扎伊采夫 70 周年诞辰暨文学创作活动 50 周年。巴黎的“复兴”出版社为纪念扎伊采夫文学创作 50 周年，出版作品集《在路上》。

1952 年，完成四部曲的第四部《生命树》。

1953 年，在纽约杂志《实验》供职，完成文艺传记《契诃夫》。长篇小说《生命树》在纽约单独出版。

1954 年，文艺传记《契诃夫》在纽约单独出版。5 月，去意大利。

1955 年，写短篇小说《布洛涅上空的星星》。

1956 年，在慕尼黑的俄罗斯图书馆朗读《陀思妥耶夫斯基和奥普塔修道院》及出自《莫斯科》的随笔。

1957 年，妻子中风瘫痪，全心照料妻子。

1958 年，写短篇小说《与季娜伊达的谈话》，同年发表在《新杂志》上。

1959 年，开始在慕尼黑的文选《桥梁》上供职，审校关于白银时代的回忆录文章。

1960 年，《新杂志》刊登扎伊采夫关于卢那察尔斯基和卡缅涅夫的回忆录文章，在巴黎广播电台发表演讲《年老人致年轻人》。

1961 年，《神曲》的完整译文首次独立刊出（在巴黎）。慕尼黑出版最佳短篇小说集《静静的黎明》，以此庆祝作家的 80 岁生日。编审第二本回忆录文集《遥远的一切》。

1962 年，《神人》系列的意大利版本问世。12 月，在布洛涅接见帕乌斯托夫斯基。

1963 年，审校关于布宁、别尔嘉耶夫、维亚·伊万诺夫、奥索尔金的回忆录文章。

1964 年，写最后一篇小说《时间之河》，搬到女儿的住处。

1965 年，纽约《新杂志》发表小说《时间之河》，华盛顿出版第二本回忆录文集《遥远的一切》。5 月 11 日，妻子病逝。

1966 年 5 月 14 日，俄罗斯侨民协会在巴黎的俄罗斯拉赫玛尼诺夫音乐厅庆祝作家 85 岁生日。

1967 年，在《俄罗斯思想报》上刊登《关于薇拉的故事》。

1968 年，在纽约出版最后一部文集《时间之河》，刊发书信集《另一个薇拉》。

1971 年 3 月 13 日，侨居巴黎的俄罗斯作家和记者庆祝扎伊采夫 90 岁华诞。

1972 年 1 月 28 日，扎伊采夫逝世。2 月 2 日，安葬于巴黎圣热纳维耶韦-代布瓦公墓。

附录二　扎伊采夫作品出版年表

1901 年 7 月 15 日，莫斯科日报《信使报》第 193 期发表扎伊采夫的处女作短篇小说《在路上》。

1902 年 3 月，莫斯科日报《信使报》第 61 期发表短篇小说《群狼》。

1904 年，在《真实报》发表短篇小说《雾霭》和《梦》[①]；在《新路》杂志上发表《农村》《静静的黎明》等。

1905 年，在《生活问题》上发表《海洋》《克罗尼德神甫》和《面包、人们和大地》。

1906 年，在《金羊毛》上发表《神话》；在《现代生活》上发表《黑风》和《明天!》；在《山隘》上发表《年轻人》[②]。

1906 年，圣彼得堡“野蔷薇”出版社出版扎伊采夫第一本书(短篇小说集)，共收录 9 篇小说：《群狼》《雾霭》《静静的黎明》《克罗尼德神甫》《面包、人们和大地》《农村》《神话》《黑风》和《明天!》。

---

① 扎伊采夫的作品中有两篇小说都以名词“Сон”命名，我们约定以单数形式作题目的小说名译为《梦》，以复数形式作题目的译为《梦境》。

② 扎伊采夫 1907 年以前的作品发表情况，См. Словарь членов Общества любителей Российской словесности при Московском университете, 1811 – 1911. М.: Печатня А. Снегиревой, 1911. С. 112。

1908 年，圣彼得堡“野蔷薇”出版社第二次出版扎伊采夫的第一本书。

1909 年，圣彼得堡“野蔷薇”出版社第三次出版扎伊采夫的第一本书（第四次出版，以“静静的黎明”命名）。同年该出版社出版扎伊采夫的第二本书（短篇小说集），收录 7 篇小说：《罗佐夫上校》《年轻人》《爱情》《姐妹》《客人》《阿格拉费娜》和《安宁》（第二次出版时，以《罗佐夫上校》命名）。

1910 年，短篇小说《年轻人》在圣彼得堡“戈比小图书馆”单独发行。同年，中篇小说《阿格拉费娜》在圣彼得堡“解放”出版社单独出版。

1911 年，圣彼得堡“野蔷薇”出版社出版扎伊采夫的第三本书（短篇小说集），收录 7 篇小说：《梦境》《忠实》《黎明》《死亡》《珍珠》《我的傍晚》和《女演员》（第二次出版时，命名为《梦境短篇小说》）。同年，短篇小说《克罗尼德神甫》在圣彼得堡“戈比小图书馆”单独出版。

1913 年，短篇小说《流亡》在莫斯科“时代”出版社单独出版。

1914 年，莫斯科“K. Φ. 涅克拉索夫图书出版社”出版扎伊采夫的第 4 册书（短篇小说集），收录的作品有《流亡》《拉宁家的庄园》《傍晚时分》《香榭丽舍大街》《罪恶》《大学生别涅季克托夫》《夏天》和《演员的幸福》，该书第二次出版时以《拉宁家的庄园及其他短篇小说》命名。同年，短篇小说《流亡》在“莫斯科出版社”单独出版。

1915 年，长篇小说《遥远的地方》在莫斯科“K. Φ. 涅克拉索夫图书出版社”出版。

1916 年，《群狼：短篇小说》在“莫斯科作家图书出版社”出版，收录的作品有《群狼》《克罗尼德神甫》《驼鹿》《雾霭》《黎明》和《群鸭》。同年，该出版社出版短篇小说集《大地的忧伤》，收录的作品有《母亲与卡佳》《喀珊德拉》《彼得堡的太太》《无家可归的人》《圣母》《玛莎》《大地的忧伤》，书名前标有《鲍里斯·扎伊采夫（第 6 册）》。同年，该出版社出版《拉宁家的庄园及其他短篇小说》，书名前标有《鲍里斯·扎伊采夫（第 4 册）》，收录的作品同 1914 年版本。

1917 年，合订本短篇小说《彼得堡的太太》和《无家可归的人》在莫斯科“创作”出版社出版。同年，短篇小说《罪恶》在莫斯科“北方的日子”出版社出版。

1918 年，“莫斯科作家图书出版社”出版《静静的黎明（短篇小说集）》（第五版，7 册文集的第 1 册）。同年，该出版社出版第 2 册作品集《罗佐夫上校》、第 3 册作品集《梦境》（第二版，内容同 1911 年版本）、第二次出版《群狼（短篇小说）》（内容同 1916 年版本）。同年该出版社还单独发行短篇小说《死亡》《姐妹》和《客人》。

1919 年，“莫斯科作家图书出版社”单独出版长篇小说《遥远的地方》（第三版）。同年该出版社出版第 7 册作品集《同路人》。

1921 年，巴黎出版小说集《同路人》，收录的作品有《同路人》《神人》《秋天的光》《蓝星》和《幻影》。

1922 年，莫斯科“织女星”出版社出版《但丁和他的长诗》。同年，柏林“词语”出版社单独发行长篇小说《遥远的地方》。

1922 年至 1923 年，在柏林的“格尔热兵出版社”出版扎伊采夫的 7 卷文集（实际印刷问世的共有 6 卷，第 4 卷未出版[①]）：第 1 卷《静静的黎明》（1922）收录了“莫斯科作家图书出版社”出版的 7 册文集的第 1 册和第 2 册。第 2 卷《梦境》（1922）收录的是

---

① См. Энциклопедия. Всемирная история. Зайцев Борис Константинович. https：//w. histrf. ru/articles/article/show/zaitsiev_ boris_ konstantinovich，2021 年 12 月 10 日。另外，《俄罗斯图书国际汇总书目（1918—1926）》关于该 7 卷集所列出的书目里，只有第 1—3、5—7 卷，第 4 卷没有列出，См. Елисейкина Н. И. и др. （сост.）Международный сводный каталог русской книги，1918 – 1926. СПб.：Российская национальная библиотека，2017. С. 64-65。

“莫斯科作家图书出版社”出版的7册文集的第3册。第3卷《拉宁家的庄园及其他短篇小说》(1922)收录的是“莫斯科作家图书出版社”出版的7册文集的第4册。第5卷《大地的忧伤》(1923)收录的是“莫斯科作家图书出版社”出版的7册文集的第6册。第6卷《蓝星》(1923)除收录“莫斯科作家图书出版社”出版的7册文集的第7册之外，还增加了剧本《阿里阿德涅》。第7卷文集《意大利》收录的是诸如《威尼斯》《热纳亚》《佛罗伦萨》等以意大利城市名命名的旅行随笔。

1923年，柏林“词语”出版社出版小说集《圣尼古拉街：1918—1921年短篇小说》，收录的作品有《圣尼古拉街》《幽居》《白光》《心灵》和《新的一天》。

1925年，巴黎“青年基督协会出版社”单独出版圣徒传《圣谢尔吉·拉多涅日斯基》。

1926年，列宁格勒“拍岸浪”出版社单独出版小说《罪恶》。同年，布拉格“火焰”出版社出版长篇小说《金色的花纹》。

1927年，巴黎“复兴”出版社出版作品集《奇怪的旅行》，收录的作品有《奇怪的旅行》《死神阿夫多季娅》《亚特兰蒂斯》《神人阿列克赛》等。

1928年，巴黎“青年基督协会出版社”出版随笔集《阿峰》。同年，巴黎的《复兴报》刊发扎伊采夫翻译的但丁《地狱》中的第三和第五首歌曲。

1929年，巴黎“现代纪事”出版社单独发行中篇小说《安娜》。

1932年，巴黎“青年基督协会出版社”单独发行文艺传记《屠格涅夫的一生》。

1935年，柏林“帕拉博拉”出版社出版长篇小说《帕西的房子》。

1936年，爱沙尼亚共和国塔林的“怪人”出版社单独发行随笔《瓦拉姆》。

1937年，柏林“彼得罗波利斯”出版社单独出版四部曲第一部

《黎明》。

1939 年，巴黎“俄罗斯纪事”出版社出版关于莫斯科的人与事的回忆录文集《莫斯科》。

1948 年，巴黎“复兴”出版社单独发行长篇小说《寂静》。

1949 年，巴黎“青年基督协会出版社”再次出版《屠格涅夫的一生》。

1950 年，巴黎“青年基督协会出版社”单独发行长篇小说《青春》。

1951 年，巴黎“复兴”出版社出版作品集《在路上》（扉页上标注：“致文学活动 50 周年”），收录的作品有《青春时代—俄罗斯》《奇怪的旅行》《死神阿夫多季娅》《安娜》和《旺代的尾声》。同年，巴黎“青年基督协会出版社”单独发行文艺传记《茹科夫斯基》。

1953 年，纽约“契诃夫出版社”单独发行长篇小说《生命树》。

1954 年，纽约“契诃夫出版社”单独发行文艺传记《契诃夫》。

1961 年，慕尼黑“域外作家协会”出版社为纪念扎伊采夫 80 岁诞辰和文学活动 60 周年出版小说集《静静的黎明》，收录的作品有《静静的黎明》《神话》《珍珠》《傍晚时分》《拉法埃尔》《圣尼古拉街》《白色的光》《心灵》《死神阿夫多季娅》《亚伯拉罕的心》《布洛涅上空的星星》和《与季娜伊达的谈话》。同年，巴黎的“青年基督协会出版社”出版扎伊采夫翻译的《神曲》。

1965 年，华盛顿“国际语言文学协会”出版《遥远的一切》，收录了《俄罗斯》和《意大利》两本文集。

1968 年，纽约“俄罗斯图书”出版社出版作品集《时间之河》，收录的作品有《蓝星》《同路人》《神人》《圣尼古拉街》《白色的光》《心灵》《新的一天》《布洛涅上空的星星》《与季娜伊达的谈话》和《时间之河》。

1973 年，纽约“生命之路”出版社出版扎伊采夫的《选集》，收录的作品有《圣谢尔吉·拉多涅日斯基》《阿峰》和《瓦拉姆》。

同年，慕尼黑“回声出版社”出版回忆录文集《莫斯科》。

1988 年，伦敦“海外出版物互换”出版社出版扎伊采夫的政论文集《我的同时代人》。

1989 年，图拉“奥卡河沿岸图书出版社”出版作品集《蓝星》，收录的作品有《蓝星》《圣谢尔吉·拉多涅日斯基》、短篇小说若干和出自《莫斯科》的一些章节。同年，莫斯科“莫斯科工人”出版社出版作品集《蓝星》，收录的作品有《青春时代—俄罗斯》《蓝星》、短篇小说若干和回忆录节选。同年，莫斯科“文学”出版社出版作品集《圣尼古拉街》，收录的作品有《群狼》《雾霭》《阿格拉费娜》《蓝星》《圣尼古拉街》《白色的光》《死神阿夫多季娅》《圣谢尔吉·拉多涅日斯基》和《莫斯科》。

1990 年，莫斯科“苏联作家”出版社出版中短篇小说集《秋天的光》，收录的作品有《圣谢尔吉·拉多涅日斯基》《阿格拉费娜》《蓝星》《群狼》等。同年，莫斯科“文学”出版社出版小说集《白色的光》，除了没有收录《莫斯科》以外，其余内容同 1989 年《圣尼古拉街》收录的作品。同年，列宁格勒出版社出版文集《大地的忧伤》，收录的作品有《青春时代—俄罗斯》和以下六本书的节选：《静静的黎明》《梦境》《拉宁家的庄园》《大地的忧伤》《蓝星》《在路上》。同年，莫斯科“现代人”出版社出版作品集《遥远的地方》，收录有长篇小说《遥远的地方》和中短篇小说（《梦》《克罗尼德神甫》《五月》等）。

1991 年，莫斯科“现代人”出版社出版中短篇小说集《圣谢尔吉·拉多涅日斯基》，收录的作品有《群狼》《雾霭》《阿格拉费娜》《圣尼古拉街》《狄安娜》《三圣徒》《黑风》《年轻人》和《圣谢尔吉·拉多涅日斯基》。同年，莫斯科“‘星火’图书馆”第 12 期出版回忆录《作家兄弟》，内容包括《被战胜的（勃洛克）》《C. C. 尤什克维奇》《马克西姆·高尔基》《布宁》《作家兄弟》《其他人及玛丽娜·茨维塔耶娃》《阿尔达诺夫》《奥索尔金》《梅列日科夫斯基的记忆》和《关于什梅廖夫》。同年，莫斯科“当代俄罗斯”

出版社出版文集《神人》，收录的作品有《群狼》《静静的黎明》《阿格拉费娜》《安宁》《黎明》《神人》《玛莎》《彼得堡的太太》《母亲与卡佳》《幻影》《蓝星》和《圣谢尔吉·拉多涅日斯基》。同年，莫斯科“合资企业因特打印”出版社出版文集《金色的花纹》，收录的作品有《金色的花纹》《关于薇拉的故事》和《另一个薇拉：往年纪事》。同年，莫斯科“苏联作家”出版社出版文集《遥远的一切》，收录的作品有《茹科夫斯基》《屠格涅夫的一生》《契诃夫》《莫斯科》（节选）和《遥远的一切》（节选）。

1992年，圣彼得堡“索菲亚”出版社出版随笔集《阿峰》。同年，莫斯科“民族友谊”出版社出版文艺传记《茹科夫斯基》《屠格涅夫的一生》和《契诃夫》。

1993年，莫斯科“文学”、“杰拉”出版社出版3卷集。第1卷收录的作品有《在路上》《静静的黎明》《克罗尼德神甫》《农村》《神话》《黑风》《罗佐夫上校》《年轻人》《姐妹》《客人》《阿格拉费娜》《黎明》《死亡》《珍珠》《傍晚时分》《大学生别涅季克托夫》《夏天》《玛莎》《大地的忧伤》《蓝星》《幻影》《神人》《拉法埃尔》《圣尼古拉街》《白光》《心灵》《新的一天》。第2卷收录的作品有《关于祖国的话》《圣谢尔吉·拉多涅日斯基》《神人阿列克赛》《亚伯拉罕的心》《奇怪的旅行》《死神阿夫多季娅》《安娜》《阿峰》《瓦拉姆》《莫斯科》。第3卷收录的作品有《寂静》《茹科夫斯基》《遥远的一切》《与季娜伊达的谈话》《时间之河》《致年轻人》。

1996年，莫斯科“全景”出版社出版文集《奇怪的旅行》，收录长篇小说《遥远的地方》《金色的花纹》和中篇小说《蓝星》《奇怪的旅行》。同年，卡卢加“教师进修学院”出版文集《亚特兰蒂斯》，收录的作品有短篇小说《亚特兰蒂斯》和四部曲《格列布游记》。

1998年，莫斯科、圣彼得堡“阶梯”、东正教文学西北中心“季奥普特拉”出版随笔集《阿峰》，收录内容同1992年版本。同年，莫斯科“斯列坚斯基修道院刊物”出版《选集》，收录的作品有《关于祖国的话》《圣谢尔吉·拉多涅日斯基》《阿峰》《圣阿峰》《静静的时分》《与阿峰告别》和《瓦拉姆》。

1999 年，莫斯科“朝圣者”出版社出版长篇小说、随笔、政论文集《十字架的符号》，包括《帕西的房子》、随笔及政论文。

1998—2001 年，莫斯科“民族友谊”出版社出版：《屠格涅夫的一生》（1998）、合订本《茹科夫斯基》《屠格涅夫的一生》和《契诃夫》（1999，同 1992 年版本）、《契诃夫》（2000）、《茹科夫斯基》（2001）。

1999—2001 年，莫斯科“俄罗斯图书”出版社陆续出版了扎伊采夫的 5 卷全集，后又增补第 6—11 卷，共计 11 卷。1999 年出版第 1—6 卷，2000 年出版第 7—9 卷，2001 年出版第 10—11 卷。第 1 卷《静静的黎明》收录的作品有中短篇小说（选自中短篇小说集《静静的黎明》《罗佐夫上校》《梦境》《拉宁家的庄园》及其他未结集出版的小说）和长篇小说《遥远的地方》。第 2 卷《圣尼古拉街》收录的中短篇小说出自小说集《大地的忧伤》《同路人》《圣尼古拉街》《拉法埃尔》和《奇怪的旅行》。第 3 卷《布洛涅上空的星星》收录了长篇小说《金色的花纹》和《帕西的房子》，中短篇小说《安娜》（出自《在路上》）和《布洛涅上空的星星》（出自《时间之河》），以及游记《意大利》。第 4 卷《格列布游记》收录四部自传体长篇小说《黎明》《寂静》《青春》和《生命树》。第 5 卷《屠格涅夫的一生》收录三部作家传记《屠格涅夫的一生》《茹科夫斯基》和《契诃夫》（含补充及札记）。第 6 卷《我的同时代人》收录作家对同时代人的回忆、人物肖像和回忆性质的中篇小说：《莫斯科》《遥远的一切》《我的同时代人》《关于薇拉的故事》和《另一个薇拉：往年纪事》。第 7 卷《神圣的罗斯》收录圣徒传《圣谢尔吉·拉多涅日斯基》，游记《阿峰》和《瓦拉姆》，还有随笔集《作家日记》。第 8 卷《拉宁家的庄园》收录不同年代的短篇小说、剧本和译文（但丁的《神曲》）。第 9 卷《岁月》收录回忆录随笔《青春时代—俄罗斯》，1906—1924 年的评论文章和札记，1925—1939 年的《作家日记》、1939—1972 年的文集《岁月》。第 10 卷收录的是 1901—1922 年扎伊采夫的信件及同时代人对扎伊采夫的评论和回忆。第 11 卷收录的是 1923—1971 年扎伊采夫的信件、不同年代的文章及同时代人对扎伊采夫的评论和回忆。

2002 年，莫斯科"大鸨"、"集会"出版社出版文集《遥远的地方》，收录的作品有长篇小说《遥远的地方》、中篇《圣谢尔吉·拉多涅日斯基》及短篇小说《死神阿夫多季娅》。同年，莫斯科"奥尔玛新闻"出版社出版文集《奇怪的旅行》，收录有中短篇小说、随笔和回忆录。

2003 年，莫斯科"大鸨"出版社出版文集《遥远的地方》，这是 2002 年同名版本的第二次出版。

2004 年，莫斯科"儿童文学"出版社出版作品集《圣谢尔吉·拉多涅日斯基》，内容包括《圣谢尔吉·拉多涅日斯基》《阿峰》《瓦拉姆》及短篇小说（《克罗尼德神甫》《神人》《神人阿列克赛》《亚伯拉罕的心》）。同年，莫斯科"俄罗斯门捷列夫化学工艺大学"出版《早期小说》，收录了 20 世纪初莫斯科《信使报》上首次发表的短篇小说及其他早期小说，包括《在路上》《大地》《群狼》等。

2007 年，莫斯科"天赋"出版社出版《时间之河：从阿峰到奥普塔修道院》。同年，莫斯科"阿尔托斯媒体"出版社出版旅行随笔《阿峰》。同年，莫斯科"'协同'印刷屋"出版中短篇小说集《圣尼古拉街》，内容包括《静静的黎明》《神话》《群狼》《罗佐夫上校》《姐妹》《阿格拉费娜》《死亡》《圣尼古拉街》《蓝星》《圣谢尔吉·拉多涅日斯基》《阿峰》《瓦拉姆》《克罗尼德神甫》《教堂》《神人》《神人阿列克谢》《轻松的粮袋》和《亚伯拉罕的心》。

2007 年、2009 年，莫斯科"大鸨"出版社出版中短篇小说集《遥远的地方》。

2009 年，莫斯科"索尔仁尼琴俄罗斯域外之家"出版《作家日记》。同年，莫斯科"儿童文学"出版社出版作品集《圣谢尔吉·

拉多涅日斯基》，内容同2004年版本。

2010年，莫斯科“埃克斯莫”出版长中篇小说集《金色的花纹》，内容包括《蓝星》《金色的花纹》《帕西的房子》和《莫斯科》。

2011年，圣彼得堡“罗斯托克”出版社出版随笔、书信、日记文集《雅典与阿峰》。同年，莫斯科“阿尔托斯媒体”出版社出版随笔及短篇小说集《圣尼古拉街》，内容包括《阿峰》《瓦拉姆》《教堂》《圣尼古拉街》《神人阿列克赛》等。同年，莫斯科“埃克斯莫”单独出版文艺传记《契诃夫》，被列为中小学经典作品。

2013年，莫斯科“因德里克”出版社出版《去阿峰》，收录了扎伊采夫1927年四月至六月参观希腊和拜访圣地的几乎所有旅行随笔。同年，莫斯科“算数”出版社出版文集《圣谢尔吉·拉多涅日斯基》，包含有《圣谢尔吉·拉多涅日斯基》《瓦拉姆》和作家日记节选。同年，莫斯科“儿童文学”出版社第三次出版作品集《圣谢尔吉·拉多涅日斯基》，内容同2004年、2009年版本。同年，莫斯科“天赋”出版社第二次出版《时间之河：从阿峰到奥普塔修道院》，内容同2007年版本。同年，谢尔吉耶夫小镇“圣三一体谢尔吉耶夫大寺院”为纪念圣谢尔吉·拉多涅日斯基诞辰700周年，出版《圣谢尔吉·拉多涅日斯基》。

2015年，莫斯科“集会”出版社出版文集《遥远的一切》，收录的作品同1991年版本。同年，莫斯科“尼克亚”出版社出版《选集》，包含《阿格拉费娜》《克罗尼德神甫》《圣尼古拉街》《幽居》《圣谢尔吉·拉多涅日斯基》《阿峰》和《瓦拉姆》。

2016年，莫斯科“玛丽娜·茨维塔耶娃故居博物馆”出版扎伊采夫妻子的日记《鲍里斯的妻子薇拉：薇拉·阿列克谢耶夫娜·扎伊采娃的日记（1937—1964）》。

2017年，莫斯科“博斯林”出版文集《书籍的安慰：又关于作家们：随笔、小品文、回忆录》，该书内容已被收入11卷全集的第9卷。

2018年，莫斯科“教堂钟声”出版旅行随笔《阿峰》。

索　　引

后　　记

本书是在我的博士学位论文的基础上，根据匿名专家的评审意见修改而成。在此向评审专家们表示衷心感谢，感谢你们的宝贵意见和建议，使我打开了思路，在绪论部分增加有关新现实主义的述评，在结语部分明确各章节的关联，并对全书译文和烦琐表达之处进行了精练与删减。另外，与本书密切相关的文章还受到中国博士后科学基金的资助，在此也表示感谢。

在论文全稿交付之际，回首走过的路，心中充满感激。感谢恩师张冰教授的谆谆教诲和悉心指引，使我得以冲破层层迷雾定下研究扎伊采夫的题目并顺利完成开题事宜；感谢张老师无时不在的鞭策与鼓励，使我能够如期完成论文的写作与答辩工作。感谢参加论文开题、预答辩和答辩的夏忠宪教授、吴晓都教授、查晓燕教授、王立业教授、李正荣教授、王宗琥教授，感谢你们抽出时间审阅拙文，感谢你们对论文提出的宝贵意见和建议。

感谢北京师范大学外文学院领导和俄文系老师的栽培，使我能够有幸受到国家留基委的资助，赴莫斯科国立大学留学一年。感谢莫大导师米哈伊洛娃教授（М. В. Михайлова）的庇护与厚爱，使我能够在有限的时间内最大限度地阅读扎伊采夫的小说、深入理解其核心思想、针对性收集资料并撰写相关文章；感谢米哈伊洛娃教授在拟定论文提纲中的建设性意见与论文写作、修改过程中的创见性引导。感谢莫斯科大学对外俄语教研室卢日尼茨基老师（И. В. Ружицкий）在俄文理解和翻译方面提供的大力帮助。每次就个别字词或者某句话的意思写信询问，卢日尼茨基老师总是耐心地回信讲解，从而使我在译介的过程中能自信从容一些。

感谢北京外国语大学俄语学院黄玫教授、戴桂菊教授的关怀与支持，使我能够潜心修改论文。感谢合作导师王立业教授的鼓励与指引，使我能够一步步坚持下来。感谢北京师范大学张百春教授在术语翻译方面的耐心讲解，感谢苏州大学朱建刚教授给予的文献资料支持以及答疑解惑。感谢北京外国语大学刘淼文老师、首都师范大学颜宽老师、江苏海洋大学许旺老师在文字斟酌、推敲方面提供的无私帮助。感谢南京理工大学石雨晴老师、北京大学王硕博士、北京师范大学王慧博士和莫斯科大学马靓旸博士不辞辛苦帮我查阅资料。要感谢的人太多，尤其是那些陪我度过幸福求学时光的小伙伴，感谢你们分享我的快乐、分担我的忧愁，祝你们学业有成、前程似锦。

衷心感谢中国社会科学出版社慈明亮编辑的耐心与细心，感谢您为书稿出版付出的辛劳。

最后，感谢家人的默默支持与陪伴，我会带你们去看更好的风景。